HEYNE <

Das Buch

Afrika, das ist Traum und Erwachen, die Leichtigkeit des Seins und die Bürde des Begreifens, Illusion und gnadenlose Realität zugleich.

Doktor Paul Merkel, Rechtsanwalt und Notar in Frankfurt, weiß das. Er ist mit den Farben und Gerüchen Kenias aufgewachsen und am grauen Einerlei Deutschlands fast erstickt. Nur dort, wo seine wahren Wurzeln sind, wird er wieder an Geist und Seele gesunden. Und so lässt der Fünfzigjährige in der größten Krise seines Lebens Familie, Beruf und Vergangenheit zurück und macht sich auf eine schicksalhafte Safari.

Gabriel sitzt am Steuer des gemieteten Geländewagens und erkennt schon am ersten Tag der Safari, dass Paul, der mit ihm Suaheli redet und die Affen als Brüder empfindet, kein Tourist wie andere ist. Er nimmt Paul mit in sein Dorf am Fuß des schneebedeckten Mount Kenya, und Paul taucht ein in eine ihm vertraute Welt – und er ahnt, dass es ihm nicht gegeben ist, um der Liebe willen einer Frau seine Seele zu übereignen. Noch weiß er nicht, wie er sich entscheiden wird. Wo es eine Zukunft für ihn geben kann. Er ist erfüllt von der großen Ruhe des Vergessens, bis eine unerwartete Wende eintritt, die sein Leben in Gefahr bringt.

»...mit wunderbaren Bildern vom Fremdsein in der eigenen Kultur und vom Vertrautwerden mit der Fremde.« *Süddeutsche Zeitung*

»Ihre Sprache ist wieder bildreich und voll mit erzählerisch üppigen Informationen über ein geheimnisvolles Land. Und während des Lesens rückt Afrika plötzlich ganz nah an Deutschland heran...« *Main Echo*

Die Autorin

Stefanie Zweig, 1932 in Oberschlesien geboren, wanderte 1938 mit ihren Eltern nach Kenia aus und verlebte ihre Kindheit in Ostafrika. 1947 kehrte die Familie nach Deutschland zurück. Die Autorin lebt heute als freie Schriftstellerin in Frankfurt. Für ihre Jugendbücher wurde sie mehrfach ausgezeichnet. Alle ihre großen Romane standen wochenlang auf den Bestsellerlisten und erreichen eine Gesamtauflage von über 6 Millionen Exemplaren. 1993 erhielt Stefanie Zweig die Verdienstmedaille des Verdienstordens der Bundesrepublik Deutschland. »Nirgendwo in Afrika« wurde von Charlotte Link verfilmt und erhielt 2003 den Oscar für den besten ausländischen Film.

Bei Heyne sind erschienen: *Nirgendwo in Afrika – Irgendwo in Deutschland – Und das Glück ist anderswo – Katze fürs Leben*

STEFANIE ZWEIG

Doch die Träume blieben in Afrika

Roman

WILHELM HEYNE VERLAG
MÜNCHEN

Umwelthinweis:
Dieses Buch wurde auf chlor- und
säurefreiem Papier gedruckt.

Vollständige Taschenbuchausgabe: 07/2007

www.heyne.de
Printed in Germany: 2007
Umschlagfoto: © Jeff Rotman / Iconica / Getty Images
Umschlaggestaltung: Nele Schütz Design, München
Druck und Bindung: GGP Media GmbH, Pößneck

ISBN: 978-3-453-81127-0

*In Afrika sollten Herzen nicht wie Bäume
zusammenwachsen, deren Wurzeln sich
begegnen. Sie sterben, wenn man sie trennt.*

1

Doktor Paul Merkel, Frankfurt, Savignystraße siebzehn«, sagte er, »wie ein Ferkel mit M wie Martha.« Während er den Straßennamen buchstabierte und seinen eigenen wiederholte, sprach er so deutlich, als sei es von irgendwelcher Bedeutung für seine Zukunft, daß eine fremde Frau am Titisee seine Personalien korrekt notierte. Merkel spürte, wie die Spannung allmählich in ihm nachließ; er konnte sogar dem Foto seiner Frau zulächeln.

Sollte ihn nicht seine Courage verlassen und sein Empfinden für Normalität und Verantwortung sich im letzten Moment durchsetzen, würde er in diesem Leben weder den Titisee wiedersehen noch die routinierte Optimistin mit der munteren alemannischen Stimme am anderen Ende der Leitung je kennenlernen. Er legte aus vier Kugelschreibern ein Parallelogramm und stellte befriedigt fest, daß seine Hand nicht mehr zitterte.

Die Vorstellung, daß er soeben den ersten Schritt auf einem Pfad ohne Umkehrmöglichkeit getan hatte, animierte Merkel. Sein Faible für Einbahnstraßen stammte aus der Zeit, als er mit einem Küchenlöffel Gräben für seine Schildkröte im nassen Sand des Flußbetts ausgehoben hatte. Sie waren alle als Sackgassen geendet.

Während er Fratzen mit auffallend großen Zähnen und feinen, lockigen Haarschöpfen malte, hielt er den Hörer so weit wie möglich von seinem Ohr entfernt; ihn störte die professionelle Munterkeit der Frau, ihr Dialekt, daß sie, genau wie eine besonders unangenehme Mandantin, Bürkeli hieß und daß sie ihm weiszumachen versuchte, der Entschluß eines fünfzigjährigen Mannes zu einer vierwöchigen Kur sei außergewöhnlich originell.

Frau Bürkeli war die Sekretärin des Professors, für dessen Sanatorium in einer Sonntagszeitung inseriert worden war. Sie referierte über das Haus und erkundigte sich ebenso ausführlich nach Merkels Gesundheit wie nach seinen Vermögensverhältnissen. Unwillig rieb er sich die Stirn; die Erörterung der Zahlungsmodalitäten seiner Krankenkasse hätte ihn unter gewöhnlichen Umständen nicht gestört. Indes hatte er nach der anschaulichen Schilderung von lädierter Lebensfreude und Überarbeitung ein mehr auf seinen Fall bezogenes Echo erwartet. Er sagte sich jedoch, daß es nur ein sinnloser Verschleiß seiner Nerven wäre, wenn er Emotionen zuließ, und blieb verbindlich.

Noch war es ihm leicht, sich zu jener Logik zu ermahnen, die er bald so wenig brauchen würde wie Aktenkoffer und Robe. Wichtig war fortan nur noch, daß er in den nächsten vier Wochen keinen Fehler machte. Am Tag, an dem es sich herausstellte, daß Doktor Paul Merkel nie am Titisee angekommen war, mußten alle, denen er etwas bedeutete, vor allem sein Sohn, sein Sozius und erst recht Cornelia, glauben, er hätte die Kur ernsthaft geplant.

Es war Merkel angenehm, daß er bereits selbst an seine Geschichte zu glauben begann. Gut gelaunt plauderte er über den naßkalten Januar in der Großstadt, den Hang des modernen Menschen zu nachweihnachtlichen Depressionen

und die gesteigerte Wirksamkeit von Kuren im Winter. Als das Gespräch ins Stocken geriet, bot er eine Vorauszahlung an, Frau Bürkeli lehnte ab und fragte erleichtert nach dem Anreisedatum.
Merkel berechnete rasch die Zeit, die er für die Malariaprophylaxe, Ticketbestellung und die im Lande nötigen Arrangements brauchen würde. Einen Augenblick überlegte er, weshalb es ihm überhaupt wichtig war, ob er an Malaria erkrankte oder nicht, und schüttelte den Kopf. Er nahm sich vor, sich später mit seinen widersprüchlichen Empfindungen zu beschäftigen.
Wegen unaufschiebbarer Verpflichtungen könne er frühestens in drei Wochen eintreffen, erklärte er. Es tat ihm gut, den Termin festzulegen, und er fühlte sich so befreit wie sonst nur in den seltenen Glücksmomenten, in denen er sich so vollkommen aus der Realität schleichen konnte, daß er noch nicht einmal Cornelias Anwesenheit bemerkte. Er wurde eine Spur unvorsichtiger, entließ seine Gedanken in die Zukunft und stellte sich – zu unvermittelt, um nicht die Tonlage seiner Stimme zu verändern – rote, staubende Erde unter duckenden Dornakazien vor. Erst fiel ihm die zur Szene passende Geräuschkulisse ein, dann allerdings auf, daß auch Frau Bürkeli zu Abschweifungen neigte.
»Nein«, verbesserte er, »ich bin kein Arzt, sondern Rechtsanwalt. Sie wissen doch, es sind die Rechtsanwälte, denen es nur gutgeht, wenn sie etwas zu klagen haben.«
Merkel befeuchtete seine Lippen und hörte mit dem Zeichnen auf, um herzhaft mit Frau Bürkeli zu lachen. Zweifellos hatte sie noch nie den alten Kalauer vom Klagebedürfnis der Juristen gehört.
»Sie haben wenigstens Humor«, schmeichelte er.

Er war nun wieder ganz bei der Sache, erkundigte sich nach den Einrichtungen des Hauses, nach Parkplatz- und Freizeitmöglichkeiten und nach der Garderobe, die er brauchen würde. Er würde sofort aus dem Büro stürzen und sich den ersten Jogginganzug seines Lebens kaufen, scherzte er. Ganz grün. Wie die Hoffnung. Der Witz erschien ihm zu banal. Er hatte das Gefühl, er müßte Wesentlicheres zur Sprache bringen, und hustete verlegen. Ratlos blätterte er in einer Akte, malte eine neue Fratze, die viel freundlicher ausfiel als die übrigen, und kam doch noch auf eine Frage, von der er fand, daß sie seinen Bedürfnissen gerecht wurde.
»Nein, die Patientenzimmer«, sagte Frau Bürkeli mit einer Bestimmtheit, die Merkel aus berufsbedingtem Widerwillen gegen abschlägige Bescheide verdroß, »sind nicht mit Fax-Geräten ausgestattet. Auch ein Telefon ist nur in therapeutisch gebotenen Fällen erlaubt. Der Herr Professor möchte seine Patienten von allen Bindungen lösen.«
»Interessant«, murmelte Merkel, »im Gefängnis nennt man das Kontaktsperre.« Er fand die Antwort so passend für einen Anwalt, daß er wohlwollend nickte, während er sprach. Da ging ihm auf, daß das Schicksal ihn soeben reich bedacht hatte.
»Aber Herr Doktor Merkel, sagen Sie doch so was nicht«, rügte Frau Bürkeli. Beruhigend wies sie darauf hin, daß gerade überlastete Menschen eine Welt ohne die Reizüberflutung des modernen Lebens brauchten. Wenn sie erstaunt war, daß Merkel nur sagte: »Das leuchtet mir ein«, so ließ sie sich nichts anmerken.
»Wäre Ihnen der erste Februar als Ankunftstag recht?«
Er holte den Flugplan aus der Schublade und erwiderte: »Der dritte wäre mir lieber.«

»Drei ist auch meine Glückszahl«, lachte Frau Bürkeli, »ich freue mich, daß wir uns bald persönlich kennenlernen.«
»Zu früh gefreut«, atmete Merkel auf, als er den Hörer aus der Hand legte.
Zufrieden faltete er das Papier mit den fünf gezeichneten Fratzen zusammen – die letzte war farbig, hatte eine Kette aus schmalen Silberreifen um den Hals und zeigte eine Reihe großer Zähne. Er legte erst das Parallelogramm zum Dreieck um und ordnete dann die vier Kugelschreiber in dem vergoldeten Köcher mit dem Bildnis der Nofretete – Cornelias Geschenk zu seinem fünfzigsten Geburtstag. Es schauderte ihn jedes Mal, wenn er es sah. Als er aufstand, spürte er den Druck zwischen den Schultern, der ihm klarmachte, daß er erst am Anfang seines Weges stand.
Er riegelte seine Tür von innen ab und ließ sich schwer in seinen Stuhl fallen. Er konnte die wilden Bilder nicht mehr bannen. Mal war er Kind, mal Greis, immer bedrängt von Wünschen, Träumen, Illusionen und einer Magie, die sein Gewissen tötete. Wie hatte der Entschluß zu dem irrwitzigen Ausbruch aus der Norm angefangen? Weshalb? Wann? Nein, es war keine Reise, zu der er rüstete. Er wußte es genau und seit langem. Paul Merkel war im Begriff, auf Safari zu gehen.
Es fiel ihm nun nicht mehr schwer, in seine Erinnerungen einzutauchen; zu oft war er den Weg gelaufen, hatte die Sonne auf der Haut, das versengte Gras unter den nackten Füßen gespürt, das Trommeln des afrikanischen Regens gehört und die Stimmen der Nacht. Es war die Weite einer Welt, in der Gefahr und Gelassenheit vertraute Geschwister waren, die ihn nicht losließ. Die Geschichte, für die er erst ein Mann werden mußte, um das letzte Kapitel zu schrei-

ben, hatte zwei Wochen nach seinem sechzehnten Geburtstag begonnen.
Es war sein letzter Tag in Afrika gewesen. Paul saß mit Kamau auf dem Stamm einer Zeder, die sie zusammen im Gewitter hatten stürzen sehen, und blickte in den Feuerball der Sonne – die alte Mutprobe der Kindertage. Wer sich zuerst geblendet abwandte, hatte verloren. Kamau war damals schon größer und kräftiger als Paul, doch erst seit kurzem wußte er auch alles besser und früher.
»Kwaheri«, lachte Paul, als die Sonne den Himmel entflammte, »meine Augen sind noch offen.«
»Die Sonne kommt morgen wieder«, höhnte Kamau, »der kannst du Kwaheri sagen.«
»Warum sagst du das? Warum sagst du das heute?« brüllte Paul mit dem Zorn des Besiegten, »warum sagst du das, wenn ich fort muß?«
Kwaheri war immer ein gutes Wort gewesen, so sanft wie der Tau am Morgen, doch auch scharf wie die Kälte der Nacht. Kwaheri sagten Menschen, die wußten, daß sie sich wiedersehen durften.
Wer jedoch Abschied für immer nahm, der sprach nicht mehr und schluckte Luft.
»Ich reise weit, aber ich komme wieder«, flüsterte Paul.
»Warum sprichst du dann so leise? Erst wenn du ein alter Mann bist und sterben willst, kommst du zurück. Weißt du das nicht?«
»Ich lasse meinen Kopf hier.«
»Dann darfst du heute noch nicht Kwaheri sagen.«
»Ich komme wieder«, rief Paul. Er freute sich am Schall seiner Stimme, doch Kamau lachte wie ein Schakal, der noch nie erfolglos zur Jagd aufgebrochen ist.

Wann immer Merkel in den Jahren seines Bewußtwerdens und am Anfang seiner Krise an das Gespräch dieses letzten Tages dachte, ließ er mutlos den damals noch zuversichtlich erhobenen Arm sinken. Nichts hatte er gewußt und Kamau alles.

Seine Welt, so glutvoll erwärmt von der Sonne Samburus und vom Wind der gehauchten Farben, die starben, ehe sie leuchten durften, gab es nicht mehr. Versperrt war das weite, trockene Tal mit den schwarzen Nächten, dem lichten Gestrüpp und den dunkeläugigen Impalas. Nie hatte er die sanften Blicke der geliebten Tiere vergessen, den Schwung ihrer zierlichen Hörner, den Klang ihrer Hufe auf weichem Boden.

»Wie konntest du dich je an die deutsche Kälte, an die Menschen hier, an die Kultur gewöhnen, wie konntest du dich mit einem so ganz anderen Leben abfinden?«

»Ich mußte«, sagte Paul Merkel, »mit sechzehn hat man keine Entscheidungsfreiheit. Jedenfalls nicht in Afrika. Mein Vater war Ingenieur. Er wurde von seiner Firma zurückgerufen. Wir mußten zurück.«

Frage und Antwort änderten sich nie, weder in der Schulzeit noch während des Studiums. Mit der Zeit wurden beide indes seltener und hörten manchmal gar zu schmerzen auf. Cornelia, der Paul so wenig wie nötig von seiner afrikanischen Vergangenheit und Sehnsucht erzählt hatte, weil er in seiner zweiten Ehe die Erfahrungen der ersten nicht vergessen konnte, nahm dennoch die Witterung auf.

»Manchmal schaust du mich an, und ich habe das Gefühl, du siehst mich gar nicht«, klagte sie.

Er seufzte meistens, wenn Cornelia das sagte, weil sie genau die Krise seiner Ehe umriß. Er hatte verlernt, seiner Frau zuzuhören. Es hatte auch andere Zeiten gegeben. Besonders nach dem frühen Tod der Eltern, als er keine Gefährten mehr hatte, um Afrikas schützenden Zauber zurückzuholen, glaubte Merkel in zufriedenen Momenten, er hätte sich mit Deutschland, Europa, mit Enge, Farblosigkeit und Monotonie arrangiert. Er hatte sich an die Menschen gewöhnt, die so selten lachten, und er lachte selbst nicht mehr. Berufsanfang und unerwartet rascher Erfolg, die Ehe mit Anne, die Geburt des Sohns, der kurze Rausch der Einvernehmlichkeit und Jugend, das lange Erwachen und die Pein der Scheidung, die er trotz allem, was vorgefallen war, nicht wollte, ließen ihm wenig Muße zum Grübeln. Dann, kaum daß er wieder geheiratet und eine Balance der Seele erreicht hatte, die ihm wenigstens Gleichmut vorgaukelte, war die Abneigung gegen seinen Beruf gekommen.

Paul Merkel, bei dem sich die Menschen in besten Händen wähnten, der immer freundlich und auch stolz auf seine Erfolge gewesen war, begann sich zu verändern. Zunächst empfand er seine Mandanten und deren Klagen und Sorgen nur als lästig. Dann quälte ihn jedoch immer mehr ein Gefühl der Unlust, das seinem pflichtbewußten Naturell zuwider war, schließlich beutelte ihn eine Traurigkeit, die ihn in die Apathie trieb. Er wollte nichts mehr von den Streitigkeiten wissen, die ihm von den Klienten vorgetragen wurden, war nicht mehr fähig, Interesse vorzuheucheln. Schon lange hatte es ihn gestört, wenn die Mandanten fast ausnahmslos sagten: »Es geht mir nicht um mein Recht, sondern ums Prinzip.« Nun wurde er aggressiv, sobald die Menschen zu sprechen begannen, und er stellte sich immer intensiver vor, er würde erst dann wieder zu sich selbst finden, wenn er diesem verhaßten Satz entkam, den streitbaren

Besserwissern, die schon dann von Recht sprachen, wenn sie in den Spiegel schauten.
Als Herr Blumenschein, zweimal wegen Betrugs verurteilt, über Prinzipien zu räsonieren begann, obwohl es genau um zwei schief gesetzte Pflastersteine einer Terrasse ging, verlor Merkel Contenance und Maß. Gefährlich ruhig, wie eine Schlange, die zum Sprung ansetzt, sagte er: »Scheren Sie sich zum Teufel! Ihre Prinzipien interessieren mich einen Dreck.«
Er hatte sich sofort entschuldigt, später den Vorfall zu verdrängen versucht, selbst geglaubt, daß es die beginnende Grippe gewesen sei, die ihn zum Ausbruch getrieben hatte, doch aus der keimenden Saat war reiche Ernte geworden. Merkel fühlte sich elend und alt. Er schämte sich seiner depressiven Stimmungen und lähmenden Schwäche.
Doktor Paul Merkel mit dem Prädikatsexamen und der viel beneideten steilen Karriere hatte kein Verlangen mehr, den Menschen überhaupt zuzuhören, noch die Absicht, einen Tag länger als nötig über Rechtsprobleme zu referieren und Beweise für grundlose Behauptungen zu verlangen. Morgens fiel es ihm schwer, den Tag zu beginnen, und abends kehrte er so erschöpft heim, daß er weder essen noch reden konnte. Ihm blieben nur das Bewußtsein des Versagens und die schwelende Glut unruhiger Träume. »Sie tragen zu schwer an Ihrem Kreuz«, hatte der Orthopäde diagnostiziert. Der Internist hatte ihn mit einem Vorrat an Medikamenten versehen, die alle nicht halfen. Ein befreundeter Nervenarzt und – wie eine Himmelsfügung! – Cornelia rieten zur Kur.
Der Patient wehrte sich auf die übliche Art eines Mannes, der von Pensum und Pflicht redet. Sie glaubten ihm alle, daß er keine Veränderungen wollte. Eine Zeitlang noch glaubte

er an sein Verantwortungsgefühl und die früh erlernte Fähigkeit, sich zu fügen und nicht nach dem Warum zu fragen, doch immer häufiger verstummte er im Gespräch und wurde auch taub, wenn sein Verstand ihn vor der gefährlichen Safari warnte, die er seinen Augen gestattete. Dann schlüpfte Merkel aus der Haut, die so lange schon nicht mehr die eigene war, und lief durch das hohe Gras, das in der Mittagsglut die Farbe wechselte und vor Sonnenaufgang den Tau ewiger Jugend trank.
»Du murmelst so komische Dinge im Schlaf«, hatte Cornelia nach dem Abend gesagt, als erstmals von der Kur am Titisee die Rede gewesen war.
»Ich spreche Suaheli, wenn ich mit mir allein bin.«
»Auf den Arm nehmen kann ich mich selbst.«
Er hatte sich Mühe gegeben, wenigstens korrekt zu bleiben. Wie in aller Welt sollte ausgerechnet Cornelia verstehen, daß er immer noch fließend Suaheli konnte, seit Jahren verbissen nach jeder abhanden gekommenen Vokabel fahndete? Er selbst hatte ja umsichtig dafür gesorgt, daß seine Frau nichts von den Menschen erfuhr, die ihn geliebt und geprägt hatten. Wie dann sollte sie spüren, wohin es den Mann trieb?
Das Telefon klingelte. Er wußte, ehe er den Hörer abhob, daß es Cornelia war, und machte sich so stark wie möglich, ehe er sich meldete. Nur sie wurde zu ihm durchgestellt, wenn er die Tür von innen verschlossen hatte. Sie verwechselte die Vorsicht eines langjährig verheirateten Mannes mit Verlangen und störte Merkel stets in bester Laune.
»Hast du im Schwarzwald angerufen, Chéri?«
Er schaute das Foto in dem Silberrahmen an und ermahnte sich zur Geduld.

»Hast du?« bohrte sie.
Cornelia nannte Paul noch nicht lange Chéri – erst seit der fünften Stunde im Französischkurs für Anfänger. Ursprünglich hatte er nie geglaubt, sie würde ihren so oft angekündigten Entschluß, zur Volkshochschule zu gehen, je wahrmachen. Ermutigt und gelobt hatte er sie nie. Wieder spürte er die Last seines Gewissens, daß er Cornelia büßen ließ, was Anne ihm angetan hatte, doch er wertete es als positiv für sein momentanes Befinden, daß sie immer noch Chéri wie Sherry aussprach und er sich nicht so ärgerte wie sonst.
»Ich hab angerufen«, erzählte er, froh, daß er ganz normal sprechen konnte, »aber da ist etwas, was mir gar nicht gefällt.«
»Was?«
»Kein Fax, kein Telefon. Die wollen, daß sich ihre Patienten ganz aus ihrer vertrauten Umgebung lösen. Wie soll das denn gehen?«
»Ich finde das großartig. Man hört doch immer wieder, wie gut es den Leuten bekommt, total abzuschalten. Frau Kretschmar sagt, ihr Mann sei nach so einer Kur richtig runderneuert. Der war auch im Schwarzwald. In einem ganz teuren Sanatorium.«
»Du bist doch ein kluges Kind, Cornelia«, sagte Merkel. »Andere Frauen hätten wahrscheinlich Angst, der Mann gerät auf Abwege, wenn er nicht unter ständiger Aufsicht von zu Hause bleibt.«
Er kam sich wie ein Jäger vor, der zu sehr auf die eigene Klugheit und zu wenig auf die der Beute gesetzt hat. Einen Pulsschlag voller Einsicht und Reue wünschte er sich, seine Frau hätte die Spur entdeckt, die er soeben gelegt hatte, doch sie lachte nur, sagte: »Du Dummkopf« und legte auf.

Er stellte sich vor, wie sie den Kopf schüttelte und daß ihre schönen langen Haare um die Schultern wirbelten. Mit einem Mal sehnte er sich nach ihrer Wärme, Jugend und Gutmütigkeit.

Es mißbehagte Merkel, daß er sich rühren ließ. Seitdem es ihn nur noch selten nach Zärtlichkeit verlangte, mißtraute er der Weichheit, die ihm einst Naturell gewesen war. Es war nicht gut, an Verstand und Charakter zu zweifeln, wenn die Seele schneller ergraute als die Haare. Wie immer, wenn ihn die Last seiner Einsamkeit drückte, begannen die ungebetenen Bilder ihn zu bedrängen; eines fraß sich so fest in seine Sinne, daß er sich wie ein Kind die Hände vor die Augen hielt und stöhnte. Mbua war zurückgekehrt. Der große braune Hund mit den starken Pfoten, der Klügste seines Wurfes, hatte im Alter die Witterung für das Leben verloren und einen Wasserbock in den reißenden Fluß getrieben. Mbua war ertrunken, der Wasserbock hatte noch viele Jahre gelebt.

Merkel erlebte noch einmal den Schock des toten Weggefährten, den er nicht hatte warnen, nicht hatte retten können. Er hatte seit Jahren nicht mehr an Mbua gedacht, und es erschien ihm symbolisch, daß er es gerade in einem Augenblick tat, da er selbst dabei war, den Sprung der Toren und Todgeweihten zu wagen. Nach einer Zeit, die ihm quälend lang erschien, gelang es ihm, sich vom Ufer des Flusses loszureißen.

Energisch zwang er sich zu den praktischen Überlegungen seiner Situation, stellte sich seinen Kleiderschrank vor, die vielen dunklen Anzüge und weißen Hemden, überlegte, welches Gepäck er nehmen müßte, wie er vom Flughafen in Nairobi aus am schnellsten in den Norden von Kenia ge-

langte, wie er, ohne Cornelias Mißtrauen zu erregen, für eine Kur im Schwarzwald Khakihemden und dünne Hosen einpackte. Er wußte noch nicht einmal, wo er solche Sachen im Januar kaufen konnte.
Die Heimlichkeiten, die von nun an nötig sein würden, erschienen ihm grotesk. Auf alle Fälle, da war er seiner Sache sicher, mußte der abstruse, pubertäre Plan, diese kindische Vorstellung von der Wiederholbarkeit des Glücks, über die Kräfte eines alternden Mannes gehen, der sich nichts mehr zutraute und bestimmt nicht die Phantasie haben würde, glaubhaft zu lügen. Er war nahe daran, noch einmal in Titisee anzurufen und seine Anmeldung zurückzuziehen, doch allein der Gedanke an die übertrieben freundliche Stimme, der er seinen plötzlichen Sinneswandel erklären müßte, war ihm unangenehm.
Wochen später, als Wahrheit und Lüge nicht mehr wichtig waren und nur die Gegenwart Dasein bedeutete, bildete sich Merkel ein, er hätte bereits die Hand nach dem Hörer ausgestreckt, als er Kamaus Gelächter hörte. Stets hatte Kamau gespottet, Hände, die ein Buch hielten, wären zu langsam, um bei Gefahr das Messer aus der Tasche zu ziehen.
»Du kannst noch nicht einmal einen Schatten fangen«, hatte Kamau gerufen, wenn die Sonne sich anschickte, den Tag zu verschlingen. Sie waren damals beide dreizehn Jahre alt gewesen. Der blonde Paul ging mit Jules Verne auf Reisen und erzählte dem Freund, während sie die Zeit wie Sand durch die Finger rieseln ließen, vom verzauberten Ballon im Wirbel fliegender Wolken. Kamau mit den großen Augen, die er bei Gefahr auf Katzenart zu einem Spalt verkleinern konnte, wurde es nie leid, sich von Worten in fremde Welten treiben zu lassen, doch er glaubte nur, was er sah.

»Über meinen Schatten springen, das habe ich gelernt«, murmelte Merkel.
Als er ein Bündel Tausendmarkscheine, versteckt in einem Terminkalender vom Vorjahr, aus seiner Schreibtischschublade holte, schienen ihm Jugend und Freiheit zum Greifen nahe.
Zehn Minuten später war er auf dem Weg zum Reisebüro. Eisregen zerschnitt seine Haut, doch er spürte weder die Kälte noch das Ziehen zwischen den Schulterblättern, die ihn noch vor dem Anruf am Titisee schwach und melancholisch gemacht hatten. In der Schaufensterscheibe eines Schuhgeschäfts sah er sein Gesicht und trank Belebung. Seine Augen waren klar. Bald merkte er auch, daß sein Schritt so fest wie der eines Mannes war, der einen neuen Pfad ausgetreten hat. Er schaute seine Füße an und lächelte, als er die pelzgefütterten Schuhe sah.
Erleichtert, die Türklinke noch in der Hand, registrierte Merkel, daß er gut daran getan hatte, seinen Erinnerungen nachzugeben und zu Cook zu gehen. Der Raum hatte die altmodische Einrichtung englischer Reisebüros und kam ohne die üblichen Hochglanzposter von braungebrannten, salzhäutigen Menschen an einem königsblauen Meer aus. Es gab auch keine zu Fotosafaris animierenden Bilder von grasenden Zebraherden und Löwen, die aussahen, als hätten sie ihre Mähne von einem Coiffeur dauerwellen lassen. Er mochte solche Bilder ebensowenig wie das Wort Fotosafari. Die Vorstellung von Kenia als Tierparadies war ihm fremd.
Zwei junge Frauen und ein Mann hatten nur Augen für ihre Computer. An der Wand entdeckte Merkel ein Blechschild mit dicker schwarzer Schreibschrift. Es zeigte einen

Dampfer der dreißiger Jahre, der durch ein graues Meer glitt; Rauchschwaden aus roten Schornsteinen stießen an die Wolken. Als Kind hatte er solche Bilder nachgemalt. Rauch und Wolken gefielen ihm noch immer.
Ihm gefiel auch die schlanke rothaarige Frau mit Sommersprossen und grünen Augen. Sie lächelte häufig beim Telefonieren und war augenscheinlich noch nicht lange im Beruf. Ihr fehlten die angestrengt routinierte Freundlichkeit und prononcierte Sachlichkeit des Gewerbes; sie sprach Englisch mit einem Akzent, den Merkel sofort als Schottisch ausmachte. Ihm fiel sein Lesebuch des dritten Schuljahrs mit den vielen Geschichten von den Feen aus den Wäldern Schottlands ein. Sie hatten alle grüne Augen, waren humorvoll und hilfsbereit, schliefen in schweren violetten Blütenköpfen und ritten bei Tag auf Libellen.
Verwirrt, weil er am Kreuzweg seines Lebens durch Wälder wanderte, die er nie gesehen hatte, setzte sich Merkel auf den freien Stuhl vor die Rothaarige. Er hörte aufmerksam zu, wie sie von den Shetlands erzählte. Einmal lachte sie laut und ließ einen Hauch von Sehnsucht in ihre Augen, den er von sich selbst gut kannte. Weshalb er wohl mit seinem Sohn nie über Afrika gesprochen hatte? Jens und er waren sich nicht immer so fremd gewesen wie jetzt.
Merkel hatte seit Jahren nicht an die Shetlands gedacht; ein wenig irritiert und doch wohltuend entspannt, versuchte er, sich zu erinnern, was er von den Inseln hätte wissen müssen. Es war nicht viel. Da merkte er, daß die junge Frau nicht mehr telefonierte und ihn forschend betrachtete.
»Wissen Sie denn nicht, wo Sie hin wollen?« fragte sie.
»Entschuldigen Sie, ich habe geträumt. Von den Shetlands. Ich will nach Nairobi.«

Merkel stellte sich auf eine Reihe von Problemen ein; nervös überlegte er, was er antworten sollte, wenn die grüne Schottenfee ihm eine Fotosafari oder einen Badeaufenthalt in Mombasa vorschlug. Sie schien indes keineswegs verwundert, als sie fragte: »Nur Nairobi?«

»Nur Nairobi.«

»Okay. Wann wollen Sie hinfliegen und wann zurück?«

»Nur hin.«

Sein Gesicht erstarrte, als er seinen Fehler bemerkte. Kein Mensch, der wie er aussah, so durchschnittlich, so unentschlossen, bekümmert und vom Leben abgenutzt, buchte einen einfachen Flug von Frankfurt nach Nairobi. Menschen wie er fuhren an den Titisee und ließen sich massieren. Merkel wischte sich den Schweiß von der Stirn und biß seine Zähne aufeinander. Der eiserne Ring der Angst umklammerte seine Brust und forderte Rechenschaft für das, was er den Menschen antun wollte, die er trotz aller Vorbehalte liebte und für die er verantwortlich war.

Beklommen konstruierte er eine Reihe von Erklärungen für sein ausgefallenes Verhalten, konnte jedoch nicht sprechen. Nur fortlaufen wollte er, den Jogginganzug kaufen und Cornelia bitten, seine Sachen für den Titisee zu packen. Er war, erkannte Merkel, der Flüchter geblieben, der schon im Aufbruch stolperte.

»Das wird teuer«, hielt ihm die junge Frau vor. Sie sah nun nicht mehr wie eine Fee aus, eher wie die resolute Lehrerin, die unter jeden seiner Aufsätze »zu viel Phantasie« geschrieben hatte.

»Schade«, sagte er und wußte nicht, wovon er sprach.

»Sie können doch das Datum Ihrer Rückkehr offenlassen. Außerdem bekommen Sie ohne Rückflugschein Mords-

ärger. Bei der Einreise glauben die Leute sonst, Sie wollten im Land bleiben. Ich kenne Nairobi ganz gut.«
»Danke«, seufzte Merkel erleichtert, »wie dumm, daß ich nicht daran gedacht habe. Ich bin ein bißchen überarbeitet. Sie müssen mich ja für einen Erztrottel halten.«
»Überhaupt nicht. Viele Kunden denken nur ans Fortkommen und nicht an den Rückflug.«
Sie bestellte das Flugticket und nickte Merkel erwartungsvoll zu. Es genierte ihn, nach Hotels zu fragen, tat es aber schließlich doch.
»Wir haben beste Verbindungen mit dem New Stanley.«
Er sah das Haus sofort, die lebenstolle Straße, in der es stand und die nach süßem Parfüm, verbrauchtem Fett und dem Schweiß der Bettler roch. Der Geruch ätzte sein Gedächtnis. Schwere Drehtüren setzten sich in Bewegung. Livrierte Portiers, denen Generationen von cleveren Hotelmanagern das zutrauliche Lachen beim Anblick von Fremden nicht hatten abgewöhnen können, wiesen den Weg in die pompöse Empfangshalle.
Die tiefen Ledersessel waren anthrazitkalt. Auf schwarzen Couchtischen standen silberne Aschenbecher und Flaschen. Merkel sah Kellner in langen weißen Gewändern. Sie füllten Eiswürfel in dickbäuchige Gläser. Er hörte das Klirren und wollte lachen, doch er wußte das Suaheliwort für Eis nicht mehr und durfte nicht. Dieses eine Wort war wichtig, wenn er den frischen, soeben erst ausgetretenen Pfad retten wollte. Schon wuchs das Gras hoch und dicht über dem schmalen Weg, aber diesmal durfte er es nicht zulassen, daß sein Kopf ihn um das Glück betrog. Das Wort schlug mit langer Peitsche auf ihn ein. Zunächst roch er das ungegerbte Leder, dann fanden die drei Silben zueinander.

»Barafu«, lächelte er erleichtert.
»Ist das ein Hotel? In Nairobi?«
»Ich meinte«, sagte er schnell und staunte, weil ihm nun Kehle und Zunge so bereitwillig gehorchten, »das Norfolk. Gibt es das noch?«
»Ja. Soll ich nachsehen, ob dort etwas frei ist?«
Wie er wohl auf das Norfolk gekommen war? Nur einmal, verschüchtert hinter den Eltern herstolpernd und von der Pracht in die Sprachlosigkeit getrieben, hatte er das berühmte Hotel der Kolonialzeit gesehen. Noch immer aber wußte der Junge von damals, daß die Bougainvillea die weißen Mauern lila brannte. Es waren diese herrischen Wunderblumen, die die Augen für alle Zeiten nach den Sonnenfarben der Tropen gieren ließen.
»Ich möchte im Norfolk wohnen. Kann man von dort einen Wagen mieten?« Merkels Stimme war fest. Abermals verblüffte ihn die Lust der Lüge.
»Bestimmt. Ich kann mich gleich erkundigen.«
»Nicht nötig. Das mache ich lieber an Ort und Stelle.«
Sie sagte, nun doch wieder schottische Fee mit klarem grünem Blick, zum Abschied: »Kwaheri« und kicherte, weil sie das fremde Wort behalten hatte.
Als seine Augenlider zu drücken begannen, begriff Merkel, daß er gezwinkert hatte. Wie in seinem alten Leben. Er wollte lachen, traute sich jedoch nicht.
Vor dem Reisebüro stand eine Telefonzelle. Er riß so entschlossen die Tür auf, als hätte er auch diesen Schritt geplant, griff nach dem Hörer und wählte die Nummer seines Sohnes.
»Hättest du nicht Lust, in den nächsten Tagen wieder einmal vorbeizukommen?« fragte er.

»Ist was?« erschrak Jens.
Merkel konnte sich genau vorstellen, wie sein Sohn den Kopf schüttelte und die Lippen zusammenpreßte, um nichts Unbedachtes zu sagen. Er sah ihn vor dem Glastisch sitzen, sah das Bild über der Couch, diese Fläche von nebelgrauer Tristesse auf kalkweißer Wand. Jens war so kühl wie seine Einrichtung. Seit wann, warum?
»Nichts ist«, sagte er, »nur manchmal haben alte Herren das Bedürfnis zu sehen, was aus ihren Söhnen geworden ist.«
Jens berichtete, ein wenig mokant, wie der Vater witterte, und sehr perfekt in seiner bemühten Höflichkeit von einer Reise, die er in den nächsten Tagen für seine Firma machen müßte, und vom Streß, der hinter ihm läge. Er klagte über Arbeitslast, eine beginnende Grippe und zu wenig Privatleben.
»Mach dir bloß keine Sorgen«, sagte Jens, »im Moment kann ich wirklich nur von heute auf morgen denken. Wir sehen uns ja spätestens am ersten März.«
»Wie in aller Welt kommst du auf März? Wir haben doch erst Januar.«
»Ich habe«, erwiderte sein Sohn und ließ Vorwurf in das Gleichmaß seiner Stimme, »noch nie deinen Geburtstag vergessen.«
»Nein, das hast du nicht«, bestätigte Merkel, »vergiß das Ganze. War nur so eine Idee von mir.«
Er sagte sich, als er ins Freie trat, daß es nicht zulässig wäre, Jens die Last der Entscheidung aufzubürden, die er allein getroffen hatte. Und doch tat er es. Zu gewissenströstend war die Vorstellung, daß ein einziges freundliches Wort des Sohns gereicht hätte, den Vater zurückzurufen.

2

Der Tag schickte seine ersten Signale. In der Ferne stritten zwei Affen, jubelnd begrüßte ein Vogel die Helligkeit. Zwei Katzen gaben einstimmige Antwort. Jenseits der Tür zur Welt unterhielten sich mehrere Männer; ihre Stimmen waren deutlich, das Gelächter heiser und spöttisch.
Paul Merkel kamen die vollen Vokale und die langen Pausen zwischen den auffallend kurzen Sätzen vertraut vor; sobald er jedoch ansetzte, den Sinn der lebhaften Unterhaltung zu deuten, blieb er im Dschungel der Worte stecken. Er hörte seltsame Geschichten von Frauen, die Beine und Bauch nicht bedeckten, die Haut der Sonne zum Opfer boten und auch ihren Stolz verbrannten.
Immer wieder war die Rede von alten Männern, die die Nacht mit Whisky begruben, schwer wie ein Haufen nasser Decken ins Bett getragen werden mußten und, trocken geworden, eigensinnig wie junge Esel darauf bestanden, das erste Licht des Tages mit dem Dampf von heißem Tee zu begrüßen. Was aber war mit der Uhr geschehen, die so golden glänzte wie der Mond an einem vom Blitz gereinigten Himmel? Sie konnte schneller davonlaufen als die Zeit.
Es drängte Merkel sehr, die Männer auf der anderen Seite der Tür zu fragen, wohin Uhren rasten, die Stunden und Tage mißachteten. Er wollte ihnen erzählen, daß er Erfah-

rung hatte mit dem Verlust der Zeit, doch er konnte seinen Kopf nicht hoch genug heben, um den Stein von seiner Kehle wegzuschieben. Es gelang ihm nur, den rechten Arm von seinem Körper wegzuschleudern; er stieß mit der Hand an die Kante vom Nachttisch, berührte ein Glas und hörte erschrocken die Scherben aufschlagen, doch auch dieses fordernde Geräusch verdeckte nicht den Klang der Stimmen, die ihn gefangenhielten.

Wenn Merkel in den Schlaf zurückglitt und unmittelbar darauf wieder erwachte, konnten sich seine Wahrnehmungen nicht auf den Ort des Geschehens einigen. Er überlegte, ob er sich nicht selbst anzeigen müßte, weil er mit einem Glas nach einer Uhr geworfen und gegen das Gesetz der Zeit verstoßen hatte. Es überforderte ihn indes, für einen so heiklen Fall adäquate Formulierungen zu finden und gleichzeitig die Augen weit genug zu öffnen, um den Schaden zu taxieren. Ihm war nur klar, daß er umgehend handeln müßte oder die Frist versäumen würde. Er hatte sein Lebtag noch keine Frist versäumt. Wütend, weil in seiner Berufsehre gekränkt, schrie er den Richter an.

Die eigene, entsetzte Stimme machte Merkel endgültig wach. Entschlossen atmete er erst aus und dann ein, gähnte, fühlte eine belebende Kraft in den Gliedern und setzte sich aufrecht hin. Die Bewegung war zu schnell, zu heftig gewesen. Ihm wurde übel. Sein Kopf aber war frei. Merkel begriff, daß die palavernden Männer auf dem Gang das schleppende, rhythmische Suaheli des Hochlands sprachen. Er war noch dabei, befreit aufzulachen, als die Erinnerungen wie ein Wasserfall, der in der Nacht zu Eis erstarrt und von der Sonne erlöst worden ist, auf ihn einstürzten. Mit gleicher tosender Vehemenz kamen die verlorenen Stunden zu ihm zurück. Er wußte wieder, daß er in Nairobi war, sah sich im Morgengrauen mit einem Taxi im Norfolk Hotel vorfahren, langsam aussteigen und mit einem Portier im weißen Hemd und gestreifter Krawatte verhandeln. Der Mann hatte ihn erwartet, in einem schwerfälligen Englisch seinen Namen gestammelt und ihm einen Schlüssel zugeschoben, an dem ein großer Elefant aus glattem braunen Holz hing. Was danach geschehen war, wußte Merkel nicht. Hatte er den ganzen Tag verschlafen, etwa mehrere oder nur eine Nacht? Mühsam zwang er seinen Blick zurück, sah Schatten, Licht, Menschen, die nur Silhouetten waren, und Bäume mit lila Blumen. Ihm fiel wieder ein, wie er benommen, mit Magenschmerzen und einer Müdigkeit, die Augen, Ohren und Nase unempfindlich machte, aus dem Flugzeug herausgetaumelt war. Afrika hatte sofort nach der Beute gegriffen und sie willfährig gemacht.

Nun, in dem fremden Zimmer mit dem beißenden Geruch von Insektenspray und dem süßen Duft von Orchideen erinnerte er sich an die Luft vor dem Flughafengebäude, als hätte sie soeben erst seine Widerstandskraft gebrochen. Jeder geflüsterte Hauch eines unendlich sanften Windes war so kühl und weich gewesen, so vertraut und besänftigend – genau wie in den Tagen, die er für immer verloren gewähnt hatte.

Noch wagte Merkel es nicht, den Lichtschalter zu suchen. Es war klüger, in dem verdunkelten Zimmer noch einmal diesen buhlenden Wind zu fühlen, zu besitzen und sich bewußt zu ergeben. Dann ging er vorsichtig, weil er nicht in die Scherben treten wollte, zum Fenster, rüttelte ohne Ungeduld an den Samtgardinen und preßte seine Stirn gegen die Fensterscheibe. Als sich seine Augen an die Ferne gewöhnt hatten, wurden die Umrisse scharf; er sah breitflächige, rosagetünchte Wolken, Bäume mit dicken Ästen und vollen Blätterzweigen auf einem grünen, von einem Wasserstrahl besprengten Rasen, der in der aufgehenden Sonne Farben in schillerndem Blau, Rot und Violett einfing. Vor einem hohen Busch aus brennendroten Blumen stand, unbeweglich wie ein in Bronze gegossenes Denkmal, ein breitschultriger Mann in Khakihemd und kurzen Hosen. Er hielt in der linken Hand eine mit Zacken beschlagene Holzkeule und in der rechten ein Gewehr, dessen Lauf einen Strahl der aufgehenden Sonne einfing. Der Mann trug seine braune Wollmütze tief in die Stirn gezogen.

Die Mütze machte Merkel noch unsicherer als das Gewehr. Es war der letzte Moment des Zweifels. Er überlegte, ob er wirklich Suaheli gehört, die roten Blumen gesehen und die Luft am Flughafen auf der schweißnassen Haut gefühlt hatte. Für ihn gab es nur einen Ort der Welt, an dem Männer Anfang Februar Strickmützen trugen, und dieser Ort hieß Titisee.

»Nein«, zwang er Gedanken, Bild und Angst von sich weg, machte rasch das Fenster auf, lehnte sich so weit heraus, daß sein Kopf durch den Schatten in die blaue Luft stieß, und rief, so laut er konnte: »Jambo.«

Wie lange hatte er dieses Wort nicht mehr gehört, nicht sagen, kaum noch träumen dürfen. Er mußte Zunge und Lust bezähmen, um die zwei Silben der Heimkehr nicht wie der Junge aus sich herauszuschreien, der er einst gewesen war.

Der Mann hob den Kopf und schwenkte einige Male seine Keule. Sorgsam fuhr er mit dem Gewehr seinen Rücken entlang, kratzte seine Stirn mit einen Zacken der Keule, schaute nach oben und sah Merkel am Fenster stehen.

»Jambo«, rief er und lachte. »Habari gani?«
»Misuri«, brüllte Merkel zurück. Er fühlte, wie die Morgenkälte beim Lachen an seine Zähne schlug und sah zufrieden, daß auch der Mann, der ihn soeben nach seinem Wohlergehen gefragt hatte, den Mund nicht mehr schließen konnte. Gewehr und Keule hatte er auf den Rasen geworfen, die Mütze abgenommen.
Er würde, sagte sich Merkel, als er das Fenster wieder zumachte und zum ersten Mal überhaupt das Zimmer genau sah, in dem er geschlafen hatte, später wohl klären müssen, weshalb im Norfolk ein bewaffneter Mann den Garten bewachte. Bestimmt machten sich Touristen suspekt, die die Portiers in den Hotels nicht fragten, ob die Berichte vom gefährlichen Afrika, die immer wieder in den deutschen Zeitungen zu lesen waren, stimmten. Merkel horchte aufmerksam in sich hinein, doch er spürte keine Beklommenheit. Wie immer die Antwort ausfiel, sie würde seine Pläne nicht tangieren.
»Jambo«, wiederholte er. Diesmal sprach er das Wort so behutsam aus wie ein Mann, der sich nach langer Reise selbst willkommen heißt.
Obwohl der Wecker, ohne den Merkel nie reiste, auf dem Nachttisch stand und bereits auf die Ortszeit eingestellt war, vermißte er sein Gepäck. Er suchte lange nach dem Koffer und der kleinen Tasche, ehe er beide hinter einem Vorhang in einer Nische des mit hellen Rattanmöbeln eingerichteten Raums entdeckte. Der Kofferschlüssel, den er in Frankfurt in seine Jackentasche gesteckt hatte, hing im Schloß.
Koffer und Tasche waren ausgepackt, die Unterwäsche lag in den Schubladen einer weißen Kommode mit goldenen Beschlägen. Die dicken Pullover und Schals waren akkurat

aufeinandergestapelt. Auf dem Schreibtisch mit einer Platte aus Marmor lag ein mit rotem Kugelschreiber geschriebener Zettel, daß Jacken und Hosen zum Aufbügeln gebracht worden seien. Eine Hose, sorgsam zusammengelegt und unübersehbar ausgebürstet, hing über einem Stuhl.

Die vier neuen, sehr teuren Krawatten, auf die Cornelia am Tag vor der Abreise beim Einkaufen in einem geradezu abstrusen Disput bestanden hatte, waren um die Hemden drapiert, die mit verschränkten Ärmeln auf Kleiderbügeln hingen. Als Merkel sah, daß im obersten Knopfloch jedes Hemds eine rosa Nelke steckte, mußte er sich setzen. Das groteske Stilleben erschien ihm so lächerlich aus der Perspektive der Vergangenheit und so typisch für die Spiellistigkeit der afrikanischen Welt, die er lange vergessen hatte und an die er sich nun spontan erinnerte, daß er minutenlang nichts anderes tun konnte, als die frisch gewässerten Blumen anzustarren, die seine Hemden durchnäßten.

Auf einem kleinen Tisch am Fenster, gegen eine Vase mit drei weißen Orchideen gelehnt, stand ein Foto in einem Rahmen aus weichem roten Leder. Cornelia, mit dem Dackel im Arm, stand an der Frankfurter Hauptwache und lächelte in Nairobi. Merkel war noch erschrockener als verblüfft. Er konnte sich nicht entscheiden, ob ihn das Bild ärgerlich stimmte oder in einem ganz unpassenden Moment rührte. Cornelia hatte trotz seiner ironischen Bemerkungen in ihrer Ehe viel Energie mobilisiert, um Fotos von sich und den jeweiligen Haustieren im Reisegepäck ihres Mannes zu verstecken.

Im Laufe der Jahre hatten nur die Motive, nie jedoch der Text der kleinen Kärtchen gewechselt, die sie in die rechte

Ecke des Bilderrahmens klemmte. Diesmal hatte sie allerdings nicht in ihrer steilen Kinderschrift, die Merkel stets verdrießlich stimmte, wenn er sie sah, »Ich liebe Dich!« geschrieben, sondern in Blockbuchstaben »Bis bald ...« gemalt. Jeder einzelne Buchstabe war mit einer anderen Farbe koloriert. Die drei Punkte verunsicherten ihn. Er kam sich düpiert und sentimental vor, weil er sich überlegte, ob Cornelia nicht vielleicht doch mehr geahnt hatte, als sie sich hatte anmerken lassen.

Daß ein Fremder für ihn den Koffer ausgepackt hatte, erschien ihm eher kurios als peinlich. Zwar hatte er in keinem Hotel der Welt einen so ungenierten Umgang mit der Privatsphäre eines Gastes erlebt, und überall sonst hätte er eine so unverhohlene Neugierde und Aufdringlichkeit übelgenommen, doch augenscheinlich war er bereits dabei, das Leben mit anderen Maßstäben zu messen. Der Gedanke erheiterte ihn.

Es klopfte an der Tür. Zweimal leise und einmal laut. Ehe Merkel ein Wort sagen konnte, öffnete ein Mann in kurzen Hosen und weißen Kniestrümpfen einen Spaltbreit die Tür und gab ihr dann einen so gewaltigen Tritt, daß sie gegen die Wand schlug. Der Mann war groß, hatte den kaffeebraunen Teint und den gleichgültigen Gesichtsausdruck der Menschen aus dem Norden Kenias und trug ein silbernes Tablett mit silberner Teekanne, silberner Zuckerdose und einer Tasse mit feinem Goldrand. Ein weißes Schild mit der Aufschrift »Sam« steckte auf der linken Brusttasche des Khakihemds.

Sam zeigte beim Lächeln alle Zähne, sagte sehr laut: »Jambo«, und murmelte dann, mühsam jede Silbe aus der Kehle quetschend: »Your morning tea, Sir.«

»Chai«, übersetzte Merkel.
»Chai«, nickte Sam. Als er das Wort wiederholte, zuckte kein Muskel in seinem Gesicht, doch dann erkannte er, daß der grauhaarige Fremde in der weißen Unterhose mehr als nur das traditionelle »Jambo« der Gäste zur Begrüßung gesagt hatte, und er fing zu keuchen an, stellte hastig das Tablett auf dem kleinen Tisch neben dem Bett ab, wischte sich mit dem Ärmel über die Stirn und sah Merkel staunend an.
»Du sprichst Suaheli?« fragte er.
»Ja.«
»Warum?«
»Ich bin in Samburu geboren.«
»Ich auch«, erwiderte Sam. Er war höchstens zwanzig Jahre alt, und Augen und Ton verrieten, daß er keinen Scherz machen wollte, als er sagte: »Dich habe ich noch nie in Samburu gesehen. Niemand hat dich in Samburu gesehen.«
»Du warst noch nicht einmal im Bauch deiner Mutter, als ich geboren wurde.«
»Ich war immer in Samburu«, beharrte Sam. Nach einem kurzen Schweigen, in dem er Merkel gebannt anstarrte und der zuerst seinen Kopf senkte, verschränkte er die Arme so fest ineinander, daß die Sehnen dunkel wurden, und forderte: »Sprich noch mehr in meiner Sprache.«
»Ich kann alles sagen. Wenn ich will.«
»Sag was. Sag alles.«
»Heute nacht ist eine Uhr davongelaufen.«
»Deine Uhr schläft auf deinem Arm. Hast du sie heute noch nicht gesehen?«
»Ich rede nicht von meiner Uhr«, erklärte Merkel und schlug mit seiner rechten Hand auf den linken Arm, »ich rede von der Uhr, die schneller laufen kann als die Zeit.«

»Your morning tea, Sir«, murmelte Sam. Er lief auffällig schnell zur Tür und schlug sie heftig hinter sich zu, doch er hörte noch gut, daß das Gelächter des Fremden mit der doppelten Zunge lauter war als der Aufschrei der Tür.
Noch während er sich vorbehaltlos der kindlichen Freude an einem gelungenen Coup hingab, erkannte Merkel, daß er nicht hätte lachen dürfen. Es war bereits ein Fehler gewesen, sich so früh, so unüberlegt und so selbstverliebt in das eigene Gedächtnis zu dem schönen Spiel der Worte und zu den Andeutungen hinreißen zu lassen, die Sam offenbar als Drohung mißverstanden hatte.
Er dachte an seine Kindheit und Kamau und die langen Gespräche am Ufer des Flusses. Wie oft hatte ihm der Freund vorgehalten, sein Mund sei schneller als sein Kopf. Redseligkeit, diagnostizierte Merkel, war in seinem Fall wohl eine afrikanische Krankheit. In Deutschland hatte er gut schweigen können. Bis zuletzt. Cornelia, immer zum Verständnis bereit und nie verstehend, fiel ihm ein. Er fragte sich, wann er wohl begonnen hatte, sein Gewissen zu ersticken, doch ihn befriedigte keine einzige Entschuldigung, die er fand. Der Druck in seinem Kopf war gewaltig.
Der Tee schmeckte bitter und war so heiß, daß er ihn nur langsam schlürfen konnte. Er mochte keinen Tee, doch es war ihm angenehm, daß er eine Beschäftigung hatte. Ehe die Kanne leer war, mußte er nichts planen und keine Entscheidung treffen. Er durfte auf keinen Fall den ganzen Tag in seinem Zimmer bleiben, wenn er dem Personal als ein Tourist wie jeder andere erscheinen wollte – ein Mann auf Urlaub, begierig auf das Abenteuer Afrika, ein Durchschnittsmensch mit konkreten Vorstellungen von Ferien, festem Programm und entsprechenden Terminen.

Beim Aufwachen hatte sich Merkel vorgenommen, soviel Zeit wie nur möglich mit dem Auspacken und Einräumen seiner Sachen zu vertun und sich derweil über seine nächsten Schritte klarzuwerden. Nun hatten der Mann mit dem Gewehr und erst recht Sam ihn dazu gebracht, zu bereitwillig der schützenden Maskerade des erschöpften Reisenden zu entschlüpfen. Wie wohl Sam zu seinem englischen Namen gekommen war, ob schon das gesamte Personal über die Skipullover, die pelzgefütterten Stiefel und die rote Mütze im Kleiderschrank Bescheid wußte? Ob der Mann mit dem Gewehr vielleicht seine afrikanischen Shorts gegen eine deutsche Pudelmütze eintauschen würde?
Merkels Haut glühte, als er aufstand und zum Schrank ging. Er nahm die dicken Schuhe in die Hand und warf sie kopfschüttelnd auf den Boden. Mißgestimmt vergegenwärtigte er sich, daß er noch nicht einmal ein paar dünne Socken besaß, die sich für das Klima eigneten, und noch klarer war ihm, daß es ihm unendlich peinlich war, zum Frühstück in einem so lächerlichen Aufzug zu erscheinen, daß sich jeder Gast im Hotel nach ihm umdrehen würde. Er meinte, einen Feuerball weit aufgerissener Augen zu sehen, und schloß entmutigt die seinen.
Nach einiger Zeit ging er trotzdem in das Badezimmer mit den vielen Spiegeln, erblickte in jedem einzelnen sein Gesicht, die Falten und die Bekümmerung, Müdigkeit und Ekel. Um den höhnenden Spiegeln zu entkommen, rasierte er sich rasch und flüchtig, zog die dunkle Hose an, die über dem Stuhl hing, holte ein weißes Hemd vom Bügel und trug die Nelke in die Vase mit den Orchideen. Er krempelte die Ärmel hoch, machte die beiden oberen Knöpfe vom Hemd nicht zu und ließ es über die Hose fallen, stopfte es aber

dann doch in den Bund und wechselte den braunen Gürtel gegen einen roten aus; er fand, daß er wie Hamlet aussah, nur entschieden zu alt für die Rolle, daß es jedoch durchaus zum Wahnwitz der Situation passen würde, den Portier zu fragen, ob Ophelia schon ins Kloster gegangen wäre.
Der Portier, der ihm den Schlüssel mit dem Elefanten überreicht hatte, war von einem schlanken jungen Inder mit melancholischem Blick abgelöst worden. Der Mann wirkte selbstsicherer als sein Vorgänger. Beim Telefonieren fuhr er sich mit einer Hand durch sein glänzendes schwarzes Haar. Als er Merkel auf sich zukommen sah, hörte er sofort auf zu telefonieren und erkundigte sich besorgt, ob er den Tee pünktlich erhalten hätte. Frühstück, sagte er, gäbe es entweder auf der Terrasse oder im klimatisierten Speisesaal.
»Später«, wich Merkel aus und hätte gern gewußt, ob er noch törichter aussah, als er sich fühlte. »Ich möchte erst in die Stadt fahren und ein paar Sachen einkaufen. Können Sie mir ein Taxi rufen?«
»Sir, es ist besser, wenn wir das für Sie erledigen. Nairobi ist keine Stadt zum Einkaufen. Jedenfalls nicht für Fremde.«
»Ich werde mich schon zurechtfinden. Ich kenne das Land von früher und spreche die Sprache. Ich kann gut Suaheli.«
»Ich glaube nicht«, erwiderte der Inder auffallend ruhig, »daß das Ihre Lage erleichtern wird. Das Hotel kann Ihnen wirklich alles besorgen.«
»Ich brauche neue Hemden und dünne Hosen.«
»Das wurde mir schon berichtet, Sir. Für uns ist das überhaupt kein Problem. So etwas kommt alle Tage vor. Viele unserer Gäste merken erst hier im Land, daß sie die falschen Sachen eingepackt haben. Machen Sie sich deswegen keine

Sorgen. Auch nicht wegen der Größe. Beim Auspacken Ihrer Sachen haben wir gleich ein Hemd und eine Hose von Ihnen zurückbehalten. Sagen Sie mir nur, was wir alles anfertigen lassen sollen und ob Sie den Extraschutz haben möchten.«
Merkel fragte sich, ob er vielleicht dann den letzten Teil der langen Rede verstanden hätte, wenn er weniger verwirrt gewesen wäre. Es machte ihn verlegen, daß der Inder so gut über ihn Bescheid wußte und es offenbar selbstverständlich fand, daß das Personal gründlich in den Sachen der Gäste herumstöberte. Selbst wenn Merkel Mut zu Kritik gehabt hätte, wäre ihm das englische Wort für Intimsphäre nicht eingefallen. Es war am besten, überlegte er, so zu tun, als würde er grundsätzlich neue Garderobe bei Hotelportiers ordern. Seltsamerweise gab ihm der Einfall Sicherheit.
Die Stimme war fest, als er sechs Hemden und vier Hosen bestellte, seine Stimmung viel besser. Ihm schien, als habe er die komplizierte Situation optimal gelöst. Der Preis kam ihm erstaunlich niedrig vor. Er bezahlte bar, gab dem Portier ein üppiges Trinkgeld und beobachtete interessiert, wie dieser es in seine Tasche steckte. Zu seiner Überraschung erfuhr er, daß er bei der Ankunft bereits einen Safe gemietet und das Hotel für die ersten drei Tage bezahlt hatte, doch er tat so, als könne er sich an den Vorgang erinnern.
»Sir«, drängte der Inder, »Sie müssen mir noch sagen, ob Sie den Extraschutz wollen.«
»Ich glaube, ich habe Sie da nicht richtig verstanden«, gestand Merkel.
»Sie sagten doch, daß Sie das Land kennen. Neue Sachen sollte man schützen lassen. Vor Krankheit und Überfällen. Auch vor Tod. Wir haben zum Glück Leute an der Hand, die

sich noch auf die alten Sitten verstehen. Ich werde alles für Sie regeln. Den Preis dafür sage ich Ihnen noch. Morgen können Sie die Sachen schon anziehen. Sie werden sich nicht wiedererkennen.«

»Sagen Sie nur, daß Sie das glauben?«

»Was glauben, Sir?«

»Den ganzen Quatsch mit dem Extraschutz.«

»Ich lasse Sie jetzt zum Frühstück bringen«, sagte der Portier. Er lächelte, doch nur mit den Lippen. Seine Augen, längst nicht so sanft wie zuvor und durchaus auch nicht mehr melancholisch, fixierten ein riesiges Geweih über dem Kamin.

Grüngelbgestreifte Markisen schützten die mit weißen Korbsesseln eingerichtete Terrasse oberhalb des großen Swimmingpools, in dessen königsblauem Wasser sich die Bougainvilleen flamingorosa und zitronenhell spiegelten. Mangobäume und Palmen mit Blättern, die sich am letzten Tau kräftigten, wuchsen auf dem tiefgrünen, sehr kurz geschorenen Rasen, über den langbeinige Kronenkraniche stolzierten. Ihr zarter, senffarbiger Kopfputz mit den schwarzleuchtenden Punkten wehte im Wind. Vor dem von Menschen erschaffenen Paradies, das seine goldenen Kälber so gut mit den Illusionen von Reichtum und Luxus zu mästen verstand, hätte Paul Merkel sich noch gut schützen können. Er war zu genügsam, um Verschwendung zu bewundern.

Die üppigen Farben der Tropen jedoch, die Majestät der graziösen Vögel betäubten sein Gedächtnis. Der Schnitt war gewaltig. Er vergaß, wer er gewesen war, vergaß, was er vorhatte, vergaß seine Müdigkeit, Einsamkeit und die Angst vor dem Alter. Beglückt, ohne sich zu rühren, beobachtete er die lautlosen Kronenkraniche, deren Köpfe eins wurden mit dem Licht und dem Schatten. Während unter seinen Füßen die Wurzeln der Vergangenheit zu neuem Leben erwachten, fütterte der Wanderer aus der grauen Welt der Kälte seine Augen mit dem flammenden Überfluß Afrikas und kehrte heim in das Land, das er nie wirklich verlassen hatte.

In einem Marmorbrunnen mit drei hohen Fontänen wälzten sich Glanzstare. Fiel nur ein einziger Tropfen Wasser auf ihre Körper, spiegelte das metallische Blau ihres dichten Gefieders die zartesten Farben des Regenbogens wider. Ein Marabu mit weißer Weste, schwarzem Rücken, rotem, mächtigen Schnabel und dem wissenden Blick seiner Gattung wurde an der mit orangefarbigen Kletterrosen bewachsenen Gartenmauer von einer alten Dame mit rosa Florentinerhut gefüttert. Die Frau beschwor den Vogel mit zärtlich gemurmelten Worten, er schaute jedes Mal zu den Wolken, ehe er einen winzigen Kuchen schluckte.

Eine Anzahl von Gästen saß an runden Tischen, einige bedienten sich am langen Büfett, das mit Melonen in Kürbisgröße dekoriert war, in die großäugige Gesichter geschnitzt worden waren. Vier Köche mit hohen weißen Mützen kratzten in schweren Pfannen. Auf goldtropfenden Ananashälften segelten Schiffe aus Papaya; ein winziger blauer Vogel thronte auf einer Krone aus langen grünen Bananen. Erst, als der Vogel den Schnabel in eine Orchideenblüte tauchte und seine Flügel spannte, sah Merkel, daß er nicht aus Glas war. Ein Hengst, geschnitzt aus Eis, stieß auf einer Kristallplatte hellblauen Zuckerschaum aus den Nüstern.

Merkel wurde wieder Kind und stumm. Er verbiß sich in die

Vorstellung, er dürfe sich nicht bewegen, auch nicht atmen, seine Träume nicht zu Ende denken, um die Pracht nicht zu zerstören. Nur die Augen ließ er kreisen, und dem Hengst aus Eis, dessen Schwanz schon in die Vergänglichkeit tropfte, wünschte er das ewige Leben. Ein Page, der beim Kichern alle Zähne zeigte und eine rote Serviette wie ein Banner vor der Schlacht schwenkte, um eine einzige Libelle zu vertreiben, führte den Zauderer zu einem freien Tisch am Ende des Gartens. Neben der silbernen Kanne und der zum Turm aufgebauten Serviette mit einer blühenden Rose als Fahne stand ein gläserner Kelch.

Der Platz an der Mauer mit den Kletterrosen, die sich voll den Bienen geöffnet hatten, lag weit ab vom Schnittpunkt der deutlichen Konturen, den Wortfetzen und dem Klappern von Geschirr. Merkels Refugium war durchzogen vom süßen Duft einer Verlockung, die zugleich wach und trunken machte. Einen Wimpernschlag lang entließ er sein Verlangen in die Berge, die blau am Horizont schimmerten, und kehrte benommen zurück in die Idylle.

In Reichweite von seinem Tisch, an einer Palme befestigt, war ein Schild mit der Aufschrift »Don't feed the monkeys«, und auf dem Rand des Schildes saß ein zierlicher, grauer Rhesusaffe. Er hielt seinen Kopf schief und die dünnen Arme in die Luft.

Merkel sagte so ernst: »Jambo«, als wisse er noch nicht, daß dem Wort ein Zauber innewohnt, dem er schon erlegen war, und hielt dem Tier mit den kleinen aufmerksamen Augen seine Hand hin. Bald ertappte er sich dabei, daß er mit dem Affen in den gleichen verzärtelnden Schnalzlauten sprach wie die alte Dame mit dem Marabu. Er lachte so unvermittelt und laut, daß er zusammenzuckte. Der Affe schüttelte eine Fliege vom Kopf, schob seinen Körper zum Stuhl hin, streckte beide Arme nach vorn, streifte leise schnatternd Merkels Haar und griff nach einer der auf Eiswürfeln liegenden Butterkugeln. Er aß ohne Hast.

Ein Kellner kam und klatschte in die Hände, um den Affen zu vertreiben, nannte ihn fluchend Dieb, füllte Champagner in den Kelch und fragte, ob er die Speisen an den Tisch bringen sollte.

»Ich gehe selbst zum Büfett«, sagte Merkel. Erst als er vor den Schüsseln mit Obst, den mit Orangenstücken dekorierten Fleischplatten, auf denen die Bienen lagerten, und vor den Pasteten stand, fiel ihm auf, daß der Kellner mit ihm Suaheli gesprochen und er ihm ebenso geantwortet hatte. Es verwunderte ihn nicht mehr, bereitete ihm kaum noch Unruhe, daß das Personal über ihn Bescheid wußte. Obwohl er keinen Hunger hatte, füllte er zur Freude eines Koches, der Pfannkuchen in die Luft warf, seinen Teller randvoll und steckte zum Schluß eine Banane in seine Hosentasche. Sollte der Affe wieder zu ihm kommen, wollte er dies als gutes Omen dafür werten, daß Afrikas Gott es immer noch gut mit den Weißhäutigen meinte, die ihn achteten.

Der grauhaarige Schalk saß auf dem Schild mit der schwarzen Schrift und suchte sorgsam seinen Bauch nach Läusen ab, streckte jedoch schon beide Arme aus, ehe Merkel den Teller hingestellt und sich selbst gesetzt hatte. Er zog die Banane aus seiner Hosentasche, hielt sie dem Affen hin und beobachtete verzückt, wie geschickt das Tier die Schale herunterriß und schnatternd das weiße Fruchtfleisch fraß. Danach sprang der Affe auf den Tisch, ohne auch nur mit einer Pfote das Geschirr zu berühren, kramte einen Würfel Zucker aus der Schale und nahm seinen Platz wieder ein.

»Prost«, sagte Merkel und trank einen Schluck Champagner. Es war, seit seiner Ankunft, das erste deutsche Wort, das er sprach. Es erschien ihm unpassend. Vielleicht weil er glaubte, er könne sich selbst entrinnen, solange er bei den vollen Suaheli-Vokalen oder dem distanzierenden Englisch blieb. Zufrieden fiel ihm ein, daß Nugu das Suaheli-Wort für Affe war. Nugu holte sich den Rest von der Milch aus dem Kännchen, wurde geschwätzig und lockte einen noch vorwitzigeren Artgenossen herbei; der sprang auf Merkels Schulter, ehe er in die Zuckerschale griff und zurück auf das Verbotsschild hüpfte.
Die Jahre und Erfahrungen fielen von Merkel ab. Bilder, nur noch in den verblichenen Farben der Sehnsucht gemalt, verschoben die Zeit zu einer überschaubaren Größe. Er war nie fortgewesen. Sein Kopf berührte den von Kamau. Der hatte nach einem Buschfeuer einen mutterlosen, ganz jungen Pavian im Wald gefunden und dem Freund gebracht. Gemeinsam hatten sie das hungernde Tier gefüttert, erst mit der Flasche, später mit Obst und Nüssen, doch es hatte immer nur auf Pauls Schulter gehockt. Noch jahrelang hatte er die Wärme gespürt und die Bestätigung der Verbundenheit mit der Kreatur.
Merkel, nicht gewohnt, schon morgens Alkohol zu trinken, erwartete den Schmerz im Kopf und die Benommenheit der Sinne, doch er fühlte nur vollkommenes Einverständnis mit sich selbst und eine Trägheit, die allmählich in Befriedigung und danach in Befreiung überging. Es war ihm, als sitze er auf einer Schaukel und müßte nie mehr die Erde berühren. Wenn er die Augen zukniff und wieder aufmachte, wurden aus kleinen schwarzen Punkten seifenblasengroße Kreise des Glücks. In diesem Zustand, von dem er nicht genau

wußte, ob er ihn wach oder träumend erlebte, beschloß Merkel, den ganzen Tag an dem gastlichen Tisch der Ewigkeit sitzen zu bleiben und sich den Affen anzuvertrauen. Zeit bedeutete ihm nichts mehr. Er mußte nicht mehr nach Zustimmung, nicht nach dem Sinn seines Tuns fragen.

»Brauchen Sie noch etwas, Mister Paul?«

Er hatte den Inder nicht kommen sehen, noch nicht einmal bemerkt, daß der auf dem freien Stuhl Platz genommen hatte, doch er tauchte ohne Mühe aus seinem Rausch auf, und er wußte auch, den Lockruf der afrikanischen Sirenen zu deuten, die seine Ohren taub machten für Norm und Logik. An der Schwelle zum Erwachsenwerden, in den mondlosen Nächten von Samburu, an den wärmenden Feuern der grasbedeckten Hütten hatte er gelernt, daß ein Mensch nur seinen Namen herzugeben brauchte, um ein anderer zu werden.

Noch immer verstand er die Botschaft der alten Geschichte. Selbstverständlich wußte er, daß der Fremde an seinem Tisch ihn nur deshalb mit dem Vornamen angeredet hatte, weil er den Nachnamen nicht aussprechen konnte, aber er wußte auch, daß in Afrika der Zufall ein Schicksalszeichen war. Der Kopf war kindisch, das Herz leicht, als sich Merkel seinen Namen nehmen ließ.

»Brauchen Sie noch etwas, Mister Paul?« wiederholte der Inder.

Hätte er ihn nicht zum zweiten Mal so genannt, hätte dieser Paul, dem die Sonne schon die Haut und Illusionen und Aberglaube die Vernunft versengt hatten, vielleicht abermals von dünnen Hosen und Khakihemden gesprochen. Doch der Mann, der er nun war, sagte, als hätte er sich jedes Wort überlegt: »Ich möchte schnell nach Norden.«

»In den Sudan? Sie haben sich zu lange mit den Affen unterhalten.«
»Nicht so weit«, lachte Paul zurück, »Isiolo genügt. Und dann Samburu. Dort bin ich ein Mensch gewesen.«
Der Inder schien nicht überrascht. »Eine Safari, mit einer Reisegesellschaft?« fragte er. Seine Stimme war schläfrig, seine Augen nicht.
»Eine Safari allein. Kann ich einen Wagen mieten?«
»Die Straße dorthin ist gefährlich.«
»Auch mit einem Fahrer?«
»Das weiß man nie, Mister Paul.«
»Ich will nicht alles wissen.«
»Das ist richtig. Wissen macht die Beine lahm.«
Als der Inder mit der schläfrigen Stimme sich zurück in den effizienten Portier verwandelt hatte, verscheuchte er die beiden Affen und sagte zu, sich nach einem Wagen umzusehen und auch jenen Teil des Gepäcks aufzubewahren, der Mister Paul nur hinderlich sein würde.
»Sie sollten«, schlug er vor, »auch nicht zu viel Geld mitnehmen. Sie haben ja Ihren Safe bei uns. Gabriel wird auf Ihrer langen Reise für alles sorgen.«
»Wer ist Gabriel?«
»Ihr Fahrer.«

3

Erreichten den Mann aus den fernen Hütten des Hochlands Neuigkeiten von zu Hause, so redeten ihn die Boten aus Naro Moru mit Kinanjui an. Das war der alte, zungengeschmeidige Name, den ihm sein kluger Vater gegeben hatte, als Kinanjuis Augen noch nicht weiter als bis zum Baum auf dem Tabakfeld reisen konnten. Die jungen Männer, die Kinanjuis richtigen Namen gebrauchten, erzählten ihm von seiner Frau und den zwei Söhnen. Weil er später seine Kinder zur Schule schicken wollte, hatte Kinanjui sein Dorf, die große Familie, die Freunde und die vielen von ihm selbst ausgetretenen Pfade verlassen, um sich in Nairobi Arbeit zu suchen.

Nun wohnte er mit den Männern, die auch die Wurzeln abgeschnitten hatten, ehe sie voller Saft waren, und die ohne den Rat der erfahrenen Alten und ohne die Freude an bekannten Gesichtern auskommen mußten, in einem dampfenden Wellblechkasten. Der stand, umgeben von sonnengeschwärzten Büschen, staubvollen Kakteen, scharfrandigen Glasscherben und rostzerfressenen Dosen in jenem von Unrat ermordeten Viertel der großen, lauten Stadt. Menschen, die anderswo leben durften, hielten sich schon die Nase zu, wenn sie die Baracken aus der Ferne sahen. Auch wenn sie in einem Auto saßen.

Neuigkeiten aus der guten alten Welt der kalten Nächte und der brustreinigenden Luft des schneebedeckten Berges kamen nur selten für Kinanjui in Nairobi an. Das konnte nicht anders sein. Nachrichten von Kindern, die von der Milch einer einzigen Ziege satt wurden und für die der Vater auch noch sehr lange kein Schulgeld brauchen würde, drängten Kinanjui nicht zur raschen Tat. So war es auch mit seiner Frau.

Sie trug seit vier Monaten wieder neues Leben in sich. Sollte Gott Mungu es gut mit Kinanjui meinen, seine Beine vor eitrigen Beulen, die Stirn vor der Glut von Fieberangriffen verschonen und seinen Bauch wenigstens so gut füllen, daß sein Kopf nie ohne Hoffnung auf gute Tage war, wollte er seine Frau nach der Geburt des neuen Kindes besuchen.

Es waren nämlich nicht genug Safarigäste in Nairobi und Kinanjui ohne Verdienst. In solchen Zeiten war eine Fahrt nach Naro Moru zu weit und zu teuer. Für einen Mann wie Kinanjui, der lesen, schreiben und die Augen von weitgereisten Menschen mit den Dingen füttern konnte, nach denen sie hungerten, war es nicht klug, nur deshalb die Möglichkeiten, die ihm in Nairobi geboten wurden, wie Erde durch die Finger gleiten zu lassen, weil er den prallen Leib seiner Frau fühlen wollte. Wer sich, ohne lange nachzudenken, den Stolz der Väter auf den eigenen Samen leistete, hatte rasch kleine Löcher in den Schuhen und große im Magen.

Erreichten Kinanjui jedoch Botschaften, die an Gabriel gerichtet waren, zögerte er keinen Moment mit dem Aufbruch. Als Gabriel war Kinanjui ein fröhlicher junger Mann, ein beneideter Gebieter des Lebens, der seinen Kopf so hoch tragen durfte, daß nicht der kleinste Schatten die

Schultern schwer machte. Gabriel war, wenn er Arbeit hatte, schnell, schlau und so ehrlich wie möglich. Da war er nicht nur der Chauffeur eines Toyota, dessen Dach sich öffnen ließ und der so schnell über jedes Schlagloch fliegen konnte wie ein Vogel, der sein Nest ansteuerte. Saß Gabriel am Steuer, gehörten ihm alle Männer und Frauen in seinem Wagen und auch das Funkgerät, das ihm Kontakt zu jedem gleich Gesegneten auf der Strecke verschaffte.
Auf Safari war Gabriel ein von allen bewunderter Spurenleser. Hatte er auf den Bäumen, am Ufer der Flüsse und im hohen Gras viele Tiere erspäht, lobten die Fremden seine Augen und seine Klugheit, schlugen ihm auf die Schulter und boten ihm Kaugummi, Cola und Zigaretten an. Diese Fremden waren immer satt und so reich, daß sie nur Geldscheine in den Lederbeuteln duldeten, die um ihren fest gepolsterten Hals hingen. Abends drückten ihm zufriedene Safarigäste lachend die Münzen in die Hand, die sie bei ihren kleinen Einkäufen erhalten hatten. Nie stank Gabriel, dem Leute mit Besitz das Glück ihrer teuren Fotoapparate und ihr Leben anvertrauten, nach altem Bier und dem Schweiß der Armen.
Im Toyota trug er helle, saubere Hosen, frisch gebügelte Hemden mit tiefen Taschen, sorgsam geputzte Schuhe, in denen das eigene Gesicht glänzte, und eine Uhr mit goldenem Sekundenzeiger und einem breiten schwarzen Band, das das Handgelenk kräftig machte. Ein Amerikaner hatte Gabriel die Uhr geschenkt, weil der an einem Tag drei auf Bäumen schlafende Leoparden aufgespürt hatte.
Besonders wichtig war das silberumrandete weiße Schild auf Gabriels linker Brusttasche. Auf ihm war nicht nur sein englischer Name geschrieben, den nur Menschen mit

Schulwissen aussprechen konnten. Das kleine Schild machte den Mann groß, der es tragen durfte.
Gabriel wurde immer dann zur Arbeit befohlen, wenn der Inder in dem von einem wirbelnden Ventilator gekühlten Büro der Kenya Safari Tours an der Kenyatta Avenue einen besonderen Auftrag hatte. Der Inder schätzte nur Fahrer, die nicht leicht ermüdeten, die sich wie die Weißen benehmen konnten und sich gut auskannten – mit den Straßen, den vielen Lodges im Hochland und den verwirrten Köpfen von Europäern und Amerikanern, denen Afrikas Sonne Haut und Hirn so rasch versengte wie ein Buschfeuer die Wälder. So ein Safaribegleiter war Gabriel.
Er verstand sich gut mit den Menschen, die sich für Geld alle Freuden kaufen konnten, die sie brauchten, und beim Lachen das Gold ihrer Zähne zeigten. Sie hatten schnell austrocknende Kehlen, Schweißtropfen auf der Stirn, die auf ihrer weißen Haut wie Morgentau auf langem Gras schimmerten, und glaubten, alle Tiere wären ihre Brüder. Ihnen waren dösende Löwen und brüllende Elefanten, selbst ein Zug träge dahinziehender Paviane und eine Gruppe bewegungsloser Geier auf einem Dornenbaum wichtiger als die Scherze, mit denen ein Freund dem anderen in Stunden der Traurigkeit Heilung für den Kopf verschaffte.
Die Männer und Frauen, die Gesicht und Arme mit Salben einschmierten und nach den Gewürzen der Satten dufteten, brachten so feste Jacken mit, daß sie nie naß wurden. Auf dem Kopf hatten sie bunte Hüte und auf ihren Schultern die breiten Riemen von großen Taschen aus Leder. Solche Menschen hatten es nicht nötig, ihren Augen zu befehlen, jene Bilder zu behalten, die sie mit nach Hause nehmen wollten. Das überließen sie ihren geliebten Fotoapparaten

mit den tüchtigen Zooms. Wenn die Bilderfresser dieses Wort aussprachen, und das taten sie oft, klangen sie wie Heuschrecken vor einem Gewitter. Zooms konnten die größten Entfernungen so leicht verschlingen wie ein Gepard ein mutterloses Gnukalb.

Auf den Fotos, die die Safarigäste Gabriel zeigten, sah es immer so aus, als ließen sich Löwen, die scheuen Gazellen und auch die Nashörner mit der Hand berühren, ohne einen einzigen Laut zu geben. Gabriel liebte diese Bilder einer verkehrten Welt, in der kein Tier das andere fraß und ein einzelner Wassertropfen so bunt war wie ein ganzer Regenbogen. Die Fremden waren so stolz auf ihre Fotos, als hätten sie statt mit einem Knopf ihrer Kameras mit einem teuren Gewehr Beute gemacht und dabei ihr Leben riskiert.

Für Gabriel boten die Safaris die beste Möglichkeit, für sich und die Seinen zu sorgen. Er mußte nur klug sein und sich nicht damit begnügen, nur den Wagen ordentlich zu steuern. Ein schlauer Fahrer durfte Augen, Ohren und Nase keine Ruhe gönnen, wollte er das Wild finden, das die Touristen anbeteten wie die Menschen Afrikas die alten Götter. Nur wer fleißig war und allzeit Beine, Arm und Kopf wie den bockenden Motor eines alten Lastwagens antrieb, konnte genug Geld nach Hause schicken.

Mußte Gabriel in den stinkenden Hütten bleiben, verhielt er sich nicht so wie die vielen Männer, die immer nur einen Tag und nie diejenigen sahen, die noch kommen würden. Waren die Dummen ohne Arbeit, saßen sie unter Bäumen, spielten Karten, tranken teures Bier und warteten, daß einer nach ihnen rief. In Nairobi hatte Gabriel jedoch schnell begriffen, daß jene mächtigen Leute, die Arbeit zu vergeben

hatten, sich weder die Namen noch die Gesichter von Menschen merken konnten, die Arbeit brauchten.
Obwohl der Weg fast zwei Stunden dauerte und die Sonne die Kehle verbrannte, lief Gabriel jeden Tag in das feine Büro von Safari Tours in der Kenyatta Avenue. Dort fragte er, ohne den Kopf zu hoch zu heben, ob Mister Singh, dessen Hemden so weiß waren wie frisch gemolkene Milch, einen Auftrag für ihn hätte. Die fünf Männer, mit denen Gabriel den fensterlosen Raum teilte, verspotteten seine Ausdauer und behaupteten, die Leute aus Naro Moru hätten bessere Beine als Köpfe, doch Gabriel ließ sich weder von ihrem bösartigen Gelächter noch von den Schmerzen in seinen Fußsohlen entmutigen, bei Sonnenaufgang zur Kenyatta Avenue loszuziehen. An einem Tag, als er nicht mehr wußte, wie er seine Unterkunft zahlen sollte und er seinen leeren Bauch nur noch mit Hoffnung füllen konnte, wurde endlich seine Geduld belohnt.
»Morgen früh bist du im Norfolk«, sagte Singh, »mein Bruder hat dann Dienst und wird dir sagen, wohin die Safari geht. Eine Einzelfahrt.«
Als Singh die beiden letzten Worte aus seinem Mund ließ, hatte er den schmalen Blitz des Wissens in seinen Augen. Er faßte, wie Gabriel erwartet hatte, kurz an den Knoten seiner blauen Krawatte und sagte: »Das wird sich lohnen.« Danach verlangte er die üblichen fünf Dollar für seine Vermittlung. Singh wußte genau, daß die meisten Touristen die Trinkgelder in Dollar zahlten und daß Gabriel stets die genau passende Summe bei sich hatte, wenn er nach Aufträgen fragte. Sobald er zu handeln versuchte, brauchte er sich nie mehr bei Singh blicken zu lassen.
Diesmal schmerzte ihn die Forderung, die er nur aus Ge-

wohnheit in Essen für seine Kinder und zwei Päckchen Zigaretten für sich umrechnete, weniger als sonst. Ausnahmsweise hatte die Lügenhyäne Singh mal die Wahrheit hinausgeheult. Aufträge aus dem Norfolk lohnten sich immer, denn die Menschen, die dort wohnten, hatten noch mehr Geld als gewöhnliche Reisende, besonders dann, wenn sie allein mit einem Fahrer losfahren wollten.

Nicht nur weil sie meistens Hemden mit Kragen statt T-Shirts mit bunten Bildern auf der Brust trugen, waren die Augenjäger aus dem Norfolk anders als Touristen, die schon ihre Safaris bezahlten, wenn sie zu Hause ihre Flugtickets kauften. Die Leute, die sich zu sechst ein Auto teilten, lachten viel, und doch bepflanzten sie nicht immer das Herz ihres Fahrers mit Zufriedenheit. Weil ihnen nackte Haut mehr Freude machte als lange Hosen, verschmorten zu oft Klugheit und Geduld. Auch mußten Safarigäste, die als Gruppe unterwegs waren, regelmäßig gefüttert werden, sollten sich ihre Gesichter nicht mit Unmut verflecken. Wenn sie in der Hitze Alkohol tranken, schnatterten sie so laut wie Affen, die sich am Saft vergorener Früchte berauschen, und vertrieben mit ihrem Gebrüll die Tiere, die sie sehen wollten.

Gabriel, der seine Ohren für die wirklich wichtigen Laute auf einer Safari brauchte und Streit nicht mochte, schätzte Gäste vom Norfolk – nicht nur, weil sie genug Geld hatten, um zu wissen, wieviel davon ein Fahrer am Ende der Reise brauchte, um ihren Dank nicht mit zusammengebissenen Zähnen in die Tasche zu stecken. Wer allein auf Safari ging, war selten jung und hatte keine großen Löcher mehr im Kopf. Die klugen Alten sorgten sich nicht immerzu um einen gutgefüllten Bauch und um das beste Futter für ihre

Kameras. Ein vom Leben gut gehobelter Mensch wurde nicht nur deshalb schwer mit Wut, weil ein Löwe in der Mittagshitze schlief und auf den Fotos wie ein toter Stein aussehen würde.

Wer niemanden mehr fand, mit dem er Scherze und Ärger teilen konnte, lachte selbst Vögeln und Disteln zu. Begann ein Mensch die Zähne zu verlieren und auch die Kraft der Zunge, verlangte er vom Fahrer nicht zu gleicher Zeit Sonne und Mond, Zebra und Elefant. So einer forderte im Baumhotel keinen Swimmingpool und in der Trockenzeit keinen Regen. Alten Leuten, ob schwarz, ob weiß, ob satt oder arm, genügte es, die Augen aufzumachen und nicht ständig den Mund.

Dennoch hoffte Gabriel, der stolz auf seine Englischkenntnisse war, daß der reiche Mann aus dem Norfolk, der sich ein ganzes Auto für seinen Körper leisten wollte, die gleiche Sprache reden würde wie er. Eine Safari ganz ohne Worte war nicht gut, war wie eine Ziege mit eingetrockneten Eutern. Wenn es auch nicht schlau war, zuviel mit Fremden zu reden, die ihrerseits dann auch nach Dingen fragten, die sie besser nicht wissen sollten, so brachten Gespräche doch immer ein gutes Trinkgeld. Menschen, die unterwegs an ihrer Neugierde erstickt waren, zählten am Ziel zu gründlich ihr Geld.

Die Sonne hatte noch nicht ihre Schatten verschluckt, als der Portier vom Norfolk Gabriel zu seinem künftigen Fahrgast führte. Der war gerade beim Mittagessen, und das fand Gabriel klug von Singh eingerichtet. Es war besser, mit einem Fremden die ersten Worte zu sprechen, wenn er nicht zuviel mit einem leeren Magen reden mußte.

Paul saß allein an dem Tisch an der Gartenmauer, und Ga-

briel sah sofort, daß er sich nicht aufmerksam mit dem saftigen Stück Fleisch auf seinem Teller unterhielt. In der Art von Menschen, die vergessen haben, was sie suchen und trotzdem immer weiter Ausschau halten, trieb er seine Augen immer wieder von sich fort. Gabriel überlegte, woher ein Mann stammen könnte, der vor einem vollen Teller saß und Wolken zählte. Bestimmt nicht aus Amerika oder Italien.
Amerikaner aßen nur mit einer Hand und ließen die andere auf ihren Knien schlafen, Italiener hatten die Hautfarbe von Indern und ebenso schöne Sonnenbrillen wie Uhren. Gabriel hoffte, daß sein Fahrgast nicht aus England kam. Ab einem bestimmten Alter nannten die Engländer die Männer aus Afrika zu oft »Boy« und glaubten, schwarze Ohren würden auch sonst nichts verstehen.
Dennoch war Gabriel nicht so unwissend wie ein frischgeborenes Kalb. Er erkannte an den Knöpfen aus Metall, daß Pauls Khakihemd von dem unfreundlichen Schneider genäht worden war, der mit den Brüdern Singh verwandt war und dem alle Aufträge aus dem Norfolk zugeschoben wurden. Die Knöpfe waren es dann auch, die als erste zu reden anfingen. Zweifellos hatte der Mann, der seinen Augen keine Ruhe gönnte, sich so schnell zu einer Safari entschlossen, daß er sich erst in Nairobi Hemden hatte beschaffen müssen, um unterwegs nicht wie eine kleine Pfütze in der Sonne zu verdampfen. Also war er auch kein Deutscher. Deutsche machten keine Fehler und fuhren nicht mit falschen Hemden von zu Hause los. Die hatten selbst die richtige Medizin in der Hosentasche, wenn sie von einer Mücke gestochen wurden, Tücher für ihre Nase und wußten schon bei Sonnenaufgang, worüber sie sich abends ärgern wollten.

»Das ist Gabriel, Mister Paul«, sagte der Portier und faßte beim Sprechen, genau wie sein Bruder bei Safari Tours, an den Knoten seiner Krawatte. »Der beste Fahrer, den wir haben. Genau, wie ich Ihnen versprochen habe. Auf Gabriel können Sie sich verlassen. Mit ihm verlieren Sie keine Minute Ihrer Ferien.«
»Ich darf Minuten verlieren«, lächelte Paul, »ich bin nicht in Eile.«
Er sah den jungen Mann an, der ihn mit runden, dunklen Augen aufmerksam fixierte, und grübelte einen kurzen Moment, ob er »Jambo« sagen und wieder von dem Zauber kosten sollte, der im ganzen Hotel Gesichter erhellte und ihn selbst so heiter stimmte, daß er immer süchtiger nach der sprachlichen Verbundenheit mit den Menschen Afrikas wurde, nach denen er sich so lange gesehnt hatte. Mit einem Mal kam er sich jedoch töricht, sentimental und auch hilflos vor. Er merkte, wie er sprachlos wurde. Als er auf den freien Stuhl wies und Gabriel bat, sich hinzusetzen, zitterte seine Hand.
Gabriel näherte sich langsam dem Tisch und schien jeden seiner Schritte zu zählen. Seine Bewegungen, die Ruhe in seinem Gesicht, die Art, wie er sich auf den Stuhl gleiten ließ und dann in die Ferne blickte, als interessiere ihn nur das Leben jenseits vom Horizont, irritierten Paul. Er glaubte, den jungen Mann zu kennen, und hatte gleichzeitig die Vorstellung, er dürfe ihm das nicht sagen.
Er biß, obwohl er sich vorgenommen hatte, gerade dies nicht zu tun, seine Zähne so fest aufeinander, daß sein Kiefer zu schmerzen und seine Ohren zu dröhnen begannen. Entsetzt fühlte Paul, daß ihm salziger Schweiß in die Augen rann. Das Atmen fiel ihm schwer. Er meinte, sein Herz laut

schlagen zu hören, und er schämte sich sehr seiner Schwäche vor den beiden jungen Männern, von denen er genau bemerkte, wie sie ihn neugierig anstarrten. Angstvoll bohrte er seine Finger in die Rippen. In diesem Moment der Panik ließ die Anspannung jedoch so unvermittelt nach, wie sie gekommen war. Er konnte wieder sehen, hören, sprechen und fand erlöst, wonach er fiebernd gesucht hatte.

Es war nicht Gabriel, den er kannte, nur seine Miene war ihm vertraut, diese Mischung aus Verlegenheit, Neugierde, Naivität, Schroffheit und trotzigem Selbstbewußtsein. Wie oft hatte er als Kind diese Gesichter gesehen, die sich nicht auf Anhieb offenbarten und die doch, wenn einer ihnen vertraute, auf immer ihr Geheimnis preisgaben. Wie sehr hatte es ihn in den dunklen Stunden, da er sich verloren gewähnt hatte, zu dieser heilenden Magie gezogen. Er hörte Gabriel sprechen, hörte ihn fragen, wohin die Reise gehen und wann sie anfangen sollte, und die eigene Stimme kehrte zu ihm zurück.

»Nach Isiolo«, erwiderte Paul und umspülte jede Silbe mit Genuß, »will ich. Schon gestern.« Obwohl ihm aufgefallen war, daß Gabriel gut Englisch sprach, rechnete er fest damit, daß der seinen Scherz nicht verstehen würde, doch der beugte sich mit einer weit ausholenden Bewegung über seine Uhr und drehte schweigend die Zeiger um vierundzwanzig Stunden zurück. Sie lachten beide und zu gleicher Zeit.

»In Isiolo gibt es keine Löwen«, sagte Gabriel, »auch gestern nicht.«

»Ich brauche keine Löwen.«

»Was brauchen Sie auf einer Safari, Sir?«

Der abrupte Wechsel vom Scherz der Worte zum Ernst der

Realität rührte Paul. Noch immer beherrschte er das Spiel. Es hatte viele Variationen, und nie glich eine der anderen. Er schloß die Augen, als müßte er sich anstrengen, um auf Gabriels Frage eine Antwort zu finden, und sagte, sehr langsam, eine Spur zu deutlich: »Das werde ich erst wissen, wenn morgen gestern ist.«

Gabriel schüttelte so leicht den Kopf, daß er den Luftzug spürte, doch er bewegte nicht seine Lippen. Er kannte sich mit Menschen aus, die nicht vergessen hatten, daß sie auch Affen waren. Die füllten selbst dann die eigenen Ohren, wenn sie mit anderen sprachen. Solche Menschen waren empfindlich wie die Blüten des Hibiskus kurz vor ihrem Tod. Eine angeschwollene Zunge durfte nicht gedrängt werden.

»Isiolo liegt doch auf dem Weg«, unterbrach Paul das schöne Schweigen, und es gelang ihm, in Stimme, Augen und Geste jenen Hauch von Scherz zu träufeln, von dem er nun wußte, daß Gabriel ihn erwartete.

»Auf welchem Weg?«

»Auf dem Weg nach Samburu.«

»Warum«, fragte Gabriel und zeigte beim Lachen jetzt auch jene Zähne, denen er nur selten Freiheit gönnte, »haben Sie das nicht gleich gesagt, Sir, daß Sie nach Samburu wollen? Alle wollen nach Samburu. Dort warten die Elefanten.«

»Ich bin nicht alle«, sagte Paul, »ich kenne die Elefanten in Samburu schon.«

»Sind die zu Ihnen nach Hause geflogen, Sir?«

»Ich bin in Samburu geboren, Gabriel.«

»Mein dritter Sohn auch. Kennen Sie ihn?«

»Der dritte Sohn? Wie alt ist er denn?«

»In fünf Monaten ist er schon einen Tag alt, dann wird er Ih-

nen jedoch noch nicht sagen können, daß der Weg nach Samburu weit ist.«
»Sehr weit«, bestätigte Paul.
Er wußte nicht genau, ob er von den Jahren seines langsamen Verlöschens sprach oder nur von seinem plötzlichen Entschluß zum Aufbruch. Wollte er wirklich nach Samburu oder nur fort von sich selbst?
»Wollen Sie morgen schon nach Samburu? Wir werden vor dem Hotel stehen, wann Sie es wollen.«
»Wer sind wir?«
»Ich und das Auto.«
»Morgen ist gut.«
»Haben Sie genug Filme gekauft? In Samburu sind sie sehr teuer.«
»Ich brauche keine Filme, Gabriel. Ich habe keine Kamera mitgenommen. Nur meine Augen.«
»Sie haben vier.«
Zwei Augen im Kopf und zwei für die Brille – der Scherz der Kindertage. Paul hieß ihn willkommen und lachte, als hätte er ihn das erste Mal gehört. Er sah, daß Gabriel sich im Weggehen zweimal nach ihm umdrehte, und er erinnerte sich wieder so genau, als sehe er seine Kindheit durch ein Mikroskop, daß dies ein Mann nicht durfte. In Kenia hieß es, wer beim Abschied nicht nach vorn blicke, käme nicht zurück. Orpheus fiel ihm ein, doch das Lied der letzten Trennung war leicht und süß.
Seine Kehle war trocken von den Worten, die er nicht ausgesprochen hatte, weil er sie nicht vor dem Portier hatte sagen wollen. Er leerte auf einen Zug sein Glas. Das Bier war sehr warm, hatte wenig Alkohol und roch nach Seife, aber es schmeckte ihm. Die Mahlzeit, die er noch nicht einmal zur

Hälfte gegessen hatte, begann ihn müde zu machen. Es war eine angenehme, sanfte Mattigkeit mit angenehm sanften Gedanken, die sich als Träume tarnten. In der Glut des frühen Nachmittags flammte die lila Bougainvillea rot. Ein Marabu schob seinen schweren Körper zum Swimmingpool mit den treibenden Blättern, spiegelte sich im Wasser und öffnete den Schnabel.

Die Kellner trugen das Geschirr in die Küche und kamen nicht wieder. Es wurde so still, daß Paul den Marabu trinken hörte. Eine Katze im Kupferkleid mit schwarzer Klappe über einem Auge rannte durch den Garten und verstörte die violett glitzernden Glanzstare, doch weder die Jägerin noch die Vögel, die sich mit nur wenigen Flügelschlägen retteten und sofort zurück zu ihrem Platz am Brunnen flogen, gaben Laut. In den Bäumen schliefen die Affen, die langen Arme um den schlanken Leib gewunden.

Einmal glaubte Paul, eine Frau hätte ihn gerufen. Sie hatte Cornelias Stimme, zu kindlich und sehr rührend. Er nahm sich vor, seiner Frau noch am Abend zu schreiben, ihr zu erklären, was er selbst nicht verstand. Als er jedoch in Gedanken den ersten Satz so formuliert hatte, daß er keine weiteren Beweise mehr würde vorlegen müssen, fiel ihm Gabriel ein. Der Mann und die Art, wie er auf seine Scherze eingegangen war, gefielen ihm. Es war so lange her, daß er sich lachend von seinen Ängsten befreit hatte. Er schaute zu den Wolken, die so weiß waren am hellen Himmel, daß das Licht ihn blind machte und gleichzeitig mit der Ruhe des großen Vergessens tränkte. Auf einem Baum hockten zwei sandfarbene Klippschliefer und nagten an überreifen Mangos; der Saft färbte ihr Fell orange. Sie riefen dem Deserteur zu, daß auch sie Männer waren, die nicht fragten. Er staunte, daß er

nach so langer Zeit noch mit Klippschliefern reden konnte – wann immer er die zutraulichen Tiere gerufen hatte, hatten sie ihm eine befriedigende Antwort gegeben und sein Gewissen gestreichelt.
In dem unendlichen Raum ohne Zweifel gelang es Paul, sich für den Bruchteil einer besänftigenden Lüge weiszumachen, Gabriel hätte ihm deshalb sofort gefallen, weil er ihn an Jens erinnerte. Ehe er aber in seinen Dämmerzustand zurückglitt, fiel ihm sein Irrtum auf. Sein Sohn und Gabriel mochten im gleichen Alter sein, doch mit Jens lachte er nicht. Seit Jahren schon nicht mehr.
Als Paul aufwachte, setzte der Himmel an, sich zu verfärben. Der Marabu hockte auf einem Baumgipfel, der Rasen war schon ergraut. Nur die Kronenkraniche waren geblieben. Sie steckten ihre zarten Köpfe zusammen und ließen sich vom jungen Wind fächeln; ihre graziöse Geselligkeit erweckte in Paul das Verlangen, nicht allein zu sein – ein Bedürfnis, das er seit Jahren nicht mehr empfunden hatte und das ihn mit einer Kraft belebte, die er als Jugend deutete. Er beschloß, in die Bar zu gehen.
Die Bar war von nachtblauen Gardinen aus Samt fast völlig abgedunkelt, sehr kühl und – am späten Nachmittag – noch leer. Auf die längste Wand aus dunklem Holz waren geschwungene Hörner um einen großen Büffelkopf montiert, die meisten von Impalas. Unter dem Ventilator schwebte ein ausgestopfter Löwe, der aussah, als würde er lächeln. Paul putzte seine Brille, die nach der langen im Garten verbrachten Zeit von winzigen Insekten verklebt war wie die Scheiben von rasenden Autos aus der Welt, die mit jeder Sekunde zusammenschrumpfte. Er ging auf den Löwen zu, sah, daß er aus Plüsch war und einen kleinen Metallknopf

im Ohr hatte, und erschrak, als er eine Hyäne brüllen hörte, noch mehr, als ihm aufging, daß er es war, der so laut lachte.
An der mit hellgrünen Rosenranken bemalten Wand hinter dem Tresen hingen vergilbte Fotos in erdrückenden schwarzen Rahmen. Es waren Bilder von Männern, die Paul bekannt vorkamen, weil sie alle aussahen wie der junge Hemingway. Sie trugen verschwitzte Khakijacken mit vielen Taschen, hatten gierige Augen und stützten sich auf ihre Gewehre.
Der junge Mann am Tresen lebte. Er war auffallend groß, viel dunkelhäutiger als die Kellner im Garten und nach Pauls Einschätzung einer aus dem Stamm der Lumbwa; mit einem Messer in der Größe eines Beils zerhackte er Eiswürfel zu winzigen Kristallen. Er sagte mit einer Fröhlichkeit, die sein Gesicht im Schein einer grün schimmernden Lampe grau färbte, »Jambo«, fragte Paul, wobei er beim Suaheli blieb, was er trinken wolle und ob er seine Uhr schon gefunden habe.
»Welche Uhr?«
»Die Uhr, die du gestern hast fortlaufen sehen. Sie hat jetzt einen Hut aus Wolle. Soll ich dir eine Medizin mischen?«
»Eine Medizin? Für was braucht ein Mann in einer Bar Medizin?«
»Für seinen kranken Kopf.«
»Du weißt viel«, erkannte Paul.
Er wollte sich gerade an den mit rotem Leder gepolsterten Tresen in Hufeisenform setzen, als er den Mann in einer Ecke an einem großen runden Glastisch sitzen sah. Er ähnelte auf geradezu frappierende Weise den Männern auf den Fotos, obwohl er viel älter war als sie. Seine Haut war

wie schlecht gegerbtes Leder, die Brust unter dem offenen Hemd sehr behaart, das Haar selbst dicht und weiß und die Schultern noch immer breit.

»Kommen Sie zu mir, Mister Paul«, rief der Mann, »Mister Smith betrinkt sich nicht gern allein. Erzählen Sie mir, was Sie in Samburu wollen.«

Paul ging auf den Mann zu, ohne sich nur einen Augenblick zu vergegenwärtigen, wie seltsam, wohl auch beängstigend es war, daß auch der über ihn Bescheid wußte. Er lauerte auf das pedantische Einschätzen einer dubiosen Situation, das ihm noch vor so kurzer Zeit Sicherheit gegeben hatte, doch er begriff, daß es ihm nicht mehr nach Logik noch Erklärungen verlangte. Sein Wille, Dinge zu tun, die ein Mann tun mußte, war schon gestorben, und er selbst war frei, war der Enge des Überschaubaren für immer entronnen. Der Rausch täubte ihn so, daß er in den Spiegel über Mister Smiths Kopf schauen konnte, ohne den Blick von sich abzuwenden.

»Woher wissen Sie, daß ich nach Samburu will?« fragte er.

»Sie haben doch vor zwei Stunden einen Wagen für morgen bestellt.«

Smith hatte trotz seines Alters eine Stimme, die von den Wänden zurückprallte wie ein Echo in den Bergen. Er sprach das altmodische Englisch der Kolonialzeit, machte lange Pausen zwischen seinen Sätzen, stopfte oft und umständlich seine Pfeife und erzählte, er sei in seinem ersten Leben Offizier bei der britischen Armee gewesen und habe in seinem zweiten eine Farm in den Aberdare-Bergen gehabt.

»Ist das jetzt ihr drittes Leben?« fragte Paul.

»Ich lebe überhaupt nicht mehr. Ich bin vergessen worden.«
»Wer hat Sie vergessen?«
»Alle«, erwiderte Smith gut gelaunt. »Erst meine Frauen und die Kinder, dann die Kikuyus, die im Mau-Mau-Aufstand mein Haus niederbrannten und vergaßen, mich totzuschlagen. Schließlich habe ich mich selbst vergessen. Seitdem bin ich glücklich. Wenn man nicht mehr weiß, wer man ist, hat man keine Sorgen. Und auch kein Geld.«
»Das kann ich mir vorstellen«, murmelte Paul. Es drängte ihn, Smith zu fragen, wie er ohne Geld in einem so teuren Hotel wie dem Norfolk wohnen konnte, noch war er jedoch nicht soweit, um sich der naiven Neugierde Afrikas anzuvertrauen. Der alte Mann zupfte die Haare auf seiner Brust und erzählte, daß er in seiner Jugend Löwen gejagt habe.
»Ein Mann, der Löwen gejagt hat, gefällt allen. Der kann Besseres erzählen als einer, der immer nur Felder umgepflügt hat. Der Manager vom Hotel sieht es gern, daß ich ab und zu hier absteige und die Gäste mit meinen Geschichten unterhalte. Aber morgen ziehe ich schon weiter.«
»Wohin?«
»Keine Ahnung. Vielleicht nach Samburu.«
Paul fand, das klang eher wie eine Drohung als eine Absicht. Er war sicher, daß Smith ihn nur in ein Gespräch gelockt hatte, um sich als Reisegefährte anzubieten.
»Ich weiß, was Sie denken«, lächelte Smith. »Machen Sie sich keine Sorgen. Ich laß sie allein auf Safari gehen. Wenn es einer nötig hat, dann Sie. Außerdem weiß ich am Abend nie, wohin es mich am nächsten Morgen treibt. Deshalb sind mir ja alle Frauen fortgelaufen.«
»Alle«, fragte Paul, »wie viele?«
»Ich weiß es nicht mehr. Sind Sie verheiratet?«

»Ich glaube ja«, erwiderte Paul.
»Das ist gut, wenn Sie es nicht mehr genau wissen. Deutliche Erinnerungen sind schlimmer als frische Wunden.«
Sie tranken erst Gin mit Tonic, dann Gin pur mit der Wehmut von Menschen, die nur noch die Bilder ihrer Jugend klar sehen. Der alte Smith erinnerte sich an das Pferd, das er hatte erschießen müssen, weil es sich auf einer Safari ein Bein gebrochen hatte. Er weinte zwei große Tränen und lachte sehr, als ihm einfiel, daß er sich bald danach auch von seiner zweiten Frau getrennt hatte.
»Die hab ich nicht erschossen. Die kam mir abhanden. Mit einem Schiffskapitän, und seitdem grübele ich, was ein Kerl von der britischen Marine auf dem Mount Kenya zu suchen hat.«
Paul dachte an Cornelia, doch sie hatte Annes Gesicht, und beide steckten sie Zettel in die Taschen seiner neuen Hemden. Da ahnte er, daß er schon auf dem Weg war, die größten Risse seines Lebens zu vergessen. Er fand den Gedanken sehr komisch, daß er vor der Abfahrt seine Robe zur Reinigung gebracht hatte.
»Wissen Sie eigentlich, daß es gefährlich ist, allein auf Safari zu gehen?«
»Ja«, erwiderte Paul. Nun war auch seine Stimme wieder jung genug, um donnernd von der Wand abzuprallen.
»Vorsicht! Manchmal denkt man nur, daß man sterben will und hat dann keine Gelegenheit mehr, neu zu planen. Merken Sie sich, hier ist alles anders als anderswo. Wer eine Uniform trägt, ist meistens gefährlich.«
»Was kann man da machen?«
»Nichts. In Afrika kann man nie etwas machen. Noch etwas«, fiel Smith ein, »schlafen Sie heute noch nicht mit ei-

ner Frau. Afrikas Frauen können zaubern, doch Sie sind noch nicht so weit.«

»Woher soll ich eine Frau nehmen? Ich kenne hier keinen Menschen.«

»Sie werden sich wundern.«

Als er nach dem Abendessen auf sein Zimmer ging, entdeckte Paul die Frau. Sie saß auf dem Fensterbrett, hielt eine Orchidee in der Hand, die die gleiche Farbe wie ihre Zähne hatte, trug die Kleidung der Zimmermädchen und eine schwarze Seidenschleife im gewaltsam nach hinten gestriegelten Haar. Den Rock hatte sie bis zu den Hüften hochgeschoben. Ihre Beine mit in weißer Farbe aufgemalten Strumpfnähten waren lang, die kräftigen Nägel flammten rot in dem nur von der Nachttischlampe erleuchteten Raum. Die Haut glänzte unter einer nach Rosen duftenden Ölschicht.

»Brauchen Sie noch etwas, Sir?«

»Nichts.«

»Ich mache alles«, lockte die Frau und knöpfte die Bluse auf.

»Heute nicht. Ich bin zu müde.«

»Morgen«, sagte sie und wechselte von ihrem mühsamen Englisch in die schaukelnde Rhythmik der eigenen Sprache, »bist du in Samburu. Die Frauen dort wissen nicht, wie man einen Mann warm macht.«

Einen kurzen Moment war Paul voller Staunen, daß sein Körper nicht so tot war, wie er geglaubt hatte, doch er versagte sich die Lust, die Hitze zu genießen. Die Frau mit den großen, flehenden Augen und der ausgestreckten Hand, deren Innenfläche perlgrau leuchtete, tat ihm leid. Er überlegte, ob er der schwarzen Circe Geld zustecken sollte,

schüttelte jedoch den Kopf, ehe er Zeit hatte, in seine Hosentasche zu fassen.
»Wenn ich von der Safari zurück bin«, versprach er, »dann werde ich dich rufen.«
Sie sprang, ohne ein Wort zu sagen, vom Fensterbrett und lief eilig zur Tür. Ihre Strumpfnaht leuchtete noch immer, ihr Gesicht nicht mehr.
»Du weißt heute schon, was du nach der Safari willst? Viele Männer kommen von einer Safari nicht zurück.«

4

Jambo, Mzee«, rief Gabriel und drängte so viel Luft wie möglich aus seiner Brust in das zweite Wort. Es hatte lange genug in seinem Kopf geschlafen. Nun sollte es ihm die Sicherheit verschaffen, auf die ein Mann Anrecht hatte, der seine Kraft nicht vor der Zeit verbrauchen wollte.
Während er unter dem Zitronenbaum am Gartentor fröstelnd darauf gewartet hatte, daß die Sonne durch die Wolken stieß und den grauen Früchten ihre Farbe zurückgab, hatte sich Gabriel seinen nun so fröhlich in die Stille geschmetterten Gruß genau überlegt. Es galt, Antwort auf eine Frage zu finden, die ihn in der Nacht immer wieder aufgeweckt und wie ein lärmender Moskito belästigt hatte. Es war nicht Gabriels Art, nachts den Kopf mit Fragen zu verstopfen. Tat er es dennoch, hatte er immer guten Grund, seine Gedanken auf die Jagd zu schicken. Mister Paul, der soeben aus der Hotelhalle kam und die Morgenluft einatmete, als sei er ein Mann wie andere auch, bot ganz gewiß einen solchen Grund. Der hatte am Tag zuvor mit einem Fremden überraschend schnell die hohen Töne des Lachens ausgetauscht und dies auf eine Art, die Gabriel noch nicht deuten konnte.
Der rätselhafte Mann hatte Gabriels Scherze beim Schwanz gefaßt und sie noch zwischen den Lippen so umgedreht, daß

sie wie gute Pferde mit hoch erhobenem Kopf und ohne Atemnot ins Ziel galoppierten. Später hatten die Leute im Norfolk, sowohl die Männer als auch die Frauen, Gabriel erzählt, der Gast mit der doppelten Zunge könne ebensogut Suaheli sprechen wie Englisch. Wenn das stimmte, würde er das Wort Mzee nicht in sein Ohr lassen, ohne Abwehr in seine Augen zu treiben. Die Menschen aus Europa mochten es alle nicht, wenn die Leute aus Afrika sofort bemerkten, daß das Alter an ihrem Körper genagt hatte wie ein Hund an einem frischen Knochen.

Blieben die Augen von Mister Paul jedoch ohne Regung bei dem Wort Mzee, waren die vielen Reden des Hotelpersonals nur eine der üblichen Geschichten voller Lügen, die man sich nach der Arbeit erzählte. Dann konnte der redenskluge Mann mit dem Haar, in das die Zeit sehr viel von der Farbe eines hellen Regenhimmels eingenäht hatte, jedenfalls nicht genug Suaheli, um wirklich jene Dinge zu verstehen, auf die es ankam.

Paul, der mit der am Vortag von Singh herbeigeschafften Reisetasche in der Hand auf Gabriel zugelaufen war, blieb sofort stehen, als er das Wort hörte. Er drehte zögernd den Kopf nach jeder Seite – wie ein Mann, der erst feststellen will, ob er gemeint ist oder doch ein anderer. Wehmütig gewiß, doch ohne Hoffnung wünschte er sich, daß Gabriel nicht ihn, sondern einen Menschen mit gebeugtem Rücken und einem Stock in der Hand begrüßt hatte; es war keiner zu sehen, der Pauls Eitelkeit hätte retten können.

Mühelos, nur mit dem schnellen, heftigen Schmerz des Begreifens erinnerte er sich an das Wort. Männer mit einem kurzen grauen Haarschopf, der die Form des Schädels sichtbar machte, und schwarzfaulenden Zahnstummeln im

Mund wurden Mzee genannt. Das Wort ließ sich lange zwischen den Lippen halten und so dehnen, daß es der Unendlichkeit entgegenzuwachsen schien.
Mzee war kein kränkendes Schimpfwort, nur eine dieser schonungslosen Zugriffe Afrikas auf die Wahrheit. Es gab da nicht nur die senil gewordenen Alten, die in mondlosen Nächten ihre Kinder mit den Enkelkindern verwechselten, die verbrauchte Stimmen hatten, beim Lachen in hohen Tönen wie wütende Frauen keiften und die man gewähren ließ wie die Kinder, die sie wieder geworden waren. Es gab auch Mzee mit wachen Augen, noch starken Waden, sehnigen Armen und mit Erfahrungen, von denen die Jüngeren hören wollten. Doch als Kind hatte Paul nie gehört, daß ein Weißer so angeredet wurde. Er fragte sich, was Gabriel wohl meinte.
»Heute morgen«, erzählte er, »habe ich meine Augen, mein Haar und meinen Mund im Spiegel gesehen. Sie waren genau wie gestern. Da hast du mich nicht Mzee genannt. Warum tust du das heute?«
»Ich wollte nur sehen, ob du das Wort kennst, Mzee.«
»Kenne ich, Gabriel. Ich kenne das Wort gut. Ich wußte nur nicht, daß ich schon ein Mzee bin.«
»Bist du. Deine Augen sind schon dunkel, weil sie viel nach hinten schauen.«
»Und nach vorn. Ich sehe schon die Straße nach Samburu.«
»Das ist gut«, schluckte Gabriel und nahm Paul die Tasche aus der Hand. »Ich kann«, sagte er und gab vor, ihm sei die Idee eben erst gekommen, »auch anders mit dir sprechen, wenn du willst. In den Tagen, die schon lange gestorben sind, haben wir zu den weißen Männern Bwana gesagt. Eine weiße Frau war eine Memsahib. Das hat Kenyatta verboten. Kennst du ihn?«

»Ja«, erwiderte Paul, »ich habe viel von dem Mzee gehört.« Als Gabriel merkte, daß Paul das Wort nicht nur kannte, sondern auch richtig gebrauchte, machte eine Fröhlichkeit, die er nicht erwartet hatte, seine Kehle rauh, doch er lachte so leise, daß nur er es hören konnte. »Jetzt«, erklärte er, »sagen wir Mama und Papa zu den Menschen ohne Namen. Gefällt dir das, Papa?«

»Nenn mich Mzee, Gabriel. Mir tut es gut, nicht zu vergessen.«

»Ich habe auf einer Safari«, erkannte Gabriel, als er den Motor anließ, »noch nie Suaheli gesprochen.«

»Ich auch nicht«, sagte Paul.

Er war sich bewußt, daß dies nur aus der realen Sicht der Ereignisse stimmte. Hatten seine Safaris die ganzen Jahre auch nur im Kopf stattgefunden und unter Umständen, an die er sich mit Scham erinnerte, so hatte er seiner Trauer und Verzweiflung doch immer das schmerzlindernde Suaheli zugestanden, wenn er nach Afrika aufgebrochen war. Er sah Gabriel an und fragte sich, was dieser intelligente, lebensfeste junge Mann wohl von den Irrfahrten eines ausgebrannten Mzee halten würde.

Es war eine gute Gelegenheit, überlegte Paul, Gabriel zu fragen, wie er zu seinem englischen Namen gekommen war. In seiner Jugend hatten die Menschen Namen in ihrer eigenen Sprache, doch noch zögerte er, seiner Neugierde nachzugeben. Er nahm sich vor, künftig schneller und mit mehr Mut, der zupackenden Kraft einer Sprache und Denkweise zu vertrauen, in denen es keine Konzessionen an Rücksicht und Etiquette gab.

Pauls Gedanken wanderten in einem Tempo, mit dem er kaum Schritt zu halten vermochte, von den Häusern fort, die hinter weißgestrichenen Mauern inmitten von üppigen Gärten und hohen Zedern lagen. Jens fiel ihm ein und daß sein Sohn zu der Generation gehörte, die ihre Eltern mit Vornamen anredete. Er und Anne hatten das nie gemocht, sich jedoch auch nie gewehrt. Schon gar nicht nach dem fatalen Schnittpunkt, als Jens seine Liebenswürdigkeit gegen die fordernde Art eines Kindes aus geschiedener Ehe ersetzte.

Nairobi erwachte nur langsam. Der Wagen kam rasch aus dem Zentrum heraus. Auf der breiten Straße mit den gelb- und violettblühenden, schlankstämmigen Bäumen am Rand meckerten schon nach wenigen Kilometern dürre Ziegen, die zwischen grasbewachsenen Steinen und unter Dornbüschen nach Nahrung suchten. Nur altersschwache, vom Rost zerfressene und vollgestopfte Busse ohne Fenster sowie einige kleine Lastwagen mit offener Ladefläche waren unterwegs.

Auf diesem Laderaum, vollgestopft mit Kartons, zu Türmen zusammengebundenen Decken und Autoreifen, waren die Menschen ebenso sorgsam gestapelt wie die Ware. Ein jeder bewahrte den Nachbarn vor dem Umfallen und paßte den Körper mit der Übung langer Jahre genau den schwankenden Bewegungen der Fahrzeuge an. Junge Männer mit Gesichtern, die in der Sonne glänzten, und zerschlissenen Hemden – zum Teil ohne Ärmel – winkten dem Geländewagen mit Gabriel und Paul zu. Er hob den Arm und streckte seine Stirn der Sonne entgegen. Die war bereits stark genug, um den Wind zu wärmen.

»Wo fahren die Leute hin? Zur Arbeit?«

»Sie fahren«, entschied Gabriel, »willst du immer zwei Schauris auf einmal wissen?«

Paul stellte zufrieden fest, daß Schauri immer noch ein verläßliches Wort war. Es belebte ein müdes Gemüt und machte die Ohren empfangsbereit. Schauri hieß Neuigkeit, Ärger, Unglück, manchmal auch Freude, war zugleich Substantiv und Präposition, stand am Anfang einer Frage und konnte auch jedes Gespräch beenden. Man brauchte eine geschmeidige Phantasie, um genau zu wissen, was eine Schauri in dem Moment bedeutete, da von ihr die Rede war.
»Wohin fahren wir denn, Gabriel?«
»Du mußt es sagen. Der Weg nach Samburu ist lang. Du wirst müde sein, wenn die Reise bis Sonnenuntergang nicht zu Ende ist, Mzee. Wo willst du heute schlafen?«
»Muß ich das jetzt schon sagen?«
»Du mußt alles sagen«, erklärte Gabriel. »Ich bin immer nur der Fahrer. Der weiß noch nicht, was du willst.«
»Auf Safari gehen, Gabriel.«
»Für heute nacht habe ich dir ein Zimmer in der Safari-Lodge in Nakuru bestellt. Sie wird dir gefallen.«
»Das ist gut. Warum hast du das nicht gleich gesagt?«
»Du hast mich nicht gefragt, wo du schlafen wirst. Du hast mich nicht gefragt, was ich gestern gemacht habe. Du fragst mich auch nicht, was ich morgen mache.«
Paul wußte, daß Nakuru auf der Strecke nach Samburu lag, er hatte sich jedoch nicht klargemacht, daß er schon so bald den kleinen Ort wiedersehen würde, der ihm einst so großartig und städtisch erschienen war. Er konnte sich die lange staubtrockene Straße mit winzigen Läden in grüngestrichenen Holzhäusern noch genau vorstellen, dachte an die aufgeregten Frauen, die mit den indischen Händlern feilschten, und an die Männer, die am Rad ihrer Nähmaschinen drehten. Seine Nase fing vor der Zeit den Duft des salzigen

Sees ein; er sah die rosa Wolke aufsteigender Flamingos und wurde erinnerungssatt und ein wenig ungeduldig, als Gabriel das Tempo drosselte.

In Nakuru war er zur Schule gegangen. Er ahnte, daß er sie nicht mehr erkennen würde, eher schon den von einem lichten Wald und verdorrten Feldern umgebenen Hügel, auf dem das weiße Gebäude gestanden hatte. Als er dann im Abstand von nur wenigen Kilometern die zahlreichen Schilder sah, auf denen, meistens in ungelenker Schreibschrift, das Wort »School« aufgepinselt war, begriff er, wieviel sich seit seiner Schulzeit geändert hatte. Kenia war zweifellos dabei, den Anschluß an die Welt zu finden, aus der er kam.

Auf der Straße nach Nakuru wurde er wieder Kind und dachte an die Freundschaft mit Kamau, die sein Herz verengt hatte für das, was nach ihr gekommen war. Ob Kamau, der darauf bestanden hatte, daß er schneller als eine Gazelle laufen könne, mit seinen fünfzig Jahren auch schon graue Haare und beim Aufwachen Magenschmerzen hatte? Ob die Menschen in Kenia inzwischen ein Wort für Melancholie und Trauer gefunden hatten, oder reichte das Salz in den Augen, das wie Feuer brannte und von dem man nicht sprechen durfte, immer noch für die Tränen der Kinder und die Entmutigung der Alten?

»Wenn hier ein Mann fünfzig ist, wie viele Söhne hat er?«

»Er hat genug, wenn er gute Frauen gefunden hat«, überlegte Gabriel, »wie viele Söhne hast du?«

»Einen.«

»Du machst gute Scherze, Mzee.«

Die Hitze des Mittags konnte ihre Stunde nicht erwarten. Die Luft war schwer und feucht, das Licht weiß. Gabriel fuhr noch immer geradeaus, klopfte die Fliegen von der

Scheibe und hielt dann zwischen zwei winzigen Ortschaften mit nur ein paar Hütten bei einem großen Schild mit der Aufschrift »Last Shop before the Equator! Come and buy! Jambo, Kenya!«

»Wir sind da«, sagte er.

»Wo?«

»Du mußt dein Geld noch vor dem Äquator ausgeben.«

Vor einer schwarz gezeichneten, rot umrandeten Karte Afrikas, in die bereits der Äquator eingezeichnet war, den die Touristen erst in etwa 80 Kilometer würden überqueren können, waren auf einem großen Holztisch alle Herrlichkeiten ausgebreitet, an denen sich nach Meinung der emsigen Händler afrikahungrige Menschen auf staubiger Fahrt erfreuen konnten – schmutzige Gläser mit bunter Limonade, abgefüllte Wasserflaschen, Coladosen, Kaugummi, Ketten mit winzigen Perlen, Armbänder aus Kupfer, holzgeschnitzte Giraffen und Elefanten jeder Größe, kleine Trommeln und T-Shirts, Postkarten und Päckchen von Tee und Kaffee, die aussahen, als hätten sie seit Jahren schon dagelegen.

Obwohl kaum andere Autos unterwegs gewesen waren, standen nun sehr viele kleine Safari-Busse am Straßenrand. Die meisten hatten ein offenes Verdeck und waren mit Zebrastreifen bemalt, einige parkten inmitten der Felder von jungem Mais.

Touristen in Shorts und T-Shirts mit Bildern von Löwenköpfen, springenden Leoparden, Impalas und der Aufschrift »Jambo Kenya« auf der Brust, die Fotoapparate vor das Gesicht gedrückt, scharten sich um das Schild. Jugendliche spielten mit Coladosen Fußball. Die Fahrer waren in ihren Autos geblieben. Sie lehnten sich mit der wohlwollenden Miene von Eltern, die ihren quengelnden Kindern nach lan-

ger Fahrt endlich Auslauf gönnen, aus den Wagen heraus. Kahlköpfige afrikanische Kinder jeden Alters huschten zwischen den rotglühenden Beinen der Fremden, rupften an deren Kleidung und streckten ihnen bettelnd erdverkrustete Hände entgegen.
Paul schloß seine Augen. Er fühlte sich so wohl in seiner Trägheit, daß er einen Moment mit dem Gedanken spielte, im Wagen sitzen zu bleiben und den Touristentrubel aus der Distanz zu beobachten. Ein einziger Blick in Gabriels erwartungsvolles Gesicht überzeugte ihn indes, daß dies nicht sein durfte.
Er lief ohne Verlangen auf die Gruppe der Touristen zu, sah jedoch, als er sich kurz vor dem Ziel nach Gabriel umdrehte, daß der ihn gespannt beobachtete und augenscheinlich von seinem Reisegenossen die übliche Lust an Souvenirs erwartete.
»Sie waren bestimmt schon mal hier«, sagte eine Frau in breitem Sächsisch. Auf ihrer Brust zeigte ein Löwe seine Zähne.
»Ja«, erwiderte Paul.
Die Frau war vor vier Tagen noch in der Dresdner Oper gewesen und hatte seit »Norma« einen Geparden auf einem Baum, gewaltige Gazellenherden und einen hinkenden jungen Elefanten gesehen, um den sie sich allergrößte Sorgen machte. Sie habe entdeckt, wie sie Paul in gleichbleibend vorwurfsvollem Ton erzählte, daß die Menschen in Afrika nicht tierlieb seien, keinen anständigen Kaffee kochen könnten, ihre Straßen nicht ordentlich pflegten und in der Schule nicht genug Englisch lernten.
»Das haben Sie bestimmt auch schon bemerkt«, erlauerte sie Bestätigung.

Paul genierte sich sehr, daß er nicht wußte, wie er die Frau zum Schweigen bringen konnte. Er versuchte ihr zu entkommen, doch sie hielt ihn so lange am Ärmel fest und redete auf ihn ein, bis sie von ihrem Fahrer zur Abfahrt gerufen wurde. Erleichtert sah ihr Paul nach und genoß die plötzliche Stille. Da bemerkte er den Jungen.

Der Kleine stand höchstens einen halben Meter von ihm entfernt: er hatte den Körper eines Vierjährigen und die glanzlosen Augen der Alten, ebenso dürre Beine wie Arme und so große Löcher in Hemd und Hose, daß die vielen Ekzeme auf seiner schwarzen Haut wie schneebedeckte Hügel wirkten. Er starrte Paul eine Zeitlang an, ging dann auf ihn zu, stellte sich vor ihn hin und grub seine scharfen Nägel in dessen Hand.

»Jambo«, flüsterte er.

»Jambo, Toto«, lachte Paul.

Er wollte sich aus der Umklammerung befreien, wie es Klugheit und Erfahrung im Angesicht der vielen bettelnden Kinder geboten, doch er brachte es nicht über sich, körperliche Stärke gegen ein so schmächtiges Kind einzusetzen. Verlegen streichelte er mit der noch freien Hand den Kopf des Jungen, dessen fiebernde Augen sich schon bei der ersten Berührung so weiteten, daß das Weiß der Pupille sichtbar wurde.

»Toto«, kicherte der Junge. Da erst ging ihm auf, daß der Fremde mit ihm Suaheli gesprochen hatte. Sein apathischer Gesichtsausdruck belebte sich, auch die Stimme wurde kräftig. »Gib dem Toto Dollar«, verlangte er.

»Wozu braucht ein Toto Dollar?«

Der Kleine staunte noch mehr als zuvor, daß Paul tatsächlich Suaheli sprach. Er legte seinen Kopf auf die Schulter und machte den Mund zu einer großen Höhle, brauchte indes einen Augenblick, um seine Kehle so zu befreien, daß jeder Laut klar in die Ferne reisen konnte. Schrill schrie er nach seinen Gefährten, die aus allen Richtungen herbeiliefen, und ließ erst, als er von Kindern umzingelt war, die Erregung wie einen Wasserfall aus sich herausstürzen. Paul erkannte, daß der Junge Kikuyu sprach. Es war das erste Mal seit Jahren, daß er Kikuyu hörte. Er beherrschte die Sprache des Hochlands nicht mehr, doch das melodische Wort, mit dem die Menschen einander begrüßten, rauschte in seinem Gedächtnis.

»Nikwega«, sagte er mit singender Stimme.

»Muno«, erwiderten die Kinder. Sie steckten flüsternd ihre Köpfe zusammen, öffneten, als hätten sie lange ihren Auftritt geprobt, alle zu gleicher Zeit ihre Hände und schrien: »Dollar.«

»Du kannst mir auch deine Uhr geben, wenn du kein Geld hast«, lockte der Junge.

Seine Augen, so demütig und unschuldig für den Fremden, so wissend und klug für den, der die Signale verstand, weckten in Paul vertraute, lange verschüttete Empfindungen. Selbst als auch er noch Kind gewesen war, hatte er Afrikas Kindern nicht widerstehen können. Es verlangte ihn sehr, den Jungen an sich zu ziehen, sein Herz schlagen zu hören und seine Haut zu riechen, diese Mischung aus Schweiß, Sonne und Süße, aus Abwehr und Zutraulichkeit, doch er zwang seinen Blick fort und machte seinen Körper steif. Der Junge fixierte ihn, ohne daß sich seine Wimpern bewegten. Immer wieder und jedes Mal lauter rief der Chor der zerlumpten Bettler: »Dollar.« Die Älteren rollten das Wort, bis es zu einem mehrstimmigen Lied anschwoll, und stampften

den Rhythmus ihrer Forderung auf dem rotsandigen Boden. Kleine energische Hände rissen an Pauls Hemd. Eine winzige Faust stieß ihn in den Rücken, doch er konnte sich nicht umdrehen; denn aus der endlosen Ferne drängte sich die Stimme von Jens in seinen Kopf und fragte ihn, ob ein Mann denn bis Afrika reisen müßte, um sein Herz für Kinder zu entdecken?
»Wiederentdecken«, murmelte er, doch es war ebenso unmöglich, der gekränkten Stimme des Sohns zu entkommen wie dem Jungen, der seine Nägel in seinen Arm krallte.
»Meine drei kleinen Brüder haben Hunger«, jammerte der kleine Krieger, die Augen tränenvoll und die Zähne lichthell, »nur einen Dollar, Papa.«
»Kwenda«, brüllte Paul. Mit einer Bewegung, deren Grobheit ihn schon anwiderte, als er die Arme hochriß, machte er sich von dem krallenden Jungen frei. Der stürzte zu Boden und brüllte: »Nur einen Dollar, Papa.«
Paul fürchtete, als er zu keuchen begann, er würde selbst hinfallen, doch es gelang ihm, stehenzubleiben und seine Schuhe fest in die weiche Erde zu graben. Die Kinder, die er weggestoßen hatte, kicherten und taten so, als würden sie stolpern. Einige wühlten bereits in seiner Hose. Ein zierliches Mädchen in einem zerfetzten hellblauen Kleid und mit einer roten Baseballmütze auf dem Kopf hatte bereits ein Taschentuch aus Pauls Jacke geholt und schwenkte es johlend vor seinem Gesicht. Da kam Gabriel.
Der Retter klatschte schnell und scharf wie einer, der aufdringliche Bienen von einem Marmeladentopf vertreiben will; schweigend schlug er die ausgestreckten Hände nach unten. Die Kinder rannten schimpfend fort, sprangen mit ihren nackten Füßen über harte, ausgetrocknete Grasbü-

schel, über Bretter mit hervorstehenden Nägeln und über spitze Steine. Sie waren im Maisfeld verschwunden, ehe noch sich die schweren roten Wolken aus der aufgewühlten Erde aufgelöst hatten.

»Willst du alle Kinder von Naivasha hierherholen, Mzee?« fluchte Gabriel.

»Ja«, sagte Paul, »es sind doch nur Kinder.«

»Das nächste Mal komme ich erst, wenn sie dich aufgefressen haben.«

Naivasha mit seinen teuren Hotels und einem exklusiven Golfklub war in der Kolonialzeit ein beliebter Treffpunkt für die reichen Farmer des Hochlands gewesen; Paul hatte schon früh empfunden, daß die Menschen, die dort lebten, sich möglichst weit von Afrika entfernen wollten, und erkannte nun, eher verwundert als entzückt, daß das alte Flair von Wohlhabenheit und Arroganz allen Veränderungen der Zeit getrotzt hatte.

Vor dem Stadtkern fielen die eleganten, hellgelb gestrichenen Häuser mit rosenbewachsenen Mauern auf. Unübersehbar erregten die neuen Besitzer den gleichen Neid wie einst ihre Vorgänger – nur fürchteten sie noch mehr als die damaligen um ihren Besitz. Die hohen eisernen Zäune um die Gärten, die künstlich bewässert wurden und so gepflegt wie die Parks von englischen Herrenhäusern wirkten, waren mit Stacheldraht und großen Glasscherben bestückt. Auf dem kurzgeschorenen Rasenteppich wachten keulenbewaffnete Männer in Uniform und mit drohendem Gesicht.

Nach nur wenigen Kilometern tauchten die Hütten der neuen Armut auf – winzige und fensterlose Wellblechgebäude mit zerlumpten Decken vor den niedrigen Türen und rußenden Feuerstellen auf gerissener, ausgetrockneter

Erde. Nackte Babys mit geschwollenem Leib, eiterverklebten Augen und die Köpfe übersät von großen, schwarzen Fliegen krochen im Dreck herum, während ihre Mütter in großen Schüsseln rührten und zum Himmel starrten. Hunde, deren Rippen sich unter dem glanzlosen Fell abzeichneten, dösten in der Sonne. Im Dorf standen junge Männer vor kleinen Läden, sie rauchten und diskutierten und wurden scharfäugig von schweigsamen Indern beobachtet. Am Straßenrand, unter zerlöcherten schwarzen Regenschirmen mit verbogenem Gestänge, hockten alte Frauen, zahnlos und ausgetrocknet, vor großen Bananenstauden. Die kleinen Früchte waren quittengelb, die großen rot und dunkelgrün.
Gabriel hielt den Wagen an, stieg aus und ging zu den Frauen hin. Er feilschte lange und übellaunig mit ihnen und drohte einer mit der Faust. Zweimal lief er fluchend und mit festem Tritt fort, wurde sofort zurückgerufen und kaufte schließlich zwei Dutzend von den roten Bananen. Lächelnd legte er sie Paul auf den Schoß. »Die Leute aus Europa wollen immer die roten Bananen essen«, wußte er.
»Ich auch«, erwiderte Paul, »seit Jahren schon.« Er schälte die erste Banane so langsam wie ein junger Pavian, der dies zuvor noch nie getan hat und für das letzte Stück die Hilfe der Mutter braucht; noch mehr Zeit brauchte er, ehe er seine Zähne in das weiße, weiche Fruchtfleisch grub und seiner Zunge die Heimkehr zu der süßen Kinderwonne gestattete. Zufrieden schloß er die Augen und wagte sich zögernd an ein Gefühl, von dem er ahnte, daß es zu kurzlebig sein würde, um vor der Trauer der Selbsterkenntnis zu schützen, doch die Melancholie verdampfte in der Sonne.
Auf der steil gewordenen Strecke im sich verengenden Tal

hörte er nur den Motor des Wagens und später in der weiten Ebene die langgezogenen Rufe der Geier, die nach Beute Ausschau hielten. Auch seine Ohren gierten nach Botschaften. Bald erkannte er das Dröhnen der Trommeln im Wald und hörte den Warnruf eines Affen, hörte singende Männerstimmen aus einem Maisfeld und auch seinen eigenen Atem. Kurz nach dem Maisfeld wuchsen hohe Bananenstauden mit prallen, in der Sonne glänzenden Früchten. Als Paul die Frauen mit Kindern auf dem gebeugten Rücken und den schweren Lasten auf dem Kopf sah, fiel ihm ein Lied aus einem alten Film ein. Text und Melodie erschienen ihm lächerlich, doch weigerten sie sich, ihn zu verlassen.

»Die süßesten Früchte fressen immer nur die großen Tiere«, übersetzte er schließlich für Gabriel.

»Löwen fressen keine Bananen, Leoparden auch nicht. Nur Affen fressen Bananen, aber Affen sind keine großen Tiere.«

»Du bist ein kluger Mann, Gabriel. Du mußt mir alles erzählen, was du weißt.«

»Ich weiß«, freute sich Gabriel und ließ das schöne Lob aus seinem Ohr in den Mund, »daß du jetzt Hunger hast, Mzee. Willst du im Outspan essen? Das ist das beste Hotel hier.«

»Ich möchte essen und am See sitzen und nicht im Outspan. Wie machen wir das, großer Zauberer?« fragte Paul. Er wunderte sich, daß er noch wußte, daß ein Zauberer Muchau genannt wurde, und er war eitel genug, sich an Gabriels erfreutem Gesicht zu berauschen.

»Ich hab dein Essen aus dem Norfolk mitgebracht.«

»Denkst du immer an alles, Gabriel?«

»Nein. Ich denke nie an Löwen, die Bananen fressen.«

Gabriel parkte den Wagen im Schilf am See und nahm ei-

nen Korb und eine Decke aus dem Kofferraum. Er breitete sie unter einer dicht belaubten Zeder aus und holte aus dem Korb hauchdünne Sandwiches mit Gurken, ein Stück gebratenes Lamm, ein kleines Glas mit Minzsauce, in Scheiben geschnittene Mangos und eine mit Gemüsesalat gefüllte Papaya, die er sorgsam auf einer silbernen Platte arrangierte. Er hatte Kaffee in einer Thermoskanne dabei, eine Flasche Rosé aus der Provence und ein langstieliges Glas, das er, eine rosa Serviette vom Norfolk Hotel über dem Arm, mit einem weichen Tuch klarwischte.
Paul machten der Aufwand und die Perfektion einer Inszenierung verlegen, die mit ein paar augenscheinlich häufig geübten Griffen bemüht war, Europas Vorstellungen von gepflegter Gastronomie in die afrikanische Wildnis zu verpflanzen. Und doch rührte ihn die Naivität der Idee von der Austauschbarkeit der Dinge. Vor allem Gabriels kindlicher Stolz an seinem gelungenen Coup bewegte ihn; einen erfüllten Herzschlag lang scheute er nicht vor der Zufriedenheit der Sinne zurück. Der Glanz der silbernen Platte entzündete sich in der Sonne zum Feuerwerk, die Bananen leuchteten granatrot, Papaya und Wein wechselten mit jeder dahinziehenden Wolke ihre Farben.
Ihm fielen die lichtdurchfluteten Frühstücksidyllen von Renoir und Monet ein. Er war, kaum daß er sich für Malerei zu interessieren begonnen hatte, zu den Glücksmomenten der Impressionisten aufgebrochen und wenigstens dieser einen Liebe seines Lebens treu geblieben. Er sah sich in Museen vor den Bildern stehen, doch wußte er nicht, ob er sie schon kannte, und verlor sich erschöpft in einem Farbenrausch, von dem er trotz aller Mühe nicht ausmachen konnte, zu welcher seiner Welten er gehörte.

Er trank einen kleinen Schluck Wein, der ihn ein wenig benommen machte, ihm aber trotzdem die Richtung wies, und nahm sich vor, nicht mehr nach Beweisen zu suchen, daß er noch ein Gewissen hatte. Er war, stellte er fest, auch schon gleichgültig genug, um sich vorzustellen, er hätte seinen Gewissensballast für die Dauer der Safari zusammen mit seinem Geld sicher in Mister Singhs Safe deponiert. Nur einmal hielt er inne auf der Flucht und sprach einige Worte zu seiner Frau. Cornelia hieß ihn, ungewöhnlich resolut und recht albern, wie er fand, in sein halb gefülltes Glas schauen; Paul tat es und erblickte Narziß. Das schöne Antlitz war grau und alt. Der Schmerz war schneidend und doch zu kurz, um länger als nur einen erregten Pulsschlag lang zu beunruhigen. Gabriel saß am Fuße eines Ameisenhügels, der wie eine Ritterburg am Rhein aussah. Er aß nicht, trank nicht, warf kleine Steine in die Luft und schaute so aufmerksam einer Herde Flugenten nach, als müßte er sie zählen.

»Warum kommst du nicht her?«

»Wohin?«

»Zu mir. Wollen wir denn nicht zusammen essen? Das Essen ist doch für zwei.«

»Fahrer dürfen nicht mit ihren Gästen essen.«

»Meiner muß«, bestimmte Paul.

Schwimmvögel mit hellgrün schillernden Köpfen dümpelten auf dem moosgrünen See, dessen sonnenbespiegelte Fläche kein Windhauch störte. Kleine Webervögel mit langen Zweigen im Schnabel bauten ihre Kugelnester in Bäumen mit dichten Kronen. Ein Schreiseeadler rief einem kleinen Storch die trügerische Botschaft vom großen Vergessen zu, stieß in den Himmel und kam nicht wieder.

Als Paul später die leere Flasche sah, über die eine Formation festfleischiger roter Ameisen kroch, wußte er nicht mehr, ob Gabriel zu ihm gekommen war und mit ihm getrunken hatte oder nicht. Er wußte auch nicht, wie spät es war und was Zeit für ihn noch bedeutete, doch schaute er dennoch auf seine Uhr, konnte ihre Bedrohung jedoch nicht mehr erkennen, weil auf dem großen Zeiger ein kleiner gelber Schmetterling saß. Ihm tat es leid, daß er die Uhr nicht dem kleinen Jungen mit den scharfen Nägeln hatte schenken können, und er nannte sich laut einen alten Narren; das Wort erschien ihm passend. Wer das tat, was er versuchte, durfte nur ein Narr sein, wollte er nicht an seinem Verstand zweifeln.

Seine Seele war zu satt, um mehr Erfüllung als den Abstand zur Vergangenheit zu suchen, der Grübeln verwehrte und Hoffnungen dämpfte. Er rief nach Gabriel. Der saß, die Beine über der Tür des Geländewagens baumelnd, hinter dem Steuer und hatte das Funksprechgerät vor dem Mund. Paul kniff die Augen zusammen, um die Konturen des Bilds zu erhärten. Er konnte sich nicht ausmalen, daß einer am Naivasha-See noch mit irgendwem aus der realen Welt in Kontakt stand. Eine Zeitlang dachte er, Gabriel würde mit dem Apparat nur spielen – wie ein Kind mit einem ihm verbotenen technischen Gerät. Gabriel sprach jedoch tatsächlich.

Gespannt belauschte Paul das leise Gespräch, merkte aber rasch, daß Gabriel Kikuyu sprach; einmal fing er das kurze Wort für ja und dann wiederholt das gedehnte für nein auf. Das Nein erkannte er auch am Kopfschütteln, nicht heftig, doch kräftig genug, daß die Augen aufflammten.

Gabriels unbefangenes, heiteres Gesicht erschien Paul verändert. Beim Sprechen öffnete er kaum den Mund, spuckte einige Male auf einen Grashalm, der sich verfärbte, so-

bald ihn die Tropfen benetzten, und umklammerte mit seiner linken Hand das Lenkrad so heftig, daß die Knöchel durch die Haut schimmerten.
Weil sich Gabriels Ohr und Kehle wehrten, konnte er seine Unruhe nicht hinunterschlucken. Singhs Befehl war zu schnell gekommen. Wenn sich dieser üble Hundesohn auch sonst nicht an Abmachungen hielt, so war er doch noch nie so schnell an seiner Gier erstickt. Zu Beginn des Gesprächs dachte Gabriel, nur der Zorn auf die verhaßte Teufelsstimme würde ihn verbrennen, doch mit einem Mal merkte er, daß es keine gewöhnliche Hitze war, die seinen Kopf schwer wie einen Felsen machte, sondern ein Brand, der ihn mit gewaltiger Zunge leckte.
Er fühlte sich schwach und krank und wollte, um wenigstens seine Augen zu besänftigen, den Baum fixieren, unter dem der Mzee saß. Da sah er, daß Paul ihn beobachtete. Laut und sehr hastig rief er: »Roger, Roger.« Er befestigte das Sprechgerät, sprang aus dem Wagen, lief eilig, als wäre er gerufen worden, zu Paul und beugte sich über die Decke mit der Platte und dem Glas.
»Willst du heute in Naivasha schlafen?« fragte er.
»Du hast doch gesagt, wir fahren nach Nakuru.«
»Ich wollte nur sehen«, sagte Gabriel, »ob du noch weißt, daß wir nach Nakuru wollen.« Er spürte, weil er lachen konnte, daß er die Glut in den Augen rechtzeitig gelöscht hatte. Erleichtert füllte er gute Luft in seine Kehle. »Wenn wir nicht erst mit dem Mond in Nakuru ankommen wollen, müssen wir jetzt weiter fahren.«
»Was heißt Roger, Roger?« fragte Paul eine Stunde später. Die Schatten der Bäume waren schon lang, die Luft trank die erste Kühle der Nacht. Die Äste wippten, wenn die Af-

fen, ohne ihr Gesicht zu zeigen, mit langen Armen über die Erde flogen. Der Wagen quälte sich einen Berg hoch, Gabriel schob seinen Kopf zum Fenster hinaus, als müsse er die Straße nach Steinen und Löchern absuchen, und biß seine Zähne aufeinander. Seine Lippen waren kaum zu sehen.
»Roger, Roger«, wiederholte er, als Paul dachte, er würde ihm gar nicht mehr antworten, »warum hast du das gesagt?«
»Du hast Roger, Roger gesagt. Ich habe dich gehört.«
»Deine Ohren sind jung, Mzee. Mir hat ein Fahrer in Nakuru gesagt, wo er Löwen gesehen hat. Da muß ich Roger, Roger sagen. Das machen wir immer so.«
Paul spürte an der Art, wie Gabriel gerade jene Laute betonte, die ohne Bedeutung waren, daß er log. Die Logik des Juristen und die Erfahrung eines Mannes, der wußte, daß jedes Wort in Afrika sein eigenes Echo hat, schärften indes nur den Verstand und nicht seinen Instinkt. Was der Kopf als Bedrohung analysierte, war zu wenig, um das Herz zum schnellen Schlag anzutreiben. Es war nur ein Unbehagen, das seine Stirn streifte, und das Gefühl verflüchtigte sich ebensoschnell wie die kleinste Wolke an einem grau werdenden Himmel.
»Die Zeit der Angst liegt hinter mir«, murmelte er.
»Du hast in deiner Sprache gesprochen«, erkannte Gabriel.
»Ja.«
»Was hast du mir gesagt?«
»Roger, Roger«, erwiderte Paul.

5

In der Nacht, beschwert von einer dicken Wolldecke mit dem täubenden Geruch von Harz und dem Schlaf entrissen von Geräuschen, die er zu deuten verlernt hatte, versuchte Paul einige Male aufzustehen. Es gelang ihm jedoch nie, das um sein Bett straff gezogene Moskitonetz so weit zurückzuschieben, daß er den Kerzenständer und die Schachtel Streichhölzer auf dem Nachttisch erreichen konnte. Wann immer er glaubte, er hätte endlich den Spalt im Netz gefunden, durch den er in sein Bett gekrochen sein mußte, schlief er wieder ein und versank in einem dichten Traumnebel. Zwar variierten die Bilder und Szenen, die Landschaften und auch die Erdteile seiner Reisen, doch in jeder Phase der nachtschweren Safari tauchten die emsigen Webervögel vom Naivasha-See auf. Stets waren sie so groß wie Geier und verhöhnten den Flüchter, weil er sich nicht, wie sie, beizeiten um eine Gefährtin gekümmert hatte.

Einmal träumte Paul, Gabriel habe sein Gesicht clownsweiß angemalt und gedroht, ihn nach Deutschland auszuliefern, worauf er in seiner Not seinen Flugschein zerrissen und »Roger, Roger« geschrien hatte. Da war ein Mann mit Keule und in der Uniform eines Piloten von einer indischen Fluggesellschaft durch eine Wolke gesprungen und hatte Paul der sprachlichen Hehlerei beschuldigt.

Als Gabriel dann bewegungslos wie ein junger Baum, der noch nicht hoch genug gewachsen ist, um seine Krone dem Wind entgegenzustrecken, tatsächlich an Pauls Bett stand, erschien diesem Gabriels kindlich-freundliches Gesicht so vertraut und verläßlich, daß er erlöst aufatmete. Gabriel zog das Moskitonetz unter der Matratze weg und knüpfte es zu einem dicken Knoten, der in einem beruhigend gleichmäßigen Rhythmus von der Decke schaukelte. Die Kerze flakkerte und tauchte den großen Raum bis zum Kegeldach aus dickem, gewundenen Gras in einen mondmilden Schimmer von Licht. Gabriel, so groß und kompetent, so undurchschaubar für den forschenden Blick und doch schon Freund, lächelte und reichte Paul dann eine Tasse mit dampfendem Tee.

»Was ist passiert, Gabriel? Wo bin ich? Wie spät ist es?«

»Du bist im Bett, Mzee. Es ist noch vor Sonnenaufgang. Und du hast schon wieder deinen Mund mit drei Fragen gestopft. Das hast du auch gestern getan.«

Die Geschehnisse des Vortages kehrten so langsam zurück wie das Wasser in einen Fluß, der eine Trockenzeit zuviel hat erdulden müssen. Sie waren nach einer Reifenpanne kurz vor dem Ziel sehr spät in der Safari-Lodge in Nakuru angekommen. Die Dunkelheit Afrikas, die mit einem einzigen Hieb dem Tag sein Licht stiehlt und keine Gnade mit Augen kennt, die noch Nahrung begehren, hatte schon die Ufer vom See verschluckt. Auch vom Hauptgebäude der Lodge war kaum noch etwas zu sehen gewesen – nur in der Empfangshalle die hellen Holztische, tiefe, mit geblümtem Leinenstoff bezogene Sessel, die wirkten, als wären sie für das Boudoir einer viktorianischen Lady bestellt worden, und ein breiter Tresen. Auf ihm lagerten geschnitzte Holztiere, und Massaikrieger aus Zedernholz mit Ringen aus feinem Draht um den Hals zogen in den Kampf.

Hinter dem Tresen hatte ein freundlicher Mann in Khakikleidung gestanden, den Paul, als er ihn mit Gabriel in dessen Sprache reden hörte, auch von seinem Äußeren her als einen Kikuyu ausgemacht hatte. Paul war froh gewesen, die bei der Ankunft nötigen Verhandlungen Gabriel zu überlassen. Er hatte erschöpft neben seiner Reisetasche gestanden und war sich wie ein durstendes Kind vorgekommen, das noch nicht einmal mehr die Kraft hat, nach einem gefüllten Becher zu greifen. Auf einem dickflauschigen weißen Teppich hatte ein weißer Hund mit Bernsteinaugen gelegen, der Paul sehr irritiert hatte, weil er glaubte, er wäre dem imposanten Tier schon einmal begegnet.

Nun, im ersten Wachstadium, fiel ihm ohne Anstrengung ein, was der weiße Hund mit dem gelblichen Schimmer im Fell ihm angetan hatte. Der mächtige Gelassene hatte die gleiche entspannte Körperhaltung wie der Hund in dem geliebten Bild von Franz Marc. Es hatte zwischen Pauls beiden Ehen im Wohnzimmer über dem schwarzen Ledersofa gehangen. Unmittelbar nach der Hochzeit nutzte Cornelia einen Termin ihres Mannes in Flensburg, um das Bild gegen ein Poster von einem Dackel in einem Liegestuhl und mit Sonnenbrille auszuwechseln.

Es war damals zum ersten Streit in Pauls Ehe gekommen; weil das Zerwürfnis ihm im nachhinein symbolträchtig für die vielen aus ähnlichem Anlaß entstandenen Mißverständnisse erschien, hatte er die Auseinandersetzung nie vergessen. Nun hörte er Cornelia, als wäre seitdem nichts anderes mehr geschehen, mit kindlich aufreizender Stimme: »Der Dackel ist doch so süß«, sagen. Und er ärgerte sich erneut so sehr über das geschmacklose Poster, daß der Schweiß auf seiner Haut heiß wurde. Gleichzeitig beobachtete er das Moskitonetz, das zu pendeln aufgehört hatte und von großen zornigen Fliegen umkreist wurde. Als er endlich der Vergangenheit entkam, erinnerte er sich, wie Gabriel lange und mürrisch mit dem Empfangschef gestritten und zwei der angebotenen Zimmer abgelehnt hatte.

Den Krieg der zornigen Selbstbehauptung hatte Gabriel schließlich doch gewonnen, denn er hatte mit jenem Anflug von Spott gelacht, den Afrikas Männer so gut in ihre Augen und nicht in die Stimme lassen. Das war, als der Hüter des Asyls seufzend und mit auffallend widerwilligen Gesten einen dritten Schlüssel aus einer Schublade hervorkramte. Der Mann trug eine goldglänzende Uhr an seinem kräftigen Handgelenk und konnte ebenso laut mit der Zunge schnalzen wie seine Zähne aufeinanderschlagen.

»Dinner is now being served, Sir«, hatte er gesagt und auf eine von Kerosinlampen und Kerzen beleuchtete Terrasse gedeutet.

Paul hatte viele gutgekleidete Gäste – die Männer alle im dunklen Jackett und mit Krawatte – beim Abendessen sitzen sehen. Ihm fielen auch die Kellner in roten Jacken und weißen Schleifen wieder ein, die über einen cremefarbigen Sisalteppich zu schweben schienen. Er hörte aufs neue die Musik, die er als sehr europäisch und lästig empfunden hatte, und das Heulen von Tieren in der Ferne, das ihn trotz seiner Apathie erregt hatte.

Er wußte noch, daß er nichts hatte essen wollen und daß eine junge Frau in einem langen mokkabraunen Kleid, im Farbton zur Hautfarbe passend, ihm ein Glas Saft in die Hand gedrückt und er es auf einen Zug geleert hatte. Gabriel hatte ihn dann, den Schlüssel schwenkend und mit einer Taschenlampe die Richtung bestimmend, über einen mit weißen Steinen bepflasterten Pfad zu einer geräumigen, in Rundform gebauten Hütte mit grün gestrichenen Fensterläden und einer nach oben abgerundeten Tür geführt. Ein hölzerner Löwenkopf, dem ein phantasievoller Schnitzer eine Lockenfrisur verpaßt hatte, diente als Türgriff. Paul wußte wieder, daß der Löwe gelächelt und so ausgesehen hatte wie die Tiere in den Disney-Filmen.

»Wie lange habe ich denn geschlafen?« fragte er, ehe er die zweite Tasse Tee zu trinken begann.

»Drei Tage«, erwiderte Gabriel und lachte so heiser zwischen jeder einzelnen Silbe, daß der Scherz schnell genug fliegen konnte, um von den Wänden abzuprallen.

»Und warum weckst du mich mitten in der Nacht?«

»Wir müssen auf Safari, ehe die Sonne ihren Schatten verliert.«

»Wir waren doch gestern schon auf Safari.«

»Hast du gestern ein Nashorn gesehen? Du wirst morgen ein neuer Mann sein, wenn du heute ein Nashorn siehst.«

»Um ein neuer Mann zu werden, brauche ich sehr viele Nashörner, mein Freund.«

»Du sollst so viele Nashörner bekommen, wie du brauchst, Papa, um das Sterben aus deinen Augen zu holen.«

Als der Geländewagen eine halbe Stunde später die Lodge verließ und in einen schmalen steinigen Pfad einbog, kosteten Pauls Ohren noch immer den Satz, der ihn dazu gebracht hatte, sich so hastig anzuziehen, als könne er tatsächlich die verlorene Zeit wiederholen. Er schalt sich einen sentimentalen alten Narren, weil er es gern hörte, wenn Gabriel ihn Papa nannte. Er hatte es öfters am Vortag und zuletzt auf

dem Weg zur Hütte getan, als Paul über eine Wurzel gestolpert war.
Die Sonne erschien nur kurz als matte rosa Scheibe am hellgrauen Himmel, verwandelte sich in Minutenschnelle in eine flammende Kugel, die blind machte, und drängte sich vor die fliegenden Wolken. Dicht nebeneinander stehende Schirmakazien und wucherndes Buschwerk mit harten und kräftigen Dornen säumten den Weg. Die Geier spreizten schon ihre Flügel. Eine Gazellenherde tauchte in einer Lichtung auf und verschwand.
Gabriel, auf der Suche nach Spuren in der roten Erde, lehnte den Kopf weit zum Fenster hinaus. Er konnte nur langsam fahren und hielt oft an; Regen und Geröll hatten tiefe Löcher in den Weg gerissen, und zudem bremsten Schwärme von Perlhühnern, die sich nicht stören ließen, den Wagen, die kleinen Köpfe aus dem grauen Gefieder gedrückt, das noch vom Morgentau glänzte. Blieben sie stehen und schauten sich um, das eine Beine erhoben, klatschte Gabriel sanft in die Hände.
»Du liebst Tiere?« fragte Paul.
»Mehr als Menschen.«
»Ich auch, nur wo ich herkomme, darf man das nicht laut sagen.«
»Warum nicht? Hast du zu Hause Feinde, die dir den Mund zunageln? Hier darfst du alles laut sagen, wenn deine Zunge stark genug ist.«
Als die grauen Klippschliefer auf den Felsen in der Ferne herumzuklettern begannen, erreichte auch der Zug der Paviane den Wagen.
»Weißt du noch, wie diese Tiere auf Suaheli heißen?« fragte Gabriel.

»Nugu«, erwiderte Paul.
»Nugu ist ein gutes Wort. Es kratzt nicht in der Kehle. Weißt du auch, was ein Dugu ist?«
»Ein Bruder.«
»So sind«, philosophierte Gabriel fröhlich und wühlte mit beiden Händen in seinen dichten Locken, »alle Affen meine Brüder.«
»Meine auch.«
»Dann sind ich und du auch Brüder. Hast du das gewußt, Papa?«
»Das habe ich nie vergessen, Gabriel. Deshalb bin ich hier.«
»Das wird in den Tagen, die uns jagen werden, für uns beide nicht gut sein.«
»Warum sagst du das?«
»Weil ich ein Affe bin. Affen reden zuviel.«
Die schwergewichtigen männlichen Tiere kreuzten mit schwingenden Armen den Weg unmittelbar vor dem stehenden Auto und verzogen sich lauernd ins Gebüsch. Erst einige Minuten danach folgten ihnen die gelenkigen Halbwüchsigen, die aus jedem Sprung neue Kraft holten, einander jagten, bis sie ermüdet im hohen Gras liegen blieben, bald jedoch wieder in wilden Hetzkämpfen um ihre Rangordnung stritten und schließlich, ohne daß auch nur ein Schmerzensschrei erklungen war, auf die Bäume sprangen. Von den wippenden Ästen schauten sie, an den Füßen hängend, zu den Müttern herab.
Die Mütter mit Kindern auf dem Rücken saßen still und großäugig am Straßenrand; die Frischgeborenen wurden nur sichtbar, wenn sie auf dem Schoß gehalten und gesäugt wurden. Die älteren Affenkinder gönnten sich keine Ruhe; sie zogen einander kreischend an Fell und Schwanz, ent-

fernten sich mit großen Sprüngen von der wachsamen Gruppe der Weibchen und wurden von schimpfenden Müttern zurückbefohlen, die ein besonders vorwitziges Kind ohrfeigten, wenn es an ihnen vorbeizuschlüpfen versuchte – sehr sanft, mit graziösen Bewegungen und immer mit einer für den Menschen verblüffend menschenähnlichen Mimik. Es war nicht nur die Idylle dieser Gemeinschaft von schönen und friedlichen Geschöpfen, die Paul entzückte. Nie zuvor hatte er eine solche Harmonie erlebt, diese ruhige, anrührende Hingabe der Mütter, die schäumende Lebenslust der Jungen und die Abgeklärtheit der Alten. Er hörte sich seufzen, als würde ihn ausgerechnet im Moment der Erfüllung die Sehnsucht seines langen Wartens zerreißen, und doch spürte er in jedem angespannten Nerv Erlösung und Zufriedenheit.

Er dachte an Faust, betrog sich, wie jener, mit dem kurzen Glück und fragte: »Kann ich hier aus dem Wagen steigen und mich auf die Steine setzen?«

»Kannst du denn schnell genug laufen, wenn der Löwe kommt? Deine Beine sind noch älter als dein Kopf, Mzee.«

»Laß den Löwen kommen, Gabriel. Ich habe keine Angst. Nicht mehr. Vor nichts.«

»Du hast's gut, Papa. Du bist schon tot.«

Paul wußte, daß es dem gewaltigen Gott Afrikas gleichgültig war, ob einer an ihn glaubte oder nicht. Der mächtige Mungu der Berge und Wälder holte sich auch jene Opfer, die nicht zum Abschied bereit waren. Der Gedanke ängstigte ihn nicht. Wehrlosigkeit war in Afrika sanft und tröstlich.

Er sah die Gazellen nicht zurückkehren, hörte weder ihren leichten Tritt noch das Rascheln, als eine Schlange im Gras erwachte, auch nicht die Geier ihre frühe Beute melden.

Wie am Vortag vergaß er, wer er war und was ihn zur Flucht getrieben hatte, spürte weder seinen Körper noch die Zweifel des vor seiner Zeit Gealterten. Er ließ sich von der Gewalt der Natur seinen Platz zuweisen; die Maßstäbe, an denen er sein Leben zu messen gewohnt war, gab es nicht mehr.

»Ich bleibe solange bei den Affen sitzen«, erklärte er Gabriel, »bis ich auch ein Affe werde.«

»Du bist schon ein Affe. Nur noch nicht so klug wie sie. Wenn du jetzt nicht aufstehst, wird das Brot hart sein und die Butter weglaufen.«

»Ich brauche kein Brot, Gabriel, nur Spiele.«

»Die Affen dürfen spielen. Du brauchst einen vollen Bauch für die lange Safari nach Samburu. Auch dein Kopf will jetzt essen.«

»Mein Kopf hat schon gegessen. Warum sollen wir so schnell weiterreisen? Ich habe Zeit. Heute bleibe ich in Nakuru. Vielleicht auch morgen. Vielleicht immer.«

»Du hast die Frau schon gesehen.«

»Welche Frau?«

»Dein Mund kann gut lügen, Mzee, deine Augen nicht«, erkannte Gabriel und hielt seinen Kopf so lange in die Sonne, bis in seinen Augen die Sterne tanzten. »Sie saß auf der Bank vor der Lodge, als wir weggefahren sind. Ich stand hinter dir, als sie dir deine Ruhe gestohlen hat.«

»Dein Mund kann auch gut lügen, Gabriel, ich habe keine Frau gesehen. Gestern nicht und heute nicht.«

»Warum redest du nicht von morgen?« wollte Gabriel wissen, als er Paul die Wagentür aufhielt.

Auf der von roten Sonnenschirmen geschützten Terrasse flatterten gelbe Tischtücher im Wind; vom Büfett mit dem farbschreienden Obst der Tropen und den großen kupferfarbigen Töpfen duftete es nach Eiern und Speck. Weiße Dampfwolken flohen von glühenden Holzkohlen durch die Baumwipfel in den Himmel. Die Bienen wurden satt, die Libellen munter. Die Schmetterlinge waren blau und gelb und rot.

Unmittelbar hinter einer niedrigen Mauer aus grauem Gestein war ein großes, von langbeinigen Sekretärvögeln und Erdhörnchen belagertes Wasserloch. Dort stand – einer Statue aus schwarzem Marmor gleich – regungslos ein Büffel mit glänzenden Hörnern; ein Elefantenbulle tauchte in regelmäßigen Abständen seinen Rüssel in den roten Schlamm und warf eine Fontäne, die in der Sonne zum violetten Schleier wurde, ehe sie den massigen Körper umspülte, über seinen Rücken. Bei jedem Bad flogen die kleinen Madenhacker davon, die auf dem gewaltigen Tier gehockt hatten, kehrten jedoch ebenso rasch zu ihrem einsamen Wirt zurück und schlüpften in seine tiefen Hautfalten.

Ein runder Tisch an der Brüstung war für acht Gäste eingedeckt. Dort saß indes nur eine junge Frau in Khakishorts und einer weiten, olivgrünen Bluse mit hochgekrempelten Ärmeln. Ein mit winzigen bunten Perlen besticktes Lederarmband um ihr Handgelenk, wie es die Massai an die Touristen verkauften, funkelte auf ihrer tiefgebräunten Haut. Das helle Haar war sonnengebleicht, fein und taillenlang und fiel als Seidentuch über die Stuhllehne aus hellem Holz. Die Frau hielt, als wollte sie die Stirn kühlen, ein Glas Orangensaft ans Gesicht. Paul, einen Teller mit Rührei in der einen und eine Banane in der anderen Hand, steuerte den Nachbartisch an, doch, obwohl er es nicht wollte, blieb er stehen und beobachtete die Frau. Er fand, sie hätte keine bessere

Farbe als die von reifen Orangen wählen können, um ihren Teint zu betonen. Für einen Moment, der sich zu seiner Erleichterung rasch verflüchtigte, hatte er das Bedürfnis, ihr das zu sagen.

Als er merkte, daß auch sie ihn ansah, versuchte er, die Richtung zu ändern, um rasch an ihrem Tisch vorbeizukommen, blieb jedoch mit seiner Jacke an einem Stuhl hängen. Das Rührei begann, vom Teller zu rutschen. Er streckte ungeschickt den Bauch vor, um den Teller abzustützen, holte seine linke Hand zur Hilfe und vergaß, daß er die für die Banane brauchte, die zu Boden fiel. Die Frau stellte das Glas ab, sprang auf und drückte ihm die Banane zurück in die Hand.

»Kommen Sie zu mir, ich beiße nicht. Wer allein frühstücken muß, bekommt Magengeschwüre«, sagte sie und ließ ihm nicht die Zeit, die er brauchte, um abzulehnen. »Ich hab auf Sie gewartet. Ich hab Sie heute morgen gesehen, als Sie zur Pirschfahrt losfuhren. Sie mich natürlich nicht. In Afrika haben die Männer keine Augen für Frauen. Sie denken alle nur an Löwen.«

»Ich nicht. Und doch darf ich mich nicht zu Ihnen setzen. Meine Mutter hat mir verboten, mit Sirenen anzubändeln«, lachte Paul.

Er wunderte sich, als er sich zu ihr setzte und den Akzent zu deuten versuchte, den er nicht mit ihrem fließenden Deutsch in Einklang bringen konnte, wie spontan ihm der Scherz eingefallen war. Schon da hatte er das Gefühl, er wäre ein anderer, doch der Fremde war ihm nicht unsympathisch. Er beneidete ihn sogar ein wenig.

»Ich heiß nicht Sirene. Ich bin die Antje.«

»Wie die Käsedame aus Holland.«

»Sie haben's gleich gemerkt?«
»Ganz gleich«, lächelte Paul.
»Wer ist Sirene?«
»Sie verträgt das Reisen nicht. Ich hab sie zu Hause gelassen.«
»Das ist gut. Warum?«
»Sie schwärmt für Dackel mit Sonnenbrillen.«
»Ich trage nie Sonnenbrille«, erklärte Antje.
»Es wäre auch ein Jammer, wenn ich Ihre Augen nicht gesehen hätte. Sie gefallen mir.«
»Sie mir auch«, sagte Antje, »ich schwärme für reiche alte Männer.«
Paul merkte, als er seine Stimme hörte und sie wieder die des Mannes war, der ihn in den Nächten der Angst im Stich gelassen hatte, daß er dabei war, den Augenblick zu verpassen, in dem Verwirrung und Befangenheit die Zunge lähmten. »Danke«, überlegte er, »darauf habe ich lange gewartet.«
»Auf was?«
»Daß mir eine schöne Frau so etwas sagt.«
»In Afrika darf man alles sagen.«
»Das darf man«, bestätigte Paul. »Das war schon immer so. Sie täuschen sich aber. Ich bin nicht reich.«
»Und alt?«
»Ja. Sehr alt.«
Paul kam sich einfältig vor, weil er sich vorstellte und auch fürchtete, die animierende Unverbindlichkeit zwischen ihm und der fröhlichen, jungen Frau würde abrupt enden, sobald er fertig gefrühstückt hatte. Erst da wurde ihm bewußt, daß es ihm schon bei den Affen nach Geselligkeit verlangt und er die Signale mißdeutet hatte. Obwohl er mit jedem

Bissen mehr Appetit bekam und auch ein Gefühl, das er – zwar zaudernd, aber doch treffend – als Lust des Lebens umschrieb, stocherte er, um den der Teller nicht zu schnell zu leeren, in dem Berg von Rührei herum, den der Koch ihm aufgedrängt hatte. Wieder war es Antje mit dem Akzent, der ihn so vergnügt stimmte, die die Initiative ergriff. Sie müsse endlich Briefe nach Hause schreiben, zählte sie auf, ihre Haare waschen und auf die Suche nach Schnürsenkeln für ihre Stiefel gehen, doch sie würde gern mit ihm Abendessen und auf die Elefantenmutter mit Kind warten, die in der Dämmerung zum Wasserloch käme.

»Falls Sie wegen einer fremden Frau Ihre Reise nach Samburu verschieben können«, lockte sie. Ihre Augen waren groß und hatten, obwohl der Tag noch jung war, bereits die Farbe des wolkenlosen Mittagshimmels.

Nur für die Dauer eines Pulsschlags suchte Paul Unschuld in ihrem Gesicht und flüchtete zu der Illusion, der Satz sei ohne Bedeutung. Dann weigerten sich Wissen, Logik und Argwohn an einen von Afrikas mysteriösen Zufällen zu glauben. Er hatte Antje nichts von seinen Plänen erzählt, und doch wußte sie Bescheid. Was wußte sie noch? Was hatte sie vor, welche Gefährdung ging von einer Frau aus, die ihn einen gnadenvollen Moment Last und Alter hatte vergessen lassen? Das Mißtrauen machte ihn blind, taub und stumm, und doch erkannte er in seiner Erstarrung, daß er sich wieder einmal etwas vorgemacht hatte und daß in Afrika kein Verlaß auf Selbstbetrug war. Noch war er nicht der Fatalist, der geschehen ließ, ohne aufzubegehren; er wollte leben, nicht sterben.

Sehend geworden, nahm Paul Abschied von der Gleichgültigkeit, die er als Schutz empfunden hatte. Wehmütig trennte er sich von der Heiterkeit des kurzen, ihn auf so wundersame Weise bestätigenden Flirts. Er wußte nun, daß er bedroht war, und er begriff, daß er nicht wußte, was er zu fürchten hatte. Aus Szenen und Worten, die ungebeten auf ihn einstürmten, entstand ein Bild, das ihn in seiner Deutlichkeit erschreckte. Er war wieder am Naivasha-See, sah Gabriel an seinem Funkgerät, hörte ihn hastig »Roger, Roger« sagen und von den Tagen der Jagd reden.

Erst nach einer Zeitspanne, die Paul später in keiner ihm bekannten Einheit auszurechnen vermochte, wurden aus Hilflosigkeit und der furchtsamen Ahnung, Gabriel wäre keine überschaubare Größe, ein brennender Zorn. Die Wut versengte Körper und Kopf wie ein Buschfeuer Felder, Gras und Leben. Paul hatte als kleines Kind schon begriffen und seitdem nie mehr vergessen, daß der Mensch sich nicht gegen Buschfeuer wehren konnte, und doch tat er es.

»Woher wissen Sie überhaupt, daß ich nach Samburu will?« Die Stimme, die die Stille quälte, war laut und fordernd.

»Ich habe Ihren Fahrer gefragt, wohin Ihre Safari geht«, erwiderte Antje. »Wieso ist das so wichtig? Die meisten Leute wollen von hier nach Samburu, um die Elefanten zu sehen.«

Die Befreiung war zu unerwartet, zu groß, zu simpel und lächerlich. Paul merkte zwar noch rechtzeitig, daß er Kopf, Kehle und Herz beruhigen mußte, bevor er seine Lippen auseinanderpreßte. Er spürte auch, daß er seinen Körper noch nicht wieder beherrschte, doch er mißgönnte seiner Erregung die Zeit, die sie zum Verlöschen brauchte, und sprang so ungeschickt auf, daß er den Stuhl umwarf, der ihm den letzten Halt gegeben hatte, legte Hände, die noch nicht zur Ruhe gekommen waren, erst auf Antjes Schultern, dann

auf ihren Kopf, zog ihn linkisch zu sich heran und küßte ihre Stirn.
»Also, heute abend bei der Elefantenmama, Sirene«, stammelte er.
»Ich heiße nicht Sirene«, kicherte sie, »ich bin die Antje.«
»Vorsicht«, flüsterte Paul und meinte die Warnung ernst, »in Afrika haben Worte, die man wiederholt, eine besondere Bedeutung.«
»Ich weiß«, sagte sie.
Antje Visser aus Utrecht, die die Sirenen nicht kannte und auch nicht Lolita und Lulu, war keine Abenteuerin und auch nicht auf der Suche nach einem Prinzen, nur nach einem Menschen, mit dem sie reden und lachen konnte. Sie war noch jung genug, um beides als ein elementares Bedürfnis zu empfinden; den Zeitpunkt, um die Größe des Grabens zwischen Traum und Wirklichkeit wenigstens grob zu schätzen, hatte sie indes verpaßt. Von den fünfundzwanzig Jahren ihres Lebens hatte sie die letzten sechs hinter dem Schalter einer Bank, mit Englisch- und Deutschkursen und in einer mißratenen Ehe verbracht. Ihren afrikanischen Traum hatte sie jedoch geträumt, seitdem sie hören und sprechen konnte.
Als ihre Freundinnen bereits sehr konkrete Vorstellungen von der Zukunft hatten, hoffte Antje immer noch, in Afrika ihren Vater zu finden: Sie kannte ihn nur als einen blonden jungen Mann in einem silbernen Rahmen. Lange hatte sie nicht geahnt, daß Mütter und Großmütter ihre Lügennetze so dicht weben können wie die blonden Zöpfe von märchensüchtigen kleinen Mädchen; ohne Arg hatte sie geglaubt, daß sich der schöne fremde Vater im weißen Dinnerjackett eines furchtbaren Tages im afrikanischen

Dschungel verirrt hatte. Es war zu spät, um sich von der Hoffnung auf das große Glück in der fernen Welt zu trennen, als Antje erfuhr, daß ihr Vater schon während der Schwangerschaft der Mutter aus beider Leben spaziert war. Antje liebte diesen kostbar gerahmten Adonis. Er sollte sie nämlich in ein Leben führen, das nicht von zwei verbitterten, wortkargen Frauen beherrscht wurde, denen es mit Ausnahme der altmodisch romantischen Geschichte vom entgangenen Vaterglück an Phantasie und an der Fähigkeit mangelte, ein Kind zu lieben.

Hätte Antje nach ihrer Ehe mit einem Studenten, der ein Jahr jünger war als sie und den ihre Illusionen und Gedankenspiele so irritierten, daß er Zuwendung bei einem Mann suchte, zu dem er sich ohnehin seit Jahren hingezogen fühlte, in ihrer Not einen Therapeuten befragt, wäre ihr Leben beständiger verlaufen. Selbst ein Arzt ohne Interesse für die Psyche seiner Patienten hätte Antjes Fernweh als frühkindliches Trauma diagnostizieren und sie über Vaterkomplexe im allgemeinen und erst recht in ihrem Fall aufklären können. Weil sie jedoch einer Familie entstammte, in der die Seele nur von Bedeutung war, wenn es um das Leben nach dem Tod ging, ließ sie sich weder beraten noch helfen. Afrika blieb, auch als sie sich erwachsen wähnte, der Fixpunkt in ihrem Leben und die Überzeugung konstant, daß nur ältere Männer sich die Mühe machen, eine junge Frau zu verstehen.

Trotzdem fuhr Antje, deren hochentwickeltes Talent, der Vernunft zu mißtrauen, auch nicht durch Erfahrungen verkümmerte, mit einem gleichaltrigen Mann nach Kenia; sie kannte ihn aus dem Englischkurs der Abendschule, doch nicht gut genug, um beizeiten mitzubekommen, daß er, anders als sie, nicht nur an die Gegenwart dachte. Der strebsame junge Mann aus der Reisebranche wollte Afrika sehen, und zwar in der Zweiwochenfrist, die er sich gesetzt hatte. Antje hingegen hatte die Ersparnisse ihrer gesamten Berufszeit investiert, sich ein halbes Jahr unbezahlten Urlaub genommen und war entschlossen, erst dann zurückzukehren, wenn sie entschlüsselt hatte, weshalb ausgerechnet sie, die zu Fleiß, Pflicht und Unauffälligkeit erzogen worden war, sich nicht mit einem Bankschalter in Utrecht begnügen wollte.

Die ungleichen Reisegenossen trennten sich – ohne Bedauern – nach einer Woche am Strand von Malindi. Antjes Begleiter wollte braun werden, möglichst viel von dem billigen Hummer des Indischen Ozeans essen und einen Teil seiner Ersparnisse wieder mit nach Hause nehmen. Sie wollte auf Safari in das Hochland von Kenia.

Seit dem Abschied von Großmutter und Mutter, der unter den gegebenen Umständen sehr frostig ausfiel und nun drei Monate zurücklag, hatte sie auf ihrer Tour von einer Lodge zur anderen nicht nur die ihren Träumen absolut entsprechende Faszination Afrikas mit den imponierenden Tieren und den freundlichen Menschen erlebt. Sie hatte auch die Verlassenheit und Verwirrung in einer Welt von Düsterkeit erfahren, deren Schönheit den Fremden täuschte, die abrupten Abschiede mit den verwehten Spuren und die eruptiven Nächte, in denen sie zu vergessen begann, was sie ursprünglich in einem Land hatte finden wollen, das der Mensch erst lange kennen muß, ehe er es lieben kann.

Als Antje sich bei Gabriel nach Paul erkundigte, suchte sie weder das große Glück noch männlichen Schutz oder die Möglichkeit, ihre Reisekasse aufzustocken, die dies allerdings dringend nötig hatte. Sie war nicht berechnend, nur oft einsam und dann enttäuscht, daß Löwe, Elefant und Leopard ihren Träumen von Natur und Frieden nicht so entsprachen, wie sie gedacht hatte. Es war dennoch nicht mehr als eine momentane Bedrückung, die ihrem Naturell fremd war und der sie deshalb sehr rasch nachgab, als sie den Plan faßte, zusammen mit diesem gutmütig aussehenden, auf sie angenehm altmodisch und rührend wirkenden Mann nach Samburu zu reisen, wohin sie ohnehin wollte. Daß er ihr Vater hätte sein können, empfand sie als das ihr lange vorbestimmte Schicksal. Als sie nachmittags vom Swimmingpool aus Paul in den Wagen steigen sah, winkte sie ihm zu. Obgleich er ihren Gruß sehr verlegen erwiderte, merkte sie, wie sehr sie sich auf den Abend freute.

Ein winziger rotköpfiger Vogel mit langem Schwanz, schwarzweißgepunktetem Gefieder und einem steil in die Höhe gestreckten orangenen Schnabel klammerte sich an den Stiel einer roten Blume und belebte das helle Steppenbraun mit blendender Farbenglut. Der Wagen stand im grauen Schatten eines gelbrindigen Fieberbaums. Durch die Krone schaute der Kopf einer Giraffe herab, die langwimprigen Augen weit geöffnet. Paul löste Gabriels Hände vom Steuer, griff nach seiner Rechten und flüsterte: »Danke.«

»Warum sagst du danke, wenn ein kleiner Vogel singt.«

»Der kleine Vogel ist ein großer Zauberer. Ohne dich hätte ich ihn nie gehört.«

Paul hatte sich nach dem ungewohnten, üppigen Frühstück in seine abgedunkelte Hütte zurückgezogen und lange gebraucht, ehe er an Afrikas Monotonie genesen war. Auch danach hatte ihn Gabriel hartnäckig zur Nachmittagspirsch überreden müssen. Er war froh, daß er nachgegeben hatte. Im sterbenden Tag offenbarten sich ihm noch mehr als am frühen Morgen Unendlichkeit und gebieterische Größe einer Landschaft, die den Menschen zu Demut zwingen, ihn in einem Augenblick berauschen und im nächsten melancholisch machen. Als Gabriel plötzlich Luft durch seine Zähne stieß, den Wagen anließ und, ohne ein Wort zu sagen, zurück in den Wald raste, klopfte ihm Paul auf die Schulter.

»Laß doch, mein Freund, meine Augen sind schon voll. Wir suchen morgen dein Nashorn.«

»Morgen ist zu spät. Heute brauchst du Kraft für die Nacht.«

»Ein Mzee braucht keine Kraft für die Nacht. Weißt du das nicht?«

»Heute wirst du kein Mzee mehr sein, Papa. Junge Frauen sind Medizin für alte Knochen.«

»Du redest zuviel, Bruder Affe.«

Zwei Nashörner, die massigen Körper aneinandergedrückt, die Köpfe gesenkt, die Hörner erhoben, ihre Haut farblos wie das durstende Gras, waren keine zehn Meter mehr vom Wagen entfernt, doch sie sahen nicht hoch, als Menschen sie störten. Sie wirkten, als hätte sie Afrikas weiser Gott als Sinnbild der Ewigkeit geschaffen, und rührten sie sich, so nur, um den Schwanz zu bewegen.

»Deine Nashörner«, sagte Gabriel. »Nur ein Mann, der nicht ist wie die anderen, darf Nashörner sehen.«

»Bin ich so ein Mann?«

»Ja«, erwiderte Gabriel. Seine Stimme war fest wie ein Dorn voller Saft, und doch gelang es ihm nicht, rechtzeitig den Seufzer zurück in die Kehle zu drücken.

6

Das weit offenstehende Fenster mit dem eingerissenen Netzgitter schlug lärmend gegen die Wand, als Paul seine Hütte aufschloß. Ihm wurde sofort klar, daß er die Nacht mit sehr vielen Fliegen und Moskitos würde verbringen müssen, wenn er nicht umgehend handelte; trotz seiner Müdigkeit nahm er sich vor, sobald er den Sand aus seinen Schuhen geholt hatte, zum Haupthaus zurückzulaufen und den hilfsbereiten Empfangschef zu bitten, den Hausdiener mit der Spraydose vorbeizuschicken. Seufzend warf er den Schlüssel mit dem Löwenkopf auf den kleinen Schreibtisch. Da sah er die Kerze. Am Morgen hatte sie auf dem Nachttisch gestanden; nun lag sie, in vier Teile zerbrochen, im Aschenbecher. Den Kerzenständer, den Paul nachts von seinem Bett aus nicht hatte erreichen können, hatte jemand in den umgefallenen Papierkorb geworfen. Auch der Stuhl stand nicht mehr wie vor dem Aufbruch zur Pirschfahrt neben dem Fenster, sondern – die Beine nach oben – mitten im Raum.

Paul hob ihn erschrocken auf und stellte ihn auf seinen alten Platz; er wollte sich gerade hinsetzen, als er seine Reisetasche erblickte. Sie stand weit offen auf dem Boden. Er erinnerte sich indes genau, daß er sein Gepäck beim Verlassen der Hütte auf den mit schwarzem Fell bezogenen Hocker

gehoben hatte – weil ihm, als er seinen Schlüssel gesucht hatte, kleine schwarze Käfer aufgefallen waren.
Nun sah er, selbst im schwindenden Tageslicht, daß jemand die Tasche durchwühlt hatte. Als er beklommen die zweite Kerze anzündete, die noch heil geblieben war, ahnte er zwar schon, daß in der Hütte eingebrochen worden war, doch war er nicht auf die Verwüstung im ganzen Raum gefaßt. Überall lagen Kleidungsstücke herum. Das Moskitonetz war aus der Verankerung gerissen worden, die hellgrüne Gardine mit ekelerregender brauner Farbe verschmiert, die zu großen Klumpen getrocknet war. Die Gardine und die Kerze irritierten Paul noch mehr als seine durchwühlte Tasche. Er hatte Afrikas Diebe absolut anders in Erinnerung – lautlos, flink und umsichtig. Sie waren in seiner Kindheit geradezu bewundernswerte Meister der Unauffälligkeit gewesen. Wer immer jedoch in der Hütte gewesen war, hatte sich nicht die geringste Mühe gegeben, seine Spuren zu beseitigen.
Zwei Unterhosen, eine einzelne Socke und ein Hemd lagen auf dem Bett, ein triefend nasser Waschlappen auf dem Couchtisch, ein Schuh – ohne Schnürsenkel – stand auf dem Fensterbrett. Schwarzes Wasser lief in einem dünnen Rinnsal vom Badezimmer auf den hellen Sisalteppich, doch erst, als Paul in den kleinen Baderaum ging, begriff er endgültig, daß er es nicht mit einem jener alltäglichen Einbrüche zu tun hatte, vor denen die Touristen in jedem Hotel und allen Lodges bei der Ankunft gewarnt wurden.
Die Tube Zahnpaste war aufgebissen, der Spiegel mit Rasierschaum verschmiert, die Seife, wie die Kerze, in Stücke gebrochen und die Karaffe mit dem abgekochten Trinkwasser zerschlagen. Die meisten Tabletten gegen Bluthoch-

druck schwammen in der Toilette. Der Plastikdeckel des Gläschens war zerkaut. Bananenschalen, schwarz geworden in der dumpfen Luft, lagen im Waschbecken, in das Wasser tropfte.

Ausgerechnet die unappetitlichen Schalen, auf denen winzige rote Ameisen herumkrabbelten, empfand Paul als ein für ihn bedeutsames Omen. Er hatte nach dem Frühstück einer sentimentalen Regung nachgegeben und die Banane mitgenommen, der er die Bekanntschaft mit Antje verdankte. Er hatte vorgehabt, sie ihr mit großer Geste beim Abendessen zu überreichen, und sich auch schon ausgemalt, wie sie kichern würde und daß er sehr ernst bleiben wollte.

Allein der Gedanke an die harmlose Fröhlichkeit beim Frühstück, das ihm den ganzen Tag verschönt hatte, machte Paul wehmütig. Der Charme der Stunde erschien ihm unwiederholbar; er spürte einen scharfen, fordernden Schmerz in den Schläfen und mit ihm die Ahnung, daß er auf der ganzen Reise keinen Frieden mehr finden würde.

Das Wort von der schwarzen Safari kam ihm in den Sinn. Sie ließ den Wanderer erblinden, ehe er sein Ziel erreichte. Paul war es, als würden die Ameisen zu langarmigen Monstern explodieren und ihn erwürgen, wenn es ihm nicht gelang, seinen Blick abzuwenden, doch er vermochte seine Augen nicht zu schließen. Aus Phantasie und Verwirrung wurden eine Angst, die ihm ebenso unwürdig wie lächerlich vorkam. Er konnte dem Gefühl, einer feindlichen Macht ausgeliefert zu sein, jedoch keinen Einhalt gebieten. Mit einem Mal glaubte er sich nicht mehr allein in dem dunklen Raum. Er hörte Stimmen, Männer laut lachen, das klagende Winseln eines jungen Hundes, rannte so schnell zur Tür, daß er stolperte, und war dabei besessen von der Vorstellung, die ein-

zige Möglichkeit zur Flucht könne ihm genommen werden, ehe er sie erreichte.
Stöhnend riß er die Tür auf und taumelte vor die Hütte. Die Luft war noch erhitzt von der Glut des Tages, doch sie tat ihm gut, beruhigte seine gepeitschten Nerven, machte ihn gar nach ein paar Minuten ruhig und besonnen. Paul, die Hände noch immer zur Faust verkrampft, konnte nun genau analysieren, was geschehen war. Man hatte ihn nicht bestehlen, sondern provozieren, warnen, gefügig machen wollen.
»Weshalb?« murmelte er immer wieder, »warum?«
Sein Flüstern schien von weit her zu kommen, und doch wich die Niedergeschlagenheit dem Drang, sich nicht ohne aufzubegehren Menschen zu unterwerfen, die ihre Opfer verhöhnten, weil sie, anders als er, Afrikas Sprache und Zeichen nicht verstanden.
»Nein«, sagte Paul. Seine Stimme war fest, der Kopf wieder ohne Schmerz. Die Hände entkrampften sich. Er grub seine Nägel in die Haut, um zu spüren, daß er reagierte, und merkte, daß er wieder logisch und methodisch denken konnte. Es war klug, sagte er sich, nicht sofort den Empfangschef aus der Lobby zu holen, sondern erst einmal genau festzustellen, was ihm alles gestohlen worden war. Trotzdem war ihm übel, als er zurück in die Hütte ging und die Tasche auf den Schreibtisch stellte.
Er fand weder den zweiten Strumpf noch seinen linken Schuh. Auch eines von den in Nairobi genähten Hemden fehlte, ebenso eine weiße Leinenmütze und die Tafel Schokolade vom Picknick am Naivasha-See. Gabriel hatte sie in ein Taschentuch gewickelt und dabei gelacht. Vergeblich versuchte Paul, sich zu erinnern, ob er nicht an Gabriels

Gelächter einen falschen, spöttischen Ton hätte bemerken müssen, doch die Laute, die er sich ins Gedächtnis rief, blieben heiter.

Auf dem Boden der Tasche fand er eine flaumige rosa Feder. Er hatte sie, kurz bevor Gabriel das Funkgerät benutzt hatte, im hohen Gras am See entdeckt und sie vor dem Aufbruch nach Nakuru in seinen Paß gelegt. Der Paß war nicht mehr da. Paul fing sofort an, ihn zu suchen. Er wußte genau, daß er ihn unter seine Wäsche gelegt hatte, und warf, immer nervöser werdend, Hemden, Hosen, Schreibgerät und das Bild von Cornelia mit dem Dackel auf den Boden, doch er fand nichts. Mutlos riß er die Schubladen von Schreibtisch und Nachtschränkchen auf, durchsuchte selbst den Schrank, den er noch gar nicht benutzt hatte, und kroch auch unter das Bett, obwohl er da bereits wußte, daß es dem Eindringling nur um den Paß gegangen war.

Der Schweiß wurde kalt auf Pauls Körper, als er versuchte, sich vorzustellen, was es bedeutete, in Afrika ein Mann ohne Paß zu sein. Er konnte den Gedanken jedoch nicht vertreiben, ehe er ein Alptraum wurde, wie er ihn noch nie erlebt hatte. Er saß in der Falle. Wer in Afrika das Sagen hatte, ließ einem Mann nicht die Zeit, seine Unschuld zu beweisen.

Paul setzte sich hin und starrte zum Fenster hinaus. Er sah den Horizont grau werden, fühlte, wie die letzte schützende Wärme seinen Körper verließ und daß Hals und Schultern seinen Kopf nicht mehr halten konnten. Er dachte, er wäre bereits stumm vor Entsetzen, wie es Tiere in der Falle werden, wenn ihre Kräfte nachlassen, und doch verlangte es ihn immer noch, seine Brust von dem Druck zu befreien, der ihm das Atmen zur Last machte. Als er sich dann schreien hörte, erkannte er seine eigene Stimme nicht und nach wem sie rief. Wie ein Kind hielt er sich die Ohren zu.

»Du brüllst ja wie ein Löwe, Papa«, sagte Gabriel. Seine Stimme war ruhig wie die Nacht in ihrer dunkelsten Stunde. »Warum? Haben dich meine Nashörner schon verzaubert?«

Er nahm eine Kerze aus der Tasche seiner Hose, zündete sie an, hauchte sie zu vollem Leben, und wartete, bis die Flamme hoch genug für die Kostbarkeit des Augenblicks war. Dann erst drückte er Paul seinen Paß in die Hand. Der war ein wenig feucht und noch bedeckt von Ameisen. Sie krochen aus den Seiten heraus und fielen auf den Boden. Kräftige Zähne hatten in die bordeauxrote Pappe gebissen.

»Gabriel, wo kommst du her? Warum hast du meinen Paß?«

»Zwei Fragen auf einmal, Mzee«, mahnte Gabriel mit der Geduld eines satten Esels. »Du hast nach mir gerufen. Wie der erste Donner des großen Regens hast du geschrien. Meine Ohren sind gut. Deshalb bin ich hier. Meine Füße sind schneller gewesen als das Wasser in einem Fluß, der zuviel getrunken hat.«

»Der Paß, Gabriel! Er ist mir gestohlen worden. Ich hab ihn überall gesucht und konnte ihn nirgends finden. Schau dir mein Zimmer an.«

»Trink Whisky, Papa«, lockte Gabriel. »Er wird deinen Kopf gesund machen und ich dein Zimmer.« Er stellte eine Flasche, die er unter seinem Hemd hervorholte, auf den Tisch. »Das hilft gut, wenn ein alter Mann verrückt wird.«

»Der Paß«, drängte Paul, »wo war er?«

»Der Paß war unter dem Baum, der pfeifen kann. Kennst du den Baum nicht mehr? Ich habe ihn dir heute morgen gezeigt. Du hast ihn mit den Augen gestreichelt.«

Gabriel machte die Whiskyflasche auf und hielt sie Paul hin. Der Moment, als sich beider Hände berührten, war nicht länger als ein einziger Schlag des Herzens, doch er war lang genug. Paul spürte zwar noch, daß er dabei war, aus dem so oft gedankenlos gesprochenen Wort Freund eine jener Bindungen zu weben, von denen er dachte, er hätte sich ihrer für alle Zeiten entledigt, und er wußte, daß dies weder klug noch gut war, aber er ließ seine Arme nicht sinken. Keuchend zog er Gabriel zu sich heran; er sah die weißen Pupillen im dunklen Gesicht groß werden und hörte auch, daß Gabriels Atem den gleichen erregten Rhythmus wie sein eigener hatte.

»Danke«, flüsterte er, »danke, mein Freund.«

»Dein Mund kann schöne Worte sagen, Mzee. Das hat meiner nicht gelernt.«

Als Paul den ersten Schluck Whisky trank, seine Kehle brannte, seine Hände nicht mehr bebten und er sein Herz nicht mehr rasen hörte, machte er Gabriel auf die Verwüstung der Hütte aufmerksam. Er führte ihn ins Badezimmer zum verschmierten Spiegel und den faulenden Bananenschalen im Waschbecken und dann zu der verklebten Gardine, wurde erneut verwirrt und unsicher und fragte, fast um eine Antwort bettelnd, die ihm den kleinen Frieden geben könnte, wenn der große schon nicht mehr möglich war: »Warum hat der Dieb das getan?«

Die sechs Worte reichten, um Gabriels kräftigen Körper so durchzurütteln wie ein Sturmwind eine junge Maispflanze, die noch nicht genug Regen in ihre Wurzeln aufgenommen hat. Gabriels Gesicht war nur noch ein weit aufgerissener Mund; die Zähne leuchteten im Kerzenlicht, als er Paul mit beiden Händen auf die Schulter schlug. Sein Lachen hatte

ein so gewaltiges Echo, als hätte er seine Stimme nicht gegen die Wand einer kleinen Hütte, sondern gegen den mächtigsten der mächtigen Berge Kenias geschleudert.
»Der Dieb«, sagte Gabriel, als er endlich sein Gelächter eingefangen hatte, »war ein Affe. Hast du das nicht sofort gesehen? Kennst du denn nicht unsere Brüder?« Er kniete sich nieder und machte sich klein wie ein Pavianjunges, nach dem die Mutter die Hand ausstreckt.
»Du hast vergessen«, sagte er und kratzte sich, auch wie ein Pavian, an beiden Ohren zugleich, »das Fenster zuzumachen. Das darfst du nicht. Die Affen in den Lodges sind frech und ohne Angst. Du mußt die Fenster so gut zumachen wie die Türen. Hast du wirklich geglaubt, Papa, daß die Diebe in Nakuru Zeit genug haben, Bananen zu essen und Gardinen mit Schokolade zu beschmieren?«
»Und der Paß, Gabriel. Warum hat der Affe meinen Paß genommen? Und wozu braucht er mein Hemd?«
»Dein Affe war klüger als alle anderen«, erwiderte Gabriel und spülte seine Zähne mit feuchter Zunge. »Er hat nur einmal in den Paß gebissen und ihn unter den Baum geworfen, der pfeifen kann. Er wird jedoch dein Hemd tragen, Mzee, bis er stirbt. Affen lieben Hemden mit Extraschutz.«
Wenn Gabriels Sprache einen Begriff für Extraschutz hatte, gebrauchte er ihn nicht. Er sagte das Wort, ohne es zu betonen, in Englisch, und doch fiel Paul auf, daß er die hohe, etwas näselnde Stimme von Mister Singh aus dem Norfolk Hotel in Nairobi nachgeahmt hatte.
»Der Affe«, lachte Paul zurück und holte, wie vor ihm Gabriel, nur einen Hauch von Spott in seine Augen, die er nicht ganz öffnete, »wird immer an mich denken, wenn er mein schönes neues Hemd trägt.«

Als Gabriel schon an der Tür war, rief Paul ihn zurück. Er öffnete langsam, als mache es ihm Mühe, die linke Brusttasche und holte einen kleinen gefalteten Zehn-Dollar-Schein heraus. »Die Nashörner«, erzählte er, machte seine Stimme weich und reichte Gabriel das Geld, »haben mir gesagt, ich soll dir danke sagen.«
»Ich weiß.«
»Woher weißt du?«
»Glaubst du, ich höre nicht, was ein Nashorn sagt? Bei Sonnenaufgang komme ich mit dem Tee, Papa.«
Die Elefantenkuh mit einem Kind, das Schritt für Schritt den gleichen Abstand zwischen dem eigenen Rüssel und dem Schwanz hielt, der ihm Weg und Richtung wies, bahnte sich gerade den Weg aus dem wuchernden Buschwerk zum Wasser, als Paul auf die Terrasse kam. Antje war bereits da. Er sah sie schon von weitem an dem runden Tisch sitzen und dachte sofort an seine Verlegenheit, als er ihr begegnet war, erwartete die gleiche Scheu wie am Morgen und staunte sehr, daß er ohne Hemmungen auf Antje zuging.
Paul in einem weißen Hemd, das der Affe nicht in den Pfoten gehabt hatte, und mit einer altmodisch gestreiften Krawatte, eine Leihgabe der Lodge, deren Leitung wegen ein paar ohnehin von ihr nicht geschätzter Touristen nicht von der bewunderten Kleiderordnung englischer Clubs abgehen wollte, war so entspannt, als hätte er den ganzen Nachmittag geschlafen. Ihm fiel die Leichtigkeit seiner Schritte auf; er glaubte sich noch vom Whisky berauscht und merkte nicht, daß es ein Gefühl der Erwartung war, das ihn belebte. Erst als ihn eine alte Dame dankbar grüßte, deren kleiner, weißhaariger Kopf aus einer rosa Wollstola hervorschaute, mutmaßte Paul, daß er lächelte. Er winkte Antje zu.

Es war eine Nacht mit hellem Sternenschimmer und dem matten Schein aus zartumrandeter Mondsichel, wie es sie nur in Kenias Hochland gibt. Die Wolken des Tages hatten sich in schwarzen Samt gehüllt und waren nur für den sichtbar, dem Mungu die Augen von Jagdvögeln schenkt. Vom Nakuru-See zog der schwere Geruch von Salz und erloschener Hitze in die Höhe und vereinte sich mit dem zarten Duft von Eukalyptusbäumen und wildem Mango. Eine Hyäne schrie ihren Hunger in die Nacht. Nur einer der vielen Pfaue, die in den Bäumen lagerten, gab ihr Antwort.
Die Terrasse war von Lampen erleuchtet, die auf laubbesetzten Sockeln standen. Auf den mit weißen Kamelien in grünen Vasen dekorierten Tischen brannten die Windlichter rosa in dichten Kugelgefäßen. Weinflaschen, kleine Brote, kreisrund gebacken und so intensiv duftend, als wären sie eben erst aus dem Ofen geholt worden, und große Körbe mit Früchten standen auf jedem Tisch.
Unter einer Baumgruppe an einer großen Feuerstelle schärften vier Köche zu gleicher Zeit Messer, die wie silberne Bajonette funkelten, und begannen, das Fleisch zu grillen. Wann immer ein Steak oder ein dampfender Fisch den zischenden Holzkohlen entkamen, riefen alle Köche im Chor nach einem Kellner. Sobald der sich auf den Weg zu den Gästen machte, schlüpfte eine der vielen Katzen des Hauses aus der Dunkelheit und folgte lautlos und mit erhobenem Kopf der Beute auf dem Tablett.
Der kleinste Kellner hatte auf seinem gelben Jackett ein Schild mit der Aufschrift »Stanley« und sagte, als Paul ihn nach der Herkunft seines Namens fragte, er habe ihn aus dem Nakuru-See gefischt. Sonst hätte er keine Arbeit in der feinen Lodge bekommen. Er holte eine rosa Flamingofeder

aus seiner Tasche, hielt sie gegen das Licht und legte sie auf Pauls Teller.

»Danke, ich hab schon eine«, staunte Paul.

»Ich weiß«, sagte Stanley und genoß die kleinen Funken der Angst, die er in die Augen seines Gastes gezaubert hatte. Er hatte so geschickte Hände, daß er das Besteck Walzer tanzen lassen konnte, ehe er es auf das Tischtuch legte, und Augen, die sich an Antjes blondem Haar sättigten. Er nannte sie einige Male »Mama«, doch das Schnalzen seiner Zunge gab Auskunft, daß er dabei nicht an seine Mutter dachte. Stanleys fröhliche Augen tränkten sich indes so sehr mit Enttäuschung und Vorwurf, als Paul um Wasser zum Essen bat, daß er sofort nachgab. Entschuldigend bestellte er eine Flasche Rotwein, obwohl er keinen vertrug, und Antje sagte, sie sei Wein nicht gewohnt.

»Ich mag unseren heiteren Freund nicht kränken. Er gefällt mir.«

»Du gefällst mir auch«, sagte Antje, als Stanley beglückt aus großer Höhe den Wein in die Gläser goß, ohne einen Tropfen zu verschütten.

»Wie kommst du plötzlich darauf?«

»Nicht plötzlich. Von Anfang an. Du bist so wunderbar altmodisch.«

»Soll das etwa ein Kompliment sein?«

»Ja.«

Paul überlegte gut gelaunt, ob Antje ihn absichtlich geduzt hatte oder ob es ihr nur erging wie den meisten Niederländern, die er kannte. Sie gebrauchten auch dann die intime Anrede, wenn sie fließend Deutsch sprachen. Er wollte sie danach fragen, doch als er sie ansah, erhielt er Antwort auf eine ganz andere Frage.

Ihm waren Augen mit dem gleichen Ausdruck von Spontaneität und Keckheit eingefallen und daß er ihnen ihre Heiterkeit genommen hatte. Widerwillig reiste er zurück zu den Tagen der Hoffnung, als er noch geglaubt hatte, Cornelias Offenheit und Hinwendung zum Leben würden ihm vergessen helfen. Die Erinnerung wurde umgehend eine Gewissensbürde, der er den ganzen Abend nicht mehr zu entkommen glaubte. Verlegen umklammerte er den Stiel seines Glases und senkte fröstelnd den Kopf, doch er hatte vergessen, wie rasch Schmerz und Reue unter einem afrikanischen Nachthimmel zu einer nur schwachen Ahnung des Gewesenen werden. Als Paul sein Glas hob, sich zu Antje beugte und sein Kinn dabei die Blüte einer hoch aus der Vase ragenden Kamelie streifte, konnte er bereits wieder lächeln.
»Carpe noctem«, sagte er leise.
»Ich kann noch nicht so gut Suaheli.«
»An deiner Wiege hat eine gute Fee gestanden, Sirene.«
»Und meine böse Großmutter. Ich glaube, daß ich deshalb hier bin.«
»Mir geht's ähnlich, nur ohne Großmutter.«
Zur Forelle mit einem blauen Band um den Hals brachte Stanley für Antje Fischbesteck, für Paul nur ein Messer und eine kleine gelbe Banane. Er legte sie mit einem leisen, kurzen Pfiff an die Stelle, an die die Gabel gehörte. »Nugu«, hauchte er in Pauls Ohr und sprang, einen Turm von Suppentassen in der Hand, mit großen Schritten davon.
»Rat mal, was mir heute passiert ist«, sagte Paul.
Anfangs wollte er wahrheitsgetreu schildern, was ihm am Nachmittag widerfahren war, doch die Bilder gerieten sofort durcheinander und rasten ihm davon. Seine Panik erschien ihm nun grotesk und allenfalls geeignet für eine typisch afri-

kanische Geschichte. Je ausschweifender Paul sie erzählte, um so vergnügter wurde er, und zum Schluß war er nicht mehr weit davon entfernt, selbst zu glauben, er hätte den Affen mit jenem Gebrüll vertrieben, das aus den Tiefen seiner Angst gekommen war. Er nahm den Paß aus seiner Brusttasche und zeigte Antje die Bißspuren.

Ihr Körper reagierte, wie der von Gabriel es getan hatte, und sie versuchte, während sie lachte, gleichzeitig den Kopf zu schütteln und ein Stück vom Paßdeckel abzubeißen. Am Ende fiel der Paß auf den Teller mit den Fischgräten, und Antje verschluckte sich so sehr an ihrem Kichern, daß Paul ihr sein Taschentuch hinhielt, um die Tränen zu trocknen. Sie sagte, sie sei noch nie einem Mann begegnet, der Taschentücher aus Stoff benutze, und fragte, ob sie es behalten dürfe.

Er nickte, obwohl er gerade auf einer Safari war, bei der weder gelacht noch gelockt wurde. Antje steckte das Tuch ein, griff nach der kleinen Banane und schwenkte sie herum. Mit der anderen Hand streichelte sie Pauls Gesicht. Nur weil sie seine Nase berührt und Cornelia das beim ersten Treffen auch getan hatte, mußte er lachen, doch er war schon nicht mehr wachsam genug, seine Zunge zu zügeln.

»Als Kind«, verriet er, »habe ich mir immer gewünscht, genau zur gleichen Zeit mit meinem Freund Kamau zu lachen. Doch es hat nie geklappt. In Afrika erzählt man sich nämlich, daß Menschen, die zusammen lachen, nicht mehr voneinander loskommen.«

»Wie schnell wirkt dein Zauber? Haben wir noch Zeit für den Nachtisch?«

»Ja. Wir haben alle Zeit der Welt.«

»Deine Hütte ist schöner als meine«, entschied Antje, als sie die letzte Erdbeere von ihrem Teller in Pauls Mund geschoben hatte.

Sie lief den Pfad dorthin, den sie mit der Taschenlampe ausleuchtete, als sei sie ihn schon oft gegangen, und hüpfte unter den Bäumen in die tänzelnden Lichtflecken. Paul sprang mit und wünschte sich, wenn er die Erde wieder erreichte, er wäre nicht zurückgekehrt. Er sagte, es sei nur der Wein, doch Antje glaubte ihm nicht.

Sie setzten sich auf Stühle, die zuvor noch nicht dort gewesen waren und nun im kurzen Gras vor der Hütte standen. Auf einem kleinen Tisch mit zwei Gläsern und der angefangenen Whiskyflasche brannte eine Lampe. Paul drehte den Docht herunter und löschte den gelben Schein.

»Wegen der Moskitos«, sagte er.

»Wegen uns, Papa.«

Er zuckte zusammen, erinnerte sich an das Gesicht, das ihm morgens im Spiegel begegnete, und fragte dann doch: »Warum nennst du mich Papa?«

»Nur, weil es alle hier tun«, log Antje. Sie griff nach der Whiskyflasche, stellte sie wieder hin und entschied sich für Pauls Hand, doch erst, als sie ihren Kopf an seinen Körper drückte und sein Herz hörte, trieb sie den alten Traum zu neuer Glut. Wie in ihrer Kindheit fand sie den in Afrika verborgenen Schatz. Sie verriet Paul, weshalb sie ihn so lange gesucht hatte, aber er ihr nicht, was er von der Brüchigkeit von Afrikas Märchen wußte.

Nach einer Stunde setzten die Musikfetzen von der Terrasse zum Sterben an. Die Kellner klapperten mit Geschirr und Besteck und holten Scherze in ihre Kehlen. Am Wasserloch mit den schlafenden Sekretärvögeln und zwei Gazellen mit hoch erhobenen Kopf, die sich zuvor nicht aus dem Schutz der Bäume und Büsche getraut hatten, wurden die grellen Strahler gelöscht. Die Sterne blieben am Himmel, der mit seinem dicht aus den Illusionen des Tages gewebten Tuch die Spitzen der Berge verhüllte. In der Ferne brannten Feuer. Der Wind nährte seine Stimme mit Wut. Ein Tier gab klagend laut. Antje sagte, es sei ein Löwe. Sie habe ihn jede Nacht brüllen hören.

»Es ist ein liebestoller Hund, süße kleine Julia«, wußte Paul, »die alte Geschichte von der Nachtigall und der Lerche.« Er sah die Schatten aus den dornenscharfen Büschen schleichen. Aus den Größten wurden Gespenster, doch sie drohten nur mit einer winzigen Hand und ließen sich nicht fassen. Paul drehte an seinem Ehering und war sicher, es wäre nichts als die alte Gewohnheit; bald erkannte er, daß er sich Cornelia an seine Seite wünschte. Ihr hatte er, wenn sie die Bettdecke zurückzog, schon lange nichts mehr erklären müssen. Sie wußte Bescheid. Wenn sie seinen Körper berührte, erwartete sie keine Regung. Trotzdem blieb sie freundlich und gut zu dem Mann, der ihre Liebe nicht mehr erwidern konnte.

Als sich die stechende Kälte der Nacht senkte und Paul einmal Antjes Zähne aufeinanderschlagen hörte, nahm er sich vor, ohne Scheu mit ihr zu reden. Er würde ihr vorschlagen, sie zurück zu ihrem eigenen Zimmer zu begleiten und morgens mit ihr zu frühstücken, als habe es diese Nacht nie gegeben. Sie lachte jedoch, weil er zu lange Steine im Mund herumwälzte, löste sich langsam aus seinen Armen und stieß die Hüttentür auf. Während Paul seine Füße fest in die weiche Erde grub und die Arme steif machte, suchte er weiter nach Worten, die Antje nicht kränken und ihn schützen würden vor dem, was kommen mußte, doch sie wandte ihm bereits den Rücken zu, verschwand in die Dunkelheit und leuchtete sich mit der Taschenlampe zu den Kerzen am Bett und auf dem Schreibtisch vor. Entschlossen zog sie ihn in das Licht und die Wärme.

Noch als er zögernd und umständlich seine Jacke auf den Haken hing und froh war, daß sie ihm zu Boden fiel, er sie wieder aufheben mußte und danach so langsam den Kopf hob, als würde ihm jede Bewegung noch die Frist gewähren, um sich zu offenbaren, bildete sich Paul ein, es sei nur die plötzlich wahrgenommene Helligkeit des Moskitonetzes, die seinen Blick fesselte. Es war die Haut von Antjes Hüften.

Diese Haut war von der Sonne, die Arme, Gesicht und Hände in Afrikas Glut getaucht hatte, verschont geblieben, und doch versengte sie Pauls Augen. Es drängte ihn so sehr, diese Haut zu berühren, daß das Verlangen im Moment der Verblüffung wie der Blitz eines trockenen Gewitters auf ihn niederkam. Der Brand erfaßte die Glieder, als wäre die Lunte an mehreren Stellen zugleich entzündet worden, doch noch mißtraute Paul seinem Körper. Er nestelte lange an der Krawatte herum, ehe er den Knoten lösen konnte, warf sie zu Boden und begann, mit Fingern, die ihm zu doppelter Größe angeschwollen erschienen, sein Hemd aufzuknöpfen. Schwer von einer Traurigkeit, deren Last ihm noch nie so erdrückend, so beschämend erschienen war, setzte er sich auf den Hocker, auf dem Antjes Hose lag. Erschöpft kroch er in die Hülle seiner Mutlosigkeit.

Antje stand nackt vor dem Bett, die Arme ausgestreckt, die Haare heller noch im Kerzenlicht als in der Sonne und so lang und fein, daß sie die Brüste bedeckten und wie Perlmutt schimmern ließen. Der vordere Teil des Moskitonetzes, schon unter der Matratze hervorgezogen und durchsichtig wie Salomes letzter Schleier, rieselte auf ihre Schultern. Rot und jung leuchtete der Mund, lockend – wie auf alten, zu intensiv nachkolorierten Postkarten – die blauen Augen.

Es waren Antjes Augen im flackernden Licht, so sanft und groß wie die der jungen Impalas, wenn sie lautlos aus dem Wald kommen und den Kopf mit den zierlichen Hörnern in ein Licht halten, das ihre Schönheit und Grazie einmalig macht, die Paul Gewißheit gaben. Wann immer er in Europas langen Winternächten, die ihn Stück für Stück getötet hatten, nach Afrika geflüchtet war, hatte er nie etwas anderes gesucht als die Augen der Impalas.

Nun, da er ihnen in fremder Gestalt begegnete, verstand er ihre Botschaft. Ein letztes Mal tat ihm seine Vergangenheit Gewalt an. Er sah sich kämpfen, verlieren, verzweifeln, doch, als seine Stimme die Ohren erreichte, war sie der Seufzer des Mannes, der weiß, daß er noch einmal siegen darf.

»Das ist nicht fair, Sirene. Ich bin doch nur ein Mann.«

»Ein deutscher Mann«, flüsterte sie, »die reden alle zuviel. Das lernen wir schon in der Schule. Worauf wartest du?«

Das Laken war kühl und erregend wie die Luft eines jungen afrikanischen Tags, der schwere harzige Geruch der Wolldecke süß und auf eine ganz andere Art betäubend als in der Nacht zuvor. Paul wähnte, als er den Druck von Antjes Mund auf seinem fühlte, auch noch, als ihr Körper seinen zum Leben zu erwecken begann, und erst recht, als er gewahr wurde, daß er nichts mehr zu fürchten hatte, er hätte seine Frau betrogen. So lieferte er sich bereits im Moment der Erlösung der Reue aus, zu der ihn sein Gewissen trieb.

Als Antje dann neben ihm einschlief, ruhig atmend und wie ein Kind auf dem Rücken liegend, und er sich lange nicht entschließen konnte, die Kerze zu löschen, und als ihr schönes Gesicht ihm so nah und doch so fremd war, erkannte er seinen Irrtum. Er hatte nicht seine Frau mit diesem unbekannten, beunruhigenden Impala hintergangen, sondern Antje mit Cornelia.

Selbst im Rausch der größten Erregung, in der Euphorie, wieder Mann zu sein, hatte er nur an Cornelia gedacht; sie hatte er lachen gehört, geküßt und ihre Hände gefühlt. Zu seiner Frau, nicht zu dem Kind in seiner Armbeuge, das ihn »Papa« nannte, hatte er von Liebe gesprochen. Cornelia hatte er anvertraut, daß er zu den Anfängen zurückgekommen und daß seine Wunden verheilt waren.

Paul löschte die Kerze, als sie nur noch ein Stummel war, und zergrübelte die Nacht, bis das graue Licht des Morgens seine Augen quälte. Immer wieder begegnete er Penelope, die das Warten nicht alt, häßlich und ungeduldig gemacht hatte; als er für sie den Bogen des Odysseus spannte und es sehr entschlossen tat, beschloß er, Cornelia zu schreiben. Noch wußte er nicht wann und wie er erklären sollte, was seine Frau weder verstehen noch verzeihen würde, er stellte sich jedoch vor, wie sehr sie sich über eine Karte freuen würde, auf der ein Affe im Liegestuhl saß und eine Sonnenbrille trug.

Der Gedanke erschien Paul so komisch und typisch für sein Leben, daß er laut lachte. Erschrocken preßte er seine Lippen aufeinander und drehte sich nach Antje um. Sie bewegte nur ihren rechten Arm und merkte zehn Minuten später auch nicht, daß er aufstand und sich anzog. Paul hatte vor, sich nur kurz vor die Hütte zu stellen, seinen Kopf zu kühlen und die Sinne zu beruhigen. Es erschien ihm sehr wichtig, zu Afrikas heilender Monotonie zurückzufinden, ehe Antje wach wurde und wieder von der Safari nach Samburu sprach, auf der sie ihn begleiten wollte.

Er hörte den Flügelschlag des ersten Vogels. Das Wasserloch war schon zu sehen. Der Büffel stand wieder da – schwarz und ein Koloß der Ruhe. Im matten Rosa bestrahlte die aufgehende Sonne die Tautropfen auf den roten Blüten einer Dornenhecke. In der Lobby wurde Licht angemacht, ein Fenster geöffnet und die Tür aufgestoßen. Ein großer kräftiger Mann ging vorbei, den Kopf so tief in den Schutz der Schultern gebettet, als müsse er sich klein machen in der Stunde des erwachenden Lebens. Obwohl der Mann sehr schnell über den Kiesweg lief, war keiner seiner Schritte zu hören.

Paul erschien die Lautlosigkeit so seltsam, daß sein Blick der grauen Gestalt folgte, bis sie den Weg zu dem großen Parkplatz einschlug. Erst da erkannte er Gabriel.

7

War Gabriel an satten Tagen auf Safari, gab es für ihn weder schlechte Fragen, auf die er keine gute Antwort fand, noch böse Befehle aus Nairobi, die das Blut im Körper kochen ließen und das Lachen töteten, ehe es aus der Kehle kriechen konnte. Wenn er in den Lodges vor Sonnenaufgang ohne einen besonderen Auftrag zum Parkplatz lief, durfte er den Kopf hoch halten und Stirn, Nase und Kinn in der kühlen Luft baden. Sein Herz war dabei so leise wie eine schlafende Zeder, die Beine leicht und die Hände ruhig.

Die ersten Stimmen der guten Tage streichelten Gabriels Ohren; sie waren ihm ebenso vertraut wie die willkommenen Laute der Freunde und Familie zu Hause in Naro Moru. In Nakuru war es stets der Wind vom See, der dem Schweigen der Nacht ein Ende machte. Er rief die Menschen ins Leben zurück, während die Perlhühner im Wald noch ihren Kopf im Gefieder wärmten und die Pfauen auf den Bäumen hockten.

Selbst wenn Gabriel so schnell wie ein Kind mit Füßen rannte, die nicht die Erde berührten, blieb seine Haut an den Tagen ohne Zorn und Angst so trocken wie die erstickten Wurzeln vom verdursteten Gras. Wollte er nur vor einer gewöhnlichen Pirschfahrt die Scheiben des Autos putzen, nach Öl und Benzin sehen und prüfen, ob kein scharfzahni-

ges Tier in der Nacht an den Kabeln genagt hatte, war der Kopf kühl wie der erste Abendtau.
Mußte Gabriel nicht schon im ersten Licht des Tages der Mann sein, der er nicht sein wollte, hatte er auch Freude an der eigenen Stimme und sang die Lieder, die er vom Vater seines Vaters gehört, als er noch auf dem Rücken der Mutter gelegen hatte. Solche Lieder stammten aus der Zeit, die schon lange tot war. Da waren die Männer nur mit den Füßen und einem Kopf auf Safari gegangen, der junge Gazellen oder das Vieh der Feinde als Beute begehrte – nicht die Jacken, Kameras und Uhren der reichen Fremden. Obwohl Gabriel wußte, daß diese Reichen sich jederzeit neue Jacken, Kameras und Uhren kaufen konnten, verlangte es ihn doch oft nach der Zeit, als ein Jäger noch kein Dieb sein mußte und er es nicht mit Opfern zu tun hatte, von denen er bezahlt wurde, ehe er sie ausraubte.
Der Morgen nach dem herrlichen Tag, an dem Gabriel die Nashörner aufgespürt und der Mzee ihm so viel Geld geschenkt und ihn seinen Freund genannt hatte, ließ solche Wünsche schneller wachsen als gestorbenes Gras nach dem ersten großen Regen. Gabriel senkte seinen Kopf so tief, daß ihn selbst seine Brüder nur mit sehr viel Anstrengung erkannt hätten. Auf dem langen Weg von den Hütten, in denen die Fahrer schliefen, bis zum Parkplatz am Zaun der Lodge konnte er jeden Stein, selbst die kürzesten Grasbüschel und auch die winzigsten Ameisenhaufen zählen.
Das war schlecht. Augen, die nicht genug Abstand von der Erde halten durften, fehlte der Stolz, der einen Mann seine Kraft fühlen läßt. Augen, die an der Erde klebten, sahen in dünnen Würmern dicke Schlangen mit aufgerissenem Maul, und sie verwechselten kleine Kiesel mit hohen Felsen.

Gabriel spürte, während er so langsam lief, als wollte er erst am Parkplatz ankommen, wenn sich der Mond zeigte, die Kälte von Furcht auf der Haut. Er schlug mit beiden Händen auf seinen Bauch, um ihn zur Ruhe zu zwingen, doch die Steine in seinen Därmen schwiegen nicht länger als die Pause zwischen zwei keuchenden Atemzügen. Danach wurden die Nadeln im Kopf noch länger und spitzer als zuvor. Immer höhnischer riefen sie Gabriel zu, wie dumm es von ihm gewesen sei, den üblen Hund Singh nicht zur verabredeten Zeit in Nairobi anzurufen.

Er wußte, weshalb er einen so gefährlichen Fehler gemacht hatte. Noch als er den Paß unter dem pfeifenden Baum gefunden hatte und auch, als das Geld vom Mzee in seiner Hosentasche lag, war er entschlossen gewesen, sich, wie sonst auch, an die übliche Abmachung mit Singh zu halten. Zum ersten Mal hatte der Kopf jedoch einen Krieg gegen Klugheit und Vorsicht begonnen.

Gabriel kannte den Grund. Diese Safari war wie keine zuvor. Er hatte zu schnell mit dem Mzee gelacht und später seinen Ohren immer wieder erlaubt, sich an den Scherzen eines Mannes zu freuen, dessen Augen hell wurden, wenn er ihn Papa nannte. Dieser Mzee war nicht wie sonst die alten Männer, die ihre Worte nicht mehr im Mund halten konnten, wenn sie auf ihren Safaris von den Tieren verzaubert wurden.

Dieser Mann, der mit den Nashörnern in ihrer Sprache zu reden wußte und in den Affen seine Brüder sah, ließ vor Gabriels Augen Bilder tanzen, die er noch nie erblickt hatte und nach denen es ihn heftig verlangte. In der Nacht, als der bellende Hund Gabriel den Schlaf gestohlen und er danach lange wachgelegen hatte, war ihm sogar der Gedanke gekommen, sein Mzee könnte ein Zauberer sein, der aus einem Mann einen anderen machte. Auch aus ihm. In diesem Augenblick hatte er gedacht, er würde nie mehr das tun müssen, was er nicht tun wollte.

Nun, da ihn die Stunde für Befehle eingeholt hatte wie ein Gepard die Gazelle, die er seit Anbruch der Dunkelheit beobachtet hat, begriff Gabriel zum ersten Mal, weshalb alte Männer ihren Rücken auch dann krümmen, wenn die Schultern keine Last tragen, die mit den Augen zu sehen ist. Gabriels Gelenke waren steif, als er sich in den Wagen setzte, die Finger zu unruhig, um sofort nach dem Funkgerät zu greifen. Erst beim dritten Versuch gelang es ihm, die Verbindung herzustellen. Singhs Stimme war wie Fett in der Sonne, als er sich meldete, doch sie wurde sofort scharf wie eine frisch geschliffene Panga, als er erfuhr, daß Gabriel noch in Nakuru war.

»Du solltest«, schrie der Inder, und Gabriel konnte die Schatten in dem bösen Gesicht so deutlich sehen, als würde er neben ihm am Tresen vom Norfolk Hotel stehen, »doch schon gestern nach Samburu losfahren.«

»Mister Paul will aber noch hierbleiben, Sir.«

»Was soll das heißen? Er will bleiben! Was gefällt ihm so gut in Nakuru? Dem alten Esel ist doch schon die Spucke aus dem Maul gelaufen, als er mich das erste Mal gefragt hat, wie er nach Samburu kommt.«

»Gestern wollte der alte Esel in Nakuru mit einer Frau schlafen«, erzählte Gabriel, »und heute will er wieder die Nashörner sehen.« Er wunderte sich, daß die Worte so schnell aus seinem Mund gestürzt waren, denn seine Kehle war so eng wie der Abstand zwischen zwei Bäumen, deren Wurzeln zusammengewachsen sind. Die Zunge brannte wie ein Buschfeuer, die Augen drückten in den Höhlen und rieben sich am harten Salz.

»Und du, feige Hyäne, hast dir die Hände gerieben, weil du dir noch einen Tag länger den Bauch in Nakuru vollstopfen kannst.«

»Mister Paul sagt«, fiel Gabriel ein, und er war froh, daß er wieder so gut sprechen konnte wie ein Mann, der keine Befehle zu schlucken brauchte, »Mister Paul sagt, er hat viel Zeit. Das sagt er mir immer wieder, Sir. Was soll ich ihm sagen, wenn er das sagt?«

Der Inder nannte ihn einen faulen Hundesohn und einen dreckigen Kikuyu, beschimpfte ihn als Lügner, Dieb und Mörder; er drohte, auf der Stelle Gabriels Papiere zu vernichten und seinen Lohn zu sperren, brüllte, er würde sofort der Zentrale melden, was passiert sei, und Gabriel solle gut auf seinen Kopf achtgeben.

Mit einem Mal wurde dieser lautlose Jäger, der sich selbst nie der Beute näherte, immer leiser. Eine Weile klang es, als habe ihm eine mächtige Hand trockenes Gras in den Mund gestopft. Dann erstarb die gefährliche Stimme des Mannes, der noch nicht einmal den kleinen Finger seiner Hand bewegen mußte, um den Dieben den Weg zu weisen, den sie nehmen mußten. Auch ein knackendes Funkgerät konnte jedoch noch laut befehlen.

»Ich habe nicht mehr viel Zeit«, rief er plötzlich ganz unvermittelt klar, »es ist alles schon vorbereitet. Unsere Leute warten. Die können aber erst etwas tun, wenn ihr von Samburu fortfahrt. Also sieh zu, daß du wenigstens heute dahin kommst. Und merk dir eins, du verdammter schwarzer Dummkopf, wenn diesmal etwas schiefgeht, brauchst du nie mehr nach einem Auftrag zu fragen. Es gibt keine Arbeit für

Leute, die alles wissen und nichts tun. Also melde dich, sobald du in Samburu bist.«
Endlich war die Funkverbindung tot. Eine Zeit, die ihm sehr lange erschien, weil sich das Licht in tiefblaue Kreise auflöste und er in ihrem dunklen Schutz wieder so ruhig atmen konnte, als wäre er neben einem alten Mann gelaufen, der seine Beine hinter sich herziehen muß, saß Gabriel mit geschlossenen Augen im Wagen und ließ die Sonne auf seinen Lidern schlafen. Die Wärme des Muts kroch zurück in den Nacken und in die Schultern. Die Ohren stießen die Schmerzen von sich und hörten wieder nur jene Laute, nach denen es sie dürstete. Das Herz schlug nicht mehr gegen die Rippen wie bei einem in die Falle gehetzten Tier.
Als Gabriel die Augen öffnete, wurde das Licht weiß wie die Mähne der scheuen, schwarzen Kolibusaffen im dunkelsten Teil des Waldes und holte Bilder aus seinem Kopf, die ihn glauben machten, er würde träumen. Er streckte Arme, Beine und Rücken wie eine Katze, die erst ihre Glieder spüren muß, ehe sie zum Sprung ansetzen kann, und dann fühlte er, wie Körper und Kopf sich zum Fliegen bereit machten. Gabriels Mund sagte Worte, die er nicht verstand, die ihm jedoch so schön vorkamen wie das Zwitschern von Vögeln, die in dem Moment ihre Stimme hören lassen, wenn sie nichts von Furcht wissen. Seine Augen zauberten Bilder. Er war ein Löwe geworden und Singh eine Maus.
Gabriel sprang aus dem Wagen. Seine Beine berührten nur kurz die Erde und schickten ihn sofort zum Himmel zurück. Er schlug die Tür so laut zu, wie es ihm die Kraft seiner Hände erlaubte, und er genoß den schweren Klang, weil das dumpfe Echo allen Zorn vertrieb, der in ihm gewesen war. Als er sich auf die feuchte Erde setzte, streichelte die Zu-

friedenheit eines Mannes, der in letzter Minute seinen Feinden entkommen ist, sein Gesicht.
Obwohl er schon in der Schule gelernt hatte, daß jeder Tag gleich lang ist und vierundzwanzig Stunden hat, erschien Gabriel die Zeit bis zum nächsten Sonnenaufgang so endlos wie der Himmel über den Bergen am See. Diese Zeit gehörte nur ihm. Für die nächsten vierundzwanzig Stunden war er wieder der Mann, der mit dem klugen Mzee im Auto saß und den kein Befehl erreichte.
In der Ferne flog eine Wolke von Flamingos in die Höhe. Sie war fein wie der Stoff, aus dem die indischen Frauen ihre Saris nähen ließen, und in rosa Farbe getaucht. Gabriel klatschte so kräftig in die Hände, als müßte er die Vögel auf die Spitzen der Berge treiben. Als er die Arme senkte, berührte ein Sonnenstrahl die Zeiger seiner Uhr. Er rechnete sich aus, daß er, wenn er seine Beine hetzte, seinem Safarifreund rechtzeitig den Tee bringen könnte, und niemand würde wissen, daß diese Beine nicht nur den Weg zwischen den Personalquartieren und der Küche hatten zurücklegen müssen.
Obwohl sich seine Pupillen nur in einer Öllache spiegelten, sah er, daß sie hell wie die Sterne einer Vollmondnacht leuchteten. Gabriel merkte, daß sein Mund schon wieder Laute gurgelte, die seinen Kopf betrunken machten; er nahm sich vor, den Mzee den ganzen Tag Papa zu nennen, dabei seine Lippen genau zu beobachten und dann zu sehen, wie auf ihnen die Traurigkeit verdampfte. Der lachende Papa würde heute bestimmt seinen Fahrer fotografieren wollen – das gehörte zu einer Safari. Die meisten Touristen wollten schon am ersten Tag einer Reise ihre Bilder in der Kamera haben. Immer versprachen sie, Gabriel die Bilder

nach Nairobi zu schicken, doch sie taten es nie. Papa aber war nicht wie die anderen. Einer, der wußte, daß die Affen reden, lachen und weinen, würde auch einen Brief schreiben und seinem Fahrer Fotos schicken.
Während er zum Küchengebäude rannte, um den Tee zu holen, ging Gabriel zum zweiten Mal an diesem Morgen auf die weite Safari nach Naro Moru. Er sah sich langsam auf seine Hütte zulaufen. Seine Frau saß davor und rührte das Essen in dem großen Topf, den er ihr auf dem Markt in Naivasha gekauft hatte; sie stand sofort auf, als sie ihren Mann kommen sah, und warf den Löffel auf die Erde. Er hielt ihr das glänzende Bild entgegen und erzählte ihr von dem Mzee, der ihn fotografiert hatte und der die Sprache der Nashörner und der Menschen Afrikas kannte.
Gabriel kehrte erst aus Naro Moru zurück, als er in der Küche den Tee holte. Weil er sich vorstellte, Papa würde, wie am Vortag, seine Stirn im heißen Dampf baden wollen, hetzte er mit dem Tablett so schnell wie ein angreifender Büffel auf die Gästezimmer zu. In dem Augenblick jedoch, da er mit dem Fuß nach der Tür von Pauls Hütte trat, spaltete ein Blitz seinen Schädel. Gabriel war eingefallen, daß er mit einem Mann auf Safari war, der gar keine Kamera hatte.
Nur kurz bedauerte er, daß es nun doch nichts mit dem schönen Foto für seine Frau werden würde; danach rieb ein so gewaltiger Spott seine Kehle wund, daß er das Tablett auf die Erde stellen und erst den Donner aus sich herauslassen mußte. Gabriel schüttelte seinen Körper wie ein Hund seinen Knochen, als er erkannte, daß Singh dieses eine Mal nicht der schlaue Dieb sein würde, der sich als feiner Portier verkleidete und ausgerechnet jene Gäste ausrauben

ließ, die seine Ohren mit guten Worten und seine Hände mit noch besseren Trinkgeldern zustopften.
Zum ersten Mal in seinem Leben hatte Singh einen Brunnen gebohrt, aus dem nie ein Tropfen Wasser fließen würde – es lohnte sich nicht, einen Touristen auszurauben, der Hemden vom Schneider in Nairobi trug und für die Bilder von Afrikas Tieren nur seine Augen brauchte. Gabriel lachte so laut, daß die Pfauen unter den Bäumen erschrocken ihre Federn einholten.
Der große Gott Mungu jedoch, der vom Berg aus Gabriels Zorn gesehen hatte, schickte seine Stimme herab und schrie zu Gabriel hinunter, daß er ihn für seine Ehrlichkeit belohnen würde. Mungu schenkte ihm ein großes Stück Zeit und eine Handvoll Ruhe. Es war nämlich nicht mehr wichtig, wann er in Samburu eintraf. Diese Safari gehörte nur ihm und seinem fröhlichen Papa. Kessu, irgendwann, vielleicht am Tag, besser noch in der Nacht würde der kleine Gabriel dem großen dreckigen Hundesohn sagen, daß er für seine Männer eine neue Arbeit suchen mußte.
»Warum hast du schon so früh am Morgen gelacht?« fragte Paul und schlug nach einer Fliege auf seinem Schuh.
»Wie konntest du mich hören? Ich war nicht hier.«
»Ich weiß. Du bist zum Parkplatz gelaufen, und du hast wieder das Funkgerät benutzt.«
Gabriel war nicht ein Mann, der wegen einiger weniger Worte, von denen noch nicht einmal feststand, ob ihre Dornen mit einem bitteren Saft getränkt waren, seine Zunge bewegte. Wer sich zu rasch wehrte, sagte, was er nicht sagen durfte. Schweigend stellte er die Kanne auf den Tisch, schenkte den Tee ein und ging langsam zum Bett. Es dauerte lange, ehe er aus dem Moskitonetz einen Knoten ge-

knüpft hatte. Er stieß ihn zum Schwung an und rechnete sich aus, daß nun genug Zeit vergangen war, um aus einer gewitterten Spur ein Loch ohne Bedeutung zu machen. Als sich jedoch beider Augen begegneten, erkannte Gabriel, daß Papa das Gedächtnis eines Elefanten hatte und noch immer auf der Jagd war.

»Gestern«, erinnerte ihn Gabriel ohne Hoffnung, »hast du gelacht, als das Netz gesprungen ist.«

»Hast du mich nicht vor der Hütte stehen sehen, als du heute morgen zum Parkplatz gelaufen bist? Mit wem hast du geredet, Gabriel?«

»Mit Mister Singh. Er will wissen, ob alles mit dem Wagen in Ordnung ist.«

»Roger, Roger«, sagte Paul.

»Roger, Roger, Papa«, lächelte Gabriel zurück. »Wo«, fragte er und genoß die Süße der Erlösung, die ihm das kleine Stück Wahrheit zwischen die Zähne drängte, »ist die Frau, die in deinem Bett geschlafen hat?«

»Zurück in ihre Hütte. Sie wollte ihre Sachen packen und mit uns nach Samburu, doch ich habe ihr gesagt, daß wir heute noch nicht losfahren.«

»Das ist gut, Papa, sehr gut. Ein Mann geht nicht mit einer Frau auf Safari, die nur einmal in seinem Bett gelegen hat. Das ist gefährlich. Gestern habe ich dir gesagt, daß sie dir deine Ruhe stehlen wird. Du hast mir nicht geglaubt. Hast du denn keine Angst, daß sie dir heute wieder deine Ruhe stiehlt?«

»Nein, mein Freund. Ich habe keine Angst. Ein Mzee ist froh, wenn er nicht zuviel Ruhe hat. Da weiß er, daß er noch nicht tot ist. Und jetzt erzählst du mir, wer heute morgen deine Ruhe gestohlen hat.«

Gabriel setzte sich, während er mit viel Kraft Mister Singh in eine tiefe Grube stieß, auf den Hocker und starrte in das Gebüsch am Wasserloch. Es war gut, mit einem Mann zu schweigen, der die Tasche seines Fahrers mit Geld füllte und in dessen Ohren einen Saft träufelte, den kein Mensch kaufen konnte. Sie seufzten beide und kannten den Grund. Die große Thermoskanne wurde leer, ihre silberne Hülle matt. Die Worte, die keinen Laut geben durften, drängten sich in den Raum und suchten den Weg aus der Kehle. Doch erst, als eine dicke Fliege satt und mit verklebten Beinen aus dem See von Zucker in der Tasse kroch und nach einer Zeit zur Fensterscheibe flog, holten die Schweigenden die Bilder zurück, die für beide die gleichen Farben hatten.
Sie sprachen von den Affen im Wald und dem Pavian in der Lodge, von Nashörnern, die mit Mungus Hilfe alte Männer jung machten, und von dem Elefanten, dessen Haut die kleinen Vögel mit Insekten nährte, die ihm eine Last waren. Der Mzee erzählte, während er in die Sonne blinzelte, von der kalten Dunkelheit seiner Welt und danach Gabriel von den gestorbenen Tagen, als ein Mann noch nicht nach Nairobi hatte ziehen müssen, um für seine Kinder zu sorgen. So kam es, daß er von Naro Moru sprach, von seiner Frau mit dem gefüllten Bauch und den beiden Söhnen, die der Vater seit Monaten nicht mehr gesehen hatte.
Als Gabriels Augen sich im Nebel seiner rauchigen Hütte verirrten, wurde auch seine Stimme schwer. Paul empfand diese fremde und ihm doch so vertraute Wehmut als das Echo der eigenen, doch seine Melancholie erweckte keine Furcht mehr, nur ein immer stärker werdendes Bedürfnis, Gabriel vor jener Zukunft zu schützen, von der er nichts ahnte. Diesen jungen Mann, der ihn Papa nannte und ihn

vergessen ließ, weshalb er vor dem Leben geflohen war, mußte einer, der Bescheid wußte, warnen und ihm klarmachen, was aus Söhnen wurde, nach denen sich Väter sehnten.

Im blendenden Morgenlicht, das ihn zwang, die Augen zuzukneifen, war es ihm, als hätte er die Szenen der verschütteten Zeit zurückgeholt. Aus Jens, nach dessen Hand er nie hatte greifen können, ohne zu zögern, wurden Gabriels Söhne. Die hatten, wenn sie lachten, die großen Zähne des Vaters. Ihre von Fliegen bedeckten Schädel glänzten in der Sonne. Der Kleine mit einer Narbe auf der Stirn kicherte verlegen, als der fremde Weiße ihn hochhob und an seine Jacke mit den vielen Knöpfen drückte. In dem Augenblick, da Paul den Duft der warmen Haut einatmete und die Erinnerungen der eigenen Jugend seine Nase noch mehr überwältigten als sein Gedächtnis, drängte sich jedoch Jens mürrisch zurück in seine Gedanken und fragte, wie schon am ersten Tag der Reise, weshalb ein Vater erst nach Afrika fahren müßte, um Kinder zu lieben.

Obwohl Paul rechtzeitig einfiel, daß er sich aufs neue schuldig machte, wenn er seinem Sohn die Liebe nahm, auf die dieser ein Recht hatte, wurde er ärgerlich. Er suchte zwar länger als sonst besänftigende Worte, um Jens nicht schon wieder zu verwunden, doch auch in Afrika konnte er im Gespräch mit dem Sohn nur Sätze beginnen und nicht vollenden.

»Laß uns losfahren«, entschied er und staunte, wie leicht es ihm geworden war, Jens von sich zu schieben.

»Wo willst du hin, Papa?«

»Nach Naro Moru.«

»Warum sagst du das? Du warst noch nie in Naro Moru.«

»Doch. Sieht man von dort nicht den Mount Kenya?«
»Ja. In Naro Moru ist unser Berg nicht nur für Menschen da, die mit ihrer Kamera jagen. Du kannst von meiner Hütte aus den Schnee mit den Füßen erreichen. Ich kann dich bis oben führen, wo Mungu wohnt. Ich bin schon mit vielen Fremden dort oben gewesen. Sie wußten nichts von dem, was sie wissen mußten, und sie sind doch angekommen.«
»Es ist zu spät, Gabriel, ich komme nicht mehr oben an. Ich bin zu alt.«
»Nur deine Augen«, erwiderte Gabriel, »die sind alt. Sie haben mich betrogen. Du bist nicht alt. Ich werde dich trotzdem weiter Mzee nennen, wenn ich in deinen Augen Feuer machen will. Wann willst du losfahren?«
»Gestern. Oder mußt du erst dein Gespenst fragen?«
»Gestern ist gut«, schüttelte Gabriel das Gelächter aus seiner Brust. »Heute muß ich nicht reden und morgen nicht.«
»Kessu telefonierst du wieder?« ahnte Paul.
»Kessu«, wiederholte Gabriel zufrieden.
»Aber wir fahren heute und sprechen von gestern. Deine Tasche muß mit auf unsere Safari kommen. Naru Moru ist weit. Wir können nicht zurück sein, ehe die Sonne vom Himmel stürzt. Soll ich schnell zu der Frau laufen und ihr sagen, daß wir wegfahren?«
»Nein, Gabriel. Das muß ich ihr sagen. Ich gehe gleich zu ihr.«
Gabriel stand schon auf dem Rasen vor der Hütte, doch er rannte noch einmal zurück und faßte sich an die Stirn, als sei ihm tatsächlich erst im Moment des Aufbruchs die wichtigste Neuigkeit des Tages eingefallen. Von außen riß er das halb geöffnete Fenster weit auf, schob nur seinen Kopf in den Raum und riß seine Zähne auseinander. »Sirene«, rief er

laut, wobei er das sehr lange geübte Wort auf der ersten Silbe betonte, »wird sich sehr freuen, daß sie dich so schnell wieder sieht.«
Sie fuhren auf der breiten geteerten Straße zwischen hochbeladenen Lastwagen, schaukelnden Bussen und grüngestrichenen Geländewagen aus Nakuru hinaus und bogen in Nyahururu ab. Der kaum befahrene Weg, von dem Gabriel behauptete, sein Vater habe ihn ihm in der Stunde zwischen einem bösen Tag und einer guten Nacht geschenkt, wurde mit jedem Kilometer schmäler und steiniger. Gabriel mußte oft anhalten. Männer und Kinder trieben Kühe mit hohem Buckel, dürre Ziegen und sehr kleine Schafe vor dem Wagen. Die gemischten Herden und ihre Hirten erinnerten Paul an die bunten Bilder seiner alten Kinderbibel. Er versuchte, auf die Namen zu kommen, die einst seine Phantasie genährt hatten, doch ihm fiel nur ein einziger ein.
»Laban«, murmelte er.
»Ich kenne Laban«, flüsterte Gabriel zurück, »das ist der Vater von meinem Vater.«
Die Männer, die mit langen Stöcken hinter ihrem Vieh herliefen, waren alt und so ausgezehrt wie die Kühe, deren Rippen sich unter der glanzlosen Haut abzeichneten; die Kinder waren barfüßig und dürr, doch sie konnten schnell genug rennen, um minutenlang mit dem Auto Schritt zu halten, und sie hatten genug Atem in ihrer Brust, um »Dollar, Dollar« zu kreischen. Sie bettelten um Kugelschreiber und Uhren und sagten, sie würden sich auch fotografieren lassen.
»Wir gehen nur mit unseren Augen auf Safari«, rief ihnen Gabriel zu und tränkte seine Stimme mit dem Stolz eines Mannes, der nicht wie die übrigen ist.

Der von langer Trockenheit aufgerissene Weg führte zwischen dichtes, von flügelschlagenden Schmetterlingen in Feuerglut getauchtes Gestrüpp und Euphorbien mit festen Stämmen. Die von Ameisen abgenagten Tierknochen im verbrannten Gras und ein von Dornen überwachsener Schädel einer Gazelle in einem mit winzigen violetten Blumen bewachsenen Busch waren von der Sonne elfenbeingelb poliert worden. Aus den tiefen Schlaglöchern stiegen feine Wolken roter Erde in die Höhe und rieselten im Zerfallen auf den offenen Wagen.
Paul bemerkte, daß Gabriels nackte Arme ebenso rötlich glänzten wie die seinen. Er lächelte wehmütig, als er sich erinnerte, wie sehr ihn als Kind die Vorstellung fasziniert hatte, er hätte für einen beglückenden Augenblick die gleiche Hautfarbe wie die Menschen Afrikas. Damals war er mit seinem Freund Kamau über unbepflanzte Felder gerannt. Sie hatten an ihren Fußsohlen die harte Erde gespürt; Kamau hatte sich plötzlich fallenlassen und behauptet, alle Menschen hätten eine Haut aus rotem Leder.
In dem grauen Schattenfleck eines dickstämmigen Affenbrotbaumes stand eine Herde Zebras. Im Mittagslicht wirkten die schwarzen Streifen um ihren prallen Leib sehr breit und dunkel; sie gaben den Tieren jenen Ausdruck der trägen Gelassenheit, der einst wohl dazu geführt hatte, daß ein Zebra in Suaheli punda milia genannt wird – ein gestreifter Esel. Die Kälber drängten sich an die Muttertiere und hatten Augen, die noch nichts wußten von Gefahr und Jagd.
»Wer hat dir gesagt«, fragte Paul, »daß sie Sirene heißt?«
»Du, Papa. Ich habe vor deiner Tür gestanden, als du mit ihr geschlafen hast.«

»Das hast du getan? Bist du ein Affe, der alles sehen will?«
»Ja. Die Affen wissen, daß ein alter Mann, der zum ersten Mal mit einer jungen Frau schläft, Schutz braucht.«
»Du hast recht, aber Sirene ist nicht gefährlich. Vor ihr brauchst du mich nicht zu schützen.«
»Erst wenn du weißt, daß du sie behalten willst, muß ich dich nicht mehr schützen.«
»Du ahnungsvoller Engel! Hätte ich dich bloß kennengelernt, ehe mir Cornelia begegnet ist.«
»Wenn du in deiner Sprache mit mir redest«, erwiderte Gabriel und blies genug Mißmut in seine Lippen, um sie schwer zu machen, »kann ich dich nicht verstehen. Was hast du gesagt?«
»Ich habe gesagt, daß du sehr klug bist.«
»Das ist gut, Papa Mzee. Das mußt du zweimal sagen. Deine klugen Worte machen meine Ohren stark. Die hören zu viele Laute von Tieren. Und von Menschen, die ihren Mund nicht schließen können, wenn die Dummheit in ihnen brennt. Aber was wirst du jetzt Kluges sagen? Wir haben einen kaputten Reifen.«
Das Auto war nicht aus der Spur gekommen, die Straße schon seit ungefähr zehn Kilometern sehr viel besser geworden. Als Paul ausstieg und um den Wagen herumging, erschienen ihm alle vier Reifen unbeschädigt, doch er tat, als habe er nichts bemerkt, und setzte sich schweigend und zufrieden auf einen breiten Baumstamm. Ihm reichte, daß er weder Hunger noch Durst hatte und daß er spürte, wie die Hitze seines Körpers den Kopf ausbrannte. So klein und fügsam waren die Teufel, die ihn jagten, schon lange nicht mehr gewesen.
Eine Zeitlang beobachtete er nur die fetten roten Ameisen,

die eine neue Straße anlegten; danach sah er Gabriel zu, der den Wagenheber lange und grübelnd betrachtete, ehe er ihn mit viel mehr Mühe ansetzte als bei der Reifenpanne kurz vor der Lodge in Nakuru. Da hatte die Reparatur eine Viertelstunde gedauert, obwohl es fast schon dunkel gewesen war. Nun strahlte die schneebedeckte Kuppel des Mount Kenya zwischen den hellen Wolken an einem Himmel, der klar und blau wie der Indische Ozean war. Auf dem Berghang leuchtete das lange Gras grün. Unter einer einsamen Kandelabereuphorbie wartete eine Herde Vieh auf die Kühle des Nachmittags. Wann immer eine Kuh ihren Kopf bewegte, stiegen winzige Vögel auf.

»Dein Wagen ist sehr klug«, sagte Paul. »Er hat sich einen guten Platz ausgesucht, um sich auszuruhen.«

»Ich kann dich nicht hören, wenn ich arbeiten muß«, brummte Gabriel.

Stöhnend montierte er den rechten Vorderreifen ab, setzte sich ächzend auf die Erde, stierte in die Ferne und erklärte schließlich, er könnte die Stelle nicht finden, die er flicken müsse. Er würde, sagte er, auch beide Hinterreifen abmachen, müsse zunächst jedoch den Wagenheber reparieren.

»Es wird dunkel werden«, seufzte er, »bis ich weiß, welcher Reifen kaputt ist.«

»So dumm bin ich nicht, Gabriel. Ich habe gesehen, wie schnell du einen Reifen wechseln kannst. Warum sagst du mir nicht, daß du Zeit stehlen willst.«

»Nicht stehlen, Papa. Ich bin kein Dieb. Ich will die Zeit nur festhalten. In einer Hand habe ich den Kopf und in der anderen den Schwanz. Die Zeit kann nicht mehr weglaufen. Das ist gut für uns beide.«

»Sehr gut. Setz dich zu mir. Zeit ist sehr schwer. Wir müssen

sie beide festhalten. Und dann sagst du mir, warum du erst in der Nacht in Naro Moru ankommen willst.«
»Es ist besser, daß ein Mann nicht zu gut sieht, wenn er lange nicht mehr zu Hause gewesen ist.«
»Das muß ich Odysseus sagen. Er kennt Sirene auch«, lachte Paul, als Gabriel versuchte, den Namen auszusprechen. »Ich kann in deinen Kopf hineinschauen, Gabriel. Du willst nicht, daß dich jemand sieht. Mister Singh soll nicht wissen, daß wir nach Naro Moru fahren.«
»Hier, Papa«, staunte Gabriel und stand auf, »du mußt jetzt die Zeit allein festhalten. Ich habe Arbeit.«
Es dauerte keine zehn Minuten, bis er den Reifen montiert, Wagenheber und Gepäck verstaut hatte. Während er den Sand von den Sitzen fegte, trank er Fröhlichkeit. Er sang ein Lied von einem Leoparden, der vor der Jagd eingeschlafen war und von den Gazellen verspottet wurde. Ein eisblauer Vogel flog auf eine Dornakazie und zwitscherte mit. Gabriel wartete, bis er verstummte. Pfeifend holte er eine große Pappschachtel aus dem Wagen und breitete ein weißes Tuch auf dem Boden aus.
»Dein Essen, Papa«, sagte er und kaute an jedem Wort, »Mungu hat es uns geschickt, als der Vogel gesungen hat. Heute setze ich mich zum Essen zu dir. Weißt du noch, wie du mich am Naivasha-See gerufen hast, und ich bin nicht gekommen?«
»Ich weiß es. Roger, Roger. Warum kommst du heute?«
»Weil die Tage von Naivasha gestorben sind.«

8

Paul rieb seine Stirn mit dem Ärmel trocken. Sie war heiß und schweißnaß. Die Haut unter den Augen brannte, die Wimpern klebten aneinander. Das alles störte ihn indes längst nicht so wie die Vorstellung, sein Kopf könnte sich vom Körper lossagen, ehe das entscheidende Problem gelöst war. Seit seiner Ankunft in Naro Moru und erst recht in den Stunden danach hatte er sich immense Mühe gegeben, seine Antwort treffend zu formulieren, und doch vermochte er sich nie für mehr als nur einige Minuten zu entscheiden, ob er leichtsinnig gewesen oder nur leichten Sinnes war.

In die Enge getrieben von den zwei Möglichkeiten, die ihm beide gut und logisch erschienen, sah Paul sich in der fensterlosen Hütte um. Er versuchte, sich zu erinnern, was es wohl in früheren Zeiten mit der Handschrift an der Wand auf sich gehabt hatte und wem sie zum Verhängnis geworden war; ihm fiel nur ein, daß Jens als Vierjähriger einmal das frisch gestrichene Eßzimmer mit blauer Fingerfarbe beschmiert und dazu auch noch die Leiter des Malers benutzt hatte. Paul lächelte, was ihm damals absolut nicht gelungen war. Angespannt starrte er in Gesichter, von denen er nur Zähne und Pupillen sah. Auf keinem entdeckte er den Hauch einer Bedrohung. Sein Argwohn brannte hinunter wie das gelbe Licht in der Lampe auf der Holzkiste, die vor einem niedrigen Bett stand, auf dem zerlöcherte graue Decken lagen.

So geschah es, daß Paul, während er gleichzeitig Ankläger und Verteidiger für den Mann wurde, der seine Anwaltsrobe gegen ein nasses Khakihemd eingetauscht hatte, in seinem Fall schließlich doch für die Leichtigkeit des Seins plädierte. Der Richter gab ihm recht; nur erschien Paul die Urteilsbegründung nicht ausführlich genug. Er nahm sich vor, wenigstens die Kernsätze umfassend zu deuten und auf ihre Ursprünge und den philosophischen Gehalt zu untersuchen, wenn er nicht mehr zu müde war, um seinen Kopf zu schütteln. »Ich hab's erreicht«, rief er in den vollen Saal. Es genierte ihn sehr, daß er das Gericht mit seinen persönlichen Empfindungen belästigte, doch der Richter klopfte ihm zustimmend auf die Schulter.

Die Männer, Frauen und Kinder rund um die Feuerstelle aßen und redeten allerdings weiter, als hätte sie niemand durch ungehörige Zwischenrufe gestört. Es dauerte eine Weile, ehe Paul der Gedanke kam, er hätte wohl doch nicht laut gesprochen. Um so mehr bedrängte ihn danach die Frage, weshalb ihn ausgerechnet eine Situation zu einem Gefühl der Heiterkeit animierte, die ihn zur totalen Passivität verurteilte und die sein Verstand und seine Erfahrung als lebensgefährlich einstuften. Seine Konzentration ließ indes nach, ehe er zu einem befriedigenden Ergebnis gelangte.

Die Umstände hingegen erschienen Paul vertraut. Er erinnerte sich, je länger er grübelte, daß er bei einer Wanderung in den Dolomiten Ähnliches erlebt hatte. Nach einem Streit mit Cornelia war er allein aufgebrochen, hatte sich in einer plötzlich aufgetauchten Nebelwand verirrt und trotzdem

die ganze Zeit das Gefühl gehabt, er wäre am Ziel seiner Sehnsucht angelangt und brauchte nie mehr zu befürchten, er könnte sich selbst verlieren.
Das war genau der Moment, da sich die Welt, aus der er kam, und die, in der er war, ineinander schoben und feuersprühend zerfielen. Es drängte Paul nicht, die einzelnen Teile zusammenzusetzen. Irgendwann würde er Gabriel bitten, das für ihn zu erledigen. Sein schwarzer Sohn hatte geschickte Finger und stellte nie die falschen Fragen.
Der Rauch, der von den feuchten Wänden aus Wellblech zurückprallte, war weiß und dicht. In bauschigen Wolken, die sich erst in der Höhe auflösten, entstieg er dem verglühenden Holz, das krachend in der mit großen Steinen markierten Feuerstelle zusammenfiel, und erreichte in schlanken Fäden das spitz zulaufende Dach. Nur zur Irreführung der Bösen und Mißgünstigen verärgerte Afrikas Rauch die Kehle und zog einen Schleier von Tränen über die Augen. Er war zwar scharf wie die eingetrockneten Beeren eines alten Pfefferbaums, jedoch ohne Feindseligkeit – ein willkommenes Feuer war schon in den Tagen, die selbst die Alten nicht mehr sehen konnten, wenn sie nach hinten schauten, immer der Freund der Nacht gewesen. Es quälte Menschen nicht, die ihm vertrauten. Auch Paul machten diese rauchigen Schwaden, die ihm die Sicht auf das nahmen, was er früher bestimmt als Gegenwart bezeichnet hätte, auf bekömmliche Art schläfrig.
Wann immer er die von dampfendem Maismehl schwer und süß gewordene Luft einsog, durchdrang ein Schmerz Nase und Ohren, doch der hielt nicht lange an, und danach meinte er gar, er könne gleichmäßiger atmen und besser hören als zuvor. In diesem Augenblick der belebten Sinne kam ihm

der Fluß der gemurmelten Worte wie Lieder vor, nach deren Melodie er lange gesucht hatte.
Es behagte Paul sehr, daß er den verloren gewähnten Rhythmus seiner Vergangenheit endlich gefunden hatte. Ihn reizte der Gedanke, seine aufschäumende Freude mit Gabriel zu teilen, doch er begriff, daß sein Wortschatz nicht ausreichte, um von dieser neuen Safari zu sprechen. Sie hieß ihn solange schweigen, bis sein Begleiter satt von der Freude der Heimkehr wurde.
Paul betrachtete Gabriels Frau. Sie wandte den Kopf ab, als sie die Richtung seines Blicks bemerkte, zog den dünnen Stoff ihres gelben, mit Purpurstreifen bedruckten Kleides eng um ihren prallen Leib und drehte den Docht der flackernden Paraffinlampe zurück. Leise seufzend setzte sie sich auf einen kleinen Hocker und stemmte ihren Rücken gegen die Wand. Den zweiten Hocker hatte Gabriel unmittelbar nach der Ankunft aus der Nachbarhütte geholt und ihn Paul hingehalten.
»Ein Mzee«, hatte er gesagt und dabei mit der Zunge geschnalzt, um anzudeuten, daß das Wort seine Bedeutung verändert hatte und nur noch ein Scherz war, »darf nicht auf der Erde sitzen.«
»Dein Mzee«, hatte Paul protestiert, »wird nie mehr aufstehen, wenn du ihm einen Stuhl gibst, statt ihn auf der Erde zu lassen.«
Die Frau mit einer Kette von blauen Glasperlen um den schlanken Hals hieß Wanjiru und redete nur mit ihrem Mann und ihren beiden Söhnen; ihre großen hellbraunen Augen waren jedoch ohne Scheu. Als Gabriel, den sie, wie alle anderen auch, Kinanjui nannte, in der anbrechenden Dunkelheit mit dem fremden Gast vor der Hütte erschie-

nen war, hatte sie ihr Staunen so rasch wie eine vom Wind polierte Beere heruntergeschluckt und Augen und Mund zur Ruhe gezwungen. Kaum daß sie Gabriels Haut gefühlt und deren Duft als unverändert befunden hatte, war Wanjiru zu einem kleinen umzäunten Stück Erde unter der alten Dornakazie gelaufen und mit jungen Bohnen und saftschweren Kräutern zurückgekehrt. Beim Pflücken hatte sie zweimal laut genug gelacht, um das Echo auf die lange Safari zum Berg zu schicken.

Der Lichtstrahl vom niedrigen Docht war zu schwach, um die Wände der Hütte zu erhellen. Bald lösten sich die kräftigen Konturen der vielen Menschen, die vor dem Feuer hockten, in dünne Schatten auf, die ihrerseits miteinander verschmolzen. Die Bilder wurden starr und grau. In ihrer Verschwommenheit erinnerten sie Paul an alte Illustrationen zu den Gespenstergeschichten von Edgar Allan Poe. Das Gedicht vom Raben kam ihm in den Sinn. Er hörte den schwarzen Vogelriesen »Nimmermehr« rufen und kannte nicht den Grund, sagte sich indes, daß dieses eine Wort gewiß für ihn bestimmt und wichtig war.

Energisch bohrte er seine Finger in die Augenhöhlen. Ihm war, als müsse er sich vergewissern, daß er überhaupt noch sehen konnte. Im Nebel seines sich auflösenden Lebens zwang er sich, pedantisch nach den Peinigern zu fahnden, die ihn in eine winzige, nach Essen, Schweiß und faulenden Lumpen riechende Hütte am Fuße des Mount Kenya getrieben hatten. So unbarmherzig Paul jedoch auch mit sich rechtete, er besann sich nicht auf die Gespenster, die Menschen zwangen, aus ihrer alten Haut zu schlüpfen.

»Trink, Papa«, sagte Gabriel und hielt ihm einen roten Becher hin.

Paul grub seine Nägel in feuchte Pappe. Belustigt las er die Aufschrift. »Cola?« wunderte er sich.
»Cola«, jubelte Gabriels ältester Sohn. Er stand unter dem ausgestreckten Arm des Vaters und befeuchtete mit langer Zunge seine Lippen. Seine Augen waren von einer eiternden Flüssigkeit verklebt, Arme und Beine von Narben gezeichnet und dürr wie verdorrte Äste, doch seine Stimme war kräftig, und er konnte sie so laut werden lassen, wie die Alten. Noch riefen ihn die Eltern mit einem Namen der eigenen Sprache. Die Zeit war fern, da er einen englischen brauchen würde, um nach Nairobi zu ziehen und Arbeit zu suchen. Er hieß Kania und strich mit einem erdverkrusteten Finger über Pauls Uhr.
»Das«, sagte Gabriel und schob seinen verlangenden Sohn zur Seite, »ist besser als Cola. Auch besser als der Whisky, den du getrunken hast, als dein Paß weggelaufen ist. Weißt du das noch? Du hast mich gerufen, und ich bin schneller gerannt als Sonne und Regen und habe dir vom Affen erzählt.«
»Ich weiß es noch«, nahm Paul das vertraute Spiel der Erinnerungen auf, und es bereitete ihm die gleiche naive Freude wie Gabriel. Er beugte sich über den Becher. Der stechende Duft von schwerem Alkohol trieb ihm die Schärfe in die Nase und Tränen in die Augen. »Tembo«, erkannte er, »und was für eins!«
»Tembo aus Naro Moru.«
»Tembo aus Zuckerrohr. Gabriel, ich weiß Bescheid. So etwas gibt man bei uns Menschen zu trinken, die nicht aufwachen sollen, während man sie ausraubt.«
»Bei uns trinken die Diebe das Tembo selbst. Für ihre Arbeit brauchen sie nur leichte Füße und schnelle Hände.«

»Wenn ich dein Tembo trinke, schlafe ich sofort auf diesem Stuhl ein. Und wo wache ich auf?«

»Im Bett meiner Frau«, sagte Gabriel.

»Ich kann doch nicht mit deiner Frau schlafen.«

»Dein Kopf ist auch ohne Tembo schon krank, Mzee. Ich schicke Wanjiru mit den Kindern zu ihrer Schwester.«

»Und wohin gehst du? Du willst doch bei deiner Frau schlafen. Deshalb sind wir doch nach Naro Moru gefahren.«

»Hast du mit deiner Frau geschlafen, als ihr Bauch voll mit deinem Sohn war? Ich bleibe bei dir. Das weißt du doch, Papa. Niemand wird in dieser Nacht deine Ruhe stehlen.«

»Sie werden wissen, wo wir sind, Gabriel.«

»Wer?«

»Die Diebe der Zeit.«

»Vergiß die Diebe. Sie können unsere Zeit nicht mehr stehlen. Wir haben sie zusammen festgehalten. Unter dem Baum. Da wollten unsere Reifen nicht mehr weiter. Du mußt jetzt deine Medizin schlucken. Der Affe hat dir noch genug gelassen. Ich habe sie heute morgen in deine Tasche gepackt.«

»Laß die Medizin in der Tasche«, sagte Paul später, als die Hütte leer war und das Schweigen so vertraut, als hätten sich die beiden Männer von Anbeginn über jenen Trost geeinigt, der von Afrikas schwermütiger Stille getränkt ist. »Ich will sie aufbewahren. Was ist, wenn ich hier krank werde und wir keine Medizin mehr haben?«

»Hier kannst du nicht krank werden. Das hat die Regierung verboten. Wer in Naro Moru krank wird, stirbt schnell«, erklärte Gabriel.

»Das hast du mir heute morgen nicht gesagt.«

»Hast du mich gefragt, was passiert, wenn du in Naro Moru

krank wirst? Ich wußte nicht, daß du das wissen willst. Bei den Affen hast du mir gesagt, daß du schon tot bist. Das hast du mir gesagt. Weißt du das nicht mehr, Mzee?«
»Ja, aber ich bin nicht mehr der Mann, der ich war. Du redest nur von den Affen. Du hast die Nashörner vergessen. Es waren zwei.«
»Du willst nicht mehr sterben?«
»Heute nicht.«
»Und kessu?«
»Kessu weckst du mich, wenn ich nicht gestorben bin«, entschied Paul. Er tauchte seine Zunge noch vorsichtig in den Becher und war zufrieden, daß er die Süße schmeckte und sie ihm angenehm war, doch nach dem ersten Schluck verlangte es ihn so sehr nach dem Brennen in der Kehle, daß er den Becher so hastig leerte, als müsse er den Durst von Tagen löschen.
»Der Schierlingsbecher, Gabriel.«
»Was hast du gesagt? Sprich in meiner Sprache.«
So kam es, daß Paul in einer Nacht, deren Mondsichel nicht genug Licht gab, um die Farbe von schwarzer und weißer Haut zu unterscheiden, Gabriel am Fuße des Mount Kenya von Sokrates erzählte. Sie standen vor einer Hütte aus Wellblech unter einem hoch gewachsenen Baum, dessen weiße Blüten den Duft der Sonne gespeichert hatten, hörten einen Schakal rufen, sahen beide den Schnee, und einer von ihnen ahnte, daß das dem Menschen bestimmte Schicksal sich nicht auf Dauer im Dschungel der Illusion verirrt.
Der starke Schnaps wirkte längst nicht so rasch, wie Paul gedacht hatte. Die Zeit, die ihm blieb, ehe Gabriel ihn in die Hütte zurückführte und zu dem Bett schob, war mehr als lang genug, um ihm klarzumachen, weshalb er allen

Schmerz nur noch in seinen erstarrten Gliedern spürte. Der Weg war lang gewesen, die Mühe und das Ziel hatten sich indes gelohnt.
Gabriel saß nicht nur am Steuer eines gemieteten Autos und fuhr einen Mann, den er Papa nannte, in das einzige Abenteuer seines zu früh ergrauten Lebens. Der kluge Wagenlenker hielt auch die Axt in der Hand, um die Kette zu zerhauen, die die Verzweiflung der Vergangenheit und die Angst vor der Zukunft aneinanderschmiedete. Dieser geliehene Sohn, der von seinem Vater auf Zeit nichts forderte, wußte, was es mit dem Vergessen auf sich hatte, das Afrika denen gewährt, die nur diese eine Gunst im Leben begehren. Er war ein Lehrmeister, der nicht die falschen Frauen, die falschen Freunde und die falschen Vorstellungen von Zufriedenheit und Glück hatte – er befragte keine grüblerischen Götter, die in der Stunde des Aufbruchs nach hinten schauten und zum Zaudern rieten. Gabriel konnte lachen, wenn er von den Tagen sprach, die kommen würden, und er klagte nie über diejenigen, die gewesen waren. Er tötete sie, ehe sie ihn vernichteten.
Als sich die Wände um ihn zu drehen begannen und mit ihnen – im gleichen rasenden Kreis der vom Rauch vergilbten Farben – sein Magen und die schwarzumrandeten Bilder in den pochenden Schläfen, nahm sich Paul vor, Gabriel gleich am Morgen zu fragen, ob es in Suaheli ein Wort für Lebensüberdruß gebe. Er war gerade dabei, den Begriff zu umschreiben, wobei er sich freute, wie viele Variationen ihm einfielen und wie phantasievoll und zutreffend sie waren, als er einschlief.
Er wurde, was seit seiner Jugend nicht mehr vorgekommen war, nur ein einziges Mal wach in dieser einen Nacht des

verwirklichten Traums. Da sah er in einem schmalen Lichtstrahl, der den Raum einige glückhafte Momente taghell werden ließ, daß Gabriel auf der Erde vor der Feuerstelle schlief. Sie brannte nicht mehr, rußte nur noch und roch so süß und schwer, als sei ihre Glut mit Schnaps aus Zuckerrohr gelöscht worden.

Gabriel hatte nur seine Beine mit einer zerschlissenen, khakifarbenen Decke umwickelt: Sein Oberkörper war nackt. Um den Hals hing an einem schmalen Lederriemen der polierte Zahn eines Löwen. Die Brust glänzte in jenem Farbton von Ebenholz, der der Kunst des dunklen Kontinents die Tarnung der Naivität, ihre Harmonie und Lebendigkeit gibt. Der Anblick und noch mehr seine Empfindungen für Gabriel, der Beschützer hatte sein wollen und nun ruhig wie ein Kind atmete, das nichts von der Not der Nacht kennt, machten Paul befangen.

Noch nie hatte er sich überlegt, wie und ob überhaupt der Körper eines Mannes auf ihn anziehend wirken könnte, und doch gelang es ihm nicht, die Augen wieder zu schließen, als sei nichts geschehen; in einem vibrierenden Zwang, der ihn zugleich sehr erschrocken machte und ebenso berauschte, verlangte es ihn danach, aufzustehen und sich zu dem Mann zu legen, dem er sich so verbunden fühlte wie keinem zuvor und dessen Stärke er allzeit spürte, ohne sie ihm ein einziges Mal zu neiden.

Es dränge Paul, die Rundung von Gabriels Schulter zu fühlen, die Haut anzufassen, die ihm so jung und schön erschien, seine Finger in das krause, nachtschwarze Haar zu tauchen. Er wollte sich aushorchen, wie er es in den Leidensjahren von Zweifel und Selbstanklage gelernt hatte, ob, wenn er die Grenze überschritt, das eigene Herz noch mehr

rasen oder ihn als alten sentimentalen Toren in die Schranken weisen würde.
Verschämt versuchte sich Paul zu besinnen, wann er das letzte Mal in seinem Leben so betrunken gewesen war, um sich im gefährlich verwunschenen Tunnel von Leidenschaft und Verlockung zu verlaufen. Ihm fiel, als er schließlich auf eine Episode seiner Schulzeit kam, in der ein dionysischer Griechischlehrer eine nie geklärte Rolle spielte, indes nur eine vage Sehnsucht nach dem großen Ausbruch ein und mit ihr – sehr deutlich – der Riese, der nur die Erde mit den Füßen zu berühren brauchte, um wieder neu geboren zu werden. Er suchte lange nach dessen Namen.
»Antäus«, murmelte er.
»Schlaf, Papa.«
Es war noch in der Stunde des grauen Lichts, aber doch schon Tag, als Paul die Stimmen einfing. Eine Weile, in der die Lider an seinen Augen klebten, nahm er an, die Männer, Frauen und Kinder vom Vorabend wären alle zurückgekehrt und wollten das Feuer neu entzünden, ihr Palaver wieder aufnehmen, doch plötzlich wurde ihm bewußt, daß nur Gabriel und seine Frau redeten. Ihre Stimmen waren gedämpft, doch sie schwollen in immer kürzer werdenden Abständen mit jener Erregung an, die gerade im Flüsterton Bedrohlichkeit anzeigt. So sehr Paul jedoch jedem Wort nachlauschte, verstand er kein einziges. Erst, nachdem er die hohen Töne gedeutet hatte, begriff er, daß Kikuyu gesprochen wurde. Ein Kind wimmerte.
Schwerfällig drehte er den Kopf in die Richtung des dünnen, langgezogenen Lauts, zwang sich, im diffusen Licht die Silhouetten voneinander zu trennen und die Szene in ihrer Gesamtheit zu erfassen. Er sah, daß Wanjiru ihren kleinen

Sohn auf ihrem vorgestreckten Leib hielt. Der Arm des Kindes, das Paul noch kein Jahr alt erschien, hing schlaff hinunter. Der kleine Körper war steif, der Bauch gebläht, das Gesicht grau. Die vereiterten Augen waren weit aufgerissen und trübe.

»Was ist passiert, Gabriel?«

»Er ist krank.«

»Was hat er?«

»Viel Fieber. Mach deine Augen wieder zu, Mzee. Das ist nichts für einen weißen Mann. Der schreit zu viel, wenn ein Kind sterben will.«

Paul sprang so schnell von dem niedrigen Bett auf, wie es ihm die Steifheit seiner Gelenke erlaubte. Einen Augenblick stand er, ohne sich zu bewegen, wie es Rächer in der Stunde der Unausweichlichkeit tun, vor der Mutter und dem Kind, hörte sich keuchen und fühlte, wie ein übermächtiger Sturm von Zorn ihn ergriff und benommen machte. Dann riß er den Jungen an sich und preßte ihn an seine Brust. Der Kleine wurde noch regungsloser als zuvor, doch er hörte auf zu weinen. Schwer, apathisch und glühend lag er in den Armen eines Mannes, der zeit seines Lebens Vater hatte sein wollen und seinem Instinkt für Verantwortung und Liebe nie vertraut hatte.

»Kein Kind will sterben«, wehrte sich Paul, »du mußt mit deinem Sohn zum Arzt fahren.«

»Hörst du, Mzee, du schreist schon. Ich habe gesagt, daß du das tun wirst. Gestern habe ich dir auch gesagt, daß es hier keinen Arzt gibt. Weißt du das nicht mehr?«

»Was sollen wir machen, Gabriel? Ich helfe dir. Ich habe Geld, um einen Arzt zu bezahlen. Das weißt du doch.«

»Geh mit dem Kind vor die Hütte«, sagte Gabriel, und sei-

ne Stimme war dunkel, doch ohne Trauer, »und schicke deine Augen zum Berg. Dann siehst du, wie klein ein Mensch ist. Wenn Mungu will, daß mein Sohn stirbt, will er nicht die Stimme von Menschen hören. Das macht seine Ohren krank. Es ist Mungus Sache, wenn unsere Kinder sterben. Nicht deine.«
»Das darfst du nicht sagen, Gabriel. Auch dein Mungu muß wissen, daß ein Vater seinen Sohn nicht den Feinden überläßt, ohne in den Krieg zu ziehen.«
Paul ging, ohne Schuhe und ohne seine Jacke anzuziehen, tatsächlich mit dem Kind vor die Hütte. Er preßte es an sich, spürte durch sein vom Wind gepeitschtes Hemd die Hitze des kleinen zuckenden Körpers und sah, während er mit der Gnadenlosigkeit Afrikas rechtete, daß seine Tränen auf die winzige, um Leben ringende Brust tropften. Gabriel trug, als sei es immer schon so Brauch gewesen, seinem fremden Papa, der so schön vom Tod sprechen konnte und doch gegen ihn in den Kampf ziehen wollte wie einst die jungen Massaikrieger gegen die Diebe ihres Viehs und ihrer Frauen, den kleinen Hocker nach. Er stellte ihn unter den Baum, dessen weiße, mit Tau getränkten Blüten sich in den ersten Sonnenstrahlen öffneten. Paul setzte sich mit dem Jungen hin. Die Verzweiflung versengte seinen Körper wie das Fieber den des Kindes, doch er hielt es dem zürnenden Gott Mungu hin und beschwor ihn, von seiner Jagd zu lassen.
Er betete, ohne zu wissen, wen er anflehte, daß dieses Kind, dessen Namen er nicht kannte und das ihm eine Kapriole des Schicksals, eine flüchtige, nicht zu Ende gedachte Idee, in die Arme gedrückt hatte, nicht sterben müßte. Es war sehr lange her, seitdem Paul aufbegehrt hatte gegen das, was ihn stumm machte und wehrlos, und sein Kopf drohte zu

zerspringen, weil er sich nicht auf die Waffen des Mutigen zu besinnen vermochte. Und doch fühlte er eine Macht, die ihm befahl, nicht aufzugeben. Er wiegte das Kind im Rhythmus des eigenen stolpernden Herzens, streichelte seine Stirn und flüsterte ihm die Zärtlichkeiten zu, die er dem eigenen Sohn versagt hatte.

Auch, als Paul bewußt wurde, daß das Kind nicht reagierte und schwerer zu werden schien, redete er weiter, als könnten allein schon seine Stimme und dieser neue magische Wille ein Leben retten, das jeder außer ihm verloren gab. Er suchte nach Bildern aus der Zeit, als Jens noch Kind und krank gewesen war; ihm fiel ein abgedunkeltes Zimmer und Masern ein und daß Jens sich das Wort nicht hatte merken können, obwohl er damals schon acht Jahre alt gewesen war. Anne hatte sich sehr geängstigt, die Masern könnten in eine Hirnhautentzündung übergehen.

Paul kniff die Augen zu. Es bewegte ihn, daß er ausgerechnet in einem so rebellischen Moment, wie er ihn gerade erlitt, zum ersten Mal seitdem ihm klargeworden war, daß Anne ihn seit Jahren mit einem guten Freund betrog, ohne Bitterkeit an sie denken konnte. Ihm erschien es mit einem Mal sogar sehr wichtig, sich mit Anne zu versöhnen. Wie sonst sollte er ihre Hilfe erbitten? Nur seine beherzte, kompetente Anne konnte ihm raten, wie man bei einem so kleinen Kind, wie es Gabriels Sohn war, ohne Medikamente Fieber senkte. Cornelia drängte sich plötzlich und dazu noch in dem ärmellosen Kleid, das er scheußlich fand, ins Bild, so daß seine Erinnerungen zu einem Feuerball explodierten. Paul wurde wütend. Er warf Cornelia vor, daß sie nie ihre Eifersucht überwunden und keinen Geschmack hätte. Zeitgleich mit den auffälligen Straßohrringen und dem Poster vom Dackel mit Sonnenbrille fielen ihm die Bücher ein, die sie las, und die Fernsehsendungen, für die sie schwärmte. Er verübelte sich seine Intoleranz und hielt sich vor, daß es der falsche Zeitpunkt zur Abrechnung wäre, doch sein Zorn fand neue Nahrung. Zu Beginn seiner zweiten Ehe hatte er sich mit Cornelia endlose törichte Serien angesehen, die alle in Krankenhäusern spielten. Er verübelte es sich noch immer, daß er es getan hatte.

»Nichts ist so schlecht, als daß man nicht etwas daraus lernen kann«, hörte er Cornelia sagen.

Paul wunderte sich, weil ein so umständlich konstruierter Satz nicht zu ihrem Sprachduktus paßte. Er fragte sie sarkastisch, wo sie ihn aufgeschnappt hätte. Sie zeigte mit dem Finger auf ihn. Er stand sofort auf und ging aus dem Zimmer, aber der Satz begleitete ihn auf seiner Flucht; er erschien Paul nicht ohne Bedeutung und mit der Zeit durchaus seiner würdig.

»Du verbrennst, Mzee«, mahnte Gabriel. Er ging in die Hütte, kehrte mit einem Tuch zurück, das, obwohl es feucht war, nach Rauch roch, und drückte es Paul auf den Kopf.

»Wo warst du denn, Gabriel?«

»Hier. Soll ich dich allein lassen mit einem Kind, das sterben will?«

»Gabriel, warst du mal in einem Krankenhaus?«

»Nein. Hier gibt es kein Krankenhaus. Das habe ich dir schon gestern gesagt. Es hilft nichts, wenn du alles zweimal fragst.«

»Tut mir leid, Alter. Ich dachte, wenigstens ein Buschkrankenhaus könnte es hier geben. Im Fernsehen wimmelt es von den Dingern.«

Nur weil sich Paul deutsch sprechen hörte, wiederholte er

den Satz, bald auch die einzelnen Worte. Einige erschienen ihm als Schlüssel zu einem verschlossenen Schrank, den er unbedingt öffnen wollte – er sonderte sie akribisch von den übrigen ab. Es beschämte Paul, daß er, während ein Kind starb, nicht von dem verwirrenden Spiel lassen konnte, doch das Chaos von Buchstaben und Silben, Hoffen und Ahnen verwehrte ihm die Umkehr. Er wurde besessen von der Idee, das Schicksal hätte ihm einen Weg gewiesen, er müßte nur die richtige Spur aufnehmen.

»Buschkrankenhaus«, seufzte er. Er klammerte sich an das Wort, sprach es einige Male laut vor sich hin und merkte schließlich, wie aus den Lauten Bilder wurden.

Es waren die Geschichten aus einem Buschkrankenhaus in einem Teil Afrikas, den er nie hatte identifizieren können, für die sich Cornelia begeisterte. Paul erinnerte sich kaum an die Fernsehserie selbst, indes noch gut an die souveränen Ärzte, die in fast jeder Folge ihre Patienten vor dem Tod erretteten. Es tat ihm nun leid, daß er sie verspottet und Cornelia gekränkt hatte. Obwohl er nicht ernsthaft glaubte, daß sich die Mühe lohnen würde, konzentrierte er sich verbissen auf die wenigen Eindrücke, die ihm kamen; er war verblüfft, daß nach einiger Zeit einzelne Szenen tatsächlich deutlich wurden und daß die unerwartete Erlösung von der Passivität seine überreizten Nerven beruhigte.

Er begann, die Erinnerungsfetzen methodisch aneinanderzureihen, wurde immer gieriger nach Details, von denen er bald meinte, sie würden ihm, wenn er sich nur anstrengte, auch einen Weg weisen. Einer der Buschärzte, das sah er genau, hatte in fast jeder Folge der Serie in riesigen Eimern Unmengen von Wasser abkochen lassen. Paul hörte ihn so-

gar sprechen. »Die Kinder dürften nicht austrocknen«, wußte er und krempelte die Ärmel hoch.
»Warum?« fragte Paul.
»Schrei nicht, Mzee«, beruhigte ihn Gabriel.
Der Arzt hatte stahlblaue Augen, war weizenblond und auf eine arrogante Art selbstbewußt, ein Siegertyp aus dem Bilderbuch für Helden. Er mißfiel Paul in seinem Perfektionismus, doch er sagte sich, es wäre unklug, subjektiven Empfindungen nachzugeben. Fasziniert beobachtete Paul, wie der blauäugige Hüne das abgekochte Wasser mit Salz und Zucker aufbereitete, sah es ihn in Flaschen abfüllen und nickte ihm zu.
»Du mußt Wasser kochen gehen«, sagte Paul, »und bring mir Salz und Zucker.«
Er war so überzeugt, daß Gabriel ihm widersprechen würde, daß er ihn in einem Ton anherrschte, der ihn im Angesicht eines sterbenden Kindes frivol und brutal erschien.
»Das wollte ich nicht«, murmelte er.
Gabriel rührte sich nicht. Er gab jedoch sofort den Befehl an seine Frau weiter. Wanjiru rannte in die Hütte.
»Wir brauchen auch Lappen und eine Schüssel mit kaltem Wasser«, besann sich Paul. Er dankte Anne und den Masern von Jens.
»Du bist wie ein Baum, der den Tod nicht fühlt, obwohl der Blitz seine Wurzeln verbrannt hat«, sagte Gabriel.
Das Kind preßte die Lippen aufeinander, als es den Colabecher mit dem abgekochten Wasser am Mund spürte. Paul verlangte nach seinen Medikamenten. Als Wanjiru sie ihm brachte, schraubte er die Pipette von dem kleinen Glas mit den Augentropfen ab und füllte sie mit der Salz- und Zuckerlösung. Mit der rechten Hand tröpfelte er dem Kind

die Lösung in den Mund, mit der linken verjagte er die Fliegen von dem kleinen kraftlosen Körper und mit ihnen die Dämonen im eigenen Kopf.
»Wer hat dir gesagt, daß du das tun sollst?« fragte Gabriel.
»Mungu«, flüsterte Paul zurück, und »meine Frau.«
»Sirene?« staunte Gabriel. »Sie ist doch in Nakuru.«
»Es war Cornelia«, entschied Paul. »Und Anne«, fügte er hinzu und beugte sich zu Gabriels Sohn hinab.
Einmal nannte er ihn Jens, doch er verwechselte nie länger als einen erregten Zweifel lang Gesichter und Zeiten. Mit jedem Tropfen Wasser, den das Kind schluckte, flehte Paul den fremden Gott auf der weißen Kuppel des gewaltigen Berges an, seinen tödlichen Pfeil zurück in den Köcher zu stecken und einem Mann beizustehen, der alles in seinem Leben vertan hatte.
Die Schatten verschwanden. Als sie sich ihre Farbe zurückholten und wieder lang wurden, stand Paul auf. Behutsam legte er Wanjiru ihren Sohn in die Arme, drückte sie auf den Hocker und tauchte Lumpen, die nach Schweiß und Fäulnis stanken, in eine rostige Schüssel mit Wasser.
Er wickelte die Umschläge um die Waden des Kindes und legte sie ihm auf die Brust, fühlte ihre Hitze, wenn er sie erneuerte, und zwang in sein Hoffen auf den kleinen Erfolg die große Zuversicht, die Wickel würden das Fieber aus dem siedenden Körper ziehen. Einmal schaute sich Paul um. Da sah er einen Kreis von schweigenden Männern um sich stehen. Unter einem Baum, in den Schatten gequetscht wie am Vortag die Zebras, standen die Frauen. Paul sah ihre Augen und wurde sehend. Es waren nie die Mütter, die sich nicht gegen den Tod ihrer Kinder wehrten.
Als das Kind zum ersten Mal schrie und danach laut und an-

haltend, hörte er eine Hyäne triumphieren. Er merkte erst, als der Baum, die Männer und die Frauen um ihn kreisten, daß er es gewesen war, der gelacht hatte. Erschöpft beugte er sich zurück über die Schüssel, kühlte den Lappen und legte ihn um die Waden von Gabriels strampelnden Sohn. Er sah noch das helle Licht aufflammen, doch er konnte seine Augen nicht mehr schützen.

Als Paul erwachte, lag er auf dem Bett. Die Haut brannte, der Körper war steif, nur der Kopf ohne Schwere. Wanjiru saß auf dem Hocker. Sie hielt das Kind an ihren Leib und gab ihm zu trinken.

»Gabriel«, rief Paul, »wo bist du?«

»Hier, Papa. Hast du gedacht, ich bin nicht da, wenn unser Sohn von seiner Safari zurückkommt?«

9

Gabriel hielt Paul seinen zweiten Sohn hin – genau wie in der Stunde, als das Kind zu der langen Safari mit dem Tod aufgebrochen war. Nun gurgelte der Junge Leben, machte aus den Fingern der rechten Hand eine Faust und zeigte seine ersten beiden Zähne; die Stimme des Vaters war kraftvoll wie ein Baum, dessen Wurzeln noch nie eine Dürre erduldet haben.

»Unser Sohn«, sagte Gabriel und stieß die Tür zur Hütte auf. Die fröhlichen Vögel, denen die erwachende Sonne die Flügel rot färbte, sollten die beiden Worte hören. Die Worte waren zunächst nur Gäste in der Kehle gewesen. Nun wohnten sie dort. Beim ersten Mal hatte Gabriel sie nur deshalb so kräftig mit der Zunge angestoßen, weil er prüfen wollte, ob sie klar genug als Echo vom Berg abprallen würden. Als dies geschah, hatte er jeden Laut leise und langsam wiederholt. Kein einziges Mal war jener schöne Zauber geschwunden, der an Tagen ohne Krankheit und Traurigkeit alten Worten eine neue Haut überzieht.

Am Tag zuvor war das Kind, während die Mutter das Feuer nährte, auf der Schulter des Vaters eingeschlafen. Es hatte Pauls blauumrandetes, weißes Taschentuch um den Hals gehabt und zugleich nach dem Rauch der eigenen Hütte und dem Rasierwasser aus einer Welt gerochen, in der sich

Männer mit dem Duft von Blumen vor dem Verlust der Jugend schützen. Das war der Moment, in dem Gabriel erkannte, daß die Veränderung von Sprache und Leben auf Dauer waren. So ließ er auch das Licht der Freude in sein Gesicht und beobachtete, immer wieder aufs neue verzückt, wie Papa Mzee von Augen geblendet wurde, die ihren Dank nicht mehr halten konnten.

Kaum war das Fieber aus dem Körper geflohen, trank das Kind wieder das Wasser, wie es aus dem Brunnen unter dem Baum kam – kalt und mit dem Geruch von Erde. Um Arme und Beine zu bewegen, den Kopf zu heben und die Kehle von Lachen oder Unmut zu befreien, brauchte der Junge nun nicht mehr das Salz des weisen Gott Mungu, der ihm zu leben befohlen hatte. Er schluckte die Brocken warmen Maisbreis, die seine Mutter ihm in den Mund schob, so begierig wie vor seiner Krankheit. Sein Bauch war flach wie ein Blatt, die Haut glatt und die Augen – zum ersten Mal nach langer Zeit – ohne Eiter. In seiner Scheu, sich zu einem Gott zu bekennen, mochte Paul auch nicht den Gedanken zulassen, daß ihm und Gabriels Sohn ein Wunder zuteil geworden war. Er suchte nach einem Wort, das seiner Skepsis und Demut besser entsprochen hätte; er grübelte viel über Zufälligkeit und Bestimmung, Eingebung und Erinnerung, stellte Fragen nach Sinn und Sein und blieb ohne Antwort. Gelegentlich schaute er aufmerksam in den kleinen Spiegel an der Hüttenwand. In ihm begegnete er einem Mann, den er nicht kannte, doch er konnte dessen Blick standhalten, denn der Fremde hatte sein Gedächtnis verloren und wußte nichts von der Sünde des Überdrusses und den Schmerzen der Verzweiflung.

Gabriel verlangte es, wenn er seinen genesenen Sohn beobachtete, nicht nach Worten. Er kannte derer nicht genug, um auf die Pirsch nach Erklärungen zu gehen und die Tage in sein Gedächtnis zurückzuholen, die nicht mehr waren: Er rätselte nicht, ob die Bilder in seinem Kopf ihn belästigten und was sie wogen. Immer häufiger merkte Gabriel indes, daß das Schweigen, auf das sich der Mzee so gut verstand wie ein Mann mit schwarzer Haut, dabei war, Fesseln zu schmieden, die ihn auf eine noch nie erfahrene Art an Paul ketteten. Sie ängstigten ihn nicht. Waren solche unsichtbaren Fesseln vielleicht gefährlicher als jene, die sich dem Auge zeigten, machten sie doch die Tage angenehm. Sie ließen das Gesicht verschwinden, das Gabriel nicht mehr sehen wollte. Der gefräßige Hund Singh bellte nur noch gelegentlich und dann mit müde gewordener Stimme. Er war noch mit auf die Safari gegangen, nicht jedoch in Gabriels Hütte gekommen.

Auch Wanjiru wurde eine andere, nachdem Mungu ihren Sohn zurückgegeben hatte. Sie sprach ohne zu flüstern mit ihrem Mann und sorgte sich nicht, wie sie es in ihrer Angst um ihren zweiten Sohn getan hatte, sie würde nicht genug Milch in ihrer Brust für das Kind in ihrem Bauch haben. Auch zog sie ihr Kleid nicht mehr hastig um den Leib, sobald sie sich von dem fremden Gast beobachtet wähnte. Es war nun sie, die Paul oft anschaute. Anders als an dem Abend, da er so plötzlich vor ihr gestanden und sie mit seinem hellen Haar und großer Nase erschreckt hatte, fürchtete sie nicht mehr, es würde ihn stören, wenn sie mit ihm redete. Wanjirus Zunge drängte es nach Bewegung, doch sie befahl ihr Geduld.

Fühlte Wanjiru die kühle Haut ihres Sohnes und wie Freude ihren schweren Körper leicht machte, genügte es ihr, zunächst den klugen weißen Mzee, dem Mungu als einzigem vom Zauber des Salzes erzählt hatte, nur anzulächeln. Auch er machte dann aus seinen Lippen einen Bogen. Sie genoß seine Freundlichkeit wie die Wärme des Morgens nach einer zu kalten Nacht und hoffte sehr, er würde, wenn die Zeit gekommen war, seinen Mund so weit öffnen, daß ein Strahl der Sonne auf seinem schönen goldenen Zahn tanzen konnte.

Dies geschah auf dem Weg zum Gemüsebeet. Der Mzee folgte ihr mit schnellen Füßen und sagte dreimal so laut, als rede er mit einem alten tauben Esel, er wolle den schweren Eimer mit Wasser tragen. Sie schüttelte den Kopf, doch er siegte. Als er nach dem Henkel griff, wurde das Kind auf dem Rücken der Mutter wach. Er stieß sie mit den Füßen, beugte den Kopf nach unten und zog Paul so plötzlich und fest an den Haaren, daß der den Eimer fallen ließ. Das Wasser für die Bohnen stürzte auf beide Schuhe, Heiterkeit aus seinem Mund.

»Papa Kifaru«, lachte Wanjiru zurück.

Paul war erstaunt, sie Suaheli sprechen zu hören. Er hatte angenommen, sie könne nur Kikuyu. Ihr Bemühen, ihm eine Freude zu machen, bewegte ihn. Um ihr mit einem jener Scherze zu danken, die Gabriel immer wieder gefielen, zog er an seiner Nase, als wollte er sie lang machen und nach oben richten. Wanjiru verschluckte sich so sehr an ihrem Gelächter, daß sie unachtsam wurde und vor der Zeit in fließenden Suaheli sagte: »Du brauchst nicht deine Hände, um mit mir zu reden. Ich bin keine dumme Frau, die nur die eigene Sprache versteht.«

»Sie weiß von unseren Nashörnern?« fragte Paul, als er mit Gabriel unter dem Baum auf Kühle wartete.

»Alle wissen es.«
»Was wissen alle?«
»Daß die Nashörner einen neuen Mann aus dir gemacht haben, Papa Mzee. Warum fragst du, was du schon weißt? Wanjiru ist wie alle Frauen. Sie durfte dich doch nicht Papa Kifaru nennen.«
»Warum?«
»Die Männer wollten dir erst morgen sagen, daß wir diesen Namen für dich gefunden haben.«
»Was ist denn morgen anders als heute?«
»Heute essen wir Gemüse und trinken Wasser und reden von morgen. Morgen schlachten wir ein Schaf und trinken Tembo und reden von heute.«
»Warum?«
»Warum?« ahmte Gabriel Pauls Stimme und Handbewegung nach. »Immer mußt du fragen! Wir reden morgen von heute, weil wir nicht wollen, daß die Zeit gestohlen wird. Und wir trinken Tembo und essen Fleisch, weil mein Sohn nicht gestorben ist.«
»Müssen wir«, fragte Paul ohne Verlangen, »nicht morgen schon weiterfahren?«
»Warum sagst du das?«
»Jetzt fragst du. Du hast doch gesagt, wir dürfen nicht zu spät weg von hier.«
»Es ist schon zu spät, Mzee.«
»Zu spät kann auch zu früh sein.«
»Du wirst jeden Tag klüger«, lobte Gabriel, »meine Ohren haben immer mehr Hunger nach deinen Worten.«
Obwohl Paul ahnte, was ihn erwartete, als Gabriel ihn vor die Hütte führte, versäumte er es, Augen und Ohren zu schützen. Er griff sich würgend an den Hals, als er den To-

desschrei des Schafes hörte, das Blut aus den Eingeweiden in die rote Erde sickern sah und wie sich, während das Tier noch zuckte, die blitzenden Messer in den gepeinigten Leib gruben. Die auf der Erde hockenden Männer standen auf. Sie warfen ihre Messer zu Boden und schauten neugierig den Mann an, der als einziger einem sterbenden Schaf Antwort gab. Keiner bewegte sich. Als schließlich der erste aus dem Kreis heraustrat, gaben alle vor, auch sie würden torkeln und müßten mehr Luft schlucken, als eine Brust halten konnte, um den Sturm im Bauch zu beruhigen. Das Gelächter der Wissenden schrie den Abendwind nieder, doch der Spott war voll von der Gutmütigkeit bestätigter Erwartung.
»Du mußt das Blut nicht trinken«, sagte ein junger Mann, »wir sind keine Massai. Wir machen nur Barbecue.«
Er sprach das Wort so hart und falsch aus, daß Paul jede Silbe wiederholen mußte, ehe er es erkannte. Er nickte und lächelte mit Lippen, die noch zitterten. Der Mann war schlank und sehr dunkel. Er trug, wie die Touristen in der Lodge, ein lila T-Shirt mit einem Bild von langmähnigen Zebras. Die Aufschrift »Jambo Kenya« war gestickt, jeder Buchstabe in einer anderen Farbe. In einer Hand hielt der Mann eine blitzende Panga, wie sie benutzt wurde, um einen Pfad in wucherndes Gras zu schlagen, in der anderen ein teueres rotes Schweizer Taschenmesser mit einem weißen Kreuz. Das Emblem leuchtete auf, wenn es in die Richtung der untergehenden Sonne gehalten wurde.
Das Feuer fraß die dicken Stücke von frisch geschlagenem Holz, sobald es sie nur mit einer seiner vielen Zungen berührte, und duftete nach süßem Harz. Es war in einem Kreis schwerer Steine vor der Hütte entzündet worden und brannte mit hohen, prasselnden Flammen. Paul stand, die

Arme an den Körper gedrückt und noch immer gegen seine Übelkeit ankämpfend, hinter der Gruppe der Männer, schaute in die Ferne und sah, daß der Schnee noch seine Farbe hatte.

Er stellte sich vor, er hätte nach langer Wanderung den Gipfel des Mount Kenya erreicht, und die winzigen Punkte der Glut im Tal würden ihm signalisieren, er wäre für immer frei und in Sicherheit. Eine Weile beschäftigte ihn die Frage, ob es für einen Flüchter zugleich Freiheit und Sicherheit geben könne. Als sich sein Magen beruhigte und auch die Kehle ohne Reiz war, entschied er sich indes für keines von beiden, sondern für die Gnade des Augenblicks und für einen Vers, in dem der lindernde Frieden vorkam, den der Dichter am Morgen vor der Entscheidung genießen wollte. Gabriel stieß ihn von hinten an und hielt ihm, als er sich erschrocken umdrehte, den Hocker hin.

»Heute nicht«, widersprach Paul, »heute ist dein Mzee jung. Hast du die Nashörner vergessen?«

Gut gelaunt zündete er eine Zigarette an. Der Mann mit dem Taschenmesser wollte auch eine. Er steckte sie, als Paul sie ihm anbot, hinter sein Ohr. Die Alten sahen es. Sie spuckten, alle zusammen auf die Erde vor ihren Füßen zielend, den Tabak aus, an dem sie seit Stunden gekaut hatten, und umringten Paul. Ihre Finger waren dürr und vom Alter gekrümmt, und doch so geschickt, daß sie in die Packung greifen konnten, ohne daß Paul eine einzige Zigarette verschwinden sah. Er merkte erst, daß das Päckchen leer war, als der Älteste der Greise, zahnlos und mit säuerlich stinkendem Atem, es ihm triumphierend hinhielt, sorgsam faltete und kichernd in die Tasche seiner zerlumpten Hose steckte. Paul klopfte dem Alten auf die Schulter und setzte

sich zu den Männern auf die Erde. Sie war weich und noch warm.
Der hohe Topf mit einem hölzernen Deckel, auf dem »Norfolk Hotel Nairobi« stand, war bis zum Rand voll mit Tembo aus Zuckerrohr. Gabriel öffnete den Topf, machte ihn jedoch gleich wieder zu und zeigte zum Himmel, der sich tiefblau verfärbte, doch seine Sterne noch zurückhielt. Die Männer nickten und schnalzten mit der Zunge. Auch das weiße Schaffell war dabei, die Farbe zu wechseln. Es hing zum Trocknen von einem Baum herab und war hellgelb wie die Mondsichel.
Auf den obersten Ästen lauerten die ersten Geier auf Beute. Wurden sie mit Steinen beworfen, flogen sie kreischend hoch, nahmen jedoch nach nur einer rasenden Runde um die Hütten den gleichen Platz ein wie zuvor. Während die Frauen schwatzend gestoßenen Mais mit Wasser anrührten und Okra mit Pfefferbeeren und Salz würzten, befestigten zwei Männer große Fleischstücke an langen Stöcken und hingen sie in die Glut. Zischend spritzte das Fett ins Feuer. Wanjiru im roten Kleid und mit ihrem genesenen, großäugigen Kind auf dem Rücken hatte ein gelbes Tuch mit blauen Punkten um ihren schmalen Kopf gebunden und trug kleine Ohrringe mit weißen Steinen, die im Schein des Feuers wie Perlen schimmerten und Paul an die Bilder von Vermeer denken ließen. Sie überreichte ihm das erste Stück Fleisch. Er verbrannte sich, als er den vor Fett triefenden Brocken am verkohlten Knochen entgegennahm, seine Finger und danach – beim beherzten Hineinbeißen, zu dem er sich zwingen mußte – Lippen und Zunge. Die Männer rückten eng aneinander, streckten ihre Köpfe in die Höhe und beobachteten den weißen Mzee, der sich von Nashörnern sei-

ne Manneskraft holte und die Affen seine Brüder nannte, so gespannt, als hätte keiner vor ihm je ein Stück Fleisch gegessen.

Es war so zäh wie alles Fleisch in Afrika, das unmittelbar nach dem Schlachten zubereitet wird, schmeckte nach Rauch, war außen verbrannt und innen roh. Paul dachte in flüchtiger Wehmut an ein Steakhaus am Frankfurter Dom und länger als ihm guttat, daß Cornelia dort so gern Filet mit einer Kartoffel in Folie aß und er in letzter Zeit immer eine Ausrede gefunden hatte, um nicht mit ihr hinzugehen. Während das Blut auf sein Kinn und Hemd tropfte, kaute er den Schmerz von den Kiefern in die Ohren und hatte Angst um seine Blomben und den Magen. Bei jedem Bissen mußte er energisch den Wunsch unterdrücken, sich Erleichterung zu verschaffen, indem er einen der ausgehungerten Hunde anlockte und fütterte.

Die Hunde, mittelgroß, mit eingerissenen Lefzen und Augen, die zitringelb glühten, standen hechelnd in einem dornenbewehrten Gebüsch; unter ihrem glanzlosen Fell zeichneten sich die Rippen ab. Das Gefühl, er habe die gleiche Szene schon einmal erlebt, nur in helleren Farben gemalt und weniger statuarisch, irritierte Paul. Er versuchte, als sei es für ihn tatsächlich noch von Bedeutung, sich auf Gewesenes und Verwehtes zu besinnen, sah Menschen aller Hautfarben und suchte nach Namen, die, wenn er sich schließlich ihrer erinnerte, nie zu den aufgetauchten Gesichtern paßten.

Einmal dachte er an eine weiße Orchidee in einer silbernen Vase. Obwohl die Blume intensiv duftete, führte sie Paul nur weiter in das Labyrinth der Schemen. Im Gebüsch bewegte sich ein Schatten. Ein schwarzer Hund mit auffallend lan-

gem Schwanz löste sich aus der Meute und bellte. In dem Moment, da das Tier sich streckte und seinen Rücken nach oben drückte, fielen Paul die Katzen in der Nakuru Lodge ein, die hinter den Kellnern mit den Fleischplatten hergelaufen waren. Mit den Katzen traf Antje ein. Sie saß am Swimmingpool und winkte ihm zu; er stieg mit Gabriel in den Geländewagen und versprach, bald zurückzukommen. Mit der Übung der verzweifelten Jahre, die Wirklichkeit zu verdrängen, drückte Paul entsetzt die Augen zu, doch Antje blieb. Zunächst sah er nur die weiße Haut ihrer Hüften und wie das Moskitonetz auf ihre Schultern fiel und sie ihm die Arme entgegenstreckte. Noch war er ruhig, nur ein wenig erstaunt, daß sich eine schöne junge Frau soviel Mühe machte, einen älteren, zaudernden Mann zu verführen, doch mit einem Mal spürte er wieder die Erregung der Nacht, als sie ihn ins Leben zurückgerufen und ihm die tötende Mutlosigkeit genommen hatte. Es war ein bohrender Schmerz, der Kopf und Körper durchfuhr, als Paul bewußt wurde, daß er seit der Ankunft in Naro Moru noch kein einziges Mal an Antje gedacht hatte.
Obwohl er sich spontan und schonungslos seiner Schuld und Reue auslieferte, konnte er nicht ausmachen, was schwerer wog – die Scham, daß er sie so schnell hatte vergessen können, oder der Umstand, daß er selbst im Augenblick der aufrichtigen Bereitschaft zur Buße nur nach ihrem Körper gierte, als hätte er das Recht des Fordernden. Pauls Gedächtnis führte ihn gnadenlos auf den Weg, den er nicht gehen wollte. Die Sonne über dem Nakuru-See stieß durch einen rosa Schleier, die Vögel zwitscherten, und es roch nach Speck und Spiegeleiern.
Er ließ eine Banane fallen, Antje hob sie auf und sagte, sie

wisse Bescheid. Sie frühstückten am Wasserloch mit dem Büffel, den gelben Schmetterlingen und kreisenden Libellen und verabredeten sich, obwohl Paul es wiederum nicht wollte, noch einmal zur gemeinsamen Fahrt nach Samburu. Von einer silbernen Thermoskanne, in der sich ihre blauen Augen spiegelten, schraubte Antje den Deckel ab und schenkte zwei weiße Tassen voll. Es wäre, hielt Paul ihr vor, nicht klug und außerdem sadistisch, einen Mann zu quälen, der alle seine Kräfte brauchte, um einen aufrechten Verteidigungskrieg gegen den tranigen Gestank von Hammelfleisch zu führen. Sie schüttelte amüsiert den Kopf, er wunderte sich, weshalb er so bombastische Ausdrücke wählte, um brennendes Zahnfleisch zu beschreiben, und warnte sie, seine Erinnerungen würden noch mehr durcheinandergeraten, wenn sie weiter Kaffee ausschenkte.
Kaum hatte er sich über die Tasse gebeugt, verließ ihn Antje. Es war das letzte Mal in dieser entfesselten Nacht, daß Paul ihrer gedachte. Seine Nase machte ihn zu einem willenlosen Sklaven ohne Gefühl für Moral und Verantwortung. Sie weigerte sich, das magische Aroma wiederherzugeben, an dem sie ein einziges Mal geschnüffelt hatte, und gaukelte Paul vor, er würde nur dann das Glück finden, nach dem er suchte, wenn er endlich zu dem Gral mit frisch aufgebrühtem Kaffee gelangte.
In dem Moment, da er das Pferd sattelte und losritt, vergaß er alles, was er von Afrikas Nächten wußte, daß sie fiebrige Illusionen, unwürdig banale Wünsche beschwören, den Menschen Verstand und Maß, Anstand und Würde rauben. Süchtig nach dem Geschmack des Wunders, das er verzaubernd auf der Zunge spürte, fahndete Paul besessen nach Worten, die er in Verbindung zu Kaffee bringen konnte.

Jedes einzelne nahm er triumphierend in Besitz. Kurz darauf schlürfte er – in seinem Wohnzimmer am Fuße eines türkischen Minaretts aus verzuckertem Porzellan sitzend – Mokka, Espresso, Cappuccino, Melange, Kaffee mit irischem Whisky und spanischem Brandy, schwarz und schwer. Er war gerade dabei, die perfekte Kaffeemaschine zu konstruieren, die nie nachgefüllt werden mußte und selbst nachts mit Sonnenenergie betrieben wurde, als es zum Eklat mit dem arroganten Arzt kam.

Der Medizinmann war blond, trug ein schwarzes Seidenhemd mit einer goldenen Sonne von Versace auf der Brust, hatte einen Schnurrbart wie Dalí und schwang eine Axt mit einem aus Leopardenfell bezogenen Griff. Er warnte donnernd vor Bluthochdruck, Schlaganfall und Magengeschwüren und empfahl mit einer Fistelstimme abgekochtes Wasser mit Salz und Zucker. Paul entzog ihm auf der Stelle die Approbation und beschuldigte Cornelia, sie hätte ihm Muckefuck serviert. Sie kannte das Wort nicht. Er wurde wütend und wollte nach ihr schlagen, doch Gabriel hielt seinen Arm fest. Cornelia sprang erst vom Minarett und danach aus dem offenen Fenster. Gabriel blieb, wurde greifbare, vertraute Wirklichkeit, sprach weder von Vergangenheit noch Zukunft.

»Geh jetzt trinken, Papa«, sagte er, »alle Männer sind schon am Topf. Du bist auf eine zu lange Safari gegangen.«

»Zu lang«, bestätigte Paul. »Warum gibt es keinen Kaffee? Ich denke, der wächst hier.«

»Hier nicht«, lachte Gabriel und zog den seltsamen Mzee, der bereits den Durst vergaß, wenn er nur die Augen fest genug zudrückte, kopfschüttelnd von der Erde hoch, »heute gibt es Tembo.«

Das Tembo wurde von den Männern durch lange Stangen von ausgehöhltem Zuckerrohr aus dem eisernen Topf gesaugt. Die Frauen schlürften ihre Medizin aus Blechlöffeln. Das Bier setzte Nadeln in die Kehle und zerspaltete mit messerscharfen Schnitten den Kopf, doch Afrikas alter Balsam war kühl, trotz seiner Stärke und Schärfe süß und gut für Menschen, die nicht aus eigener Kraft die Gespenster loswerden, die sie gerufen haben. Paul saß auf gekreuzten Beinen und mit gebeugtem Rücken zwischen Gabriel und einem vergreisten Zwerg, dessen Zähne so schwarz wie seine Haut und die Narben im Gesicht weiß wie der Schaum von frischer Milch waren.
»Mzee«, sagte der Zwerg und ließ die in der Jugend langgezogenen Ohrläppchen fliegen.
»Mzee«, wiederholte Paul, doch er sprach nicht mehr von sich, der nun mit einer Heiterkeit und Gelassenheit, die ihn von Minute zu Minute mehr belebten, in die Sternenfülle starrte. Von ihr erfuhr er, daß Alter und Angst nicht mehr seine Weggenossen waren. Als Kind hatte er die Sterne läuten gehört. Er hörte sie wieder.
Der verwunschene Verwachsene griff unter sein stinkendes Hemd, holte eine von Pauls Zigaretten hervor und zündete sie mit einem Gasfeuerzeug an, das den Aufdruck einer Apotheke in Lyon führte. Er inhalierte jeden Zug, schluckte den Rauch und hustete, als die Zigarette zu kurz war, um sie mit einer Hand zu halten, die nur drei Finger hatte, so heftig, daß er schimpfend auf die Glut spuckte. Kichernd bot er Paul den Stummel an.
Der preßte die feuchten Tabakreste sorgfältig zusammen und brachte sie mit viel Mühe zum Brennen. Um den Alten nicht zu kränken, rauchte Paul zwei Züge. Vor dem zweiten

ging ihm auf, daß er sich nicht vor Ansteckung fürchtete und keinen Ekel empfand, nur die einschläfernde Zufriedenheit eines Mannes, der nicht mehr Ziel noch Begehren kennt.
Er sah, daß Gabriel ihn sinnend anschaute, weil er begonnen hatte, ein Gedicht von Hermann Hesse vor sich hinzumurmeln, in dem die Entsagung aller Wünsche als Reife zum Glücklichsein gepriesen wird. Belustigt flüsterte Paul ihm zu: »Du mußt keine Angst haben. Ich bin nur verrückt, wenn ich dein Tembo trinke.«
»Nicht verrückt«, erwiderte Gabriel, »du bist jetzt ein Mann, der nicht in die Tage schaut, die gestorben sind.«
»Ich werde nie wieder in die Tage schauen, die gestorben sind«, versprach Paul.
Als das Tembo ihm Skepsis und Wissen nahm, Furcht und Feigheit, seine Schmerzen in den Gelenken und den Schmerz am Leben, sah er die Ziellinie. Beglückt gab er in der einen Stunde, da er den Frieden ahnte, die Jagd nach dem Glück auf. Cranachs früh geliebtes, nie ganz verstandenes Bild von dem Jungbrunnen offenbarte sich ihm im Traum einer afrikanischen Nacht – gebrochene Alte wurden auf dem Rücken ihrer Frauen zum Wasser des Lebens geschleppt; sie entstiegen dem Brunnen als kräftige junge Männer, die nicht mehr in die Richtung schauten, aus der sie gekommen waren. Paul gesellte sich zu ihnen. Er prostete den Sternen zu und dankte ihnen für ihre Botschaft.
Seine Flucht hatte ihn in Naro Moru zu Menschen geführt, wie er sie als Kind gekannt und mit der quälenden Ratlosigkeit eines Mannes herbeigesehnt hatte, dessen Wurzeln sich nicht verpflanzen ließen.
Nun saß er unter den Gefundenen, denen Zeit nichts bedeutete und noch weniger der Vergleich des eigenen Le-

bens mit dem eines anderen. Solche Menschen klagten nicht um Verlorenes, begehrten nicht mehr, als ihnen zukam, stürzten sich weder in Abenteuer noch Depressionen. Sie redeten nicht von Frust und Überdruß, Krisen und Kriegen, Steuern, Börsenkursen und Reichtum, litten nicht ein Leben lang an der Untreue einer Frau, und sie hätschelten ihre Trostlosigkeit nicht in tiefen Brunnen, denen die Leiter zum Aufstieg fehlte. Pauls schwarze Brüder schauten nicht in einen Spiegel, der ihnen Fratzen entgegenschleuderte.

Prüfend legte er seine Hand an die Stirn. Sie war kühl und glatt. »Prost«, rief er, »Cheerio, Skol, Misuri!«

Das Suaheliwort, so weich und steigerungswillig, traf seine Stimmung am besten. Es hieß hübsch, gut, schön, wunderbar, herrlich. Noch war er nicht so betrunken, daß Laute und Bilder zu Nebel wurden, indes schon trunken vom Irrlicht, das in der Tropennacht dem Sucher ewigen Frieden verheißt und jeden Morgen aufs neue die Sonne der Wahrheit aufgehen läßt. So bat er den trügerischen Augenblick nicht um die Gunst des Verweilens. Afrika hatte ihn mit der einzigen Gabe bedacht, die der geduldige Kontinent kennt: die Ruhe der Seele. Sie wiegte Pauls Gewissen und die grüblerische Verzweiflung Europas in den Schlaf. Er setzte das Zuckerrohr tief in den Topf und schluckte Betäubung.

»Rede laut mit den Sternen«, bat Gabriel, »ich will auch hören, was du ihnen sagst.«

»Ich erzähle ihnen alte Geschichten und sie mir neue.«

»Von Sokrates«, freute sich Gabriel.

»Woher kennst du seinen Namen?«

»Du hast mir in der Nacht von deinem Freund erzählt. Ich wollte alles wissen, doch dann ist unser Sohn krank geworden. Ich werde ihn holen, damit er auch hören kann, was der

kluge Papa Mzee zu den Sternen sagt. Er bekommt heute seinen Namen.«
»Hat er noch keinen?«
»Nur einen für Naro Moru. Hier heißt er Kinanjui. Wie ich.«
Wanjiru brachte Paul den Hocker und legte – genau wie am Tag, als Mungu ihr das Kind zurückgegeben hatte – den jungen Kinanjui auf den Schoß des Mannes, der klüger war als alle anderen, die mit ihm Tembo tranken. Sie kehrte nicht mehr zurück zu den schwatzenden Frauen im Gebüsch, sondern setzte sich hinter die Gruppe der Männer, die den Mzee mit dem goldenen Zahn auf Gabriels Zuruf umringten. Noch sah Paul nicht die Erwartung in den Gesichtern von Menschen, denen es nach Worten, Geschichten und Bildern aus Welten verlangt, die jenseits des vertrauten Horizonts liegen. Er sah nur das Kind, spürte die Wärme des kleinen Körpers und wieder die Flamme der Freude, die den eigenen verbrannte, weil der Junge lebte.
Kinanjui war wach. Er kaute an einer harten Wurzel, die seine zwei Zähne hart und weiß machen und ihm die Schmerzen des dritten Zahns nehmen sollte, der noch im Mund steckte und wie die schneebedeckte Spitze des großen Bergs aussah. Kinanjuis Fußsohlen und Hände leuchteten hell, die Erde unter den Fingernägeln war hellrot. Paul sah einen zu langen Augenblick hin. Feine Striche verschütteter Erinnerungen, mit einem rosa Pinsel gemalt, wurden zum Bild.
Nach Jahren begegnete er dem rosa Plüschhasen mit den schwarzen Knopfaugen wieder. Jens hatte sich, als er noch weich und heiter wie Kinanjui gewesen war, nie ohne seinen Hasen ins Bett bringen lassen. Anne hatte das dümmlich aussehende Stofftier mit hervorstehenden Filzzähnen jede Woche in die Waschmaschine gesteckt und Paul sich eben-

so regelmäßig gegrämt, daß sie ihre Vorstellungen von Hygiene zu weit trieb und die Zeit damit vergeudete, einen sauberen Hasen reinzuwaschen. Nun konnte er, während Kinanjui strampelnd die Fersen seiner dreckverkrusteten Füße an seiner Hose abrieb, ohne Mißmut an den Hasen denken – auch ohne Wehmut an den Sohn, dem er nie die Sterne gezeigt hatte, wenn er in der Nacht wach geworden war.

»Sokrates«, drängte Gabriel, »du schläfst schon wieder mit offenen Augen, Papa. Du bist bei deinen Nashörnern gewesen.«

»Ich schlafe nie«, lachte Paul, »nicht am Tag und nicht in der Nacht. Das weißt du doch.«

Er belauschte fasziniert, weil er es nicht erwartet hatte, das Echo seines Gelächters und prüfte, ob die Magie wiederholbar wäre. Jedesmal hörte er aus dem Wald die Bestätigung, daß das Leben ohne Last war.

»Wenn du lachst, wollen wir auch lachen«, mahnte Gabriel. Seine Lippen, gefüllt mit Vorwurf und Ungeduld, machten deutlich, daß von einem Mann, der ein Kind nicht hatte sterben lassen wollen, mehr erwartet wurde als die Stimme der eigenen Lust. Paul fand keinen Anfang. Er saugte kräftig am Zuckerrohr; das Tembo stieg von der Kehle in die Schläfen und befreite allmählich die Zunge. Wie als junger Anwalt bei seinen ersten Plädoyers, versuchte er, sich nur auf das zu konzentrieren, was er so flüssig vortragen konnte, daß seine mangelnde Sachkenntnis nicht auffiel.

Zu Beginn seiner Depressionen hatte er noch bei Sokrates Vergessen gesucht. Paul sah sich unter einer Stehlampe sitzen, sah sehr deutlich das Buch im grünen Ledereinband und auch ein Glas Burgunder auf dem Couchtisch. Mit afrikanischem Tembo, erkannte er und lachte murmelnd vor sich hin wie die zahnlosen Greise ihm gegenüber, funktionierte die Versenkung in die Antike nicht. Außer dem Satz »Wissen ist Tugend«, der ihm immens töricht erschien und den er auch nicht ins Suaheli übersetzen konnte, fielen Paul zu Sokrates nur der Schierlingsbecher ein und Xanthippe, von der er nichts mehr als den Namen wußte. Den wenigstens wollte er laut ausrufen. Begeistert von seiner hallenden Stimme, hob er theatralisch die rechte Hand in die Höhe und merkte erleichtert, daß er das Stichwort doch noch gefunden hatte. Er begann zu erzählen.

Auf Xanthippe war Verlaß. Sie schüttelte energisch den hellenischen Staub aus gelocktem Haar, kroch durch das Zuckerrohr, das Paul gerade am Mund ansetzte, und stürmte in einem Gewand aus schwarzer Schlangenhaut unter die Dornakazie. Mit einem Flammenschwert, entzündet auf dem Gipfel des Mount Kenya, verjagte sie erst die Geier, die sich um die Schafsknochen balgten, danach die Nebenbuhlerinnen, die ihrem Mann die Kraft der Lenden stehlen wollten, und schließlich trieb sie die Barbaren fort, die es auf die Klugheit des Sokrates abgesehen hatten.

Die Frauen von Naro Moru jubelten spontan. Die Männer klatschten und johlten. Noch wußte Paul, daß er betrunken war; neu war ihm der Rausch seiner Phantasie. Sie befahl ihm, den längst fälligen Freispruch Xanthippes zu erzielen, und er gehorchte. Entschlossen verlangte der berühmte Strafverteidiger Akteneinsicht und beantragte Fristverlängerung. Mit sternenbesetzter Robe stürmte er die Treppe zum Gericht hoch. In einer Verhandlungspause verliebte er sich in die verkannte Gattin des großen Sokrates und sicherte ihren Thron in den Annalen der Geschichte.

Anders als Pygmalion bei seiner Elfenbeinstatue mußte Paul nicht Aphrodite bemühen, um der Geliebten Leben einzuhauchen. Seine Xanthippe, zierlich wie ein Reh, sanft wie ein Impala, stark wie eine Elefantenkuh mit Jungem, hatte Annes Intellekt und Intuition, Cornelias rührendes Kindergesicht und Antjes liebreizende Heiterkeit. Dank Paul konnte Sokrates doch noch aus Xanthippes gnadenbringender Hand den Becher mit dem Zaubertrunk entgegennehmen und endlich – anders als in den Chroniken behauptet – ein schriftliches Zeugnis seiner Weisheit hinterlassen.

»Erzähl weiter«, sagte der junge Mann mit dem Schweizer Taschenmesser.

»Die Geschichte ist zu Ende«, lallte Paul.

»Und was macht Sokrates, wenn jetzt die Sonne aufgeht?«

»Da will er sterben«, erkannte der Zwerg und biß in einen seiner drei Finger.

»Du lügst«, brüllte Gabriel. »Sokrates will nicht sterben. Schau dir diesen Mzee an. Er hält unseren Sohn. Er heißt Sokrates.«

»Nur Sokrates?« protestierte Paul. »Wer nur einen Namen hat, stirbt zu früh.«

Gabriels Antwort erreichte ihn nicht mehr.

Er hörte sich noch nach Xanthippe rufen, doch beim Zählen der Echos schloß er die Augen und tauchte durch einen letzten Zug am Zuckerrohr in den Schlaf. Sein schwarzer Sohn trug ihn, begleitet vom Beifall der Männer, in die Hütte, doch der Lärm weckte ihn nicht auf. So erfuhr Paul in dieser Nacht auch nicht, daß das Kind Kinanjui, wenn die Tage kamen, die noch nicht waren, nicht nur Sokrates, sondern auch Paul heißen würde.

10

Wann immer die heftigen Stöße das Gleichmaß der Schaukelbewegungen unterbrachen, wurde Paul aus seinem traumlosen Tiefschlaf gerissen. Gelang es ihm, im Moment des Geschehens, die Augen aufzureißen, sah er die kuriosen Wolken. Sie konnten ihre Farben nie länger als ein paar Sekunden halten, zerflossen zu monströsen Watteballons, die sich ihrerseits auflösten, und ließen ihn übergangslos in den angenehmen Zustand zurückgleiten, in dem der Rhythmus des Lebens sich nie veränderte.

In den kurzen Abständen seiner Wachheit erinnerte er sich allerdings sehr deutlich, wie betrunken er gewesen war und daß er immense Schwierigkeiten mit den Beinen und seiner schwergewichtigen Zunge gehabt hatte. Da er sich jedoch nicht auf Zeit, Ort und Umstände der Begebenheit zu besinnen vermochte, begnügte er sich mit einem vorsichtigen Abtasten des Kopfes, der ihm jedes Mal kleiner erschien als nach einem Rauschzustand zu erwarten, weder brannte noch schmerzte. Die gleichbleibenden Ergebnisse der Prüfung stimmten ihn stets so positiv, daß er erleichtert aufseufzte und dann eine Weile auf das Echo seiner Stimme wartete. Das hörte er indes nie.

Ehe er die Augen wieder schloß, weil ihm vom Tanz der fegenden Wolken schwindelte, wunderte sich Paul auch, daß seine Stirn kühl war und er selbst im Magen und in der Kehle nichts mehr von dem Tembo spürte, von dem er sogar noch wußte, daß ein Mann ein ausgehöhltes Zuckerrohr brauchte, um die unmittelbare Wirkung auf die Psyche zu sichern. Paul fand seinen körperlichen Zustand beruhigend, obwohl er seiner Meinung nach allen Erfahrungen widersprach. Der Gedanke jedoch, daß er noch nie die Luft in Gabriels Hütte so frisch erlebt hatte und daß er weder Wanjiru, die Kinder noch das Holz in der Feuerstelle knistern hörte, beschäftigte ihn immer wieder – allerdings erschien ihm der von den Umständen zugebilligte Zeitraum viel zu kurz, um ein für allemal das Rätsel der Lautlosigkeit zu lösen.

Es verdroß Paul, daß es so schwierig war, mit Gabriel ins Gespräch zu kommen. So sehr er auch den Hals verrenkte, er sah immer nur eine Seite von Gabriels Gesicht. Selten gelang es ihm, mehr als nur einige Worte zu sprechen, und die wurden nie zu einem vollständigen Satz. Sobald er sich nur räusperte, sagte Gabriel nämlich: »Schlaf, Papa, du brauchst deine Augen noch nicht.« Paul fand die Zeit bis zum nächsten Abtauchen in die Unbestimmbarkeit des Seins verletzend knapp bemessen, um seinen kundigen Fluchthelfer zu fragen, weshalb ein Mann nur deshalb mit Blindheit geschlagen werden sollte, weil er irgendwann zu viel Tembo getrunken hatte.

Trotzdem war ihm das Problem bewußt – es handelte sich um eine Gleichung mit drei Unbekannten. Paul fand es auf alle Fälle opportun, Gabriel zunächst nicht zuviel von seiner mathematischen Begabung zu erzählen, sondern erst einmal in aller Ruhe die Wolken auf einen gemeinsamen Nenner zu bringen. Sein Sinn für Logik sagte ihm, er dürfe fortan nicht mehr die Mühe scheuen, die Augen aufzuhal-

ten. Aufmerksam beobachtete er die Wolken und stellte schon nach den ersten flüchtigen Berechnungen fest, daß die sich endlich auf eine einzige Farbe festgelegt hatten und allesamt rosa waren.
Danach wurde der Himmel blau. Bald hörte Paul Vögel schreien, die er nicht sah, aber als groß deutete, einmal zeterte ein Affe, Zweige knackten; er sah nun Bäume statt Wolken fliegen und immer wieder den Schnee auf dem Mount Kenya. Manchmal war der Berg groß und mächtig und schien auf Paul zuzustürmen wie ein übergroßer Elefant. Das entmutigte ihn, denn ihm fiel ein, daß gerade Betrunkene dazu neigen, weiße Elefanten zu sichten, doch der Berg tauchte rechtzeitig in die Winzigkeit hinab, um die Versuchsreihe fortzusetzen. Zudem verschwand der Berg mit der wechselnden Gestalt nie lange und gab schließlich Paul den entscheidenden Hinweis. Er hatte nicht nur das Problem erkannt und bis zur Wurzel analysiert, sondern endgültig gelöst. Befreit setzte er sich aufrecht hin, stemmte die Arme in die Hüften und streckte seinen Kopf in Richtung der fliegenden Bäume.
»Wir sind im Auto«, sagte er.
»Nein«, widersprach Gabriel mit jener singenden Stimme, die von Spott allein satt wurde, »du bist im Bett und das fliegt.« Mit der Hand, die zum Wagen herausbaumelte, schlug er von außen gegen die Tür, mit der anderen ebenso kräftig auf Pauls Schulter.
»Halt das Steuer fest, du blöder Esel. Merkst du denn nicht, daß die Straße ein einziges großes Loch ist? Warum hast du mir nicht gesagt, daß wir losgefahren sind?«
»Sollte ich mit einem tauben alten Mann reden? Mein kluger Mzee war nur noch ein Sack, und der dumme Gabriel

mußte den Sack schleppen. Du hast soviel Tembo getrunken, Papa, daß du nicht mehr hören, sehen und laufen konntest. Weißt du nicht mehr, wie du nur noch Fleisch und Knochen warst? Ich habe dich in die Hütte getragen.«
»Und ins Auto. Vergiß nicht, das auch zweimal zu sagen. Warum hast du mich nicht geweckt?«
»Du hast mir nicht gesagt, daß ich dich wecken soll. Viele Mzee wollen nie mehr aufwachen, wenn sie sich hinlegen.«
»Gabriel, hör auf. So dumm bist du nicht. Du hast mich sehr gut verstanden. Ich wollte nicht sterben, und das weißt du. Ich wollte unserem Sohn auf Wiedersehen sagen.«
»Kwaheri«, wiederholte Gabriel leise, »Sokrates hat dir Kwaheri gesagt. Du hast ihn nicht gehört. Aber du hast mich auch verstanden, Papa. Es ist gut für uns beide, daß nur Sokrates das Auto hat abfahren sehen. Und Wanjiru. Der Tag war noch nicht grau. Die Männer haben alle geschlafen. Wenn die Sonne heute Kwaheri sagt, haben sie vergessen, daß sie uns in Naro Moru gesehen haben. Du weißt ja auch nicht, wo du gestern warst.«
»Ich bin zum Himmel geflogen und habe einen Stern gepflückt. Weil dein Kopf so gut für meinen arbeitet, Gabriel, soll er mir jetzt auch sagen, wo wir heute abend sein werden.«
»Das mußt du mir sagen. Du bezahlst mich. Hast du das vergessen?«
»Ich habe alles vergessen«, sagte Paul, als Gabriel den Wagen anhielt, »aber dein Geld werde ich nicht vergessen. Die Nashörner werden ihr Horn in meinen Hintern bohren, wenn ich dein Geld vergesse.«
»Es ist schön, wenn deine Zunge auf Safari geht, Papa Mzee.«

Sie saßen schweigend zwischen drei mächtigen Leberwurstbäumen mit tief herabhängenden Ästen. Die Sonne war noch weiß vom Tau der Morgendämmerung und bereits kräftig genug, um die Haut zu erwärmen und den Kopf zu belügen. Inmitten scharfkantiger Felsen blühte ein weitverzweigter Busch violetter Blumen, die sich in einem lauen Wind bewegten. Im verdorrten Gras führte ein schmaler Pfad zu einem Ameisenhügel mit drei Zinnen. Die grünen Panzer von unruhigen Käfern reflektierten das helle Licht.
Zusammen beugten sie sich über die Karte, als würden sie das Ziel kennen und brauchten nur den Weg zu suchen, doch sie wußten beide, daß die Stunde des Aufbruchs noch nicht gekommen war. Paul dachte an die Nächte von Naro Moru und wurde melancholisch, weil sie nur Erinnerung waren, obwohl die Bilder noch Kontur und Bedeutung hatten. Er machte sich Vorwürfe, als ihm einfiel, daß er Wanjiru hatte Geld geben wollen und nicht mehr dazu gekommen war.
Gabriel zeichnete mit einem Bleistiftstumpf auf boshaft raschelndem Papier eine breite Straße nach, sah dabei jedoch in die Ferne und selten auf die Karte. Er sah müde aus und schlug nur mit zwei Fingern statt wie an den guten Tagen mit einer kräftig klatschenden Hand nach den Fliegen auf seinem Arm. Einmal wollte er pfeifen, doch der Ton klebte zu fest im Mund, und er hörte nur ein zorniges Knirschen der Zähne. Um sich zu wehren, ehe das Feuer Löcher in seine Haut brannte, holte er eine harte weiße Wurzel aus der Tasche und zerkaute die Ratlosigkeit zu einem sehr weichen Brei.
»Fahren wir nach Nakuru zurück«, schlug Paul vor, als die Fliegen zurückkehrten, »und beginnen wir wieder mit dem

Tag, als der Affe meinen Paß gestohlen hat. Wenn du willst, können wir auch zurück zum Naivasha-See.«

»Hast du soviel Zeit gestohlen, daß du deine Safari zweimal machen kannst?«

»Ja«, beschloß Paul, »das habe ich. Nakuru wird gut sein für uns beide. Da werde ich Sirene Kwaheri sagen.«

»Du kommst immer zu spät, wenn du Kwaheri sagen willst«, erkannte Gabriel, »Sirene wartet in Samburu auf dich. Sie wird schon in der Lodge sein.«

»Woher weißt du?«

»Ich habe ihr gesagt, daß sie in Samburu auf uns warten soll.«

Gabriel faltete die Karte zusammen, legte sie auf die Erde und beschwerte sie mit dem Fuß. Als er die Schweißtropfen auf seinem Gesicht trocken rieb, lachte er noch, doch um die Schläge seines Herzens zurück in die Stille zu zwingen, brauchte er beide Hände. Er schloß die Augen. Ein tiefer Graben zeichnete sich auf seiner Stirn ab.

»Roger, Roger«, flüsterte Paul.

»Roger, Roger«, gestand Gabriel.

»Geh schon. Red mit deinem Freund Singh. Ich weiß ja alles. Wir sind doch Freunde.«

Paul war nicht auf Gabriels spontane Reaktion gefaßt. Er hatte Widerspruch erwartet, auch Zögern und eventuell die Geheimnistuerei der Tage, als Singh nur für Gabriel eine bestimmbare Größe gewesen war.

»Ich halte mir die Ohren zu«, scherzte Paul.

Da war Gabriel jedoch schon aufgesprungen. Er hetzte zum Wagen wie ein Mann, der eine fällige Entscheidung zu lange hinausgeschoben hat und mit einemmal die unwiederholbare Chance zur befreienden Tat wittert. Während er rannte und die Steine unter den Füßen wegstoben, flatterte sein Hemd wie ein Siegesbanner um seinen geschmeidigen Körper und blähte sich in der von Sonne und Dürre versengten Landschaft zu einem weißen Segel auf. Am Auto hob der Sieger den Kopf so hoch, daß er die Sonne auf dem Kinn fühlte. Er lachte. Als er nach dem verhaßten Gerät griff, traten die Knöchel seiner rechten Hand weiß hervor, die Lippen waren so dicht aufeinander gepreßt, daß sie im Mund verschwanden.

Paul begriff, daß Gabriel dabei war, vom Schicksal eine Entscheidung zu fordern, obwohl er die Gefahr kannte, in die er sich begab. Einen Moment lang erschien ihm Gabriel als furchtloser schwarzer Ritter im Kampf gegen die dunklen Mächte; er bewunderte den Recken um seine rasche Entschlossenheit, doch im gleichen Augenblick, da er ihn um seine Courage beneidete, verdunkelte sich das strahlende Bild. Paul war es, als würde sein Körper zerreißen. Zu schwer wurde ihm die Last seiner Schuld.

Er war ein gewissenloser Tölpel, wirklich nur ein kindischer Mzee, der dem schönen Spiel von der Allmacht der Nashörner nicht widerstanden, sondern es so lange mit Phantasie, Lust und naiver Sehnsucht genährt hatte, daß zwei erwachsene Männer an die Mär von einem neuen Anfang glaubten. Der starke, pragmatische Gabriel, der bisher noch nie das Steuer seines Lebens losgelassen hatte, war dabei, über einen reißenden Fluß zu rudern, dessen rettendes Ufer er nie erreichen würde. Paul, der den Puls des Seins an der Tiefe von durchlebten Krisen maß und Zufriedenheit nur im Nebel der Illusionen und Träume fand, hatte seinem ahnungslosen Begleiter das Boot beschafft und es in eine tödliche Strömung gestoßen. Auch er konnte nicht mehr zurück.

»Du muß keine Angst haben«, rief er und erschrak sehr, als er merkte, daß er Gabriel immer weiter zu den gefährlichen Klippen drängte, »du brauchst sein Geld nicht mehr.«
»Ich hab keine Angst mehr«, wiederholte Gabriel so kraftvoll, daß das Echo zum Donner wurde.
»Papa Kifaru weiß alles, du Dieb«, brüllte er vor sich hin, »ich brauche dein Geld nicht mehr.«
»Warte, Gabriel«, warnte Paul, »wir müssen klug sein. Ich werde dir sagen, was du Singh sagen sollst. Ich weiß, wie man mit Worten lügen kann. Das habe ich gelernt. Das kann ich besser als du. Du mußt mir glauben.«
Es war zu spät. Gabriel ruderte bereits mit voller Kraft. Er hatte die tiefste Stelle des Flusses erreicht und verlangte in seinem umständlichen, übertrieben deutlichen Englisch nach Mister Singh. Zu Pauls Verwunderung sprach er danach kein Wort mehr. Seine Augen wurden zu tiefen Höhlen; im Weiß der Pupillen entzündeten sich grüne und gelbe Funken.
Obwohl Gabriel nur ein einziges Mal etwas murmelte und dabei so leise lachte, daß noch nicht einmal ein auf einem niedrig hängenden Ast lauschender Gepard die Laute des Jubels hätte auffangen können, riß er den Mund so weit auf, daß jeder Zahn in der Sonne leuchtete. Die Freude, die wie ein Buschfeuer in ihm brannte, wäre auch dann nicht zu löschen gewesen, wenn der große Regen mit einem einzigen Guß das ganze Land überschwemmt hätte.
Immer noch sehr beunruhigt, doch nun auch neugierig und ungeduldig geworden, stand Paul so rasch von der Erde auf, wie es der pochende Schmerz in seinem Knie zuließ. Er humpelte los, stolperte über eine aus dem trockenen Boden ragende Wurzel, fing sich wieder, keuchte weiter und erreich-

te den Wagen im gleichen Augenblick, als Gabriel abwechselnd prustete und höhnend lachte.
»Du mußt nicht wie eine gejagte Gazelle rennen, Papa Mzee«, schrie er, als sollte der Sturm seiner Stimme die Berge am Horizont fällen, »der Hund bellt nicht mehr. Er ist nicht mehr da.«
Er mußte viel neue Luft aus der Brust holen und immer wieder felsengroße Brocken von Gelächter aus seiner Kehle abrollen, ehe er die Schauri erzählen konnte, ohne sich dabei wie ein gieriger Hund am eigenen Saft zu verschlucken. Es war eine wunderbare Schauri – wie sie nur an guten Tagen vorkam. Sie war, sagte Gabriel und ließ jedes Wort in kurzen Abständen neues Staunen trinken, ein Geschenk Mungus und der Nashörner, die beide seine Bitte nicht vergessen hatten.
»Singh«, wiederholte er zum zweiten Mal, als er die leider sehr kurze Geschichte so lang gemacht hatte, wie er dies mit Worten und Gesten nur konnte, »ist nicht mehr da.«
»Wo soll er denn hin sein, Gabriel?«
»Mister Singh arbeitet nicht mehr im Norfolk Hotel, Mister Paul.«
»Weißt du das genau? Hast du richtig gehört? Vielleicht hat er nur Urlaub oder einen freien Tag.«
»Nein«, beharrte Gabriel, »das Norfolk hat jetzt einen neuen Portier. Ich soll mich bei ihm melden, wenn wir von unserer Safari zurückkommen. Wenn wir zurückkommen. Verstehst du denn nicht, was das heißt? Warum lachst du nicht?«
Er stampfte die gerissene rote Erde unter seinen Schuhen zu einem festen Hügel. Bei dem letzten gewaltigen Tritt wurde aus seinem Körper einer von jenen Pfeilen, wie sie in

den alten Tagen die Kräftigsten der jungen Massaikrieger aus einem fest gespannten Bogen auf eine Safari ohne Anfang und Ende geschickt hatten. Der Pfeil flog so schnell in den Himmel, daß Menschenaugen ihm nicht folgen konnten. Als Gabriel aus den Wolken zurückkehrte, stand er drei tiefe Atemzüge lang da, ohne sich zu bewegen. Dann legte er sanft die Hände auf Pauls Schultern.

»Es ist gut, Mzee«, sagte er leise und wirbelte ihn so kräftig im Kreis herum, daß beiden die Leberwurstbäume um den Kopf flogen und die Grasbüschel sich kugelten und zu fliegenden Stachelschweinen wurden. Dem Ameisenhügel mit den drei Zinnen wuchs ein hoher Turm.

Sie tanzten wild wie betrunkene Affen, die nach einem Gewitter Früchte fressen, die in glühender Sonne vergoren sind. Mit der Stimme der Löwen brüllten sie Singhs Namen in den Wald und töteten immer wieder aufs neue den Feind der bösen Tage. Noch vor der ersten Stunde der Nacht würden ihn die Geier holen. Gabriel wußte das genau. Er stand, als er das sagte, auf seinen Händen und kratzte sich mit dem rechten Fuß am Ohr. Später setzte er lachend Pauls goldene Brille auf, doch er wurde blind, kaum daß er vier Augen hatte, und stürzte zu Boden wie ein umgetretener Sack. Paul zog ihn hoch; er hörte, daß Gabriels Herz eine neue Melodie schlug, und er fühlte seine glatte Haut. Sie roch süß und leuchtete, wie es sich für einen Ritter aus Ebenholz gehörte, dunkel in der grellen Sonne.

Als ein jeder wieder ruhig atmete, jedoch noch immer jeden Finger gegen die Rippen pressen mußte, weil die von den mächtigen Stößen des Jubels so schmerzten wie bei Greisen, die sich nicht mehr gegen Kälte schützen können, erinnerte sich Paul schließlich doch noch, daß er für Gabriel ein kluger Mzee sein und für sich selbst der Mann bleiben mußte, der die Qualität von Beweisen prüfte. Er würde, sagte er, abends aus der Lodge im Norfolk anrufen, nach Singh fragen und dann sehen, ob er die gleiche Antwort erhielt wie Gabriel.

Der Vorschlag mißfiel Gabriel. Sie tauschten so viele Worte aus wie spielende Kinder die Steine, die sie sich gegenseitig abjagen. Als der kleine Streit endlich keine neue Nahrung mehr fand, überzeugte der schlaue Papa Kifaru den Zweifelnden mit einer herrlichen Geschichte von einem alten Mann, der nicht beizeiten erkannt hatte, daß er taub zu werden begann. Der Mann hatte seinen lahmen Hund verkaufen wollen und war erstaunt gewesen, daß sein Kunde noch nicht einmal versucht hatte, den vorgeschlagenen Preis abzuhandeln. Die beiden hatten sich die Hände gereicht, und ein jeder von ihnen war stolz auf die eigene Klugheit gewesen.

»Der alte Mann aber«, erzählte Paul, »hat erst gemerkt, daß er für drei Kühe nur so viel Geld wie für einen hinkenden Hund bekommen hat, als der junge Mann die Kühe aus dem Stall holte. Das kommt davon, wenn sich einer nur auf die eigenen Ohren verläßt.«

»Gut«, gab Gabriel nach, »heute abend rufst du im Norfolk an, damit du selbst hören kannst, daß meine Ohren gut sind.«

Sie gingen zum Wagen und hielten sich an der Hand wie glückliche Kinder, die sich verirrt und erst im letzten Moment nach Hause gefunden haben. Paul nahm sich vor, sollte das Gespräch mit dem Norfolk zustande kommen, nur anzudeuten, daß seine Safari länger dauern würde als erwartet. Die Formulierung erschien ihm indes nur solange gut und richtig, bis ihm einfiel, daß es für ihn weit schwieriger als für Gabriel sein würde, seine Bindungen mit dem Norfolk zu lösen.

»Was wird eigentlich aus meinem Safe?«

»Ich wußte gar nicht, daß du noch einen Safe im Hotel hast.«

»Ich auch nicht mehr«, erwiderte Paul.

»Was ist denn da drin?«

»Nur Geld. Singh hat mir am ersten Tag gesagt, ich soll nicht mein ganzes Geld mit auf Safari nehmen. War das ein guter Rat?«

»Nein«, knurrte Gabriel. »Was ist, wenn du kein Geld mehr hast?«

»Da nehmen wir meine Kreditkarte. Mit einer Kreditkarte aus Deutschland können wir uns die ganze Welt kaufen, mein Freund.«

»Muß schön sein, dein Deutschland, Mzee.«

»Deutschland ist das schönste Land der Welt. Wenn man auf Safari in Kenia ist und vergessen hat, weshalb man losgefahren ist.«

Sie beschlossen, nach Samburu zu fahren, um Antje zu treffen, wieder mal in einem richtigen Bett zu schlafen und Benzin zu kaufen. Gabriel versprach Elefanten, Löwen und mindestens einen Leoparden auf einem Baum. Er wäre, sagte er, gut mit einem jungen, freundlichen Leoparden befreundet, und der ließe sich schon deshalb immer blicken, weil es ihm große Freude mache, wenn die Fahrer seinetwegen ein gutes Trinkgeld bekämen.

»Sag ihm jetzt schon, daß wir kommen«, schlug Paul vor.

Allein der Gedanke an Samburu erinnerte ihn an den Tag, da ihn seine Sehnsucht erstmals zu einer Safari getrieben hatte. Auf der Fahrt erzählte er Gabriel von seiner Jugend

mit Kamau und sah sofort die Felder, über die sie beide barfüßig gerannt waren, roch das stechende Harz in dickstämmigen Bäumen und hörte abends die Schakale heulen. Seine Augen sahen alle Schönheit der Welt, die ihn nicht mehr aus ihren Armen gelassen hatte, aber nicht Kamaus Gesicht. Der Freund der Kindheit war ihm fremd geworden und hatte nun Gabriels Augen, Nase, Mund und Kinn. Ehe Paul jedoch dazu kam, pedantisch über die Willkür von afrikanischen Metamorphosen zu grübeln, tauchte das Bild von Jens vor ihm auf. Auch der hielt sich nicht an die Bräuche der Erinnerung und war seit der letzten Begegnung sehr viel dunkler und auffallend liebenswürdiger geworden und hatte verblüffend viel Verständnis für herumirrende, verwirrte Väter.
»Mein Sohn«, dankte ihm Paul.
»Erzähl in meiner Sprache weiter, Papa«, beschwerte sich Gabriel.
Weil sie seit der Abfahrt von Naro Moru weder gegessen noch getrunken hatten und die Schirmakazien kaum noch einen Schatten warfen, hielten sie in Isiolo an. Der kleine Ort mit winzigen Läden, einer Tankstelle mit drei schlafenden Hunden an der einzigen Zapfsäule und mehreren Häusern, deren handgeschriebene Schilder sie als Stätte für Kost und Logis auswiesen, erschien Paul nach der Zeit in Gabriels Hütte und der Weite der unbevölkerten Landschaft, durch die sie gefahren waren, groß und städtisch.
Obwohl sich die Menschen langsam bewegten, war das Leben farbenfroh und betriebsam. Große, schlanke Frauen trugen schwere Lasten auf dem Kopf und redeten laut miteinander. Kinder rannten bettelnd umher. Überall standen kleine Gruppen von Männern. Als der Wagen anhielt, wurde er von jungen Männern und alten Frauen umringt, die

Perlenschmuck, Gürtel und Masken verkaufen wollten. Gabriel scheuchte sie laut fluchend und sie mit beiden Händen vor sich herstoßend davon.

Paul fielen die vielen Soldaten in Khakiuniform auf. Im Vergleich zu den Einheimischen waren sie kleiner und stämmiger; sie hatten die dunkle Haut der Kikuyus, wirkten verschlossen und verdrossen. In regelmäßigen Abständen hielten sie ihre Gewehre hoch und beobachteten die fröhlich lärmenden Menschen, zu deren Stamm sie nicht gehörten, mit mißtrauischer Aufmerksamkeit. Als ein Kleinbus mit aufgemalten Zebrastreifen vorfuhr, gestikulierten sie nervös in Richtung der verschwitzten Touristen, die von ihrem Reiseführer eilig am Militär vorbei und zum Markt geführt wurden.

»Roger, Roger«, flüsterte Paul.

»Dein Mund ist noch nicht trocken genug«, mahnte Gabriel, »man lacht nicht, wenn Soldaten da sind.«

Der Markt zog sich die staubende Straße entlang, die durch den Ort führte. Dicht beieinander standen Tische und über Steine gelegte Bretter mit Waren. Vor ihnen hockten Greisinnen mit Reihen von winzigen bunten Perlen oder schweren Silberreifen um den Hals. Junge Mütter mit farbenfreudigen, zu kunstvollen Turbans geschlungenen Tüchern hielten schlafende Säuglinge auf dem Schoß. Ziegen, Hühner und abgemagerte Hunde liefen zwischen den Ständen. Die Frauen boten rotleuchtende Bananen an, grüne Mangos, reife Papayas und dickbäuchige grüne Melonen, winzige Bohnen, verkümmerte Kartoffeln, Reis und grobgemahlenes Mehl in Eimern. Es gab klares Wasser in Flaschen und grellgelbe Limonaden, Plastikeimer und angeschlagene Schüsseln aus Steingut. Ein junger Mann in Jeans,

dem ein an einem schwarzen Lederriemen befestigter Zahn eines Leoparden auf den nackten Oberkörper baumelte, saß zwischen zwei Kisten mit Colaflaschen; er hatte einen blauglänzenden Kugelschreiber hinter dem Ohr und am Arm eine Swatch mit grellem roten Armband und einer Mickymaus auf dem Ziffernblatt, deren Arme als Zeiger dienten.
Das reichhaltige Kupferangebot glänzte selbst im Schatten – Kochtöpfe und Pfannen, Ketten in jeder Länge und manche mit Muscheln aus Mombasa bestückt, phantastisch verzierte Armbänder und große, flache Schalen, die der erhitzten Touristengruppe wie Siegestrophäen entgegengehalten wurden und umgehend deren Lust am Handeln erweckten. Die Stimmen der Reisenden waren schrill, der Mann mit der Kupferschale machte die seine sanft wie Augen, die nichts von Hunger und Not wissen. Zwischen kühlenden Bananenblättern und Holzkisten entdeckte Paul einen Stand mit verschlissenen grauen Wolldecken. Auf der obersten waren Postkarten ausgebreitet. Er blieb überrascht stehen wie ein Jäger, der auf eine unerwartete Spur gestoßen ist. Schon weil er seit Tagen weder Schrift noch Bild begegnet war, faszinierten ihn die kümmerlichen Fotos vom Ort und die professionellen Aufnahmen von Tieren, blühenden Kaffeefeldern, schönen jungen Teepflückerinnen und dem schneebedeckten Mount Kenya.
Noch immer auf der Jagd nach einer Beute, die er nicht kannte, griff er nach einer Karte mit dem Bild eines Kudus. Das graubraune Tier mit Streifen und weißer Rückenmähne hatte Hörner, die zu einer engen Spirale gewunden waren. Es gab Paul nicht schnell genug frei. Er begann, so angestrengt zu überlegen, als wäre ihm die Lösung des Pro-

blems wichtig, weshalb wohl bei Tieren Hörner als Ausdruck der Männlichkeit, jedoch bei betrogenen Ehemännern als das Brot der Spötter gelten. Unwillig schüttelte er den Kopf, um Anne loszuwerden, ehe er sie zur Rede stellen mußte, und fragte den Händler nach dem Preis der Karte und ob er auch Briefmarken habe.

Der Gedanke allerdings, daß ein Reisender ohne Ziel und Zukunft, wie er einer war, tatsächlich eine solche Ansichtskarte schreiben und in eine Welt schicken könnte, die nichts vom gnadenvollen Balsam Afrikas wußte, erschien ihm absurd und provozierend. Er unterdrückte den Impuls, das Bild des Kudus zu streicheln, und legte die Karte verlegen zurück. Trotzdem merkte der träumende Jäger, daß er zur Beute geworden war. Er begann, Cornelia in wenigen gutüberlegten Zeilen zu erklären, daß er nach Isiolo hätte fahren müssen, um sich über Anstand und Pflichten eines Ehemanns klarzuwerden. Paul fand den Text, den er nie schreiben würde, logisch, zärtlich und taktvoll. Die Ahnung jedoch, daß Cornelia ihn bestimmt schon längst nicht mehr am Titisee wähnen würde, wurde indes zur Gewißheit.

»Später«, verstand Gabriel. »Dein Kopf kann nicht arbeiten, wenn du ein Loch im Bauch hast, Mzee. Erst werden wir essen.«

Er zog Paul energisch fort und führte ihn hinter ein Gebäude aus grauem Stein, das sehr viel besser aussah als die übrigen Häuser. Es war eine Bank, die von einem Riesen mit glänzenden Armen, einer gezackten Keule in der einen Hand und einem öltriefenden, gelben Maisfladen in der anderen bewacht wurde. Neben dem Eingang zur Bank stand die Tür zu einer düsteren Stube offen. Am Rahmen hing ein Stück Pappe mit der in lila Blockbuchstaben gemalten Aufforderung »Come and have drink«. Laute Stimmen kamen aus dem Raum. Ein einohriger Hund mit einem Knochen im Maul stürzte aus der Dunkelheit und stieß gegen Pauls Bein.

»Komm schon, Papa«, sagte Gabriel, »hier werden nicht nur die Hunde satt.«

An den großen Tischen aus hellem, nicht glattgehobelten Holz saßen die Gäste auf chrombeinigen Hockern, die mit rotem Plastik bezogen waren. Unter ihnen war keine einzige Frau. Die meisten Männer stammten nicht aus der Gegend. Sie redeten von Nairobi, den Gefahren im Norden des Landes und Bussen, auf die sie Tage hatten warten müssen; sie hatten schäbige kleine Koffer und prallgefüllte Plastiktüten dabei, trugen helle Hemden und zerlöcherte, braune Hüte. Ehe sie an die sämige gelbe Flüssigkeit in ihren schmutzigen Gläsern herankamen, mußten sie dicke schwarze Fliegen mit grünleuchtenden Flügeln verscheuchen. Es roch nach Zwiebeln, ranzigem Fett, Hammelfleisch, Pfeffer, Curry und kaltem Rauch. Ein Hauch von einem mit Honig parfümierten Tabak narrte Pauls Nase. Er war sicher, dem Aroma schon einmal begegnet zu sein, doch wußte er nicht wo. Am Fenster stand ein freier Tisch.

»Fleisch«, bestellte Gabriel, »und eine große Flasche.«

Ein Mann in einem verfleckten weißen Hemd, das ihm bis an die Waden reichte, und einem roten Fes auf dem ergrauten Haar stellte schweigend zwei gefüllte Blechteller hin und holte das Besteck aus seiner Hosentasche. Er starrte Paul an, nickte plötzlich beflissen, als wäre er um eine Gefälligkeit gebeten worden, und eilte zu einem Regal vor einem blindgewordenen Spiegel, auf dem Whisky-, Gin- und Brandyflaschen standen. Als er zurückkehrte, schwenkte er lachend einen triefenden Lappen, nahm die Teller wieder fort, wischte in kreisenden Bewegungen den verkrusteten Dreck vom Tisch, danach mit demselben Tuch die Gläser und sprach zum ersten Mal.

»Jambo«, sagte er.

»Jambo«, erwiderte Paul mit gleicher Bedeutsamkeit.

Das Essen, ein glitschiger, safrangelb eingefärbter Hügel aus Reis mit fetten Fleischstücken, an denen rote Pfefferkörner und schwarzfleckige Karotten klebten, sah so unappetitlich aus, daß er sicher war, keinen Bissen hinunterwürgen zu können. Nach dem zweiten merkte er, wie hungrig er war, beim dritten, daß es ihm ausgezeichnet schmeckte. Die Fleischbrocken in der Currysauce waren so scharf gewürzt, daß sie Rachen und Kehle entflammten, aber auch weich und süß; sie erschienen ihm wie Symbole für die Kontraste Afrikas. In der offenen Flasche war warmes Bier. Oben schwammen zwei ertrunkene Fliegen, die dritte rettete sich flügelfeucht auf Pauls Teller. Er goß die beiden Gläser randvoll, warf eine der toten Fliegen auf den Boden und trat sie flach.

Es beglückte ihn auf eine naive, erregende Art, daß Dreck und Gestank, die Primitivität und die Gefahr von Krankheit, die ihm sehr bewußt war, ihn so wenig bekümmerten wie in seiner Kindheit. Die Unbefangenheit der Jugend und die Last der Jahre danach flossen ineinander, während er kaute und trank und Mungu dankte, der ihn zu sich geholt hatte. Paul wußte nichts mehr von der Qual, die ihn zum Aufbruch getrieben hatte, nichts von Zweifeln und Depressionen, war nicht mehr auf der Flucht; er war ein Mann ohne Alter und Zukunft, der Afrika nicht mit Augen sehen wollte, die deuteten und urteilten. Ihm reichte es, das Land zu lieben.

»Beim letzten Mal haben Sie noch Gin mit Tonic und aus einem sauberen Glas getrunken«, sagte ein Mann vom Nebentisch.
Paul war so verblüfft, Englisch zu hören, daß ihm zunächst nicht auffiel, daß der Mann weiße Arme und unter dem breitrandigen Hut ein stark gerötetes Gesicht hatte. Die Stimme erkannte er sofort. Sie kam aus einem tiefen Brunnen und konnte von der Wand abprallen.
»Mister Smith, I presume«, sagte er, stand auf und verbeugte sich lächelnd, »aus dem Norfolk.«
»Und Sie sind Livingstone«, erwiderte Smith. »Ich weiß es genau. Sie wollten entweder Samburu entdecken oder sich selbst. Haben Sie sich entscheiden können?«
»Noch nicht«, erkannte Paul, »ich bin jedoch auf einem guten Weg.«
»Sie hatten auch vergessen, ob Sie verheiratet sind oder nicht. Haben Sie wenigstens das herausbekommen?«
»Nicht ganz.«
»So ist's richtig. Ein Mann in Ihrem Alter sollte sich nicht hetzen.«
Als er den weißhaarigen Ahasver sah, der seine Pfeife rauchte, keine Rätsel mehr löste und der ihm so vertraut erschien wie keiner in seinem alten Leben, überkam Paul eine euphorische Fröhlichkeit. Sie ließ ihn wissen, daß es nicht mehr wichtig war, wie und wann seine Safari endete. Er begriff, daß, wenn überhaupt, nur sein Körper zurückkehren würde in die Gleichgültigkeit der erstarrten Welt von Pflicht und Norm, Überdruß und Zwang – sein Kopf nie mehr.
Erheitert rief Paul die erste Begegnung mit Smith in sein Gedächtnis zurück. Ihm fiel sein Unbehagen ein, als er sich vorgestellt hatte, der alte Mann würde sich aufdrängen, um

mit ihm und Gabriel nach Samburu zu fahren. Nairobi, das Norfolk, der Garten, die Kellner und Gäste, Singh mit seinen nebulösen Andeutungen und Drohungen waren so weit entfernt von Isiolo wie Frankfurt, die Anwaltskanzlei, die Mandanten und Cornelia, der er morgen schreiben würde. Kessu, irgendwann. Nur den Marabu sah er noch. Der Vogel mit der weißen Weste breitete seine Flügel aus und ließ sich von einer alten Dame in einem rosa Florentinerhut füttern. Später, während Smith und Paul Teppiche aus Erinnerungen knüpften, die Fäden verloren und wieder fanden, erschien auch Jens. Er beklagte sich, er hätte als Kind nie warmes Bier mit toten Fliegen trinken dürfen.

»Wir fahren nach Samburu«, schlug Paul vor, »wollen Sie mitkommen?«

»Ich darf keine Fremden mitnehmen.«

»Mister Smith ist doch kein Fremder, Gabriel, ich kenne ihn aus dem Norfolk. Das weißt du doch.«

»Ich weiß es, nur die Polizei weiß das nicht. Sie sieht sich meine Papiere an, wenn wir nach Samburu wollen. Da bist nur du eingetragen. Wenn du willst«, sagte Gabriel, als das Schweigen lang genug geworden war, um die plötzlich verschwundene Freude und den Stolz des Überlegenen zurück in sein Gesicht zu holen, »kann ich einen Polizisten fragen gehen, ob drei Leute in meinem Wagen sitzen dürfen.«

»Geh und frage. Ich weiß, daß deine Zunge so klug sein wird wie dein Kopf«, schmeichelte Paul.

Er sah, daß Gabriel vor der Tür stehenblieb und in die Wolken lachte. Sein schwarzer Sohn hatte nicht vor, einem Polizisten die Gabe seiner Zunge vorzuführen. Er war wieder einmal dabei, die Zeit mit beiden Händen festzuhalten. Smith bemerkte es auch. Lachend legte er seine Pfeife auf

den Tisch, schwenkte den Hut in Gabriels Richtung und ließ ihn wissen, daß er Bescheid wußte. »Machen Sie sich keine Sorgen«, wandte er sich an Paul, »ich werde schon nach Samburu gelangen. Wir wollen ihren eifersüchtigen Freund nicht kränken. Aber ich glaube, sie machen einen Fehler.«
»Warum?«
»In Afrika sollten Herzen nicht wie Bäume zusammenwachsen, deren Wurzeln sich begegnen. Sie sterben, wenn man sie trennt.«
»Ich hab's versucht«, erwiderte Paul, »doch mein Herz ließ nicht mit sich handeln.«

11

Mach endlich deine Augen auf«, schimpfte Gabriel, »die große Mama ist gekommen. Ich habe sie aus Isiolo angerufen und ihr gesagt, daß du ihr hier Jambo sagen willst.«

»War das, bevor du mit dem Polizisten gesprochen hast oder danach?«

»Du redest zuviel und siehst zuwenig.«

Zufrieden, weil er die Spuren im hohen Gras richtig gelesen und die Beute nun den beschwerlichen Umweg gerechtfertigt hatte, nahm Gabriel seinen nach der langen Fahrt schwer gewordenen Fuß vom Gaspedal. Er befahl dem Wagen die Langsamkeit einer Schlange mit zu prallgefülltem Bauch und geleitete ihn vorsichtig um die großen Steine herum und über die von Zweigen und Büschen verdeckten Schlaglöcher. Sanft schaukelten sich die heißen Räder in die Kühle.

Der in hohen Tönen pfeifende Wind holte sich neue Kraft und webte aus der aufgepeitschten roten Erde ein Tuch, das einen kurzen Moment fest wie ein Brett aus frisch geschlagenem Holz war und danach eine durchsichtige Wolke aus herabrieselnden Körnern wurde. Der Schleier zerfiel über dem Kopf eines kleinen gelbgesichtigen Geiers. Der scharfäugige Späher lauerte auf einer Schirmakazie bereits auf die Brocken, die die Löwin ihm überlassen würde, die noch

keine Nacht ohne Jagdglück zu ihren Welpen zurückgekehrt war.
Im goldenen Licht der Nachmittagssonne zeichnete sich die tiefblaue Silhouette einer Elefantenkuh ab. Sie stand gewichtig und geduldig im Schatten eines in die Höhe wuchernden Busches mit orangenfarbigen Blüten und säugte ihr Kalb. Das war so jung und ungelenk, daß es beim Trinken die Beine noch nicht fest genug in die ausgetrocknete Erde eingraben konnte und immer wieder nach der Zitze der Mutter suchte. Mit dem Schwanz drückte die Alte den kleinen Kopf an ihren beruhigenden Körper. Sobald das Junge wieder saugte, wühlte sie mit dem Rüssel in einem Loch, das tief genug war, um den Tau des Morgens zu halten.
»Du hast schon wieder die Augen zugemacht, Mzee«, tadelte Gabriel. Willst du denn nie mehr aufwachen?«
»Ich schlafe nicht, ich füttere nur meinen Kopf.«
»Warum?«
»Er soll mir sagen, warum du mit Tieren telefonierst, wenn du losgehst, um Männer in Uniform zu suchen.«
»In Samburu sind die Elefanten keine Tiere. Sie sind unsere Brüder und Schwestern, unsere Söhne und Töchter. Die große Mama dort ist auch deine Mutter. Willst du ihr Angst machen mit deinen dummen Worten? Sie weiß nichts von Polizisten.«
»Deine Zunge ist wieder einmal viel klüger als mein Kopf, großer Gabriel. Wer erzählt so schöne Geschichten?«
»Die Leute aus dem Stamm der Samburu. Sie essen sehr viel Fleisch, aber nie Elefanten.«
»Ich auch nicht«, seufzte Paul, »ich esse nur alte Schafe in Isiolo und bekomme Bauchschmerzen.«

Als der Wagen nahe genug an die Elefantenkuh herangefahren war, daß selbst ein Mann mit nur einem Auge die Vögel in den Falten ihrer Haut hätte zählen können, lief eine Herde junger Elefantenbullen über die Straße. Ihre schweren, nach unten zugespitzten Ohren lagen flach am Kopf, die mächtigen Stoßzähne waren nach oben gerichtet. Leise ließ Gabriel die Zündung an, gab eilig Gas und ließ das Auto einige Meter zurückrollen.

Er flüsterte seinem Papa, der wie ein junger ängstlicher Hund roch, aber doch nicht winselte, direkt ins Ohr, was ein Mann auf Safari lernen mußte, um die Weisheit der Elefanten zu begreifen. Die Muttertiere mit ihren Jungen, erzählte Gabriel und machte seine Stimme sanft wie die einer Frau, die zum ersten Mal ihr Kind an die Brust legt, bildeten eine Gruppe, beschützten einander und sorgten auch für fremde Kälber. Die noch nicht geschlechtsreifen Bullen trennten sich von den Frauen und den alten Männern. »Die Mzee«, sagte er, »sind die Klügsten von allen. Sie gehen allein in den Wald, wenn sie sterben wollen.«

»Ich möchte auch ein Elefant sein«, wisperte Paul zurück.

»Sprichst du von den jungen oder den alten?«

»Von beiden, Gabriel, von allen. Nur das mit den jungen Bullen hast du mir zu spät erzählt.«

Als sie nach einer Zeit weiterfuhren, die sich weder nach der Uhr noch nach den rasch wechselnden Glutfarben der Wolken, sondern nur nach der pochenden Erregung in den Schläfen und an den rasenden Herzschlägen messen ließ, war es Paul, als habe er endlich die Botschaft empfangen, auf die er in den verlorenen Jahren so vergeblich gewartet hatte.

Sobald sein Magen dem Hirn die nötige Ruhe gönnte, um

Afrikas Hieroglyphen zu entziffern, wollte er ausführlich über den Sinn eines Omens nachdenken, das sich als eine einfache Lektion in Zoologie tarnte. Lächelnd wühlte er in seiner Hosentasche. So umständlich wie möglich, weil er den kundigen Führer in das Mysterium der wissenden Elefanten nicht um den Höhepunkt seines Tages bringen wollte, holte er eine Zehndollarnote heraus und steckte sie in Gabriels Brusttasche.

»Danke«, sagte Paul.

»Für die große Mama?«

»Ja. Und noch mehr für die Geschichte von den alten Elefanten.«

»Soll ich anhalten? Willst du sterben gehen?« spottete Gabriel.

»Nein, doch es ist immer gut, wenn ein Mann weiß, was er zu tun hat, wenn die Tage kommen, die noch nicht hier sind.«

Die Elefantenkuh verwandelte sich zurück in ein graues Monument am grauen Horizont. Schatten glitten durch blendende Helligkeit; aus der Luft dampfte Schwüle hoch und nährte den alten Traum von den Tagen der Vollendung, die ewig währten. Nashornvögel mit langem gebogenen Schnabel in flammendem Rot und Honiggelb thronten auf dicken Ästen. Sie hatten einen Flügelschlag, der ihren Körper bei der geringsten Bewegung vibrieren ließ, und stießen Laute aus, die wie Eselsgeschrei klangen. Mit der Stimme des Löwen buhlte ein schwarzer Hornrabe mit weißen Schwungfedern um seine Partnerin. Die Federn ihrer Kehle waren blau wie das Licht. Kleine gelbgetupfte Spechte flatterten zu den Büschen und schreckten träge Schmetterlinge hoch.

Pauls Augen betranken sich an der Schönheit. Ließ er jedoch einmal nur den Vorhang der Lider herunter, weil die Augen die Fülle nicht halten konnten, holten sie vergilbte Bilder aus den vergrabenen Jahren hervor. Die erschienen ihm im Paradies der Farben, Düfte und Geräusche so unsinnig, daß er einige Male den Kopf unwillig in den Wind stieß. Feierlich versprach Adam dem uralten Gott Mungu, dieses Mal nicht den Apfel vom Baum der Erkenntnis zu pflücken. Noch war er nicht so weit. Auf einer Gratwanderung zum Gipfel des Glücks vergaß Paul, sich vor seinem Gedächtnis zu schützen. Ihm fiel ein, daß der alte Smith bei beiden Begegnungen hatte wissen wollen, ob er verheiratet wäre. Er grübelte, ob Smiths Fragen nicht ein afrikanisches Menetekel gewesen wären, und wurde besessen von der Vorstellung, er müßte auf der Stelle seine Seele retten oder ewig in der Hölle schmoren. Immer wieder sprach er laut und erzürnt mit dem Mann, der er gewesen, leise und schonend mit dem, der er geworden war.

So geschah es, daß Paul, erschöpft von den Selbstgesprächen, die ihn beschämten, Gabriel von Anne und Cornelia erzählte und daß sie es beide nicht lassen konnten, ihm in den Momenten der größten Zufriedenheit seine Ruhe zu stehlen. Es genierte ihn, wie selbstverständlich er von Intimitäten sprach, von denen er sicher war, Gabriel würde sie nicht verstehen. Nie gelang es ihm jedoch, seine Zunge beizeiten zurückzurufen und schon gar nicht das Bedürfnis zu unterdrücken, sich von der Pein zu befreien, über die er noch nie mit einem Menschen gesprochen hatte. Er verachtete sich, weil er nicht schweigen konnte, und doch erlebte er staunend, gestärkt und beglückt, wie ihm jedes Wort, das er freigab, den Druck nahm.

»Du hast es gut mit Wanjiru«, schloß er, »die macht deinen Kopf nicht schwer. Sie will noch nicht einmal mit dir auf Safari gehen.«

»Schwarze Frauen sind nicht anders als weiße«, widersprach Gabriel. »Sie stehlen ihren Männern auch die Ruhe. Wanjiru will mit mir nach Nairobi gehen, wenn das Kind geboren wird. Das sagt sie jedes Mal, wenn sie mich sieht.«

»Und du willst nicht mit ihr zusammen leben?«

»Nairobi ist eine böse Stadt. Die Kinder hungern. Sie lernen nur betteln und stehlen, die Frauen werden Huren. Ich will, daß meine Frau und meine Kinder wie in den Tagen leben, die schon lange tot sind.«

»In solchen Tagen wollen wir alle leben, Gabriel. Weißt du, was wir jetzt machen? Wir vergessen die Frauen. Es gibt nur noch dich und mich, mein Sohn. Oder gehört uns die Zeit nicht mehr?«

»Sie gehört uns. Das weißt du doch, Papa. Wir haben sie festgehalten und nicht mehr losgelassen.«

Weil die Worte so gewichtig gewesen und die Köpfe zu weit gereist und dabei an Mauern aus Stein geprallt waren, versäumten sie beide den Übergang aus der Einsamkeit des wilden Gartens Eden in die Welt der Menschen. Am Fuß eines Hügels mit grasenden weißen Buckelrindern, Schafen und Ziegen zeichneten sich die Umrisse von runden Grasdächern ab. Hinter jungen Dornakazien lagen Hütten – umzäunt von einem Gitter aus Schatten und Licht. In der Ferne bellte ein Hund. Vor einer kleinen Pyramide aus glitzernden Feuersteinen am Rande der Straße standen fünf junge Männer aus dem Stamm der Samburu.

Ihre Statur und Haltung waren die von Kriegern, die es einzig nach der Bewährung im Kampf drängt, doch ihre Gesichter waren von der Harmonie und Schönheit antiker Statuen und bestrahlt von einem Frieden, der nur Menschen zuteil wird, die sich eins fühlen mit der Natur und Tradition und die nie ausgezogen sind, um mit dem Leben zu rechten. Wie feuchter Lehm leuchtete die mit Tierfett eingeriebene ockerrote Haut, wie ein polierter Schutzschild die nackte Brust. Um den schlanken Hals und die kräftigen Oberarme trugen die gelassenen jungen Kämpfer kunstvoll gewundene Ketten, mit bunten Perlen besetzte Reifen und goldglänzenden Kupferschmuck, der mit zarter Melodie jeden Windhauch meldete.

Runde Pflöcke aus Elfenbein steckten in den Ohrläppchen. Aus den sonnengebleichten Tierhäuten, die vom Haaransatz zur Stirn führten und die, wie Armreifen und Ketten, mit den die Sonne reflektierenden Glasperlen bestückt und mit Metallnieten verziert waren, ragte eine graue Feder mit gelb-brauner Spitze. Das mit Ocker gefärbte Haar war zu langen feinen Zöpfen geflochten, die den Rücken bedeckten.

Die Speere, die die stolzen Riesen in der Hand hielten, entsprachen ihrer Körpergröße, und doch schienen die Männer zu schweben, sobald sie nur einen Schritt taten. Nur ihre Füße waren ihnen in die Tage vorausgeeilt, die auch sie einholen würden. Die Sandalen waren aus alten Autoreifen geschnitten; einer aus dem Quintett hatte Turnschuhe an, auf denen Streifen von Löwenfell zwischen Stickern von Mickymaus und Mercedes klebten.

Dem größten und schlanksten Jüngling baumelte der Zahn eines Löwen auf die Brust. Er befeuchtete seine Lippen und trieb Abwehr in seinen Körper, als die Fremden sich ihm näherten. Erst, als er jedes einzelne Haar ihrer ängstlich flatternden Wimpern zählen konnte, löste er sich geschmeidig aus der Gruppe. Ohne Hast und ohne zu atmen, erhob er den Speer. Gabriel, beunruhigt von der unerwarteten Bedrohung, bremste heftiger, als ihm Stolz und Erfahrung geboten. Zu tief senkte er den Kopf. Zufrieden warf der Herrscher seine Waffe auf die Steine. Prüfend lief er um den Wagen und beugte sich hinab zu dem Mann, der ihm noch fremder war als der flachgesichtige Hund aus dem verachteten Stamm der Kikuyu.

»Foto?« fragte er in fließendem Suaheli, stellte sich in Positur und hielt seine Hand auf. »Nur für Dollar«, bestimmte er, »jedes Bild kostet einen Dollar. Für fünf Dollar darfst du sechsmal ein Bild von uns machen. Wir werden für dich unsere Speere in die Sonne halten. Hast du genug Filme?«

»Ich habe keine Kamera«, erklärte Paul. Er legte beide Hände auf die Stirn. »Ich bin nur mit meinen Augen auf Safari gegangen.«

Sie sahen sich beide an, der schwarze Adonis, dem die Weggenossen und die weisen Alten jeden Tag aufs neue Kraft und Sicherheit gaben und an dessen Welt noch niemand Hand anzulegen gewagt hatte, und der weißhäutige, verzauberte Zugvogel, der nichts anderes begehrte, als diese erhabene Welt für immer in sein Herz einzupflanzen. Dann lachten sie beide, verzeihend der schwarze König, der Untertan mit den blauen Augen in der Sicherheit, daß der Monarch ihn verstanden hatte. Paul hielt einen Geldschein zum Wagen hinaus und sagte, der sei für die Fotos, die er bis zu dem Tag, da er das Licht nicht mehr sehen könnte, in seinem Kopf aufbewahren würde.

»Es müssen so viele Bilder sein, wie Sterne am Himmel sind«, handelte er.

Der Krieger schaute in die Sonne und sagte drohend, bei Tag könne er die Sterne nicht zählen. Er ließ den Wind in seine Nase, schnaubte wie ein im Schlaf aufgeschrecktes Nashorn und stampfte wie der stärkste Bulle seiner Herde, doch, als er seine Zähne zeigte, lachte er noch dröhnender denn zuvor.

Gabriel hielt den Kopf so weit zum Fenster hinaus, daß der Wind seinen Zorn in Ruhe fressen konnte. Er sprach erst, als das Echo des verhaßten Gelächters in den Bergen schlief und von den Samburu-Kriegern nur die Spitze ihrer Speere zu sehen waren. »Warum«, bellte er, noch immer im Fieber seiner Wut, »hast du ihm soviel Geld gegeben? Er hat dich nicht auf seinen Schultern getragen, nachdem du zuviel Tembo getrunken hast. Hast du diesen Mann, der sich mit Lehm einreibt, deinen Freund genannt oder mich? Mit mir hast du getanzt, als Singh gestorben ist. Nicht mit ihm. Hat er dir die große Mama gezeigt oder ich? Denkst du, er wird dir helfen, wenn du sterben willst, oder ich?«

»Er war so schön«, sagte Paul leise.

»Wolltest du seine Schönheit kaufen?«

»Nein. Ich wollte ihm mein Herz schenken, doch wußte ich nicht, wie man ein Herz aus dem Körper holt, ohne die Augen zu töten.«

»Ein Samburu ist nur für deine Augen schön«, räsonierte Gabriel. »Du bist ein Mzee, der auf einer Safari so dumm ist wie ein Kind, das den Mond fangen will. Es ist besser für uns beide, wenn du dein Geld dem Löwen schenkst, den ich dir morgen zeigen werde. Ich werde es für ihn aufheben, bis er es haben will. Löwen brauchen viel Geld.«

»Los, suchen wir deinen Löwen, Gabriel, und hör auf, dich zu verbrennen. Du bist auch schön. Für mich bist du schöner als alle Samburu, doch dein Kopf ist leer. Der hat vergessen, daß wir in der Lodge ankommen wollten, ehe es dunkel wird. Du hast gesagt, Sirene wird auf mich warten. Weißt du das nicht mehr?«

»Ich bin nicht der Mann, der am Abend vergißt, was er am Morgen gesagt hat.«

Die Fahrt durch die sonnenversengte Unendlichkeit führte bis zum letzten Kilometer durch dornenbewehrtes Gebüsch. Zwischen Bäumen, deren Wurzeln sich über der Erde zu dicken Knoten vereinten, standen laublose Affenbrotbäume. Die grotesken Riesen der afrikanischen Wälder mit Stämmen dick wie Elefantenbeine und gurkenförmigen Früchten beschworen Urzeiten herauf. Unter und über diesen Bäumen lag die Welt, die noch zu erschaffen war. Das Leben erstickte in einer Licht- und Lautlosigkeit, die wie Mehltau als schwere Decke vom Himmel herabfiel. Die Käfer krabbelten nicht, die Schmetterlinge klebten an den Ästen, die Fäden der Spinnen waren ohne Glanz. Dornröschen hatte sich an der Spindel gestochen, doch kein Prinz würde kommen, um sie wach zu küssen. Nur eine Truppe grüner Meerkatzen mit weißem Bart und hellem Stirnband, die mit langen Armen rote Beeren pflückten, bezeugte stumm, daß die Erde noch bewohnt war.

Und doch wurde es Licht. Hinter einem gewaltigen Felsen, auf dem olivgrüne Klippschliefer lärmend und geschickt in die Höhe kletterten, um für die Nacht zu rüsten, tauchte die Lodge am Fluß auf – so plötzlich und lockend wie die Palmen einer Wüstenoase. Sie riß den Betäubten aus einem Schlaf, dessen Tiefe und Dauer schon in der ersten Sekunde des staunenden Erwachens nicht mehr zu messen waren. Paul war sicher, er würde, wenn er nur ein einziges Mal die

Augen schloß, des gelobten Landes verwiesen werden, ehe er die Pforte erreichte. Mit beiden Händen schützte er seine Stirn. Er hörte seinen Atem und Gabriel pfeifen und erbat von seinem Erinnerungsvermögen Auskunft über Wesen und Wirkung einer Fata Morgana, doch das Paradies löste sich nicht in einer Luftspiegelung auf, wie er mißtrauisch gewähnt hatte. Es war hell und grün und zum Greifen nah. Die Lodge schien weder größer noch luxuriöser als andere im Land, und doch war sie Rettung aus der Unwirklichkeit, die Rückkehr zur Geborgenheit, Festung und wirtliche Burg. Dieses prächtige Schloß nur zu sehen, sich auszumalen, es dürfte betreten und in ihm gegessen, getrunken, geschlafen werden, sich weiszumachen, der ruhende braune Fluß ließe sich riechen, Menschen und Leben zu ahnen, war Beruhigung, Erlösung und Erfüllung, Sättigung und Gnade. Paul breitete seine Arme aus. Gierig füllte er Mund, Nase und Brust mit der Luft, die nur jenem Heimkehrer so weich und berauschend entgegenweht, der die Hoffnung aufgab, er würde je wieder den vertrauten Horizont erblicken. Ihm war es, als stürzten die kleinen Wohnhäuser der Gäste auf ihn zu. Ein jedes wollte er an sich drücken, nie mehr loslassen, besitzen, hüten und pflegen. Jubelnd machte er sich klar, daß alle seine Märchenkemenaten von Zauberlehrlingen ausgefegt wurden und von guten Feen eingerichtet worden waren – mit Betten, Schränken, Badewannen, gepolsterten Stühlen und Tischen, auf denen Kristallkaraffen mit klarem Trinkwasser und saubere Gläser standen.
Die massiven Gästehütten waren klein, kompakt gebaut und dunkelgrün gestrichen, wirkten jedoch in der Sonne, die nun wieder am Himmel stand, als gäbe es für sie nie einen Untergang, imposant und hell. Vor jedem Häuschen war ein

von niedrigen grünen Hecken umzäunter Garten. Zartlila Bartnelken und gelbe, kopflastige Rosen wuchsen inmitten von flammenden Feuerlilien. Vor offenen Türen standen Tische mit Kerzenhaltern und Stühle mit rotweißgestreiften Kissen. Ein grüner Teppich war der kurzgeschorene Rasen rund um den Swimmingpool.
Ein Mädchen in einem blauweißgepunkteten Badeanzug warf einen blauen Ball hoch, ein blauer Glanzstar trank blaues Wasser. Die Melodie von der blauen Donau schlich in Pauls Ohren, er summte sie zum Fenster hinaus, bis er mit einer Frau, an deren schmallippigen Mund er sich nicht erinnern konnte, in einem Konzertsaal saß, von dem er nicht herausbekam, in welchem Teil der Erde er stand.
»Hat Mungu aus dir eine Biene gemacht«, fragte Gabriel, als der Dirigent sich verbeugte.
»Ja«, erwiderte Paul und verließ ohne Bedauern die fremde Frau.
Das Empfangsgebäude mit flatternder Fahne und einem geschnitzten Löwenkopf über der breiten Tür, flankiert von zwei hölzernen Giraffen und bewacht von einem lebendigen schwarzen Hund, der so groß wie ein Leopard war und Augen hatte wie ein Rehkitz, war aus hellem Holz und von rosa Bougainvilleablüten bewachsen. Vor der Tür lächelte eine junge Samburufrau mit perlenverziertem Kreuz im Kopfschmuck und einem Kragen aus bunten Ketten, der ihre Schultern bedeckte. Sie sprach ihren altmodischen Willkommensgruß in akzentfreiem Englisch und deutete auf einen Tisch mit gefüllten Saftgläsern und Eiswürfeln.
Neben dem scheuen Impala standen drei Männer in grasgrünen Hosen und Hemden mit goldfarbig umrandeten Namensschildern. Sie umringten den Wagen, als er ausrollte,

gurgelten Lebensfreude aus heiseren Kehlen, klatschten in die Hände und riefen fröhlich Jambo. Der Gewinner im plötzlich losstürmenden Trio riß die Beifahrertür auf. Alle griffen zu gleicher Zeit nach dem Gepäck und nach Pauls Arm. Laut riefen sie im Chor, sie hätten auf ihn gewartet. Sie unterlegten die Worte mit einem schwingenden Rhythmus und behielten jedes einzelne lange im Mund. Ihre Haut war nachtschwarz, die Gesichter mondrund, ihre Freundlichkeit von ursprünglicher Ausgelassenheit.

»Jambo«, lachte Paul, »ich habe auch auf euch gewartet. Ich wollte die Stunden zählen, hatte jedoch nicht mehr genug Finger. Die anderen habe ich einem hungrigen Löwen geschenkt.«

Die prallen Grünen starrten auf seine Hände, zählten laut seine Finger. Sie konnten es nicht fassen, daß ein Mann, der aussah wie alle anderen Touristen, mit kleinen geröteten Augen und nassem Hemd, verbranntem Hals und kochendem Schweiß auf der Stirn, aus dem Auto stieg, Suaheli sprach und Scherze machte, von denen Menschen, die die Hautfarbe von Schweinen hatten und beim Lachen wie Ferkel quietschten, sonst nichts wußten.

Verblüfft ließen sie die Reisetasche, Pauls Hut und Jacke auf den Boden fallen, kicherten ihm ihre Neugierde in den Nacken, hielten sich die Ohren zu und schüttelten sich aus wie tropfende Hunde. Mit Händen groß wie ausgebreitete Fächer klopften sie Paul auf die Schulter und den Sand aus seinem Hemd. Sie rüttelten ihn wie einen störrischen Baum, der seine Früchte nicht hergeben will, und zogen so fest an seinem Gürtel, daß er zu stolpern drohte und sie ihn auffangen mußten.

Immer wieder probierten die gutgelaunten Bodenständigen

an dem Mann aus der fernen Welt aus, ob er auf ihre Fragen eine Antwort wußte und ihre Späße verstand; jedes Mal freuten sie sich animiert und belustigt, daß er sie nicht enttäuschte. Nach einem kleinen Streit mit vielen Funken, die jedoch nur kaltes Feuer entfachten, einigten sich alle drei, den lachenden Mzee gemeinsam zum Empfangschef zu geleiten, obwohl er nicht genug Gepäck hatte, um auch nur einen von ihnen so ins Schwitzen zu bringen, daß ein gutes Trinkgeld zu erwarten war.

»Du bist sehr klug, du hast zwei Zungen«, schmeichelte der Mann, dem es gelungen war, den Riemen von Pauls Tasche um die eigene Schulter zu hängen.

»Er ist sehr klug«, bestätigte Gabriel drohend und hob seine Hand, als müßte er einen Schwarm Fliegen verscheuchen. »Er weiß, daß ich für ihn rede, wenn wir in einer Lodge ankommen. Ich werde euch sagen, wohin ihr seine Tasche bringen sollt. Er bekommt das beste Zimmer in dieser Lodge.«

Während Gabriel mit dem Empfangschef verhandelte und, wie er es bei der Ankunft in Nakuru getan hatte, unermüdlich in seiner Verdrossenheit jeden Schlüssel über den Tresen zurückschob, den der beflissene Gutmütige ihm hinhielt, versank Paul in einem Sofa aus weißem Leder und saugte Ananassaft mit einer einschläfernden Portion Rum aus einer ausgehöhlten Melone. Sein Körper war heiß und ausgetrocknet. Durst und Begierde lachten der Erfahrung Hohn, die vor dem Rum warnte, den er nicht vertrug. Der Kopf wurde abwechselnd schwer und durchlässig, der Strohhalm zu einer Rutschbahn in eine seit Kindheit vertraute Höhle. In ihr brauchte sich der Mensch nur an Phantasie und Nonsens zu halten, wollte er das Abenteuer des

Lebens in Ehren meistern. Paul hörte seine erste Geliebte nach ihm rufen, die einzige Frau, die er nicht enttäuscht hatte und deren Treue er sicher war.

Auch Alice im Wunderland hatte auf ihrer Safari den Überblick verloren. Sie war einem abgehetzten weißen Kaninchen mit schwarzer Weste und Taschenuhr erlegen, in ein Loch ohne Boden gestürzt und hatte ihre Identität eingebüßt. Noch nicht einmal ihre Füße hatte sie noch gefunden. Der Nomade in Afrikas Irrgarten entkam im entscheidenden Augenblick diesem Desaster und konnte noch alle seine vier Füße sehen. Sie waren geschwollen und steckten in Socken, die die gleiche Farbe wie die Haut der Samburukrieger hatten.

Paul verlangte Wasser, leerte das Glas der Wirklichkeit auf einen Zug und war imstande, sich wieder selbst anzusprechen. Energisch nahm er sich vor, seiner Erschöpfung nicht mehr nachzugeben, ehe er in einem Bett mit Matratze, Kissen und Laken lag. Erst dann wollte er schlafen, träumen, entspannt aufwachen, in aller Ruhe an Antje denken, sich auf ihren Nachnamen besinnen und vor allem überlegen, was er ihr sagen und wie er seinen Abschied rechtfertigen sollte. Er bezweifelte, daß sie tatsächlich nach Samburu gelangt war. Als ihm aufging, daß er sich schon im Moment, da er ihrer gedachte, nichts sehnlicher wünschte, als ihr wiederzubegegnen, zweifelte er noch mehr an sich, an seiner Logik und Vernunft und so sehr an seinem Gewissen, daß er entsetzt schwor, nicht aus Samburu abzureisen, ohne Cornelia zu schreiben.

Gabriel winkte dem Büßer zu und erlöste ihn von der Pflicht des Sicherinnerns. Der Engel lächelte und verkündete Triumph. Er hatte sich endlich mit dem Empfangschef auf ein

Zimmer geeinigt, schwenkte einen hölzernen Elefanten mit Schlüssel am Schwanz und nahm dem Sieger im Kampf um das Gepäck die Tasche wieder ab. Herrisch schickte er alle drei Männer fort und führte Paul schweigend auf einem mit winzigen weißen Steinen gepflasterten Weg zu einer Hütte, die doppelt so groß war wie die anderen und direkt am Swimmingpool lag. Als er die Tür aufschloß, sprach er zum ersten Mal und sagte, er würde Paul am nächsten Morgen vor Tagesanbruch abholen. In Samburu wäre es gut, die Tiere bei Sonnenaufgang zu suchen.

Paul ließ die Hand, die er Gabriel schon entgegengestreckt hatte, enttäuscht und verlegen sinken; es fiel ihm schwer, nicht zu zeigen, daß ihn der unerwartet abrupte Ton verletzte. Ihm verlangte es, weil er sich fremd fühlte, nach der kameradschaftlichen Nähe der letzten Tage, den vertrauten Scherzen, Träumen, aberwitzigen Illusionen und nach der Fürsorglichkeit, die ihm zur Gewohnheit geworden war. Als Gabriel dann mit einer Stimme, die wieder mild war wie der Abendwind in Naro Moru: »Schlaf, Mzee, ein müder Mann kann nicht gut jagen«, sagte, fühlte Paul sich getröstet und geborgen im Wissen, daß keiner mehr von ihm Rechenschaft forderte. Ohne sich im Raum umzusehen, warf er sich mit Hose und Schuhen aufs Bett und schlief sofort ein.

Beim Erwachen wähnte er das graue Licht als das der Morgendämmerung, doch er hatte nur kurz geschlafen und die Nacht noch nicht einmal begonnen. Auf einem kleinen runden Tisch lagen sein letztes sauberes Hemd, ein paar frische Socken, ein akkurat gefaltetes Taschentuch, obendrauf sein Paß und ein auf dem Briefpapier des Hotels geschriebener Zettel mit den Worten »Hakuna Matata. Tomorrow Simba. Yours sincerely Gabriel«.

Die schiefen Blockbuchstaben, die Mischung aus Englisch und Suaheli und vor allem der förmliche Schluß, den Gabriel wohl in der Schule gelernt haben mußte, stimmten Paul weich und sentimental und dann, da ihm sein leiblicher Sohn einfiel, ebenso wütend. Als Fünfzehnjähriger hatte Jens die Sommerferien bei einem Freund in Schweden verbracht und seinem Vater noch nicht einmal eine Postkarte geschrieben. Paul hatte wie eine beleidigte Primadonna reagiert und dem Jungen verletzende Vorwürfe gemacht, sich sofort geschämt und entschuldigt, doch Jens nicht verziehen. Es war der erste Spatenstich zum großen Graben. Unwillig schüttete er ihn zu. Gerührt malte er sich aus, welche Mühe es für Gabriel wohl gewesen war, die paar Worte zu schreiben. Er merkte, daß er Tränen in den Augen hatte, doch lange konnte er sich nicht entscheiden, ob sie dem verlorenen Sohn oder dem schwarzen galten.

Die Vorstellung war Paul unangenehm, er müßte am nächsten Morgen gestehen, er sei nicht zum Abendessen gegangen, und Gabriel könnte wittern, daß er sich vor einer eventuellen Begegnung mit Antje fürchtete. Söhne, die sich um ihre Väter sorgten, hatten sensible Antennen für die Wahrheit. Als Paul duschte, kam er sich noch wie ein folgsames Kind vor, das nicht wagt, gegen die väterliche Autorität aufzubegehren, doch schon beim Anziehen merkte er, daß er hungrig und – zu seiner Verblüffung – auch neugierig und erwartungsvoll war.

Er ging in den kleinen Baderaum zurück, reckte sich zum zu hoch angebrachten Spiegel empor und erblickte zum ersten Mal seit Tagen sein Gesicht. Es war ihm fremd und doch, als hätte er es irgendwann gut gekannt. Paul lächelte dem jungen Mann ohne Angst und ohne Zeichen auf der Stirn zu.

Der riet ihm, sich eine Weile vor die Hütte zu setzen, nur zu genießen, zu leben und nicht zu fragen, ob die Safari einen Sinn und ein Ziel habe.

Als er die Tür öffnete, stolperte sein Herz. Er sah einen Himmel aus schwarzem Samt, Sterne mit Diamanten in ihrer Zackenkrone, die milchweiße Mondsichel, eine wippende Kette von bunten Glühbirnen in einem Baum mit verschlungenen Ästen und Nachtschwalben, die in ein gelbes Licht flogen. Zwischen den Bäumen am stillen Fluß standen zwei Elefanten und rührten sich nicht. Grüne Meerkatzen und Paviane sprangen durch den Garten. Ein Affe saß am Swimmingpool, hatte gelbglühende Augen und aß eine Orange.

In einer großen, nach allen Seiten offenen Halle mit dunkelbraunem Holzdach, unter dem weiße Ventilatoren wirbelten, waren Tische eingedeckt. Auf ihnen flackerten Kerzen, Orchideen blühten in gläsernen Kelchen. Einige Gäste saßen schon beim Abendessen; es waren wohlbeleibte Männer, die aus T-Shirts quollen und nicht genug Platz für ihren Bauch fanden. Sie warteten auf ihr Essen vor randvoll gefüllten Gläsern mit Bier, das nicht schäumte, hatten angeschwollene Stimmen, die aus der Ferne schallten, und, als Paul sich näherte, große Köpfe und schweißfeuchte Gesichter.

Er erreichte einen langen Tisch mit Schüsseln von Salat und großen Braten auf Silberplatten, stand eine Weile sehr unentschlossen herum und wünschte sich sehr, Gabriel würde kommen und ihn von den aufdringlichen Blicken der Männer fortgeleiten, die alle gleichzeitig den Kopf hoben, als sie den neuen Gast sahen. Ein Kellner im blendendweißen Hemd und von barockem Ausmaß stampfte heran. Er schlug

Paul auf die Schulter und drückte ihm so fest die Hand, daß sich sein Ehering schmerzhaft in die Haut eingrub. Erschrocken nickte er in Richtung einer dunklen Ecke und wollte losgehen. Der freundliche Goliath umklammerte den schwankenden David und stieß lachend mit einem dicken Finger in einen rosa getünchten Nebel; ob Mister Paul sich am Büfett bedienen möchte, wollte er wissen, oder ob er ihm das Essen an den Tisch bringen solle.
Paul erwiderte noch das Lachen, wollte dem zupackenden Diensteifrigen antworten, der ihn zu einem Turm aus Tellern geschoben und dort überraschend freigegeben hatte, doch von einer Sekunde zur anderen konnte er nicht mehr sprechen. Seine Kehle war verbrannt und mit ihr sein Nacken und die Haut auf der Stirn. Das Feuer hatte auch die Augen nicht verschont. Er riß sie so weit auf, daß sein Gesicht erstarrte.
Trotzdem sah er die Gazelle, die den Brand entfacht hatte. Sie trug einen langen Rock aus flammender Seide und galoppierte mit wehender blonder Mähne auf ihn zu. Paul wich zurück, doch er besann sich, daß Gabriel gesagt hatte, er dürfe nicht müde auf die Jagd gehen. Im letzten Blitzstrahl der Erleuchtung begriff er, daß er seiner Beute den Fluchtweg abschneiden und sie festhalten müsse, um das Feuer zu löschen. Er nahm genau Maß. Mutig schob er seinen Körper nach vorn. Schon beim ersten Schritt schlug er mit dem Kopf gegen einen Balken.
»Bleib stehen, oder hast du schon wieder eine Banane verloren?« flüsterte Antje und sprang in die Höhe.
Einen Moment, der zu lange währte und zu deutlich wurde, fiel Paul ein, daß sein Dackel auch so hoch sprang, um ihn nach einer Reise zu begrüßen. Cornelia kicherte, weil der

Hund nichts von der schlechten Laune seines Herren wußte, der sich um seine Krawatte sorgte. Paul zischte verärgert, er habe überhaupt keine Krawatte nach Samburu mitgenommen. Dann spürte er Antjes Arme um seinen Nacken, die Spitzen ihrer Brüste, seidige Haarsträhnen an seinen Lippen. Er fing ihren Duft ein, genoß es, ihn wiederzuerkennen, und wurde wehrlos im Griff einer Freude, die ihn in den Mann mit zwei Seelen spaltete, der so naiv war, eine Frau in seinen Armen zu halten und zu glauben, er könne aus dem Augenblick Ewigkeit machen. Antje war so schwerelos, so jung und verführerisch. Sie war ein Kind, das nichts wußte und alles begriff, die Tochter, die er sich immer gewünscht, die Geliebte, die ihn errettet hatte. War sie auch Penelope, die keine Fragen stellte?

»Meine Sirene«, stammelte er und kam sich so töricht, vorgestrig und vergreist vor, daß er zu stottern fürchtete. »Sag nur, du hast auf mich gewartet.«

»Nein, ich bin beim Einkaufen zufällig hier vorbeigekommen. Ich sollte für meinen Chef Büchsenmilch holen. Er mag keinen schwarzen Kaffee.«

»Ich auch nicht«, lächelte Paul, »eines Tages werde ich dir erzählen, was es für mich bedeutet, daß du mich siehst und gleich von Kaffee sprichst.«

»Vergiß nicht, daß ich auch an die Banane gedacht habe.«

»Ich werde nie mehr etwas vergessen«, versprach Paul und ahnte, daß es so sein würde.

Er fragte erst am Tisch, der tatsächlich in jener geschützten Ecke war, in der beide niemanden und nichts außer sich selbst sahen, ob sie ihm seinen Abschied verzeihen könne. Er genierte sich sehr, weil er die alte Frage der Männer stellte, die sich dem Wort nicht verpflichtet fühlen, doch er vergaß, daß kluge Frauen seit Urzeiten die richtige Antwort kennen. Antje legte zwei Finger auf seine Lippen, er ließ die Seligkeit der Lüge zu.

Als die Kerze heruntergebrannt und beide von Waffen geblendet waren, die sie für Amors Pfeile hielt und er als die Speere einer afrikanischen Täuschung ausmachte, erklärte Antje, sie würde ihn heiraten. Sie schlug eine Trauung am Fluß vor und wünschte sich von Paul ein Hochzeitskleid aus Feuerlilien, ein Collier aus Tautropfen und soviel Geld, daß sie sich in Utrecht einen echten Perserteppich kaufen könnte.

»Mit springenden Löwen und Leoparden«, schwärmte sie, »hier hab ich noch keine gesehen.«

»Das muß sich ändern. Gabriel hat mir für morgen einen Löwen versprochen.«

»Dir«, wußte Antje, »nicht mir. Er hat mir gesagt, daß er allein mit dir losfährt.«

»Schau mal einer an, mein fixer Sohn! Wann hast du denn Gabriel getroffen? Und wo?«

»Er kam in meine Hütte und hat es mir gesagt. Mann, den hättest du mal sehen sollen. Dein geliebter Gabriel hat sich wie ein eifersüchtiger Liebhaber benommen.«

»Eifersüchtig sind wir doch alle«, freute sich Paul. »Nur du nicht.«

»Wer hat dir das erzählt?«

»Du hast mich noch nicht einmal gefragt, ob ich verheiratet bin.«

»Natürlich bist du verheiratet. Männer in deinem Alter sind entweder schwul oder verheiratet. Nun sag schon, daß deine Ehe schlecht ist und nur noch auf dem Papier besteht. Das gehört dazu.«

»Nicht schlecht. Nur normal.«

»Das hab ich noch nicht gehabt. Aber es macht mir nichts aus, einer fremden Frau den Mann zu stehlen. In Afrika darf man das.«

»Darf man, Sirene«, sagte Paul, »nur zu! Doch mir mußt du nicht nur das Herz stehlen, sondern auch mein Gedächtnis.«

12

Paul hatte schon zu lange wachgelegen, um sich nicht an den Erlebnissen der Nacht zu stören. Es verlangte ihn nach Weichheit und Wärme und vor allem danach, das jüngste Kapitel seiner Autobiographie neu zu schreiben und dieses Mal mit einem im wahrsten Wortsinn befriedigenden Höhepunkt. Er hörte den ersten Vogel des Tages und streckte den Arm nach Antje aus.

»Es ist«, lockte er, »die Nachtigall und nicht die Lerche.«

Im angenehmen Zustand von erfrischender Wachheit und belebt von einem Optimismus, der ihm unter gewohnten Umständen nach den Erlebnissen der Nacht eher mißtrauisch hätte stimmen müssen, wurde es Paul leicht, die Enttäuschung zu verdrängen, daß er erst vor wenigen Stunden zu rasch, zu übergangs- und wortlos in den Schlaf abgetaucht war. Es bereitete ihm, wie er verblüfft feststellte, sogar eine animierende Freude, nachsichtig mit dem Mann umzugehen, der er nicht sein wollte und gewiß nicht mehr war.

Er war entspannt genug zu erkennen, daß es weder die passende Zeit noch die geeignete Örtlichkeit war, um über die Wiederholbarkeit von alten Heimsuchungen zu grübeln, die keinen gemeinsamen Weg für Körper und Psyche fanden – Samburu war nicht Frankfurt und er nicht mehr der Pessimist, der selbstquälerisch die Summe seiner Niederlagen addierte, statt sich an den neu gewachsenen Wurzeln zu freuen.

»Komm«, flüsterte er zärtlich, »wir haben alle Zeit der Welt.«

Zwar wunderte er sich ein wenig, daß seine Hand nur ein kühles Kissen berührte, daß das Bett so sehr viel breiter war, als er um Mitternacht geglaubt hatte, und daß er Antje nicht atmen hörte. Seine Empfindungen waren jedoch zu flüchtig, die Überlegungen und eventuellen Rückschlüsse noch nicht logisch genug, um ihm die Sicherheit zu nehmen, der Zauderer der Nacht brauchte morgens nur zuzupacken, um nach dem Glück zu greifen, das jeder Mann nötig hatte, wollte er nicht vor der Zeit an den Zumutungen des Alters zerbrechen. Es tröstete Paul, daß er nicht mehr jung genug war, jeden seiner Fehler zu wiederholen. Nie mehr würde er so zögernd auf Antje eingehen, daß sie die Lust an ihrem eigenen Spiel verlor, ehe er überhaupt ihre Bedürfnisse begriffen hatte.

»Glaub mir«, drängte er liebevoll, »es ist stockdunkel. So ein blöder afrikanischer Vogel weiß nicht Bescheid. Ich werd dir Antwort geben.«

Der letzte Satz allerdings erschien ihm übertrieben literarisch und unangebracht. Es störte ihn, daß er sich zu ihm hatte hinreißen lassen, und er erinnerte sich sofort, daß er ihn nur deshalb gern zu zitieren pflegte, weil er ja selbst nie die passenden Antworten gefunden hatte. Melancholischer stimmte ihn die Erinnerung, daß er Antje schon einmal von Romeo und Julia erzählt hatte und sie entmutigend desinteressiert gewesen war. Es wäre gewiß besser, machte er sich mit einem Anflug von Ironie klar, die ihm so wohltat, daß er sich umgehend der intellektuellen Hochstapelei beschuldigte, Antje den Tod der beiden Liebenden zu verschweigen und die Tragödie, den besonderen Verhältnissen von Samburu entsprechend, zu einem glückhaften Ende zu führen. Geschickt machte er aus dem Seufzer, der sich ihm aufdrängte, einen jener Laute, die er von Gabriel gelernt hatte – unbestimmbar und doch verheißungsvoll, wie er fand. Trotz der intimen Stimmung und der in einer tropischen Sternennacht entflammten Phantasie hatte sich nämlich ausgerechnet beim gemeinsamen Blick zum Himmel Pauls Vermutung zur Gewißheit erhärtet, daß seine Sirene eben doch nur eine holländische Antje war.

Eher würde sie einen stämmigen Ackergaul striegeln wollen, als mit ihm den geflügelten Pegasus zu besteigen. Bestimmt entzückten sie Tulpen im Frühling mehr als die blaue Blume der Romantik. Sie war eben ein unverbildetes Naturkind. Wie die gute Cornelia. Es war abstrus, erkannte Paul, sich immer wieder aufs neue zu grämen, daß selbst die Banalitäten seines Lebens auf ihre ermüdenden Repertoirevorstellungen bestanden. Wehmütig belächelte er seine späte Einsicht; er empfand es als zu sarkastische Pointe des Schicksals, daß er für eine Erkenntnis, die ihm nun so selbstverständlich kam, so weit hatte reisen müssen. Mehr, als er vertretbar fand, ließ er sich von dem Gedanken rühren, daß so ein holländisches Meisje eine Extraportion Schmalz brauchte, wenn ein Mann von Liebe sprach.

Der Vogel hatte auch nur Theater gespielt und sich als Nachtigall getarnt. Es war tatsächlich die Lerche, die nun zwitscherte. Sie lärmte auch mit den Flügeln. Paul hörte sie schnarren und wie ein zu heftig aufgerissenes Fenster mit verrosteten Scharnieren klappern. So leise und sanft wie möglich, um Antje nicht zu stören, die wohl wieder eingeschlafen war, zerrte er an dem Moskitonetz herum, wühlte sich erhitzt und fluchend frei und suchte lange nach Streichhölzern für die Kerze auf dem Nachttisch. Nach dem dritten Versuch hatte er sie angezündet, die Uhr jedoch noch nicht betrachtet. Da entdeckte er den dünnen Spalt Licht.

»Sprichst du schon wieder nur in deine Ohren, Mzee?« brüllte Gabriel. Er hatte nur die obere Hälfte der zweigeteilten Tür geöffnet, steckte seinen tropfenden Kopf in den Raum und drosch Luft mit der linken Hand. In der rechten balancierte er ein Tablett.

»Nein, mit Sirene. Schrei nicht so laut. Sonst wird sie wach. Wo sind denn deine Beine?«

»Hier«, sagte Gabriel und riß den unteren Teil der Tür so heftig auf, daß der obere ins Schwingen geriet. Er stürmte herein wie ein galoppierendes Zebra, warf polternd einen Stuhl um, hob ihn ebenso lärmend wieder auf, klopfte sich lachend auf die Schulter und griff nach dem Moskitonetz.

»Sirene ist in der Nacht in ihre Hütte gegangen«, berichtete er lustvoll, während er, ohne Paul anzusehen, das Netz hochknotete, »ich habe sie gesehen. Sie hat gesagt, daß sie auf uns wartet, wenn die Sonne untergeht. Mach dich fertig. Und trink deinen Tee beim Rasieren. Dann wird unsere Zeit nicht aufgefressen. Wir müssen sofort losfahren.«

»Du hast mal wieder an alles gedacht«, stellte Paul zufrieden beim Anziehen fest, »mein Kopf ist nur noch da, damit mein Hut weiß, wo er hingehört.« Trotzdem fragte er, als das Auto losfuhr, eher neugierig als seinem mißbilligenden Ton entsprechend: »Warum muß ich immer das machen, was du willst? Warum darf Sirene nicht mit? Was soll ich ihr sagen, wenn wir zurückkommen?«

»Willst du mit dem Löwen reden, Papa Mzee, oder mit einer Frau, die nachts in ihre Hütte geht, wenn du schläfst?«

»Mit dem Löwen«, entschied Paul nach einer Pause, in der er vorgab, er müsse sich die Antwort gut überlegen, »mit deinem Löwen, mein Freund. Und frag mich jetzt nicht, ob ich Geld für ihn mitgebracht habe. Am besten ist es, du hältst deinen verdammten Mund. Sonst fängt mein Kopf doch noch an zu arbeiten.«

Mit einer blauverspiegelten Sonnenbrille, die er noch nie getragen hatte, und einer Wollmütze im Norwegermuster, die nur ein Ohr verdeckte und zu Pauls Verblüffung auf die Masche der glich, die er in seinem Koffer im Norfolk zurückgelassen hatte, war Gabriel unverkennbar in Hochstimmung – Nachtigall, Lerche und Papagei in einem. Der Wundervogel schrie seine Fröhlichkeit so laut in den Wald hinein, daß seine gefiederten Artgenossen von den Bäumen flüchteten, noch ehe sie den Motor des Wagens hörten. Einmal schmetterte er aus seiner Baßkehle das Lied von der um ihre Beute betrogenen Hyäne, das er nie zu Ende singen konnte, ohne daß sein Gelächter hart gegen die Rippen schlug.

Paul schaute ihn an und lachte mit und tat der rechten Hand mit der linken Gewalt an, um der Begehr nicht nachzugeben, den Sänger an sich zu drücken. Er fand, daß Gabriel aussah wie ein kleiner liebenswürdiger, liebenswerter Junge, der die Schule schwänzt. Nur: Er hatte den Charme der Begnadeten, um als Sieger heimzukehren, wenn die Sturmglocken läuteten. Wer es wagte, Gabriel Vorwürfe zu machen, hatte die Partie schon verloren, ehe er nur die Stirn runzeln konnte.

Jens war schon als Schulschwänzer so störrisch gewesen, wie

er später im Leben geworden war. Paul sah ihn mittags in die Küche schleichen. Er roch nach Alkohol und Tabak und hielt seine Tasche vors Gesicht. Betroffen, weil selbst der Krieg seines Verrats nach dem immer gleichen Schlachtplan ablief und so, als sei es zulässig, keinen Gemeinplatz auszulassen, erbat Paul demütig vom Schicksal Dispens und schwor sich und allen Rachegöttern, den echten Sohn nicht länger büßen zu lassen, daß er den seines Herzens liebte.

Gabriel hielt das Steuer mit nur einer Hand und schaute kaum in die Ferne. Er kannte sich in Samburu noch besser aus als in Nakuru und genoß es, daß Papa Mzee so oft seine Klugheit lobte. Es dauerte keine Viertelstunde, da hatte er sich von dem Pulk der grünschwarzbemalten Geländewagen mit den in dicken Jacken verpackten Touristen abgesetzt, die alle zeitgleich mit ihm von der Lodge losgefahren waren.

Bald lenkte er den Wagen in einen schmalen Pfad, preschte durch hohes Gras, fuhr zwischen Bäumen hindurch und über Wurzeln hinweg, spähte nach allen Seiten und kehrte johlend auf den alten Weg zurück. Die Landschaft, die sich zu erwachen bereit machte, trank das Lebenslicht einer rosafarbenen Sonne und trocknete den Perlenglanz vom silbernen Morgentau. Der letzte Wind der Nacht spielte in den schwarzen Beeren von Rohrakazien. Sie erwiderten den sanften Gruß mit leisen Pfiffen.

»Die Bäume singen für dich«, wußte Gabriel.

»Ich höre, was sie sagen.«

»Warum sagst du dann nicht danke? Ich höre das Wort so gern. Immer wenn du danke sagst, denkst du an die Dollar in deiner Tasche.«

»Später, Gabriel, später. Jetzt denke ich an Singh. Du hast

mir nie erzählt, warum du ihn so haßt und warum ich mit dir tanzte, als du gehört hast, daß er nicht mehr im Norfolk ist.«

»Später, Papa, später. Wir dürfen nicht mehr reden, wenn wir den Löwen finden wollen. Ich habe schon seine Spur gesehen.«

Die für Samburu charakteristischen Netzgiraffen mit weißgewebtem Muster auf hellbrauner Haut standen in Gruppen zu zweit und zu dritt. Die langbeinigen Friedlichen mit den großen Augen und Wimpern wie aus Tüll fraßen Blätter, Früchte und Zweige, ohne ihren Kopf zu bewegen, doch sie schauten aufmerksam in den Wagen hinein. Rudel von Warzenschweinen stürmten zu nahrhaften Knollen. Ein Junges war zu langsam, die Mutter kehrte zurück und schob es vor sich her.

Graziös entschlüpften die lautlosen Impalas dem Schutz von Gebüsch und Strauch. Sobald die Sonne ihren Körper streichelte, glänzte der lange Rücken rotbraun, mit goldgelbem Schimmer die Flanken. Ihre Augen waren es gewesen, die Paul ein Leben lang nicht hatte vergessen können; es hatte sich nichts geändert, auch wenn er die seinen schloß, weil er nicht sehen wollte, was die Zukunft ihm in Seele und Gewissen brannte.

Am Wegesrand fraßen Paviane mit weit vorgestreckter Schnauze Früchte, die sie geschickt von abgerissenen Zweigen lösten. Sie leckten sich die Finger ab und wischten sich mit ihren Armen über den Mund. Eine Weile streckten vier kräftige Jungtiere erst ihre Köpfe aus dem dichten Gras, verständigten sich mit kehligen Lauten, standen alle zusammen auf und begannen, einander quietschend zu jagen. Sie rasten, ehe der Kampf entschieden war, die Baumstämme hoch und schaukelten in den höchste Ästen. Eine Mutter drückte ihr flaumiges Kind ins Fell. Paul sah dünne Ärmchen zappeln, das Kleine zur Ruhe finden, sah es saugen, einschlafen, wieder wach werden und Leben entdecken. Er dachte lange an Gabriels Sohn Kinanjui, der nun auch Sokrates hieß, und abermals wurde er zum Vater eines fremden Kindes. Diesmal ließ er es geschehen und schämte sich auch nicht seiner Tränen. Wie die Paviane fuhr er sich mit dem Arm über das Gesicht.

»Willst du nicht bei den Affen anhalten, Gabriel? Weißt du nicht mehr, daß sie unsere Brüder sind?«

»Unsere Brüder müssen warten, Mzee, wenn dich der Löwe ruft. Siehst du, hier ist er gewesen. An dem großen Stein ist er vorbeigelaufen.«

»Ich sehe nichts.«

»Du mußt deine Augen auf die Erde werfen. Du hältst immer deinen Kopf zu hoch.«

»Du bist viel klüger als ich, mein Freund, aber von meinem Kopf weißt du nichts. Ich halte ihn immer zu niedrig.«

Eine Zeitlang fuhr Gabriel nur im Schrittempo. In immer kürzeren Abständen spähte er nach beiden Seiten aus, schaute angestrengt nach vorn, blickte nach hinten, holte aus dem Handschuhfach ein Fernglas, das er noch nie benutzt hatte, und drehte mit ruhiger Hand die Unendlichkeit zu jenem kleinen Kosmos zurück, in dem sich die Wege von Jäger und Gejagten schneiden. Flüsternd, eigensinnig, aber auch spürbar unsicher geworden, erklärte er Paul, weshalb eine Safari ohne einen Löwen eine Schande für einen guten Fahrer sei und daß er nie die Schmach verwinden könnte, würde sie gerade den Mann treffen, der durch den Zauber der Nashörner ein anderer geworden war.

Nie wurde der Suchende ungeduldig; er machte keine hastige Bewegung, hatte Schweiß auf der Stirn und unter den Augen, die nur noch eine schmale Linie waren. Sehr plötzlich hielt er an, stellte die Zündung ab, schüttelte den Kopf, bis die Sonnenbrille hinunterrutschte, und legte zwei Finger auf die Lippen. Paul sah Erregung und Gier in Augen, die wieder groß waren und glänzten, hörte einen gehauchten Seufzer der Erlösung, fühlte feuchte, heiße Hände an seinem Kinn, spürte, daß Gabriel ihm die Ohren zuhielt und dann sanft seinen Kopf zur Seite drehte. Da endlich sah auch er, daß sie beide am Ziel waren.

Die sandfarbene Löwin hielt Wache in einem lichten Gebüsch – für sie war es nur ein Sprung zu dem Pfad, auf dem der Wagen stand. Als ihre Ruhe gestört wurde, bewegte sie nur ein einziges Mal den mächtigen Kopf mit den kleinen Ohren. Ohne Verlangen nach der Jagd zeigte Majestät ihre langen spitzen Zähne. Die Tatzen der kräftigen Vorderpfoten lagen dicht nebeneinander und waren ein Kissen aus hellem Samt. Als sie ihren Schwanz, eine Schattierung dunkler als das kurze Fell, durch das hohe Gras zog, zitterte jeder einzelne Halm. Sie lauschte lange und gab einen kurzen Laut, rief ihre Kinder, leckte das erste, drückte dem zweiten zärtlich eine Tatze auf den Kopf und wartete ohne Aufregung, bis sich auch das dritte zeigte.

Die drei Jungen, Kätzchen erst und doch groß genug, um zu imponieren, verspielt und langbeinig, hatten noch die Flecken der Kindheit auf Flanken, Bauch und Beinen; ihre Zähne waren schon für das Leben des Tötens geschaffen. Die Grazien mit dem Gesicht, das Menschen besonders anrührt, die der Unschuld von Kindern nicht widerstehen können, stießen mit den Köpfen zusammen, berührten sich fauchend mit ihren dicken Pfoten, boten einander die Bäuche und hetzten wieder los – nie entfernten sie sich so weit, daß die Mutter sie nicht mehr sehen konnte.

Die Geschwister, noch ohne Pflichten außer der instinktiven, aus dem Spiel der Gegenwart für die Zukunft zu lernen, jagten einander so schnell und behende, wie sie später die entkräftete Beute anspringen würden, bis sie so unversehens alle gemeinsam an der eigenen Lebensfreude ermüdeten, als wäre ihr wildes Ballett eine genau einstudierte Choreographie des Schöpfers. Wie ermattete Krieger, denen es nach der Schlacht nicht nach mehr Nahrung, nur noch nach der Ruhe verlangt, die dem Sieger zusteht, ließen sie sich fallen. Sie wurden, als sie schliefen, zu kleinen, noch wehrlosen, fast unsichtbaren Kugeln im Gras, das die gleiche Farbe wie ihre Körper hatte.

Als die Sonne die volle Kraft des Tages ausstrahlte, wurden sie von der Mutter geweckt. Mit der Schnauze stieß sie die Verschlafenen ins Erleben zurück, streckte noch einmal die eigenen Glieder, drückte den langen Rücken durch und stand auf. Mit Augen, in denen grüne Blitze ein mattgelbes Licht von Stolz und Fürsorglichkeit entzündeten, wartete sie, bis sich das Trio, immer mit dem gleichen Abstand zwischen jedem der gehorsamen Solisten, hinter ihr aufgestellt hatte. Dann kreuzte sie vor dem Wagen langsam den Weg und zog mit den ihren zu den Felsen, hinter denen sie kein Menschenauge mehr entdecken würde.

»Deine vier Löwen«, sagte Paul leise, als er wieder zu sprechen wagte, »machen mich zu einem armen Mann. So viele Dollar, wie ich dir jetzt geben soll, habe ich gar nicht in meiner Tasche. Meine Zunge ist auch nicht lang genug für den großen Dank, den du hören willst.«

»Deine Zunge, Mzee«, überlegte Gabriel und beleckte seine Lippen mit Genuß, »ist so lang wie der Schwanz der Löwin. Ich will erst Geld von dir, wenn ich dir einen Löwen mit einer Mähne gezeigt habe. Du wirst ihn nie vergessen.«

»Ich brauche nicht so viele Männer zu sehen. Mir sind die Kinder lieber.«

»Ich weiß, Papa«, nickte Gabriel. »Ich sah dich bei den Affen mit meinem Sohn sprechen. Du sprichst viel mit ihm.«

»Zuviel, Gabriel, zuviel.«

Sie fuhren in barmherziger Kühle durch Wald mit Giraffenköpfen im wippenden Laub und in gnadenloser Hitze durch versengtes Grasland ohne Anfang und Ende. Die Sonne war weiß, stahlgrau ihr Schatten. Die farbberauschten Blumen, denen weder Dürre noch Sintflut je den Lebenssaft rauben würden, hatten wehrhafte Blätter und zarte Köpfe. Es war nun eine Safari ohne Ziel, und doch führte sie bei jedem Baum, Busch, Hügel und verdunstendem Wasserloch an den Punkt, da sich eine abermalige Steigerung von Stille und Schönheit, Traurigkeit und Sanftheit nicht mehr vorstellen ließ.

Immer wieder geschah es indes, daß für Paul die Bild gewordene Sehnsucht noch stiller, schöner, trauriger, sanfter wurde. Erst auf der Fahrt in Samburu wurde ihm klar, daß er jahrelang von Afrika geträumt und doch das Land nicht gekannt, noch nicht genug geliebt hatte. Aus den Fäden, die sein Herz in den Tagen des Überdrusses und in den Nächten der Verzweiflung umspannt hatten, wurde eine Kette aus Stahl.

Es bewegte ihn sehr, daß auch Gabriel, für den solche Fahrten zur Routine des Arbeitslebens gehörten, noch immer seufzen, sich wundern, laut jubeln konnte. Seine Augen tranken vom Überfluß einer Natur, als hätten sie Afrikas

Wunder, die Kontraste und die als Harmonie getarnte Herausforderung an Mensch und Tier, noch nie erschaut. Einmal versuchte Paul, seinen Gedanken Sprache zu geben, doch seine Suaheli-Kenntnisse waren nicht für die Emotionen eines Romantikers aus Deutschland geschaffen. Sein Wortschatz reichte nicht aus, um zu sagen, was er fühlte, und erst recht nicht, um Gabriel zu gestehen, was er sich selbst nicht zu gestehen wagte.
Sie sprachen über die Nashörner, Affen, Elefanten und Löwen, die sie gesehen hatten und die ihnen nun gehörten – wie die gestohlene Zeit. Aus ihr webten sie, obwohl Paul sich einen vergreisten, sentimentalen, kurzsichtigen Trottel schalt und wenigstens seinen Verstand zu schützen versuchte, am Tuch einer gemeinsamen Vergangenheit. Eine Herde Zebras galoppierte vorbei, hinter ihr Wolken aus roter Erde, davor das Ziel, das außer den Gestreiften keiner kannte. Noch keinen Tag war der Himmel so blau gewesen, die Idylle so unendlich, das Vergessen so leicht. Gabriel zeigte zum braunen stillen Fluß und sagte, dort hätte er Freunde mit einer Haut aus Leder und Zähnen aus weißem Eisen.
»Meine Freunde«, erwiderte Paul und erkannte, daß er auch die Ausdrücke für Traum und Illusion in Gabriels herrlicher, wirklichkeitsverbundener Sprache nicht wußte, »sind nur aus Wolken.«
Gabriel fuhr singend auf einem breiten Weg und stieß pfeifend die Pforte zu einem neuen Paradiesgarten auf, mit Wasser gesegnet, von der Sonne bestrahlt, für die Tiere eine gastliche Bleibe bei Tag und bei Nacht, für die Menschen ein Panorama des Friedens, das aus Zeiten stammte, da der erste Brudermord noch nicht geschehen war.
An beiden Ufern wuchsen langblätterige Palmen, schwarz-

schillernde Büsche glänzten, Felsenhügel glitzerten, als wären sie mit Diamantsplittern besetzt. Zwei Elefanten stampften im gleißenden Licht zum Fluß. Sie hoben ihre Rüssel hoch, hielten sie ins Wasser, spritzten braune Fontänen, die sich beim Fallen violett verfärbten, über den Rükken und wurden, als sie in der Mitte des Flusses badeten, zu Kolossen schäumender Lust.

Jubelnde Schreiseeadler kreisten über dem Wasser, berührten es nur kurz und stiegen wieder steil in den Himmel. Enten mit dunkler Kappe und rosarotem Schnabel dümpelten zu kleinen Inseln, beäugt von den langbeinigen Sekretärvögeln und zwei Marabus. Der Größere erinnerte Paul an einen Mandanten, dessen Namen er sich nie hatte merken können und immer nur an seinem Kropf erkannt hatte. Ein Storch stand auf einem Bein. Den Schnabelgewaltigen, der, wie er selbst, ein Flüchtling aus Europa war, beneidete er um die Schicksalsgunst, daß er ein Leben lang würde fliegen können, wohin es ihn zog.

»Wir bleiben«, flüsterte er.

»Ich stelle den Wagen unter den Baum«, sagte Gabriel. »Hier können wir aussteigen. Sie sind alle gekommen, um dir Jambo zu sagen.«

»Wer?«

»Meine Freunde. Die Krokodile. Ich rede mit ihnen, wenn die Wut mich verbrennt. Komm mit. Wir setzen uns auf den Baumstamm. Ich sitze immer dort, wenn ich in Samburu bin.«

Gabriels Seelentröster lagen so bewegungslos im Gras und zwischen den Steinen am Ufer, daß Paul lange brauchte, ehe er einen einzigen von den urzeitlichen Riesen überhaupt als lebendes Geschöpf ausmachen konnte. Als er endlich Kopf von Schwanz zu unterscheiden und zu begreifen vermochte, welche Giganten, nicht anders als die zierlichen Eidechsen zu seinen Füßen, nur einige Meter von ihm entfernt Wärme und Wollust speicherten, stieß Gabriel ihn an und nickte in Richtung eines grasbewachsenen Steins. Einer der gut getarnten Jäger suchte Kühlung, ging hochbeinig zum Fluß, rutschte mit einem Teil seines gepanzerten Körpers ins Wasser und sperrte sein Maul weit auf. Der längste, kräftigste Zahn leuchtete weiß aus den Schuppen der Haut, schwarz die Flecken im hellen Rachen.

»Meine Krokodile«, lachte Gabriel, »wissen alles. Du gefällst ihnen. Sie fressen nur böse Menschen.«

»Wie Singh?« lauerte Paul.

Nur einen Moment ließ sich Gabriel anmerken, daß ihn sein eigener Scherz auf einen Pfad getrieben hatte, den er nicht hatte betreten wollen. Er machte eine verdrossene Bewegung, als wollte er einen Moskito erschlagen, den er zu lange mit seinem Blut genährt hatte, doch als er sprach, war seine Stimme ohne Zorn und Abwehr, nur staunend.

»Du bist«, bewunderte er, »ein sehr kluger Jäger. Du verlierst nie deine Spur. Nur jetzt jagst du die falsche Beute.«

»Ich jage nicht dich, Gabriel. Die großen roten Ameisen in meinem Kopf jagen mich. Schon lange. Sie wollen wissen, warum wir getanzt haben, als der Hund gestorben ist. Erzähl mir alles von Singh. Die Zeit ist gekommen.«

»Kessu, Mzee, kessu.«

»Heute, mein Freund, heute. Hast du Angst mir zu sagen, was meine Nase schon am ersten Tag gerochen hat? Hast du Angst, mir zu erzählen, was Singh von dir will?«

»Nein«, sagte Gabriel, »ich habe keine Angst. Nicht mehr. Doch du wirst meine Schauri nicht verstehen.«

»Habe ich keine Ohren? Bin ich zu dumm für deine Schauris?«
»Zu gut«, entschied Gabriel nach langem Schweigen, »du bist zu gut für böse Schauris.«
»Ich habe viele böse Schauris in meinem Leben gehört. Das mußt du mir glauben. Erzähl mir jetzt deine. Ich kann nicht mehr warten.«
Gabriel schüttelte den Kopf wie ein Kind, das alles gehört und nichts verstanden hat, doch er spürte, daß die Stunde gekommen war, da er reden mußte. Nur verwunderte es ihn sehr, daß er auch sprechen wollte. Er war doch sonst nie ein Mann gewesen, der nur deshalb Worte wie Schleim aus sich heraushustete, weil ein anderer es so wollte. Einen Moment starrte er in die Sonne; als er merkte, daß sie nur seine Augen blendete, wußte er Bescheid. Entschlossen griff er sich an die Kehle, um sie endlich von der Last der scharfkantigen Steine zu befreien, die auch seine Brust aufgerieben hatten – seit dem Tag, an dem er für alle Zeiten begriffen hatte, daß die Safari mit seinem Papa Mzee nicht wie die anderen sein würde.
Der Rachen war ein langes Stück glühendes Holz, fest klebten die Lider an Augen voll Salz, die Hände in den Hosentaschen wurden zu Fäusten. Nägel bohrten sich in schmerzendes Fleisch, jedes Glied wurde steif, und trotzdem brauchte er nur ein einziges Mal den Mund aufzumachen, ohne daß er einen Laut freigab. Zu plötzlich und heftig war ein Blitz mit gezackter Keule auf Gabriel eingeschlagen. Noch nie gehörter Donner machte ihn taub. Danach stürzten die Worte aus ihm heraus wie nach dem großen Regen die Wasserfluten einen steilen Berg herunter. Da wußte Gabriel, daß es Mungu war, der an seiner Zunge zog.

»Singh«, sagte er, spuckte einen nachtschwarzen Grashalm an und sah zufrieden, daß er hell wie der Tag wurde, »der Hundesohn wollte, daß ich mit dir in die Falle fahre. Willst du noch mehr wissen? Die Wahrheit hat ein böses Gesicht.«
»Red weiter, Gabriel. Du mußt keine Angst haben. Wie sieht eine Falle aus, in die ein Mann fährt, der deine Augen hat?«
»Mach deine Augen zu, Papa. Ich kann nur reden, wenn ich weiß, daß du mich nicht siehst.«
Der Weg, den Gabriel zurückging, war weniger steil und steinig und auch kürzer, als er in Erinnerung hatte, nicht mehr gefahrvoll für einen Mann, der nun alle Tage über Gräben und durch Dornenbüsche springen konnte, ohne daß seine Haut nach Angst roch und sein Kopf zu zerspringen drohte. So schnell, als fürchte er, die Worte würden sich auflösen wie morgens die Wolken, wenn er sie nicht zur Eile drängte, erzählte Gabriel von den vielen Überfällen auf Touristenfahrzeuge. Sie geschahen in den Wäldern, in denen Hilferufe kein Echo fanden, und auf Straßen und Wegen, die auf keiner Karte verzeichnet waren. Gabriel berichtete, wie den arglosen Fremden Kameras, Ferngläser, Koffer und Geld gestohlen wurden. Genau erklärte er Paul, was es mit den Absprachen zwischen den Tätern und den Fahrern, die sich nur zum Schein wehrten, auf sich hatte. Mit Zorn in der Stimme sprach er von den mächtigen Leuten in Nairobi, die die Verbrechen planten und befahlen, und daß alle Bescheid wüßten, selbst die Polizei, die von Leuten wie Singh viel Geld dafür bekäme, daß sie nie rechtzeitig zur Stelle sei.
»Die Fahrer«, schloß Gabriel, »schreien so laut wie angeschossene Tiere, wenn das Auto überfallen wird. Sie kämpfen auch gegen die Diebe, aber nie mit Kraft. Ihre Hände greifen nur nach Luft. Die Diebe hingegen schlagen uns in

den Bauch und auf den Kopf. Dann holen sie sich die Beute. Die Diebe gewinnen immer. Das muß so sein. Wenn die Polizei kommt, haben wir nichts gesehen und wissen von nichts. Wir zeigen auf das Blut im Gesicht, halten uns den Kopf und jaulen wie Hunde, die im Kampf ein Ohr verloren haben. Die Polizei schreibt alles auf und fährt wieder weg.«

»Und die Leute im Auto? Was passiert ihnen?«

»Die meisten wehren sich nicht. Die haben zuviel Angst. Das ist gut und klug. Manche sind nach dem Überfall nackt und schreien noch mehr nach ihren Hosen als nach ihren Kameras. Es sind aber auch schon Safarigäste totgeschlagen worden.«

»Wie oft hast du das getan?« fragte Paul leise. Er griff nach Gabriels Hand und fühlte, daß sie zitterte, doch es war der eigene Körper, den er reißen spürte. »Wie oft«, wiederholte er, »hast du dir auf den Kopf schlagen lassen?«

»Ich weiß nicht mehr. Warum mußt du immer fragen, Mzee? Ich habe nicht gezählt. Weißt du, wir müssen das tun. Sonst bekommen wir nach einer Safari kein Geld. Wir müssen immer sagen, wo wir sind. Damit uns die Diebe finden.«

»Roger, Roger«, sagte Paul. »Das war's doch, nicht wahr?«

Gabriel wollte nur nicken, wie es ein Mann tut, um zu zeigen, daß er die Worte und Bilder wiedererkennt, die aus gestorbenen Tagen hochsteigen. Die Bewegung war jedoch so schwer, daß der Kopf des Mannes, dem Mungu die Zunge zur Wahrheit getrieben hatte, auf die Schulter von einem Mzee fiel, der nicht nur mit Nashörnern, sondern auch mit Menschen zu sprechen wußte. Danach schwiegen sie beide, die Augen starr auf die tanzenden Lichtflecken zwischen den Bäumen gerichtet und mit Herzen, die im gleichen Takt von Erregung und Verwunderung schlugen. Sie konnten es

beide nicht fassen – der eine, daß er nicht länger hatte schweigen können, der andere, daß er bereits beim Aufbruch nach Kenia um die Überfälle auf Touristen gewußt hatte und daß es ihm völlig gleichgültig gewesen war, was mit ihm selbst geschah.
Erst als sie sich wieder anschauen konnten, ohne daß sich ihre Augen voreinander fürchteten und ihr Atem die Lippen versengte, fragte Paul: »Warum hast du das getan, Gabriel? Warum wolltest du diesmal nicht in die Falle fahren? Ich habe noch nicht einmal eine Kamera dabei, keine teure Jacke. Nichts.«
»Ich hab dir alles gesagt. Jetzt darfst du nicht mehr fragen.«
»Was wäre uns passiert? Ich hätte nicht gegen die Diebe gekämpft. Das weißt du doch. Und du hättest dein Geld am Ende der Safari bekommen. Wie sonst auch.«
»Ich wollte nicht«, schluckte Gabriel, »daß dir was passiert. Angst ist schlecht für dich. Wenn mir ein Mann auf den Kopf schlägt, stirbst du. Das weiß ich. Am ersten Tag unserer Safari wußte ich noch nicht, daß du mich schwach machen wirst. Da warst du für mich nur ein weißer reicher Mzee wie alle anderen. Die wollen nur Löwen und Elefanten sehen. Die schauen die Fahrer nie an. Du bist anders, Papa. Du sprichst Suaheli mit mir und lachst. Du legst deine Hand auf meinen Körper und nennst mich deinen Freund.«
»Du bist es, Gabriel. Du hast mich verzaubert.«
»Und die Nashörner.«
»Das glaubst du wirklich?«
»Ja. Du hast auf unserer Safari neue Augen bekommen und bist wieder ein Mann geworden. Du redest nicht mehr vom Sterben. Doch dein Körper wird zu schnell schwach, Papa. Ich habe dich oft halten müssen. Du stehst nicht gut auf dei-

nen Füßen. Ich habe dich auf meinem Rücken getragen und deine Haut gerochen. Du wolltest nicht, daß mein Sohn stirbt. Das hat mich schwach gemacht.«

»Nicht schwach, Gabriel, stark. Du hast den Mut eines Löwen. Weißt du«, fragte Paul und blickte auf die Erde, »daß du mir eine sehr schöne Schauri erzählt hast? Ich habe nicht gedacht, daß ich in meinem Leben noch einmal solche Worte hören darf. Und wenn du mich jetzt fragst warum, verbrennt mich doch noch die Wut, und ich stoß dich in den Fluß zu deinen blöden Krokodilen. Was ist los mit dir? Bleib hier.«

Sie jagten hintereinander her mit der spontanen Freude von Kindern, die zu kämpfen vorgeben, obwohl es ihnen nur um die Lust geht, ihre Kräfte zu messen. Gabriel lief hinter einen Baum, hielt sich die Hände vor das Gesicht und rief mit hoher Stimme den Krokodilen zu, sie sollten ihn retten vor dem Feuer eines verrückt gewordenen Mzee. Er sprang über einen Dornenbusch und warf so lange kleine Steine gegen einen Felsen, bis aus den Lauten des Jubels ein Lied wurde.

Paul verschluckte sich an seiner Gier nach Fröhlichkeit, strauchelte und blieb keuchend stehen. Es war der Moment, da er aufhörte, Kind zu sein, die Scham ihn einholte und ihn als den Narren entlarvte, der seine Lügen geglaubt hatte. Erschöpft ließ er sich ins Gras fallen und stellte sich. Während er zum Fluß schaute, zu den Palmen im leichten Wind, zu den dümpelnden Enten und einem Marabu mit weit geöffnetem Schnabel, mordete eine einzige Frage die Lust des Lebens, die Illusion vom ewigen Vergessen.

»Was geschieht mit Cornelia«, rief er verzweifelt in die Stille hinein, »wenn ich in Afrika umkomme?«

Er bemühte sich, die Frage noch einmal, ohne Emotionen, ohne Panik, leise und so langsam zu wiederholen, daß er doch noch eine Antwort finden würde, die ihn nicht vernichtete, doch sein Gewissen wurde zur Peitsche. Jeder Schlag traf. Seine Reue, erfüllt von Mitleid für die Frau, an der er gefrevelt hatte, und von einer alles lähmenden Verachtung, die ihm selbst galt, war so gnadenlos wie sein Vorstellungsvermögen.

Mit jedem Bild, jedem Wort, jedem Gedanken, den der Verstand beschwor, wurde aus der Idylle vor seinen Augen ein Alptraum, der ihn verdammte. Immer wieder versuchte Paul, sich aus Armen loszureißen, die ihn zurückzogen in die Welt, die er aufgegeben, vergessen, ausgelöscht gewähnt hatte; nach jedem vergeblichen Aufbruch würgte ihn sein Gewissen wie ein Kranz aus Eisen. Es stieß ihn in eine Wirklichkeit mit aufgerissenem Schlund.

Die Bilder seiner Heimkehr waren fürchterlich. Mit gebeugtem Rücken und hängenden Armen stand der Tor an der Tür seines Wohnzimmers, knipste die Stehlampe an, leuchtete jede Schattierung des Grauens aus und wagte es nicht, die Augen zu schließen. Er hörte das Telefon läuten, sah Cornelia zum Hörer greifen, sah, wie sich ihr Gesicht veränderte, als sie die Botschaft erhielt; Paul zählte, wie oft sie den Kopf schüttelte, hörte sie widersprechen. Ihr Mann, erklärte Cornelia, und streichelte dabei den Dackel, könnte gar nicht in Kenia umgekommen sein. Er wäre doch in Titisee zur Kur. Sie wisse es genau, sie habe seinen Koffer selbst gepackt, erwarte ihn bald zurück.

»Warum schreist du so laut, Mzee? Schläfst du schon wieder, oder spielst du immer noch mit mir? Die Krokodile sind wieder im Wasser. Wir müssen jetzt zurück.«

»Wohin, Gabriel, wohin?«
»Zur Lodge. Hast du vergessen, daß Sirene auf uns wartet? Ich habe ihr gesagt, ich werde dich vor Sonnenuntergang zurückbringen.«
Gabriel, der junge Lenker des Lebens, saß wieder in einem Wagen aus Feuer und fuhr auf die Sonne zu. Der Fahrtwind kühlte das Fieber von Weisen und Narren, von Unschuldigen und Verfluchten. Hinter den Felsen tauchte die Lodge auf. Sie war immer noch, wie am Tag zuvor, Rettung aus der Not, Burg und ein Schloß, das afrikanische Märchen für Menschen erzählte, die ihre Seele mit den Körnern des Vergessens nährten.
Antje mit dem Seidenhaar und dem roten Mund, jung und erwartungsvoll, einen kleinen Rucksack neben sich, von dem eine holländische Fahne flatterte, saß auf einer weißen Bank und streichelte den großen Hund.
»Ich dachte schon, der Löwe hat euch gefressen«, kicherte sie, als sie Paul aus dem Wagen zog, »ich wollte mir gerade einen neuen Mann suchen gehen.«
»Löwin«, lachte er, »es war eine Mama mit drei Kindern. Die waren alle so süß und unschuldig wie du.«
Als er sie küßte, sah er, daß sie nicht nur in der Nacht Cornelias Gesicht hatte.

13

Auf einem altmodischen Schreibpult aus der Kolonialzeit stand ein kobaltblaues gläsernes Tintenfaß, in dem ein Kugelschreiber mit einer langen Straußenfeder steckte. Davor stand ein Rattanstuhl mit zwei grünweißgestreiften Kissen. Obenauf thronte, vom prallen Mond beleuchtet, ein Teddybär mit schwarzer Pudelmütze über dem einen Ohr und einer breiten zitronengelben Samtschleife um den dicken Hals. Unter einem Arm klemmte eine violette Orchidee in voller Blüte. Die rechte Pfote, verziert mit einem Herzen aus rotem Satin, hatte das wohlbeleibte, hellblaue Plüschtier steil nach oben gerichtet.

Die Konturen des Bären wirkten verschwommen. Paul sah sie stets durch den Schleier des stramm gezogenen Moskitonetzes, hingegen die von winzigen Insekten umringte Orchidee durch ein großes Loch im Netz. Zunächst irritierte ihn nur die Verschiedenartigkeit der optischen Eindrücke, danach der Bär selbst. Eine Zeitlang glaubte er, der würde zum personenreichen Ensemble der aufdringlichen Mimen gehören, die sich nur dann aus seinen wirren Träumen zurückzogen, wenn er sich aufrecht im Bett hinsetzte. Im Vergleich zu den anderen Hauptdarstellern des nächtlichen Horrors, die alle in einem Stück agierten, in dem es um Überfälle auf Touristen ging, empfand er den Bären als eine beruhigend sanfte und durchaus liebenswerte Erscheinung. Schon weil der ernsthafte Stumme immer zur Stelle war, wenn Paul wach wurde, erschien er ihm ein idealer Weggenosse für schlaflose Menschen. Eine eigentümliche Faszination ging von den zwei Glasaugen aus. Sie waren unterschiedlich groß, das eine grün, das andere braun, und wirkten, als hätten sie eine wichtige Botschaft zu übermitteln.

Um drei Uhr morgens stand Antje kurz auf. Sie streichelte Paul zärtlich, als sie an ihm vorbeihuschte, knabberte an seinem Ohr und flüsterte ihm zu, sie sei noch nie so glücklich gewesen und auf eine ganz andere Art verliebt als sonst; ohne ihre Stimmlage zu verändern, stellte sie fest, er habe immer noch kalte Füße und sie schon wieder Halsschmerzen. Wie eine Schlafwandlerin entschwebte sie in ihrem enganliegenden T-Shirt, das bis zum Hüftansatz reichte und mit den gleichen roten Herzen appliziert war wie die Pfote ihres Kuscheltieres, ins Badezimmer. Dort gurgelte sie nach einer Melodie, die Paul zu seiner Verblüffung als einen Schlager aus den fünfziger Jahren wiedererkannte.

Bei der Rückkehr hauchte Antje dem Bären einen Kuß auf die Schnauze und raunte ihm einige holländische Koseworte ins Ohr. Paul fand, sie sehe aus wie Rapunzel, und war gerührt, weil, genau wie in einem Gedicht von James Joyce, der Mond ihr blondes Haar bestrahlte. Als die Mondfee ins Bett zurückschlüpfte, roch sie nach Honig, drückte nun Pauls Kopf an die feste Brust und sagte so laut, daß er zusammenzuckte: »Wir freuen uns beide ganz doll auf morgen.«

»Du bist eine ganz, ganz Süße«, wisperte Paul, »schlaf weiter.«

Noch während er sprach, ging ihm indes auf, daß er sowohl

seine Passion für Romantik als auch für Teddybären unterschätzt hatte. Deren Aufmachung war nur Maskerade. Sie konnten ganz unromantische Gedanken vermitteln. Den Mann, der zeit seines Lebens bei Frauen Reife, Esprit und Intellekt als beglückende erotische Reize empfunden hatte, ließ der reisende Holländer mit der Samtschleife nämlich sehr prosaisch wissen, daß der sein Bett mit einem Kind teilte.
Mit einer Selbstironie, die ihn, kaum daß er sich ihrer erfreuen konnte, pessimistisch stimmte, begann Paul zu grübeln, ob es eine besonders raffiniert ausgeklügelte Pointe des Schicksals sei, wenn ein Mann in seinem Alter mit der Hoffnung auf einen neuen Halt im Leben den ausgerechnet bei einer Frau suche, die nach einem Vater Ausschau halte. Zudem sah er voraus, daß Antje, das verspielte Naturgeschöpf, so kokett wie liebevoll und naiv, sich zur besonders diffizilen Tochter entwickeln würde. Sie fand es passend, gleichzeitig die ergrauten Haare ihres Liebhabers zu streicheln und ihm – sehr zielbewußt, wie er fand – ihre prekäre finanzielle Situation auseinanderzusetzen.
Antje hatte auf ihre Reise weder genug Geld noch Wäsche mitgenommen, dafür einen Stoffbären aus Amsterdam, der um ein Haar schon vor Jahren am Ufer der Insel Texel ertrunken wäre. Dem glückhaften Weitgereisten hatte Paul, leicht berauscht und schwer von Müdigkeit, nach dem Karamelpudding feierlich in die Tatze versprechen müssen, den nächsten Tag in der Lodge zu verbringen und sich keine Minute von der kleinen Antje zu trennen, die sich ihrerseits, wie sie überzeugend darlegte, nie von ihrem »Bärchenmanni« trennte.
»Ich lache nicht«, versicherte Paul den kleinen Teufeln, die er hinter seiner Stirn kichern hörte. Nur mit großer An-

strengung konnte er den Wunsch unterdrücken, Licht zu machen, um seine Medikamente zu suchen. Bald war er bereit, für eine halbe Schlaftablette seine ganze Seligkeit zu opfern, doch noch mehr als die langen Wachperioden fürchtete er Antjes Fragen, wenn er in seiner Reisetasche herumzuwühlen begann.

Den ersten Teil der ihm verbleibenden Nacht verbrachte Paul mit dem vergeblichen Versuch, sich zu erinnern, wann er Nabokovs Roman »Lolita« gelesen und weshalb er ihm schon zu einer Zeit mißfallen hatte, als das Kardinalproblem von alterndem Mann und Kindfrau für ihn absolut irrelevant gewesen war. Die Zeit, die ihm danach noch zu ungestörten philosophischen und literarischen Exkursionen verblieb, vertat Paul mit Selbstvorwürfen, die alle um den einen Punkt kreisten, daß es ihm nie gelang, beizeiten ein überzeugendes Nein zu äußern. Verdrießlich versuchte er, sich immer wieder aufs neue zu suggerieren, daß die vielen Pirschfahrten ihn wirklich körperlich und psychisch überfordert haben könnten und daß ihm ein Ruhetag tatsächlich guttun würde.

Die Erkenntnis, daß er selbst in der Freiheit Afrikas seinen Impulsen, Wünschen und Bedürfnissen nicht nachgeben konnte, ohne einen Menschen zu kränken, stimmte Paul melancholisch. Ein paarmal hielt er sich zwar noch vor, er sei nicht mehr der Mann, der sich widerstandslos manipulieren ließe, doch er wußte zu genau, daß das nicht stimmte. Er hatte nicht beizeiten die Rücksichtslosigkeit erlernt, die Menschen frei von jeder Bindung macht. Es würde ihm nun auch nicht gelingen, Antje abermals zu enttäuschen, nachdem er sie am Vortag allein gelassen und dann in reuevoller Stimmung auch noch behauptet hatte, ihr Vorschlag, einmal

nur »die Seele baumeln zu lassen«, wäre ganz in seinem Sinn.
Schon der Ausdruck, den er als typisch für die Generation verachtete, die immerzu Schlagworte vor sich hinplapperte, ohne je eins davon zu begreifen, machte Paul nervös. Noch mehr vergrämte ihn die Aussicht, daß er Gabriel würde erklären müssen, weshalb er die gemeinsam gestohlene Zeit mißbrauchen wollte, um mit einer fremden Frau an einem heißen Swimmingpool zu liegen und – gut eingeölt – vom ewigen Glück zu säuseln und sich am Ende nur eine Migräne einzuhandeln. Es war besser, beschloß der Zyniker, sich beizeiten Gabriels Spott zu stellen. Paul stöhnte leise, als er aufstand, und etwas lauter, als ihm dämmerte, daß er es nicht mehr gewohnt war, für unbefriedigende Entscheidungen befriedigende Begründungen zu finden.
In der Dunkelheit fand er weder Hemd noch Jacke und nur den linken Schuh. Mit nacktem Oberkörper machte er den oberen Teil der geteilten Tür auf, fand dann den unteren Riegel so unerwartet rasch, daß er in einer Reflexbewegung die ganze Tür aufstieß und hinausging. Wie er da vor der Hütte stand, nur in der Hose, barfüßig, fröstelnd und mutmaßend, er sähe mindestens so einfältig aus wie Antjes Teddybär, kam er sich wie der klassische Hanswurst in einer drittklassigen Aufführung einer Shakespearekomödie vor. Eine Weile konnte er sich nicht entscheiden, ob er über sich lachen oder nach wegweisenden Assoziationen suchen sollte. Schließlich kam er zum Ergebnis, es wäre am gescheitesten, zurückzugehen, sich neben Antje zu legen und so zu tun, als hätte er nur den Weg ins Badezimmer verfehlt.
Und doch erschien es Paul auch reizvoll und irgendwie passend zur Szenerie eines erwachenden afrikanischen Tages,

einfach loszulaufen, wie er war, allein und unbeschwert zu sein, mit keinem reden zu müssen, nicht nachzudenken, sich vorzugaukeln, er sei – unabhängig von der jeweiligen Situation und Stimmung – ein Mann ohne Fron und Pflicht, der nach keines Menschen Beifall zu fragen brauchte. Einer jener Zufälle, an deren Bedeutung Paul im Verlauf seiner Safari immer intensiver glaubte, übernahm die Regie. Auf einem der beiden Stühle vor der Hütte sah er eine alte graue Decke liegen; wie in Trance wickelte er sie um Hals und Schultern, doch sein Schritt war fest, als er sich auf den Weg machte.

Die alten Männer auf dem Markt in Isiolo kamen Paul in den Sinn. Sie hatten exakt so ausgesehen wie nun er und selbst beim Essen und Dösen gewirkt, als seien sie auf der Flucht. Die Decke rutschte ihm von den Schultern. Als er sich nach ihr bückte, sah er feuchte schwarze Erde zwischen seinen Zehen kleben – also auch die Füße bereits die eines Flüchtlings, der es auf keiner Station seines Lebens gelernt hatte, sich nicht wortlos davonzustehlen.

So kam es, daß Paul, der nicht denken, sich nicht erinnern, keine Rechenschaft ablegen wollte, lange vor der Frist, die er sich gesetzt hatte, der fällige Brief an Cornelia einfiel. Er blieb stehen, erstarrt wie ein Baum, in den der Blitz gefahren ist und der doch nicht sterben kann, doch er wunderte sich nur so lange, daß der Gedanke ihm nicht mehr zuwider war und ihn keinen Deut ängstigte, bis er begriff, daß ihm wahrscheinlich genau die Entschuldigung eingefallen war, die er brauchte, um Gabriel zu besänftigen. Paul berauschte sich am Echo seines brüllenden Gelächters.

In Afrika waren Briefe nicht nur Schriftzeichen auf Papier. Sie waren noch Botschaften aus fremden Welten, Macht und Zauber. Gabriel würde bestimmt begreifen, daß ein Brief für einen Mann auf Safari den gleichen Stellenwert hatte wie ein Löwe. Mit jedem Schritt besserte sich Pauls Laune. Er genoß die kühle Luft am Körper, den kalten Lehm unter den Fußsohlen, das einmalige Gefühl, an der Nahtstelle von Groteske und scharf geschnittener Wirklichkeit zu stehen.

Wie ein trödelndes Kind, das nach der Schule nicht an dem Ziel ankommen mag, das den Traum von der ewigen Freiheit zerstört, schlenderte er durch den Garten, schob am Rande einer Pflanzung von Feuerlilien die Decke von den Schultern, zog die Hose aus, stand nackt da und streckte seine Arme zum Himmel. Endlich hatte er einen eigenen Planeten. Seit seiner Kindheit in Samburu war Paul nicht nackt und mit bloßen Füßen gelaufen. Daß er es nun wieder tun durfte, erschien ihm ein Omen, doch es gelang ihm nicht, es zu deuten. Nachdenklich hüllte er sich wieder in die Decke ein und band sich die Hose um die Taille.

Der Rasen, naß vom Tau, war weich und schon wieder warm, der Wind leise genug für die weichen Lieder, die nach dem ersten Klang verstummten. Eine Biene flog zu einer gelben Rose. Sie trank und wurde unsterblich. In einem üppigen Gebüsch mit dem schweren Duft von Fäulnis gähnte ein Affe und streckte einen Arm aus. Paul nannte ihn Bruder, und der Bruder gab Antwort. Die Lerche vom Vortag schlug wieder mit den Flügeln. Eine kleine graue Katze kletterte von einer Dornakazie herunter.

Er lief nun schneller. Ihn überkam, als er in das diffuse Licht der aufgehenden Sonne blickte, ein belebendes Gefühl von Jugend, Vitalität und Unbekümmertheit, doch weil er ahnte, daß es nur Afrikas Irrlicht war, das ihn so euphorisch stimmte, bat er demütig Gabriels Gott Mungu um Verständnis für einen träumenden Toren aus der Fremde. Es machte Paul Freude, daß er so genau wußte, wo die Personalquartiere waren, obwohl er sie nur ein einziges Mal aus der Nähe gesehen hatte, doch konnte er sich nicht vorstellen, unter den vielen winzigen Hütten, die alle gleich gebaut und gestrichen waren, ausgerechnet die zu finden, in der Gabriel schlief.

Schon von weitem, während er einen Moment unschlüssig und plötzlich ernüchtert bei den Kronenkranichen stand, die ihre Köpfe aus dem Gefieder holten, entdeckte Paul ihn unter einem Baum. Gabriel war bereits angezogen. Er hatte ein weißes Hemd an, schwarze Schuhe, und er kaute an einer dünnen, hellen Wurzel, die er, als er Paul sah, im hohen Bogen von sich spuckte, um laut genug lachen zu können.

»Du siehst aus wie ein Dieb. Was hast du in der Nacht gestohlen? Oder hat ein Affe dein Hemd gestohlen, du dummer Mzee? Ich hab dir doch gesagt, daß du nicht mit den Affen reden darfst.«

»Hör auf zu lachen«, brummte Paul und ärgerte sich, weil er sich zu rasch, zu übergangslos vom siegreichen Knappen der Morgenröte in einen halbnackten Tölpel zurückverwandelt hatte, »ich bin nur gekommen, um dir jetzt schon zu sagen, daß ich heute nicht wegfahren will.«

»Warum? Hat der Affe auch deinen Hintern gestohlen?«

»Ja. Meine Knochen brauchen Ruhe. Und mein Kopf auch. Ich muß ihn erst mit einem großen Besen ausfegen. Dann gehört er wieder mir.«

»Du lügst nicht gut, Papa. Das sehe ich. Du hast zu viele Worte im Mund. Deine Zunge ist so blau wie deine Augen.

Warum sprichst du von deinen Knochen und von deinem vollen Kopf? Was wirst du mir sagen, wenn du fertig gelogen hast?«

»Nicht viel, Gabriel. Ich muß heute meiner Frau einen Brief schreiben.«

»Du mußt den ganzen Tag einen Brief schreiben? Bis die Sonne untergeht, willst du nur einen Brief schreiben? Soll ich dir helfen? Ich bin zur Schule gegangen. Ich kann schreiben, ohne meinen Kopf auszufegen.«

»Es wird«, sagte Paul und biß solange auf seine Unterlippe, bis sie schmerzte, um nicht zurückzulachen, »ein sehr langer Brief werden. Für den brauche ich mehr Zeit, als wir heute stehlen können. Und komm mir jetzt nicht mit einem Löwen, der Dollar haben muß, um seine Familie zu füttern. Auch dein Leopard muß warten. Ich sehe die Worte in deinem Mund, ehe du sie aussprichst.«

»Warum«, fragte Gabriel und lachte nur noch mit den Augen, nicht mehr mit Kehle und Mund, »mußt du Sirene einen Brief schreiben? Sie war die ganze Nacht bei dir. Ich habe sie in deinem Bett gesehen. Hast du sie zu den Affen geschickt?«

»Sirene ist nicht meine Frau. Das weißt du doch.«

»Wie viele Frauen hast du, Mzee?«

»Zu viele, mein Sohn. Doch ich muß nur einer schreiben. Sie heißt Cornelia. Ich habe dir bei den Elefanten von ihr erzählt. Sie weiß nicht, wo ich bin.«

»Ist das gut oder schlecht für dich, Papa?«

»Ich weiß es noch nicht«, erkannte Paul, doch als er Gabriel ansah, begriff er, daß ein Mann Afrikas mehr von Fliehenden und deren schweigsamen Ausbrüchen wußte als der Wanderer ohne Ziel, der glaubte, es reiche einem Gewissen für die ewige Ruhe, Erinnerungen und Verantwortungsgefühl zu morden.

Schweigend saßen sie unter einem alten Baum mit roten Blättern, als warteten sie auf die eigene Stimme. Es war jedoch nur das alte afrikanische Spiel von der Ohnmacht der Worte und der Macht des Wissens, immer wieder neu, weil die Stille jedes Mal in einer anderen Sprache redete. Paul starrte in die Sonne, ließ sich blenden und warf abermals die Decke von Schultern, die keine Bürde tragen mochten. Gabriel zog sein Hemd aus; er nahm eine Handvoll Erde und ließ sie aus der Höhe seines Kopfes auf den Bauch rieseln, bis aus seinem Nabel ein Berg wurde, den er mit gewaltigen Atemstößen zu einem kochenden Vulkan trieb.

»Wenn Mungu jetzt aus uns beiden einen Menschen macht, werden wir ein Zebra«, sagte Gabriel.

»Er soll mit der Arbeit anfangen. Sofort.«

»Heute nicht. Heute mußt du noch deinen Brief schreiben.«

»Kessu«, seufzte Paul. »Kessu werden wir ein Zebra. Und heute abend kommst du und ißt mit mir.«

»Das geht nicht.«

»Ist das verboten?«

»Verboten nicht, aber hier essen die Fahrer nicht mit den Gästen. Die Kellner wollen das nicht.«

»Du bist nicht mein Fahrer, Gabriel. Du bist mein Freund. Das werde ich dem dicken kleinen Kellner sagen. Mir schmeckt es nicht, wenn ich allein essen muß.«

»Du hast schon wieder Sirene vergessen, Papa.«

»Ich bin an dich gewöhnt«, lächelte Paul, »nicht an Sirene. Eine ganze Frau ist nicht so gut wie ein halbes Zebra. Ich werde auf dich warten. Es ist«, fiel ihm auf, »die alte Geschichte vom Fuchs und dem kleinen Prinzen.«

»Du hast sie mir noch nicht erzählt.«
»Kessu. Das ist eine Schauri, für die ich viel Zeit brauche. Und viel Mut.«
Am Swimmingpool, als die Glut Paul jede Begehr genommen hatte außer der Lust, zusammen mit der Zeit zu zerfließen und die erlöschenden Bilder in einem Brunnen ohne Boden zu versenken, fragte er Sirene, ob er in den Wald laufen und ihr ein Zebra fangen solle. Sie wünschte sich ein rosa Pferdchen mit Zopf, um zu einem Regenbogen aus Silber und Gold zu traben. Gehorsam streifte sich Paul die Tarnkappe über, die aus Männern mit Falten und Erfahrung die jungen Heroen macht, die beim Zurückschauen nicht erblassen. Der Held war tapfer und stark, doch er hieß Don Quichotte und seine Stute Rosinante. Sancho Pansa war schwarz und hielt nichts von Windmühlen. Der heimkehrende Ritter nannte sich wieder Paul; er legte den Kopf auf Antjes Schulter.
»Du siehst so süß aus, wenn du schläfst«, sagte sie, »von mir aus hättest du nie mehr aufwachen brauchen.«
»Vielen Dank! Außerdem«, korrigierte er automatisch und erinnerte sich, daß Jens ein ganzes Schülerleben nicht genug gewesen war, um Grammatik zu begreifen, »heißt es aufwachen zu brauchen. Wer brauchen ohne zu gebraucht, ist selbst nicht zu gebrauchen.«
»Du bist ja ein Lehrer«, kicherte Antje, »aber ein total knuddeliger. Wie mein Teddy.«
Ihr Körper duftete schwach nach einem parfümierten Sonnenöl und so stark nach Afrikas Feuer, daß es Paul schwindelte. Seine Hände brannten, wenn er Antjes weiche Haut berührte. In ihrem nassen Haar glänzten Perlen von Licht. Sie hatte winzige Zähne und Lippen, die lockten. Noch

mehr als ihren Körper, der so jung war, daß er die Last des seinen vergaß, begehrte er nun, da die Klarsichtigkeit der schlaflosen Nacht ihn nicht mehr als alten Mann brandmarkte, sich an der Unschuld ihrer Kindlichkeit zu betäuben.

Wann immer ein neuer dampfender Stoß der Mittagshitze die Erinnerung an die Zweifel und die Gleichgültigkeit in der alten Welt mit ihren goldenen Kälbern versengte, die er nicht mehr hatte anbeten können, stellte sich Paul eine Zukunft mit Antje vor. Die war ein Märchen aus purem Gold, auf immer frei von Problemen, Diskussionen, Streit, Injurien, Trug und Ehebruch. Antje war nicht Anne. Die würde nie den Mann betrügen, den sie geliebt und geheiratet hatte, und ihn am Tag der Abrechnung einen bemitleidenswerten Schöngeist nennen, einen vergreisten, literarischen Suchtkrüppel, der nur Erfüllung bei den Frauen der toten Dichter fand.

Antje würde ihm nie vorwerfen, daß er zu früh gealtert, zu bereitwillig aufgegeben hatte. Sie kannte das Wort Hypochonder noch nicht einmal und verwechselte Melancholie mit Reife. Sie würde ein Leben lang mit ihm lachen – nicht über ihn. Sie hatte die Stöpsel vom Walkman in ihren niedlichen Ohren und war taub gegen die Einflüsterung der Schlange, die Liebende aus dem Paradies vertrieb.

In einem Paradies mit Afrikas Bäumen, Blumen und Kreaturen bedrohte kein Engel mit Flammenschwert die Schwärmer und Träumer. Wenn sie nicht dösten und in Welten entschwebten, in die kein Mensch dem anderen zu folgen vermochte, hielten sich Paul und Antje wie Kinder an der Hand. Sie rannten auf Rasen aus grünem Filz, liefen auf glattem weißen Steinboden, sprangen von einem besonnten

Turm ins Bassin und tauchten unter. Sie wurde zur Nixe, er war der Mann, für den sich die kleine Meerjungfrau bald von ihren Flossen trennen würde, doch sie wußte noch nicht, wohin der Verzicht im Namen der Liebe führte.
Kehrten sie aus dem blauen Wasser mit den blauen Glanzstaren um den Beckenrand zu ihren Liegestühlen zurück, reichte ihnen ein lächelnder Kellner im grünen Anzug auf einem funkelnden Glasteller große ausgehöhlte Melonen. Durch rosa Strohhalme schlürften sie einen Punsch, gebraut aus den Passionsfrüchten eines Zaubergartens in Samburu und dem immer noch magischen Wasser der Lethe, von dem die verstorbenen Seelen trinken, um ihr irdisches Dasein zu vergessen. Antje war gerade zehn Jahre alt geworden und Paul Äonen älter.
Um zwei Uhr mittags saßen keine anderen Gäste mehr am Swimmingpool. Die Affen, würdige Weise mit ernsthaften Gesichtern und kecke Junge, die besonders geschickt und furchtlos waren, rissen die Handtücher von den Liegestühlen, verhüllten ihre schmalen Köpfe und verkleideten sich – einen Moment nur – als Menschen. Sie jagten Vögel, die sie nicht fangen wollten, holten treibende Blätter aus dem Wasser, wühlten in den Papierkörben und balgten sich um Essensreste. Ihre Augen wurden groß, wenn sie in Orangenschalen bissen, Bananenschalen auskratzten und Pappbehälter aufbogen, um an die letzte Süße klebriger Limonade zu gelangen.
Fasziniert schaute Paul ihnen zu, lernte, die einzelnen Affen zu unterscheiden, ihre Mimik zu verstehen, und nahm sich vor, den ganzen Tag an nichts zu denken, was er nicht sehen konnte. Kaum hatte er den Entschluß formuliert und ihn als die einzige Möglichkeit zum beständigen Glück erkannt,

wurde er wortbrüchig. Dem Grübler fiel das Gespräch vom Morgen ein, und daß er Gabriel abends zum Essen eingeladen hatte. Wie ihm erklären, daß ein ganzer Tag doch nicht lang genug gewesen war, um einen einzigen Brief zu schreiben?

Er schalt sich umgehend einen Dilettanten, der der Freiheit nicht würdig war, wenn er sich bereits durch eine einzige flüchtige Überlegung aus seiner Glücksbahn katapultieren ließe. Einige hoffnungsfrohe Minuten lang versuchte Paul noch, ein wirksames Gegenmittel für das Gift herbeizuwünschen, das er sich selbst ins Ohr geträufelt hatte, aber er brauchte sich nur Gabriels spöttisches Gesicht vorzustellen, seine als Einfalt getarnten Fragen, die Art, wie er das kurze Wort Mzee zur Provokation dehnen würde, um zu begreifen, daß die Zeit ihn wieder einmal eingeholt hatte. Er sah sich mit Gabriel am Fluß bei den Krokodilen sitzen, horchte jeder Silbe ihres Gesprächs noch einmal nach. Sie sprachen von Singh und den Überfällen auf die Touristen, und Paul sah, wie Gabriel den Kopf senkte und keinen Glanz mehr in seinen schönen Augen hatte.

Paul gelang es sofort, Gabriel zu beruhigen. Er verstand die Not eines Mannes, der sich kein Gewissen leisten konnte, nahm Gabriels Hand und rannte lachend mit ihm über Steine und Gras, doch für sein eigenes Gewissen war ein einziger Klang von befreiendem Gelächter wie ein Sandkorn in der Wüste. Endgültig erkannte Paul, daß er sich stellen und Cornelia schreiben oder sich aufgeben mußte.

Antje, die arglose Nixe mit einer blauen Blume im blonden Haar, lag mit geschlossenen Augen auf dem Rücken und summte die Melodien aus ihrem Walkman mit. Paul sah, daß sie sich rührte und auch den Mund aufmachte, als er auf-

stand, aber sie sprach nicht. Er drückte sein schmerzendes Knie steif und tat den ersten Schritt. So langsam, wie es ihm möglich war, ging er zur Hütte und stieß die Tür mit dem Fuß auf. Seine Haut war so heiß wie sein Kopf schwer, und doch genoß er es in diesem Moment, da er glaubte, nichts zu fühlen als den Druck der Pflicht, allein zu sein, den Bauch beim Laufen nicht mehr einziehen zu müssen, sich nicht verlegen zu räuspern, wenn er plötzlich seufzte, vor allem endlich wieder so alt werden zu dürfen, wie er war. Die Hütte war sehr dunkel, sehr kühl und sehr verständnisvoll.
Lächelnd nahm Paul den Teddy vom Stuhl und erzählte ihm, ganz ernsthaft, mit tiefer singender Stimme, seine beneidenswerte Mutter würde noch schlafen und käme bald nach. Er setzte das grinsende Plüschtier genau unter den Knoten des Moskitonetzes auf ein Kissen, richtete pedantisch die verrutschte Samtschleife wieder gerade und klemmte dem Bären die Orchidee, die zu Boden gefallen war, unter den Arm. Eine Zeitlang stand Paul zwischen Bett und Schreibtisch, als müßte er jeden weiteren Schritt sorgsam bedenken und dürfte sich keinen falschen erlauben. Beunruhigt spürte er, daß sein Herz raste und daß weiße Bilder mit bunten Sternen vor seinen Augen flimmerten.
Als die Schläge endlich regelmäßiger wurden und die Kühle in der Hütte ihm wohlzutun begann, malte sich Paul in einer Detailfreudigkeit aus, die ihn trotz der Umstände erheiterte, was Cornelia wohl sagen würde, wenn sie ihn in genau dem Moment sehen könnte – in dampfender Badehose, mit Hängebauch, einen krebsrot verbrannten Verlierer, der kurzsichtig vor sich hinblinzelte, mit einem Teddybären redete und gegen das Verlangen ankämpfen mußte, entweder auf der Stelle zu fliehen oder sich totzustellen.

Schließlich setzte sich Paul doch an den Schreibtisch. Er holte das Briefpapier aus einer Mappe und starrte aufmerksam den Löwenkopf an, der in der rechten Ecke Mähne und Zähne zeigte. Wiederum so erheitert von seiner grotesken Lage, daß auch er laut lachte, stellte er fest, daß er noch nicht einmal das Datum hinschreiben konnte, denn seit seiner Ankunft in Afrika hatte er weder einen Kalender gesehen noch eine Zeitung in der Hand gehabt. Er kam sich vor wie ein Gespenst, das seinen eigenen Tod verschlafen hat, als er endlich in einer Schrift, die ihm bösartig verräterisch zu schwanken schien, »Liebe Cornelia« auf das enervierend weiße Papier schrieb. Lange hielt er sich mit der Frage auf, ob er nach der Anrede ein Komma oder ein traditionelles Ausrufezeichen setzen sollte und ob es Sinn hätte und wie aufrichtig es wäre, vor der Ortsangabe den Vermerk »zur Zeit« hinzuschreiben.

Verlangend starrte er zum Fenster hinaus, kaute an seinem Kugelschreiber und besann sich unangenehm deutlich auf einen Mitschüler, der bei Klassenaufsätzen nie einen Anfang gefunden und im Abitur einen Nervenzusammenbruch erlitten hatte. Seine damalige Verständnislosigkeit, die geistige Überheblichkeit eines Jungen, dem Sprache schon so früh Trost und Erfüllung geworden war, reuten ihn sehr. Das Wort klammerte sich an Pauls Seele wie die kleinen schwarzen Käfer an den Fensterrahmen vor seinen Augen. Ihm wurde bewußt, daß er, abgesehen von einigen nichtssagenden Ansichtskarten von kurzen Dienstreisen und mit Ausnahme der vielen Zettel mit hastigen Entschuldigungen, die Versöhnung nach belanglosen Streitereien, seiner Frau noch nie geschrieben hatte.

Danach konnte er sich schon gar nicht mehr entscheiden,

mit welchem Kapitel seiner kläglichen Autobiographie er beginnen sollte – mit dem Entschluß zur Flucht, den er seiner Frau nie würde verständlich machen können, oder mit ihrem vorläufigen Endpunkt? Die Rückblende erschien ihm einfacher und logischer, aber rücksichtslos, dreist und auf keinen Fall für Cornelia geeignet, die es schon bei Fernsehkrimis nicht verwinden konnte, wenn der Mörder nicht erst in der letzten Spielminute entlarvt wurde.
Nach einer Zeit, in der er nicht wagte, auch nur ein einziges Mal auf die Uhr zu sehen, erkannte er, daß ein so verletzender Brief, wie es seiner werden würde, überhaupt nur dann geschrieben werden dürfte, wenn er wenigstens versuchte, sein Verhalten und die Flucht wahrheitsgemäß und ohne Abschweifungen zu erklären. Auch mit umständlichen Einleitungen, törichten Liebesbezeugungen und stilistischen Finessen wollte er Cornelia nicht traktieren. »Ich weiß«, begann er, »daß dieser Brief Dir sehr weh tun wird, und ich habe deshalb sehr lange gezögert, ihn zu schreiben. Ich erwarte nicht, daß Du mich verstehen oder mir verzeihen wirst. Ich tue es selbst nicht.«
Weil die ersten drei Sätze, so banal sie ihm erschienen, wenigstens seiner Not entsprachen, wurde es ihm leichter als gedacht, sich zu offenbaren. Der Frau, mit der er nie sein Leben geteilt, der er nie die Chance gegeben hatte, ihm zu helfen, mit ihm zu leiden, schrieb er nun von Leere und dem Verschwinden der Lust, von Depressionen, dem langen Kampf um Selbstachtung, von seiner Angst zu leben und der Panik, er wäre geistig ebenso krank wie körperlich. Er gebrauchte das Bild von den schwarzen Löchern und von den Dämonen, die ihn unfähig zur Liebe gemacht hätten, versuchte für Cornelia in verständliche Worte zu fassen, was

Afrika ihm bedeutete, Traum, Heimat, Erfüllung, die Wiege, der er nicht entkam, Magie, die ihn machtlos machte gegen Anstand und Pflicht.

»Du kannst«, schrieb Paul, »dir nicht die Farben, die Laute in diesem Land vorstellen, die Menschen vor allem, denen ich mich auf eine Art verbunden fühle, die ich keinem klarmachen kann, der nicht meinen Weg gegangen ist. Hier weiß ich endlich, daß ich noch lebe. Ich gehe ohne Angst ins Bett und wache ohne Angst auf. Vielleicht denkst du jetzt, daß ich andere Frauen kennengelernt, Dich vergessen, betrogen habe, aber das ist nicht so. Ich habe noch nie so viel an Dich gedacht wie hier in der Einsamkeit, in der Harmonie einer Welt, die mich nie freigegeben hat.«

Ihm wurde übel vor Scham, als er begriff, daß er den Frevel nun doch beschönigte, die Barmherzigkeit der Lüge immer noch als Pflicht empfand. Die Beichte, die für immer erlösen sollte, war nicht für die Schwächlinge bestimmt, die flüchteten, ohne sich um die Wunden zu scheren, die sie anderen schlugen. Er durfte Cornelia nicht wissen lassen, daß er sie gerade durch die Erlebnisse der letzten Tage mit einem neuen Verständnis sah und daß es unter anderen Umständen für beide ein Neuanfang hätte werden können. Da hätte er ihr von Antje berichten müssen. Er vermochte es nicht. Die Frau, die er mit jedem Wort verletzte, das er schrieb, durfte er nicht noch vernichten. Er hatte Cornelia immer schonen und es ihr möglich machen wollen, an ihre Liebe zu glauben. Es hatte sich nichts verändert.

»Ich kann verstehen, wenn Du Dich scheiden lassen willst«, schrieb Paul, »und ich kann mir auch nicht vorstellen, daß Dir nach allem, was ich Dir angetan habe, ein anderer Weg bleibt. Ich wollte nicht, daß es so kommt. Das mußt Du mir glauben. Auf alle Fälle werde ich Deinen Entschluß respektieren. Mach Dir keine finanziellen Sorgen. Ich bin ein vermögender Mann, auch wenn ich Dich das nie habe wissen lassen.«

Paul las den letzten Absatz noch einmal, wollte nur prüfen, ob er sich verständlich, der Situation entsprechend teilnahmsvoll genug ausgedrückt hatte, doch das Wort Scheidung hatte gereicht, um ihn zurück in den Juristen zu verwandeln, dem Zukunft mehr bedeutete als Vergangenheit, Prozedur mehr als Emotion. Er sah sich über Unterhalt und Vermögen verhandeln, beim Notar die Scheidungsfolgenvereinbarung unterschreiben und konnte es nicht fassen, daß er den Begriff noch kannte und der sich an ihn klammerte, ihn bloßstellte als einen Versager, der noch nicht einmal imstande war, das zu vergessen, was keiner mehr zu wissen brauchte, der den Knoten zerschnitten hatte. Er hörte sich zu Cornelia sagen, sie solle die Höhe ihres Unterhalts vorschlagen, die Wohnung, alle Möbel und den Dackel behalten und ihn auch in Zukunft um Rat fragen. Er sei immer für sie da. Die Verlogenheit der Phrasen und die Logik der Szene waren es, die Paul in die Enge trieben. Der Schleier vor seinen Augen wurde dicht, der Schmerz war gewaltig. Ihm folgten die Tränen.

Er konnte nicht ausmachen, weshalb er weinte – um die Frau, die ihn geliebt hatte, oder um sich, der sie die Kränkung hatte büßen lassen, die ihm in der Ehe mit Anne widerfahren war? Cornelia wehrte sich. Zum ersten Mal. Ihr Gesicht, so liebenswert naiv und jung wie das von Antje, stieß durch den grauen Nebel. Sanft, wie immer, nahm sie Paul den Kugelschreiber aus der Hand. Da wurde er blind und stumm und taub.

Der Körper reagierte schneller als der Kopf. Paul rannte ins Badezimmer, mußte sich übergeben, torkelte, setzte sich auf die Klobrille, glaubte, ohnmächtig zu werden, in seiner Schuld zu ertrinken, stand wieder auf und hielt sich am Waschbecken fest. Der Büßer flehte leise um Vergebung und rief in seiner Not laut nach Gabriel, der nicht kam und seinen Papa dennoch wissen ließ, was ein Mann tun sollte, um nicht im Schlamm eines einzigen Sturms zu versinken.
Paul spülte seinen Mund mit Whisky, zog die nasse Badehose aus, ließ kaltes Wasser über die Handgelenke laufen, blickte in den Spiegel. Er wich seinem Gesicht nicht aus, kehrte in die Stube mit Bett, Moskitonetz und Bär zurück. Seine Augen waren Felsen, die aus einer Höhle stürzten, und doch setzte er sich wieder hin und nahm den Kugelschreiber in die Hand. Kein Wort las er mehr von dem, was er geschrieben, verbogen, beschönigt hatte. »Ich werde«, nahm er sich vor und glaubte es auch, »mich wieder melden, sobald ich weiß, wie es mit mir, mit uns beiden weitergeht. Du mußt mir Zeit lassen. Wenn es Dir nicht zuviel ausmacht, wäre ich froh, wenn Du Jens wissen läßt, was seinem erzdummen, verantwortungslosen Vater eingefallen ist. Und Du, Cornelia, suche keine Schuld bei Dir.«
Noch die Adresse machte Schwierigkeiten – die Postleitzahl war ihm entfallen, es widerstrebte ihm, den Namen Merkel hinzuschreiben. Paul hatte ihn so lange nicht mehr gehört, ihn verdrängt, aufgegeben.
»Für immer?« fragte er den Bären, schob das Couvert von sich, legte seine Arme auf den Schreibtisch und schlang sie um den Kopf. Er hörte die Tür nicht quietschen, spürte keinen Lufthauch, Antje nicht hereinkommen, schreckte erst auf, als er ihre Hände im Nacken spürte. Verlegen rieb er

sich mit der Hand die Augen trocken, versuchte wieder zu leben, neu zu beginnen mit dem großen Vergessen. Er konnte es. Mungu war kein Rachegott. Der verzieh den Lügnern, achtete die Narren und heilte die Sünder.

»Du hast ja geweint, mein Bärchen«, sagte Antje, »ist das ein so trauriger Brief geworden?«

»Sehr traurig, meine Süße. Briefe von alten Herren an junge Frauen sind immer traurig.«

»Das gefällt mir so. Du bist total romantisch. Schleichst dich fort und schreibst mir einen Brief.«

»Nein, ich habe meiner Frau geschrieben, und geweint habe ich, weil ich so große Sehnsucht nach dir hatte. Frag deinen Teddy.«

Er liebte diese stumme Sirene für die Neugierde in ihren Augen und weil sie keine Fragen stellte. Sie setzte sich auf seinen Schoß, vergrub ihre Nase in die Haare seiner Brust und schloß die Augen. Er hielt die seinen offen und kostete vom geborgten Glück. Ein Affe rüttelte am Maschendraht. Paul ging zu ihm, machte das Fenster auf und gab ihm eine Banane.

Als er zurückkam, erzählte er Antje, daß er Gabriel zum Essen eingeladen hatte. Sie ließ einen Schimmer von Mißmut zu und zauberte dann aus Ärger ein Lächeln. »Für deinen Gabriel«, sagte sie, »mache ich mich besonders schön. Ich geh gleich in meine Hütte und zieh mich um. Wenn du willst, nehme ich deinen Brief mit zum Empfang. Dann bist du nicht mehr traurig.«

»Genau das will ich«, erkannte Paul.

14

Der lange rote Seidenrock und das schwarze T-Shirt mit goldenen Halbmonden aus Pailletten um den tiefen Halsausschnitt begleiteten Antje auf jeder Reise. Das T-Shirt war seit drei Jahren ihr Talisman. Es hatte für ungewöhnlich schöne Komplimente gesorgt, für zwei fast ernstzunehmende Heiratsanträge, eine Einladung zum Abendessen mit Hummer, der ihr allerdings nicht bekommen war, aber schon am nächsten Tag für einen kleinen Lotteriegewinn, der genau für den teuren Rock ausgereicht hatte.

Gut gelaunt betrachtete Antje die in der Sonne glitzernden Halbmonde auf ihrer braungebrannten Haut. Sie stand mit Pauls Brief an Cornelia in der Hand vor ihrer Hütte und dachte flüchtig an das kleine Zopfmädchen, das sie einmal gewesen war, und wie der von allen Mitschülerinnen umschwärmte Lehrer ausgerechnet sie mit einem wichtigen Auftrag bedacht hatte. Wie damals drehte sie eine kleine Pirouette. Der Rock wirbelte um ihre Beine, und sie fühlte den warmen Wind im Haar. Einen kurzen Moment glaubte Antje tatsächlich, sie könne wieder so unbeschwert werden wie am Anfang ihrer Tour und die gegenwärtigen Sorgen würden sich als Seifenblasen entpuppen, wenn sie sich nur fest genug auf alles konzentrierte, was sie sich für die nächsten Stunden vorgenommen hatte.

Sie wollte erst die Post beim Empfangschef abgeben und dann Paul überraschen, der sie erst später erwartete, würde sich auf seinen Schoß setzen, aufmerksam und zärtlich sein, vielleicht auch ein bißchen kokett und auf alle Fälle hübsch verträumt, wenn sie von ihrer guten Fee erzählte, die im allgemeinen alles für sie regelte. Die Geschichte erschien Antje eine geeignete Überleitung, um Paul ganz ohne Verlegenheit zu gestehen, daß sie erkannt habe, daß gute Feen sich in Afrika nicht richtig auskennen und sie deshalb die Hilfe eines klugen Mannes brauche. Dies entsprach absolut der Wahrheit. Recht bekümmert und entsprechend verunsichert war Antje nämlich dahintergekommen, wie sehr ihre Träume und Wünsche dem Wandel von Zeit und Ort unterlagen. Im heimatlichen Utrecht waren ihre Wünsche sehr romantisch und meistens unbescheiden gewesen; an der Endstation ihrer Sehnsucht wurden sie mit jedem Tag prosaischer und bescheidener. Afrika hatte die heitere Optimistin verändert, sie zunächst nur nachdenklich und dann wehmütig gemacht, schließlich auch noch die bequeme Zuversicht angekratzt, daß nur die Gegenwart zählte. Antje sehnte sich von Tag zu Tag mehr nach Holland, vermochte sich jedoch nicht vorzustellen, wie sie je wieder ihren Fuß auf heimatlichen Boden setzen sollte.
Irgendwo zwischen Nakuru und Samburu, vielleicht unter dem süß duftenden Jakarandabaum am Wegesrand, wahrscheinlicher noch in dem gut gepolsterten Auto bei einem Zweikampf mit einem jungen schwedischen Stürmer, der sie so freundlich mitgenommen und es dann bei seinem rüden Spontanangriff wahrlich nicht auf ihren Rucksack abgesehen hatte, war Antjes Flugticket abhanden gekommen. Dies war ausgerechnet zu dem Zeitpunkt geschehen, da ihr

lebenslanger Traum vom Glück in Afrika die ersten Risse zeigte. Die Ironie des Schicksals und die Umwege, die das Leben nimmt, um zynische Pointen zu setzen, hatten sie bis dahin nie beschäftigt.

Es war nicht so, daß Antje unzufrieden oder gar unglücklich war. Sie war dankbar für die Erlebnisse der letzten Monate und für die faszinierende Vielfalt im Land der Freiheit, in dem es nicht die Normen und Zwänge gab, die ihr zu Hause erdrückend spießig erschienen waren. Ihre eigene Ungebundenheit bedeutete ihr nun, da sie die in vollen Zügen hätte genießen können, längst nicht mehr soviel wie in den langen Jahren, da sie von Afrika nur geträumt hatte. Die Weite der Landschaft, die ihr Herz in den ersten Wochen mit Jubel erfüllt hatte, verlor ihren Reiz. Die Kontraste erschienen ihr zu scharf, die Schönheit zu herb, die Stille und Einsamkeit lähmten sie. Antje war erschöpft; sie empfand es nicht mehr als Lust, zu oft als Last, stets aufs neue eine fremde Welt erobern zu müssen, die sie im Verlauf der Reise mehr verwirrte denn beglückte.

Es verlangte sie, obwohl es ihr peinlich war, nach der wohltuenden Überschaubarkeit von Utrecht, nach dem Tempo, den Geräuschen und Abwechslungen der Stadt. Sie vermißte ihre flüchtigen Bekannten und sehnte sich nach den guten Freunden, deren Anzahl in der Erinnerung von Tag zu Tag größer wurde. Gelegentlich wünschte sie sich gar, sie wäre wieder zurück in ihrer Bank, könnte unverbindlich mit den Kollegen plaudern und einmal wieder genießen, daß ihr gutaussehender, junger Chef sie schultertätschelnd lobte. Vor allem stellte sie es sich enorm verlockend vor, genug Geld im Portemonnaie zu wissen, um sich jederzeit eine Cola zu gönnen, ohne Komplikationen zu befürchten.

Aus Alltäglichkeiten, denen sie zu Hause keine Beachtung geschenkt hatte, wurden in Afrikas Monotonie Tagträume, die Antje die Ruhe nahmen. Sehnsüchtig dachte sie an den Kaffee in dem gemütlichen kleinen Bistro gegenüber ihrer Wohnung, an den gut gereiften Gouda im Supermarkt; sie bildete sich ein, sie könne die ersten Matjesheringe der Saison riechen, und träumte von einem ganz bestimmten Tulpenfeld in Volendam, dem Schauplatz ihres ersten Kusses. War ihr Körper so heiß, daß sie zu fiebern glaubte, malte sie sich aus, sie würde an einer zugefrorenen Gracht stehen und den Kopf in einen schneidenden Wind halten. Am meisten verlangte es sie jedoch, einmal mit jemand anderem als mit ihrem Teddy Holländisch zu reden.

Der Gedanke an die verlorene Muttersprache brachte Antje fast immer auf den Vater, den sie ein Leben lang hatte entbehren müssen und in Afrika hatte finden wollen. Auch da wertete sie nun ihre Erfahrungen aus völlig neuer Perspektive. Obwohl Paul mit seinen grauen Schläfen und seinem gütigen Blick, der beruhigenden Kreditkarte und dem etwas betulichen Gehabe, das sie in zärtlicher Stimmung immer noch sehr rührte, absolut ihrem einstigen Idol von einem Mann mit Harmoniebedürfnis und Beschützerinstinkt entsprach, entging ihr doch nicht, daß ein väterlicher Freund längst nicht so verlangend nach einer anlehnungsbedürftigen Tochter Ausschau hielt wie nach seiner entschwundenen Jugend.

Obwohl die Begegnung mit Paul sie zu Beginn wirklich entzückt und er sie gerade durch seine zurückhaltende Art beeindruckt hatte, fragte sich Antje in ihrer neuen Klarsichtigkeit doch häufig, ob sie nicht auch in dieser Beziehung ein spätes Opfer ihrer frühen Illusionen geworden war. Auf die

Dauer fand sie nämlich einen alternden Mann mit ausgeprägtem Charakter und festgefahrenen Gewohnheiten anstrengend und in den Stunden ohne erotische Entfaltungsmöglichkeiten sehr viel diffiziler als die sorglosen jungen Männer, mit denen sie zu Hause ihre Freizeit verbracht hatte.

Diejenigen, an die sich Antje erinnern konnte, neigten jedenfalls nicht zu plötzlichen Anfällen von Melancholie und überforderten ihrerseits sie nicht mit geistigen Ansprüchen, denen sie nicht gewachsen war. Junge Kollegen und die heiteren Kumpel aus dem Sportverein lachten über die gleichen Witze und Begebenheiten wie sie selbst, verfielen nie auf abstrakte Vergleiche, redeten nicht von Museen, Bildern, Malern und schon gar nicht von mausetoten griechischen Helden. Ganz bestimmt rezitierten sie keine Gedichte, die Antje auch in ihrer eigenen Sprache nicht verstanden hätte.

Sie bemühte sich, objektiv und gerecht zu sein, und sie vergegenwärtigte sich auch sehr energisch, daß Paul schließlich genau der altmodische Mann war, den sie sich in den einsamsten Augenblicken ihres Lebens erträumt hatte. Auch in jener leicht gereizten Stimmung, zu der sie neuerdings neigte, konnte sie mühelos Pauls Meriten aufzählen. Der liebe gute Mann, wie sie ihn etwas despektierlich in den befreienden Gesprächen mit dem Teddy zu nennen pflegte, war so wohltuend höflich und auf eine Art rücksichtsvoll, die sie bei keinem Partner je erlebt hatte; herrlich väterlich beglückte er sie mit jenen kleinen Freuden, von denen die jungen Eroberer ihres in dieser Beziehung reich ausstaffierten Lebens nichts mehr wußten.

Nur war Antje nie auf die Idee gekommen, daß es ihr so

schwerfallen würde, mit einem solchen Prachtstück von Vater offen zu reden und ihm die kleinen Dummheiten zu beichten, die heißblütigen Töchtern unterlaufen. Sie fand nicht den Mut, diesem liebenswerten älteren Herren, der augenscheinlich in sie vernarrt war und offenbar das gleiche von ihr annahm, zu gestehen, wie es um seine naive kleine Nymphe bestellt war. Die hatte den letzten Rest ihrer Reisekasse aufgebraucht, um ihm nach Samburu zu folgen, und keinen Schimmer, wie sie ohne seine Hilfe je die Rechnung der Lodge bezahlen, geschweige denn von ihr fortkommen sollte.

Wann immer Antje dazu ansetzte, sich Paul zu offenbaren, schien er ihr so fern, in sich gekehrt und so beschäftigt damit, unter Afrikas Himmel ein Paradies zu etablieren, daß sie ihn nicht mit ihrem irdischen Verdruß belästigen mochte. Und doch war ihr allzeit gegenwärtig, daß ihr nicht mehr viel Zeit dazu blieb, wollte sie ihre prekär gewordene Situation klären, ehe ihr auserkorener Retter wieder zu einer seiner unangenehm plötzlichen Reisen startete. In selbstkritischen Momenten kam sich Antje vor, als sei sie aus dem zwanzigsten Jahrhundert zurück in die Zeiten gesprungen, als das gesamte Wohl und Weh der Frauen von der Großzügigkeit und den Launen ihrer Ehemänner abhing.

Am Swimmingpool, bestärkt durch die ausgelassene Stimmung, hatte sie sich vorgenommen, spätestens beim Dessert das verlorene Flugticket zu erwähnen, doch seitdem ja zwei unerwartete Neuigkeiten erfahren. Erstens stand Paul offenbar sehr viel besser mit seiner Frau, als sie vermutet hatte, und zum zweiten hatte er Gabriel zum Abendessen gebeten. Daß sie einen Liebhaber hatte, der ihr die zärtlichsten Komplimente ins Ohr flüsterte und eine Stunde später seiner Frau einen mehrseitigen Brief schrieb und dabei weinte, verdarb Antje nicht die Laune. Paul war nicht der erste verheiratete Mann in ihrem Leben, der im Bett den Körper der Geliebten begehrte und sich beim Anziehen seiner Hose nicht auf die Gegenwart konzentrieren konnte. Weder moralische Skrupel noch altmodische Vorstellungen über Ehe und Treue plagten Antje über das erträgliche Maß hinaus, seitdem ihre eigene Ehe so unerwartet schnell gescheitert war. Sie war eine moderne junge Frau, die wußte, was sie wollte und brauchte, und die, obwohl sie es nie werden würde, sich gern als »total cool« bezeichnete. Auf keinen Fall neigte sie zur Eifersucht und erst recht nicht in einem Verhältnis, das sie als wohltuend temporär empfand und eines Tages gewiß als eine typisch afrikanische Begebenheit einstufen würde.

Der Gedanke an ein gemeinsames Abendessen mit Gabriel mißbehagte ihr allerdings sehr. Ihr war klar, daß sie in dessen Gegenwart nicht ungeniert würde reden können und dies auch nicht wollte. Der zungenflinke Gabriel, immer verbindlich, mit sanftem Blick und männlich festem Händedruck, war ein Rivale, den Antje absolut nicht unterschätzte. Weil sie eine instinktive Witterung für männliche Beziehungen hatte, die Frauen irritierten, störte es sie, daß Pauls Augen auf geradezu frappierend kindliche Weise leuchteten, wenn er nur Gabriels Namen erwähnte, und daß er von ihm als Freund und Sohn sprach.

Antje mochte Menschen nicht, die immer mehr sahen und wußten als andere und jede Gelegenheit ergriffen, die eigene Position zu klären. Bei ihr hatte Gabriel keine Zeit verloren, um Weichen zu stellen. Schon bei der ersten Begegnung hatte er nicht den geringsten Zweifel aufkommen lassen, daß er bei Pirschfahrten Frauen im Auto so ärgerlich fand wie Affen auf dem Kühler. Antje konnte sich genau an seine Worte erinnern und auch, daß er gesagt hatte, er sei am Steuer der »big boss«. Da hatte sie noch gelacht, Gabriel nicht.

Sie rupfte, obwohl sie es nicht wollte, wütend ein Blatt aus einer dichten Hecke mit winzigen weißen Blüten. »Bei mir nicht«, sagte sie sehr laut, »big boss wird sich noch wundern.«

Es verwirrte sie, in der Stille des verglühenden Tages ihre aggressive Stimme zu hören, doch der Trotz, der sonst ihrem nachgiebigen Wesen fremd war, tat ihr gut, noch mehr der stimulierende Klang des Holländischen in Ohren, die der eigenen Sprache entwöhnt waren. Sie stand immer noch unentschlossen im kleinen Vorgarten der Hütte, wollte nicht losgehen, ehe sich ihre Gereiztheit gelegt hatte, doch da schaute sie auf die Uhr, merkte, daß es sehr viel später war, als sie gedacht hatte, und lief schnell in Richtung des Empfangsgebäudes los.

Schon nach den ersten Schritten empfand Antje die kräftige Bewegung als befreiend und beglückend; sie fühlte, wie Zweifel und Verärgerung von ihr abließen, rannte noch schneller als zuvor, blieb keuchend an einer Hibiskushecke stehen, versuchte, ob sie schon wieder lächeln konnte, und befand, sie habe den Test bestanden. Nur einmal tief einatmen wollte sie, die laue Luft und die neue Belebung genießen, die plötzlich entspannende Heiterkeit auf sich wirken lassen, die im kühlenden Nachmittagswind übergangslos in Euphorie mündet, doch die zarten Blüten verzückten sie so sehr, daß sie nicht sofort weitergehen mochte.

Als Antje im weißen Licht die gelben Schmetterlinge mit

den gepunkteten Flügeln im Gebüsch sah, gelang es ihr nicht mehr, sich von der Farbpracht zu trennen, ehe sie zu tief in die Erinnerungen an die Freuden ihrer Kindheit eintauchte. An keiner Blume hatte das Mädchen Antje vorbeilaufen können, ohne wenigstens eine zu pflücken und die hinter das Ohr zu stecken. Im Nu war sie, eben noch klug kalkulierende Diplomatin und bereit, mit den ältesten weiblichen Waffen der Welt zu kämpfen, wieder sechs Jahre alt, eine zierliche, stupsnasige Prinzessin, die auf den Königssohn wartete, der mit silbernem Schwert durch einen dunklen Wald angeritten kam, um sie aus Armut und Not zu retten. Er hob die Holde auf einen schnaubenden Schimmel, trabte in sein gläsernes Schloß und bettete sie auf einem Diwan aus Rosen.

Es war, weil noch vor der rauschenden Ballnacht ein getretener Hund aus Samburu aufjaulte und eine schreiende Menschenstimme zeterte, ein federleichtes Spiel, sich selbst zu verspotten und einer von den Jahren überholten Märchenaufführung aus Utrecht zu entkommen, doch die Blumen der Tropen dulden es nicht, daß schönheitstrunkene Augen sich von ihnen abwenden, ehe ihre Magie Zeit hat, sich voll zu entfalten. Verlangend streckte Antje ihre Hand aus und die Nase der duftenden Verlockung entgegen.

Sie streichelte das Blatt und berührte die Blüte, warf dabei achtlos den Brief ins Gras, beschwerte ihn jedoch sofort mit ihrem Fuß. Vorsichtig brach sie eine Blume aus Feuer vom widerstrebenden Stiel und befestigte sie mit einer Sicherheitsnadel im Ausschnitt. Auf den goldenen Halbmonden am T-Shirt strahlten glitzernde Sterne.

Der lange Rock wurde mit einemmal und durch einen kräftigen Ruck so schwer, daß das Blumenkind schwankte und

die Stoffülle zusammenraffte, um nicht hinzufallen. Da erblickte Antje den Affen. Er saß zwischen ihren Füßen, suckelte an einem Zipfel vom Rock und spielte mit dem orangenen Schnürsenkel ihres rechten Turnschuhs.
»Du schönes Tier«, flüsterte Antje, »bleib sitzen. Ich weiß genau, daß du ein verzauberter Prinz bist und darauf wartest, daß ich dich küsse.«
Erfüllt vom erregenden Glücksgefühl, daß sie das zutrauliche Geschöpf aus so großer Nähe sehen durfte, wagte sie es nicht, ihren Fuß wegzuziehen oder die Hände zu bewegen. Der olivgrüne Affe mit funkelnden, tellerrunden Augen, die Antje in jener rührenden Unschuld anstarrten, die nur sehr jungen Tieren zu eigen ist, war winzig, doch er hatte flink zupackende Hände. Eine davon schoß unter seiner Achselhöhle hervor, zog fest am Schuh und gab ihm einen so kräftigen Stoß, daß Antje nun tatsächlich strauchelte und hinfiel. Sie stieß einen kleinen Schrei aus, so hoch und verstörend für einen Affen ohne Erfahrung, daß er verschreckt davonrannte. Er hetzte jedoch, während Antje kichernd auf der Erde lag und mit beiden Beinen strampelte, umgehend wieder zurück, setzte sich ins Gras und schlang die Arme um den Leib, hielt das Köpfchen schief, wirkte noch winziger denn zuvor und herzbewegend scheu. Dann – mit einem einzigen zupackenden Griff – holte sich der Meister der Verstellung das Couvert, roch am Papier und betrachtete aufmerksam Pauls akkurate Schrift.
Antje lachte noch immer, als sie aufsprang und sofort danach mit der einen Hand das flaumige, grüne Fell berührte und mit der Rechten – ganz langsam, sehr vorsichtig – dem Affen den Brief wieder abnehmen wollte, doch er zeigte seine Zähne und riß beide Arme hoch. Einen Moment noch hielt

der haarige Provokateur, wie ein hänselndes Kind, das feixend den Bestohlenen zur letzten Glut treiben will, ehe der Kampf beginnt, die Trophäe hoch über dem Kopf. In der nächsten Sekunde sprang der fröhliche Dieb, den Briefumschlag im Mund, durch das hohe Gras davon. Er kletterte über Steine und Wurzeln, durch Gestrüpp und auf niedrige Äste, wieder hinab und rannte davon, als kämpfe er um sein Leben.

Keuchend hetzte Antje hinter dem Affen her. Sie flehte leise um seine Einsicht und bedrohte ihn schreiend mit Fluch und Mord, stolperte über einen dicken Zweig, den der Herausforderer ihr entgegenschleuderte, blieb mit ihrem Rock an spitzen Dornen hängen, befreite sich mit bebenden Händen, sah sich da bereits geschlagen und gab doch nicht auf. Einige Male ließ der souveräne Gejagte die verzweifelte Verfolgerin so nahe an sich heran, daß sie wieder Hoffnung schöpfte und so vermessen war zu glauben, sie brauche ihre Hand nur zentimeterweit ausstrecken, um ihm den Umschlag zu entreißen, doch jedesmal machte der possierliche Artist ihr aufs neue klar, daß es immer die Kinder sind, die in dem alten Spiel gewinnen, in dem die List der Dreisten mehr zählt als die Ansprüche der düpierten Jäger.

»Bitte«, jammerte das Opfer, »der Brief gehört mir doch nicht«, doch der Sieger schüttelte nur das Köpfchen. Einmal ließ er sich sogar einfangen, kratzte sich jedoch umgehend mit langen Nägeln zurück in die Freiheit, sprang auf einen spitzen Felsenhügel und lauste dort sein Fell.

Der samtäugige Imperator sprang herunter von seinem Thron. Aufrecht stehend rief er die letzte Runde im ungleichen Duell aus. Souverän sah er sich um und nahm Maß. Ohne Hast lief er einen Baum mit dicker brauner Rinde hoch, schlüpfte von Ast zu Ast, ließ einmal noch die helle Brust sehen, an die er den Briefumschlag preßte, und danach nur noch die Spitze seines langen Schwanzes.

Antje stand unter dem Baum und trommelte ihre Hände am Stamm heiß. Zum allerletzen Mal erblickte sie das Äffchen, als es von der Krone des Baumes zur nächsten hinübersprang. Sie wußte nicht, ob sie schreien, weinen oder lachen sollte, spürte nur den Druck von Tränen, einen Schmerz im Knie vom Dorn einer Hecke und die Ohnmacht eines Gefühls, aus dem Wut hätte werden müssen und aus dem schließlich nur ein hysterisches Gelächter wurde, das sie nicht sofort als ihr eigenes erkannte.

Müde wandte sich die glücklose Diana ab, ging drei Schritte vom Baum zurück, starrte verlegen zu Boden, ahnte, wie sie aussah, holte sich Gewißheit und vermochte doch nichts anderes zu tun, als laut zu lachen. Der Rock war zerrissen, der Saum aufgegangen, an den weißen Turnschuhen klebten glitschige Grashalme, winzige schwarze Insekten und ein großer Nashornkäfer mit spiegelndem Panzer. Beide Hände waren zerkratzt, von einem Ellbogen tropfte Blut, die schweißverklebten Haare lagen wie ein nasser Lappen im Nacken, nur die schöne, zarte Hibiskusblume steckte noch fest im Ausschnitt. Antje streichelte sie mit dem Kinn, streckte ihre Handflächen in den Wind, fächelte sich Kühle zu und schloß die Augen.

Sie kam sich wie ein dummes, ungehorsames Kind vor, das nach der Schule statt zur Mutter, die mit dem Essen wartet, in den Wald gelaufen ist, dort auch noch den Ranzen und die teure Haarspange verloren hat und daraufhin beschließt, nie wieder nach Hause zurückzukehren und bis in alle Ewigkeit nur noch von Beeren zu leben. Erschöpft ließ sich Antje ins Gras fallen. Sie legte sich auf den Rücken, die Arme über dem Kopf, die Beine flach auf die Erde gedrückt, und schaute zum Himmel. Immer noch Kind, stellte sie sich vor, niemand würde je merken, was passiert war, wenn sie nur ganz still liegen blieb, bis die Welt wieder im Lot war.

Als es wieder ruhig atmen konnte, tröstete sich das Kind mit einem wunderschönen Märchen. Der Affe aß eine Banane, riß danach mit seinen langen spitzen Nägeln den Briefumschlag auf und las seinen neugierigen Brüdern und Schwestern vor, was ältere Herren auf Reisen ihren betrogenen Ehefrauen schreiben. Weil Kinder sich indes nicht genug für Briefe interessieren, die melancholische Erwachsene mit Tränen benetzen, mußte Antje schließlich doch aus dem schützenden Kokon ihrer schönen Geschichte schlüpfen. Eine Weile grübelte sie, ob es klüger wäre, Paul erst von seinem gestohlenen Brief und später von ihrem verlorenen Flugticket zu erzählen oder in umgekehrter Beichtfolge, doch auf die Dauer fand sie keine der beiden Möglichkeiten befriedigend.

Als sie dann im Badezimmer ihrer Hütte stand, geduscht, gestärkt, die Blessuren versorgt, trotz Jagd und Niederlage wieder in der guten Laune der Begnadeten, die über sich selbst lachen können, ließ sie der Spiegel wissen, daß ihr Gesicht so unschuldig war wie die Augen eines klitzekleinen Affen. Antje ihrerseits versprach dem Affen, für alle Zeiten ihr gemeinsames Geheimnis zu hüten. Schon der Gedanke machte sie entschlußfreudig. Sie beschloß, umgehend den Saum ihres Rocks zu nähen, sich den ganzen Abend nicht über Gabriel zu grämen und Paul erst am nächsten Tag und dann in aller Ruhe ihre Situation ausführlich zu schildern.

Die Kellner zündeten gerade die Kerzen an den Tischen an und arrangierten rosa Orchideen in den Vasen, als Paul zum Abendessen ging. Schon von Weitem sah er Gabriel am Eingang zur festlich eingedeckten Halle stehen und daß er in dem Moment verlegen wurde, da der dicke Oberkellner mit ausgebreiteten Armen auf ihn zustürzte und ihm einen Schwall offenbar zorniger Worte entgegenschleuderte. Gabriel machte seine Schultern breit, doch gleichzeitig senkte er den Kopf. Es war nun nicht mehr zu überhören, daß der Kellner ihn beschimpfte. Augenscheinlich fehlte Gabriel der Mut, um anders als nur mit geballten Fäusten auf die Injurie zu reagieren. Ein paarmal machte er den Mund auf, doch er sagte nichts.
Paul fiel das Gespräch vom Morgen ein und Gabriels Bemerkung über die Fahrer, die die Leitung der Lodge nicht in den Räumen der Gäste sehen wollte; er dachte alarmiert an die Apartheid in Südafrika. Selbst nach den flüchtigen Eindrücken seiner Reise konnte er sich gut vorstellen, daß die Herrschenden in Kenia die eigenen Bürger der gleichen Schmach aussetzten. Konsterniert, weil ausgerechnet er in der unreflektierten Unbekümmertheit der Besitzenden Gabriel in eine erniedrigende Situation gebracht hatte, lief Paul rasch auf den Eßraum zu. Die letzten paar Meter versuchte er zu rennen, erreichte sein Ziel mit heißer Wut und schob sich schnaufend zwischen die beiden Männer, doch er nickte dem echauffierten Kellner freundlich zu. Trotzdem sagte er so laut »Jambo«, daß das liebenswürdige Wort wie eine Drohung klang.
In der kumpelhaften Art von Männern, die sich lange kennen und bereit sind, auch weiterhin jede Hürde gemeinsam zu nehmen, klopfte Paul Gabriel auf die Schulter. So be-

stimmt und fordernd, daß er sich seines Tons genierte, der ihm, als er ihn hörte, so typisch für einen reichen Touristen, anmaßend, herrisch und sehr deutsch erschien, verlangte er nach dem Tisch mit dem besten Blick auf den Fluß.

»Wir müssen heute«, erklärte Paul dem Kellner eine Spur leiser, doch mit Augen, die er so schmal machte wie die von Gabriel, »mit den Krokodilen reden. Mein guter Freund hier hat mir versprochen, er wird mir alles erzählen, was die mir sagen wollen. Oder ist es in dieser Lodge verboten, beim Essen mit Krokodilen zu sprechen? Mein Freund hat gesagt, ich darf beim Essen nicht reden, mit wem ich will, aber ich weiß, daß er lügt.«

»Er hat gelogen«, grinste der Kellner. »Wer so gut unsere Sprache spricht wie du, darf mit allen reden. Auch mit Krokodilen. Kenia ist ein freies Land.« Er schüttelte den Kopf, leicht und ein wenig abwesend, als wolle er nur einen Moskito von seinem glänzenden Schädel loswerden. Danach holte er den gutmütigen Ausdruck zurück in seine Miene, ging mit einer weißen Serviette über dem Arm voraus zu einem runden Tisch an der breiten Brüstung und stellte, obwohl Antje noch nicht da war, einen dritten Stuhl hin.

»Du wolltest«, erkannte Gabriel, als er einige Zeit später immer noch verlegen und auf der Suche nach seinem zu rasch aus Körper und Kopf geflohenen Stolz, mit einem weißen Cocktailspieß in Form eines Elefantenzahns in einem Glas Tomatensaft rührte, »gar nicht von den Krokodilen reden. Ich habe deine Augen brennen gesehen. Du wolltest dem dummen, platzenden Esel nur sagen, daß ich dein Freund bin.«

»Du weißt wieder mal alles von mir, Gabriel. Wer hat dich so klug gemacht?«

»Du, Papa Mzee. Nur du. Klugheit ist wie eine Krankheit. Sie springt von einem Menschen zum anderen. Nur du hast immer schönere Worte im Mund als ich. Wo findest du sie?«
»Ich habe nichts anderes in meinem Leben gelernt, als schöne Worte zu sagen.«
Sie sahen zusammen den ersten Stern durch die Wolken stechen, die Mückenschwärme ins Licht der Laterne am Swimmingpool fliegen, und sie hörten gemeinsam den letzten Lockruf eines balzenden Vogels, ehe er in die Dunkelheit flog und sich nicht mehr um seine Zukunft sorgte. Wenn ihre Blicke sich begegneten, fragte keiner von beiden nach den Tagen, die noch nicht gekommen waren; sie teilten Vertrautheit, verzichteten auf Worte und wurden satt von einem Gefühl, das nicht aus der Kehle darf, wenn es im Kopf bleiben soll. Es war das lange Schweigen, das sowohl Paul als auch Gabriel bewußt machte, daß die Fesseln um ihre Herzen zu fest geworden waren. Sie würden sich nicht lösen lassen, ohne daß auf immer Narben zurückblieben.
Gabriel hielt ein Glas gegen das unruhige Licht und trank mit geschlossenen Augen, wie es die Kenner tun, die nur das Wohl ihrer Zunge im Sinn haben, doch er verschluckte beim Trinken so viele Seufzer wie ein Mann, der zu einer Safari gedrängt wird, auf die er nicht gehen will. Der helle rosa Wein wurde schon im Mund bitter. Er dachte an das süße Tembo von Naro Moru und an seinen Sohn, den der Mzee nicht hatte sterben lassen wollen. »Hast du heute deinen Brief geschrieben?« fragte er, um seinen Kopf zurückzubefehlen, ehe es ihm zu heftig nach den Pfaden verlangte, die zu der eigenen Hütte führten, »und wo ist Sirene?«
»Hat dir niemand gesagt, daß ein Mann nicht zwei Fragen auf einmal aus seinem Mund ausspucken darf? Kannst du

nicht warten, bis die Zeit gekommen ist? Mein Brief ist schon auf Safari, und Sirene wird bald hier sein. Das wollte ich dir noch sagen, Gabriel. Ich will sie morgen mit auf Safari nehmen.«

»Warum?«

»Mußt du immer alles wissen? Bei uns sind die Frauen auch für die Tage da, nicht nur für die Nächte. Sirene kann nicht immer nur warten, bis ich von einer Safari zurückkomme. Sie hat noch nie einen Löwen gesehen. Morgen soll sie dabei sein, wenn wir losfahren.«

»Morgen soll sie dabei sein«, wiederholte Gabriel. Er preßte die Lippen fest aufeinander, um nicht mit der Geschwindigkeit der Dummen die Bilder im Kopf zu Worten zu machen, faltete die Serviette auseinander und breitete sie sorgsam auf seinem Schoß aus. Eine Zeitlang schaute er nur auf seine bedeckten Knie und wühlte in seiner Hosentasche. Als er die Hände wieder hervorholte, lächelte er; weil er jedoch spürte, daß Paul ihn beobachtet hatte, schickte er die eigenen Augen ohne Umweg zum weißen Mond. Der ließ ihn wissen, daß der kluge Mzee manchmal nicht klug genug war. Er sprach zu früh und ohne nachzudenken von den Dingen, die er tun wollte.

Gabriel sprang schon auf, während Antje sich auffallend langsam, wie er sofort bemerkte, dem Tisch näherte, und blieb stehen, bis sie Paul umarmt und ihm selbst die Hand gereicht hatte. Er gab sie ihr nicht sofort zurück, sondern ließ kurz einen nach Gewißheit gierenden Finger über den langen roten Kratzer auf ihrer schönen weichen Haut gleiten. Mit dem rechten Auge versuchte er, wie der amerikanische Pistolenkrieger in einem Film zu zwinkern, den er nur dieses einen Tricks wegen bewundert hatte, er kannte sich jedoch nicht gut genug mit den konspirativen Botschaften weißhäutiger Männer aus. Versehentlich riß Gabriel beide Augen weit auf und wußte dann nicht mehr, wie der Mann im Kino das eine, auf das es ankam, klein bekommen hatte. Höflich, beide Füße dicht aneinander, die linke Hand hinter dem Rücken, wie er es bei dem von allen bewunderten Oberkellner im Norfolk Hotel in Nairobi beobachtet hatte, rückte Gabriel für Antje den Stuhl zurecht. Er begrüßte sie mit einigen schwer aussprechbaren englischen Worten, die er noch von der Schule kannte, und wunderte sich sehr, daß die so leicht aus seinem Mund trabten wie eine Gazelle aus dem Schatten in die morgendlichen Sonnenflecken.

Paul sprach mit Antje Deutsch, sie Englisch mit Gabriel und er Suaheli mit Paul. Gabriel begriff, noch ehe sie es merkte, daß Antje sich zu oft die Beute der Worte entgehen ließ. Ihm widerfuhr das nicht wiedergutzumachende Mißgeschick nur zweimal. Wann immer die glücklose Jägerin ansetzte, ein längeres Gespräch mit Paul zu beginnen und dabei ihre Stimme so lockend wie die eines Vogels machte, dem nicht mehr viel Zeit bleibt, um sein Nest zu bauen, redete der fröhliche Mzee von Krokodilen, Löwen und Elefanten. Beim Sprechen sah er Gabriel mit Augen an, die Wissen und Geheimnisse miteinander teilen, und machte jedes kurze Suaheli-Wort zu einer lange nachklingenden Musik.

Weil Antjes Ohren hungerten, wurde ihre Zunge bald so schwer wie die Felsen auf jenen Bergen, in denen noch nicht einmal Gras Wurzeln schlägt. Gabriel schaute die Stumme an und mußte das Lachen in seiner Kehle mit Vorsicht ertränken; es gelang seiner Gegnerin nie, die grauen Schatten von ihrem Gesicht fortzujagen, ehe sie zu roten Flecken von Ärger wurden. Paul merkte als letzter, wie still

Antje war, daß sie unglücklich und trotz des schmeichelnden Lichtes älter wirkte als in der ausgelassenen Stimmung am Swimmingpool. Schuldbewußt zog er die entzauberte, erwachsen gewordene Nymphe an sich, rieb sein Gesicht an ihrem Haar und schlug leise mit seinem Glas an ihres.
»Tut mir leid«, entschuldigte er sich zerknirscht, »ich bin mein Leben lang ein unhöflicher, rücksichtsloser Stoffel gewesen. Aber wenn ich mit Gabriel zusammen bin, komme ich nie auf den Gedanken, daß irgendwer in Afrika nicht Suaheli spricht.«
Als er zu sprechen begann, hatte er nur eine sehr vage Ahnung, vor dem letzten Satz jedoch schon die Gewißheit, daß er vor langer Zeit die gleiche Situation erlebt hatte, nur noch peinlicher und mit einer Frau, die nicht Antjes Langmut gehabt hatte. Zunächst wußte er nicht, wer außer einem alten, von ihm so freudig empfangenen Schulfreund mit am Tisch gesessen hatte. Er brauchte nicht lange auf die beunruhigenden Details zu warten. Der laute fröhliche Gast war Staatsanwalt in einer Kleinstadt geworden, und beide hatten sie so animiert und in der zweideutigen, kruden Geheimsprache pubertärer Schüler die Vergangenheit reanimiert, als wären sie seitdem keinen Tag älter geworden. Anne war es gewesen, die sie zum Schweigen verurteilt hatten. Der Abend war in einem Eklat geendet.
Mit ironischer, gefrorener Stimme hatte sie Paul den bemerkenswertesten Egozentriker genannt, dem sie je begegnet wäre. Damals hatte er zum ersten Mal das Wort »Chauvi« gehört. »Zur Feier des Tages«, hatte Anne gehöhnt, »nur ein einfacher Macho, ansonsten ein intellektueller Hochstapler.« Der Keulenschlag traf noch immer, und doch war es Cornelias Gesicht, das er sah, so betreten, beschämt und

verloren wie nun das von Antje. Auch Cornelia hatte sich nie wehren können, und er war immer unempfindsamer und rücksichtsloser geworden.
Die alte Last entriß Paul mit einem Schlag die Leichtigkeit der afrikanischen Nacht und hieß ihn, das Urteil über sich selbst zu sprechen. Nie hatte er sich bemüht, Cornelia an seiner Welt teilhaben zu lassen. Es hätte dazu, das war ihm im Verlauf seiner Safari an jeder emotionalen Wegkreuzung bewußt geworden, vielleicht nur einiger verbindlicher, verständnisvoller Anregungen bedurft, doch war er zu sehr mit sich und seinen Stimmungen beschäftigt gewesen, um auch nur ein einziges Wort zu sagen. Pauls Gewissen und Reue stolperten sehr langsam aus der Vergangenheit in die Gegenwart. »Morgen auf unserer Safari«, versprach er schließlich, »wird das anders, meine arme kleine Sirene. Da reden wir nur Englisch. Ich vergesse immer, wie gut Gabriel Englisch spricht.«
»Wer ist wir?«
»Wir drei natürlich. Du kommst doch mit zur Pirschfahrt? Gabriel will dir endlich einen Löwen zeigen.«
»Klar komme ich mit«, erwiderte Antje überrascht, »das habe ich mir schon lange gewünscht.«
Sie fragte sich verdrossen, ob Paul wohl alle Frauen in seinem Leben mit schönen Versprechungen zu blenden versucht hatte und ob er vielleicht nur deshalb so melancholisch geworden war, weil junge Frauen im entscheidenden Moment nicht die Kinder waren, die ein älterer Mann in ihnen sehen wollte, doch sie schaute Paul zu flüchtig an, um beim Thema zu bleiben. Einem Impuls folgend, den sie sich nicht erklären konnte, beugte sie sich vor zu Gabriel.
Mit einemmal war es Antje, als sähe sie sein Gesicht unter

einer Lupe. Es wirkte in der Vergrößerung abstoßend und gefährlich, und doch verstand Antje nicht, was die Augen in diesem befremdenden Gesicht ihr signalisierten. Der Kluge war, als er den Mzee seinen Namen erwähnen und das Wort Safari sagen hörte, bereits aufgebrochen, um die erste Falle zu stellen. Er hielt eine Hand über die Brüstung in den Wind hinein und erkannte, daß er sich auf die Kälte der Nacht verlassen konnte.

»Ich hole dir deine Jacke«, bot er an, als er sah, daß der Mzee nicht nur Wärme, sondern auch eine Toilette brauchte.

»Nein, ich gehe selbst zur Hütte. Du weißt mal wieder alles vor mir, mein Freund. Ich komme gleich wieder.«

Trotz seiner Ungeduld wartete Gabriel, bis die Dunkelheit seinen Papa, dessen Zauber der klugen Worte er mit niemandem teilen würde und schon gar nicht mit einer Frau, verschluckt hatte. Die Zeit war gekommen. Er griff nach dem Salzstreuer, obwohl sein Teller leer war, stieß mit der linken Hand gegen ein Glas, rettete es durch eine geschickte Bewegung der zuverlässigen Rechten vor dem Sturz, sprang erschrocken auf, setzte sich gelassen wieder hin und murmelte leise einige Worte. Sehr laut sagte er: »Sorry.« Entschuldigend, genau wie der Mzee es getan hatte, drückte er Antjes Hand. Als er sie freigab und auf den Tisch legte, lächelte er.

»Redest du Englisch oder Deutsch, wenn du mit den Affen sprichst?« flüsterte er.

»Was willst du von mir, Gabriel? Den ganzen Abend starrst du mich an oder fummelst an mir rum. Was soll jetzt der Quatsch mit den Affen?«

»Schau dir deine Hände an. So kratzt nur ein Affe.«

Der Jäger sah seine Beute in ihre Haut kriechen, die Augen

aufreißen, wie ihre Zunge nach der Lüge suchte und sie nicht fand, daß die von Netzen Umschlungene wütend und wehrlos wurde. So eine dachte noch nicht einmal an Flucht. Es dauerte Gabriel zu lange, bis Antje ihre Zähne auseinander bekam. Er schaute in die Richtung von Pauls Hütte, war erleichtert, daß der Mzee noch nicht zu sehen war.

»Du mußt nicht zittern«, tröstete der geschmeidige Krieger, »ich habe gesehen, daß dein Affe sehr klein war. Der kann noch nicht reden.«

»Wenn du alles gesehen hast, warum hast du mir nicht geholfen? Du hättest dem verdammten Affen den Brief abnehmen können.«

»Du hast mich nicht gerufen«, erwiderte Gabriel liebenswürdig, »ich komme nur, wenn ich gerufen werde. Ich bin nur der Fahrer von Mister Paul.«

In der Schwere des Schweigens holte er seinen Kopf zurück, der sehr nahe an Antjes gekommen war, glättete den kleinen Graben auf der Stirn, machte seinen Körper groß und fixierte den Himmel. Als er die kleinsten Sterne leuchten sah, griff Gabriel mit der Hand der Tat in die Hosentasche und holte die kleine Tüte mit dem weißen Pulver heraus. Es hatte weder Geschmack noch Duft, doch es schenkte den Dieben der Liebe die Süße von langem Schlaf. Die Frau jedoch, die es bald schlucken würde, sah nichts und würde nie erfahren, weshalb sie beim Erwachen die Abendsonne und nicht die Morgenröte gesehen hatte.

»Da kommt Mister Paul zurück«, sagte Gabriel und drückte behutsam Besorgnis in seinen Rachen. »Er wird sich sehr ärgern, wenn er hört, daß sein Brief nur bis zu den Bäumen gereist ist. Ich werde ihm das nicht sagen. Warum soll sich mein Mister Paul über deinen Affen ärgern?«

Antje wollte Gabriel zunicken, ihn auf eine souveräne, lässige Art wissen lassen, daß sie über vermeidbaren Ärger so dachte wie er, doch ihr Kopf war heiß und ließ sich nicht bewegen. Auch die Hand brannte, mit der sie den Stiel ihres Glases berührte. Das Verlangen, Angst, Zorn und Erniedrigung herunterzuspülen, versengte ihre Haut. Sie setzte zum Trinken an, doch Gabriel nahm ihr das Glas weg und stellte es – unendlich sanft – auf den Tisch.

»Nein«, mahnte er, »du hast vergessen, daß du jetzt aus meinem Glas trinken mußt. Ich werde aus deinem trinken.«

Antje wollte laut hohnlachen, erleben, wie der lauernde Blick endlich aus den herrischen, impertinenten, sie hypnotisierenden Augen verschwand. Mochte Gabriel seinen Krieg führen, solange es ihm Freude machte, sie war es, die die Waffen bestimmte. Mit einem einzigen hohen Ton ironischen, boshaften, koketten, urweiblichen Gelächters würde sie an dem Mann Rache nehmen, der sie demütigte. Ihre Augen schossen den ersten Pfeil ab. Stolz schob sie ihr Haar beiseite und tippte mit zwei Fingern gegen ihre Stirn.

Schroff sagte Antje: »Bei uns trinken nur gute Freunde aus dem Glas des anderen«, doch sie lächelte dabei wie ein eingeschüchtertes kleines Mädchen, das vom Lehrer beim Stehlen erwischt wird. Als ihre Hand zitterte, wußte sie, daß sie auch die letzte Schlacht in Gabriels Krieg verloren hatte.

»Bei uns«, lächelte Gabriel zurück, als Antje seinen Wein schluckte und er den ihren, »trinken auch nur gute Freunde aus dem Glas des anderen.«

15

Der Wind schlug stundenlang so heftig gegen die Hütte und die leichten Möbel im ungeschützten Vorgarten, daß die Hunde keifend durch das Gelände hetzten und die Fensterscheiben klirrten. Erst als der Sturm seine letzte Kraft verloren hatte, gaben die Wolken den Mond wieder frei. Der erhellte mit einem kräftigen Strahl von gelbem Licht den kleinen Sessel am Schreibtisch und machte aus der Schwere der Gedanken wieder die Trugschlüsse einer plötzlich besänftigten afrikanischen Nacht. Nach der entfesselten Wut, die durch Bäume und Gebüsch gerast und von den Holzwänden wie Donnerschläge abgeprallt war, empfand Paul die Lautlosigkeit als Balsam für Ohren, Herz und Nerven, doch kurz nach der unerwarteten Begnadigung von Forderung und Drohung hörte er einen langgezogenen Schrei.

Weil er nicht übergangslos aus einem angenehmen Zustand herausfand, in dem Leben und Leichtigkeit zur harmonischen Einheit verschmolzen, dachte Paul, die allnächtlich heulende Hyäne hätte ihren Hunger beklagt. Er empfand Mitgefühl für die glücklose Jägerin, war doch die eigene Beute groß und sättigend gewesen. In den häufigen Wachphasen war es ihm endlich gelungen, die Safaris durch die afrikanische Weite und die Reisen durch die Enge seines früheren Lebens auf einen gemeinsamen Nenner zu bringen. Paul hielt diesen Nenner für mathematisch korrekt und auf beglückende Weise lebensklug. Es verlangte ihn sehr, die im Dunkeln gefundene Lösung in der Helligkeit des kommenden Tages zu überprüfen.

Noch ein wenig benommen von der Last einer Konfrontation, die sich nur schwer auf Zeit und Ort zu einigen vermochte, drängte es ihn zum Aufbruch. Ungeduldig rief er Gabriel zu, er sollte mehr Stunden stehlen als die paar kümmerlichen, die ihnen beiden noch blieben. Als der Träumer die Augen weit aufriß, um konzentriert nach dem Diebesgut zu greifen, begriff er, daß die Kerze auf seinem Nachttisch flackerte und Antje, gekrümmt vom Druck ihrer bebenden Schultern, auf der Bettkante saß, ihre Hände vor das Gesicht hielt und heftig schluchzte.

»Um Gottes willen, meine kleine Sirene, was ist passiert?«

»Gabriel will mich vergiften«, sagte Antje mit einer so ruhigen Stimme, als hätte sie weder geschrien noch geweint, »weil ich mein Ticket verloren habe.«

»Es ist alles gut. Du hast nur schlecht geträumt, du Ärmste. Gabriel würde dir nie was tun. Er weiß gar nicht, was Gift ist.«

Es erschien Paul, als er Antje an sich drückte, nach den Erfahrungen der letzten Tage indes nicht unwahrscheinlich, daß sie ihr Flugticket wirklich verloren hatte. Eine Zeitlang überlegte er angestrengt, wie er ihr helfen könnte, sollte dies wirklich der Fall sein. Schließlich fiel ihm ein, daß die Fluggesellschaften meistens nur Bearbeitungsgebühren und nicht den vollen Ersatz für verlorene Tickets verlangten, doch kam er nicht mehr dazu, Antje das zu sagen, ehe sie sich abrupt und aufs neue laut weinend ins Bett warf.

Sie tauchte spontan in jene Schlaftiefe ein, die ihn in der ersten gemeinsam verbrachten Nacht als Beweis rührender kindlicher Unschuld fasziniert hatte. Nun bewegte es ihn ebenso intensiv, daß er die unterschiedlichen Schlafgewohnheiten von zwei zu weit auseinander liegenden Generationen als unangenehm charakteristisch für die unüberbrückbare Kluft zwischen Jugend und Alter empfand.
Noch während Paul über den Zynismus von Pointen nachdachte, die sich als neue Erkenntnisse anboten und die in Wirklichkeit nichts anderes als die Summe von melancholisch stimmenden Beobachtungen waren, wachte Antje zum zweiten Mal auf. Obwohl sie noch herzzerreißender weinte als beim ersten Mal, erzählte sie mit einem geschulten Talent für überraschende Effekte von einem Affen, der ihr einen wichtigen Brief geraubt hätte, und daß Gabriel sie deswegen erpressen wolle. Diesmal nutzte der bereitwillige Tröster die kurze, ihm zur Verfügung stehende Zeitspanne besser, um Antje zu beruhigen. Es gelang ihm rasch, der Verstörten klarzumachen, daß sie nur geträumt hätte. Mit einer Zuversicht, die ihn an die hoffnungsfrohe Dekade erinnerte, als sein Sohn ihm alle Wunder des Lebens zugetraut hatte, versprach er, am nächsten Morgen alle anstehenden Probleme zu lösen.
»Papa«, sagte er und seufzte, weil er Jens in einem weißen Frotteeschlafanzug mit einer gelben Ente auf der Brust und winzigen Fingern sah, die sich in den damals noch sehr dichten väterlichen Haarschopf einwühlten, »wird's schon richten.«
»Du bist nicht böse, mein Bärchen? Kein ganz kleines bißchen?«
»Kein ganz kleines bißchen, meine Süße«, wiederholte Paul.

Zwei Stunden später hielt er seine Uhr in den Mondstrahl, der den Kopf von Antjes Teddybär vergoldete. Es war kurz vor fünf. Da beschäftigte ihn nur noch das Versprechen, das er Gabriel gegeben hatte. »Ich stehe um sechs Uhr vor der Hütte«, hatte er ausgemacht, »keine Minute früher und keine später.« Die genaue Zeitangabe, ein Scherz nur, doch im Rhythmus afrikanischer Tage ein provokativer Witz, hatte Gabriel begeistert.

Beim Abendessen war er immer wieder auf die Minuten vor und nach der Sechs zurückgekommen. Er hatte seine Uhr auf den Tisch gelegt, den Sekundenzeiger einhundertundzwanzig Umdrehungen lang mit seinem Fingernagel nachgezeichnet, hatte akribisch und konzentriert ein Ritual von Zahlenspiel, Zauber und Verschwörung inszeniert, dem, so naiv und unlogisch es auch war, Paul sich nicht hatte entziehen können. Antje hatte feinfühlig und sehr richtig Flüstern, Gelächter und die bedeutungsvollen Blicke als Beschwörung einer Gemeinsamkeit gedeutet, von der sie ausgeschlossen war.

Als Paul sie schlafen sah, erinnerte er sich mit einer Detailtreue, die er übertrieben fand und die ihm kleinlich und nachtragend erschien, an ihr mißmutiges Gesicht und an die abwehrende Geste, mit der sie die Uhr über den Tisch geschoben, und wie Gabriel und er sich angesehen hatten. Er begriff die Botschaft und nahm beschämt das Urteil des Unparteiischen an, dem er Einblick in seine Gedanken gewährt hatte.

Paul wußte seit der Trennung von Anne, daß es ihm nicht gegeben war, um der Liebe willen einer Frau seine Seele zu übereignen. Bald würde auch Antje für ihn nur die große Sehnsucht sein, die zu Afrika gehörte wie die schlanken

Samburukrieger mit der ockerleuchtenden Haut, die Löwen, Affen, Nashörner und die Wälder, die das Herz mit Wehmut tränkten und vergessen ließen, was gewesen war. Der alte Männertraum von der verjüngenden Liebe, die Paul in Antjes Armen erfahren hatte, würde nicht länger währen als eine Hibiskusblüte an einer schattenlosen Mauer.

Es war Gabriel, den Paul nie würde vergessen können. Nur mit ihm konnte er reden, ohne die Worte abzuwägen, nur mit Gabriel träumte er, ohne die Stunde des Erwachens zu fürchten. Es war weder Spiel noch Phantasie und schon gar nicht Irrtum, daß er ihn Freund und Sohn nannte. Wenn Gabriel zur Safari rief, hatte die Welt weder Anfang noch Ende. Sie kannte nicht Gesetz noch Schranke, stellte keine Fragen und keine Aufgaben.

Nur einen Moment, erfüllt von Verlangen und dem Aufbegehren gegen Form und Sitte, spielte Paul mit der Möglichkeit, sich aus der Hütte zu schleichen, einen Brief auf den Nachttisch zu legen und Antje zu schreiben, er habe es nach der für sie so schweren Nacht nicht über sich gebracht, sie so früh am Morgen zu wecken. Dann siegten Reue und Rücksicht, Disziplin und Anstand. Aus der großen Versuchung wurde die kleine, entschuldigende Geste, aus dem Rebellen, der nur sich selbst Rechenschaft schuldig sein wollte, der Mann, der niemanden verletzen mochte.

Leicht berührte der widerstrebende, bekehrte Sünder Antjes Schultern. Behutsam streichelte er ihr Gesicht, zog zögernd das Laken beiseite, doch sie reagierte nicht. Erst als Paul sie mehrmals ansprach und bei jedem Mal lauter wurde, öffnete sie die Augen. Sie schien Paul nicht wahrzunehmen. Er sah, daß ihr Gesicht glühte, die Haare verschwitzt, die Hände ineinander gekrampft waren. Die Situation, schuldbewußt und hilflos am Bett einer Frau zu stehen, war Paul vertraut. Cornelia litt an Migräneanfällen. Anne war in den ersten Monaten ihrer belastenden Schwangerschaft nicht fähig gewesen, vor elf Uhr morgens aufzustehen.

»Willst du denn nicht zu unserem Löwen?« fragte er leise. Er wunderte sich, daß sein Ton nicht verriet, wie sehr sich seine Fähigkeit zur Anteilnahme abgenutzt hatte seit den Tagen von Theaterkarten und seidenen Nachthemden für Anne und albern stierenden Knuddeltieren sowie himmelblauen, kühlenden Migränemasken für Cornelia. Die scharfe Wiedergabe der unerwarteten Szenen verstimmte ihn.

Antje versuchte, sich im Bett aufzurichten, sie ließ sich jedoch sofort würgend in die Kissen zurückfallen und stöhnte. »Laß mich schlafen«, keuchte sie, »mir ist so schlecht. Ich habe so schreckliche Kopfschmerzen.«

»Migräne?« fragte Paul.

»Migräne«, wiederholte Antje erleichtert.

»Schlaf wieder ein, meine Kleine. Und mach dir keine Sorgen. Ich bleibe bei dir.«

»Das darfst du nicht«, wehrte Antje entsetzt ab. Mit einem Mal war ihre Stimme so fest und klar, als wäre sie von selbst wach geworden und wollte nichts lieber, als sofort aus dem Bett zu springen, doch ihre Lippen zitterten, und sie hatte Tränen in den Augen. »Gabriel«, weinte sie, »würde mir das nie verzeihen. Fahr nur. Wenn du zurückkommst, geht es mir wieder gut. Ich kenne das. Ich habe so was oft.«

Antje jammerte leise vor sich hin, als Paul, nun doch sehr besorgt über ihren Zustand, indes noch sehr viel bedrückter durch die Erinnerungen an seine beiden Ehen, sich an ihr Bett setzte. Er griff nach ihrer Hand, murmelte verlegen einige tröstende Sätze, die ihm noch banaler erschienen als einst, und sagte, er würde sich nicht vom Fleck rühren, nur schnell Gabriel Bescheid geben gehen. Nach wenigen Minuten war sie fest eingeschlafen; sie atmete ruhig und gleichmäßig.

Lächelnd legte Paul den Teddy neben Antje aufs Kopfkissen, zupfte an seiner Schleife, rasierte sich so sorgfältig, als käme es bei einem gereizten Mann am Krankenbett einer Frau auf die Qualität der Rasur an, zog sich zögernd an und begann zu grübeln. Während er auf jeden Atemzug Antjes lauerte, diagnostizierte er seinen eigenen Zustand mit der Erfahrung von Jahren, wobei er sich ebenso selbstquälerisch wie verbittert jede Beschönigung versagte.

Er wußte sehr wohl, daß seine Enttäuschung über die verschobene Safari nur deshalb so groß war, weil ihm nicht Anteilnahme, sondern nur verpflichtende Fürsorglichkeit gebot, nicht mit Gabriel loszufahren. Zürnend verübelte er seinem Gewissen, daß es nicht mehr gewillt war, für die kleinste Verfehlung Buße zu tun, und er räsonnierte wie ein Kind, dem ein langgehegter Wunsch abgeschlagen wird, daß er überhaupt noch ein Gewissen hatte.

Wenigstens, rechnete sich Paul verdrossen aus, hatte er genug Zeit, zu den Personalquartieren zu laufen. Dort, am Baum, unter dem er nackt gesessen und sich endlich von Pflicht und Unfreiheit erlöst gewähnt hatte, wenn er nur den Brief an Cornelia schrieb, würde er Gabriel besser als am verabredeten Treffpunkt erklären können, daß kein Mann sich auf Dauer der Fesseln zu entledigen vermochte, die er zu lange als ihm vorbestimmt akzeptiert hatte. Er war ruhig, resigniert und erschöpft und doch – zu seiner Verwunderung – immer noch in der Stimmung, sich glaubhaft zu suggerieren, daß eine verschobene Safari in einem Land, in dem man Zeit, Zufriedenheit und Glück stehlen durfte, ohne Bedeutung war.

Ein wenig getröstet von dieser Vorstellung stieß er die Hüttentür auf; er schaute zum Horizont, um die Augen an das undurchdringliche Licht zwischen Nacht und Tag zu gewöhnen, und konnte bereits nach ein paar Sekunden im Nebel der unbestimmbaren Schatten die Silhouette einer kopfschweren Schirmakazie ausmachen und einen kleinen Fleck Helligkeit. Ehe er jedoch den ersten Schritt tat, sah er Gabriel auf der kleinen Terrasse. Der saß am runden Tisch, die Beine übereinander geschlagen, die Hände in die Hüften gestemmt.

Gabriel sprang in dem Moment auf, da er sein Opfer erblickte, griff mit einer weit ausholenden Bewegung des rechten Arms in die Brusttasche, holte eine kleine Taschenlampe heraus und ließ weiße Kreise um seinen Kopf tanzen. Er machte seinen Mund so langsam auf wie ein gähnender Löwe und zeigte wie der auch alle Zähne, aber er sagte kein einziges Wort. Nur bis Paul seinen Puls rasen fühlte und den Schmerz in den Schläfen wahrnahm, war er sicher, daß er den Tag an Antjes Bett verbringen würde. Danach konnte er seinen Blick nicht von Gabriels Augen abwenden.

Er erlebte, wie diese Augen in der beginnenden Dämmerung aufleuchteten, spürte, wie sie ihn lockten, herausforderten und bezwangen. In einem Rausch, der ihn gleichzeitig lähmte und ihm ein Gefühl von nicht mehr zu bändigender Lebenslust gab, begriff Paul, daß er sich nicht gegen den stummen Versucher würde wehren können und das auch nicht wollte. Sein Gewissen hatte schließlich doch noch das große Schweigen Afrikas erlernt.

»Hast du mir beim Abendessen Gift in den Wein getan?« fragte er, als der Feuerwagen dem Tag entgegenstürzte und der siegestrunkene Lenker einen Moment das Steuer losließ, kreischend in die Hände klatschte und danach mit einem kleinen zärtlichen Schlag den Kopf berührte, den er noch rascher, noch zielsicherer als an allen Tagen zuvor mit einem einzigen Pfeil von Vernunft und Melancholie befreit hatte.

»Sirene, nicht dir«, erwiderte Gabriel mit der Stimme der Zufriedenheit. Sie war sanft und beruhigend wie ein sterbender Wind und doch so prall wie die ersten schweren Tropfen des großen Regens nach einer Dürre, die über ihre Zeit hinaus Erde, Baum, Tier und Mensch gepeinigt hat.

»Meine Ohren sind heute schlecht. Sag das noch mal!«

»Es war kein Gift. Das kannst du mir glauben. Es war Medizin. Eine gute. Mungus Hand hat sie mir in die Tasche gesteckt. Wenn wir zurückkommen, wird deine Sirene nicht mehr schlafen. Sie wird vor der Lodge stehen und ihre gelben Haare ausschütteln. Sie wird dir ihre Arme entgegenhalten und nach Rosen riechen, und du wirst mit dem Schwanz wackeln und ihr nachlaufen wie ein Hund.«

»Warum hast du das getan, Gabriel?«

»Die Drei ist keine gute Zahl. Sie bringt immer Streit. Ich wollte allein mit dir auf Safari gehen. War das schlecht, Mzee?«

»Sehr schlecht, Gabriel. Du bist wirklich ein Teufel. Aber ich bin auch nicht besser. Das kannst du mir glauben. Mungu wird uns strafen.«

»Das wird er nicht, Papa«, lachte Gabriel. »Mungu ist nicht verheiratet.«

Sie fuhren, ohne daß einer von ihnen den Scherz durch die

Voreiligkeit der Zunge mordete, auf einer breiten Straße in Richtung Norden, zunächst noch an Feldern von ausgetrocknetem Mais und Sisalanpflanzungen entlang und vorbei an weit auseinanderliegenden kleinen Hütten mit runden Dächern aus schwarz versengtem Gras. Kinder mit glitzernden Perlen um den Hals, Handgelenke und Nabel trieben Viehherden auf die karg bewachsenen Hänge und vergaßen ihre Kühe und Ziegen, sobald sie den Wagen kommen sahen. Für einen beseligenden Augenblick befreit von der Monotonie ihres Seins, liefen sie dem Auto so lange nach, bis sie sich erschöpft, aber übersatt von Fröhlichkeit und Lust, auf die Straße werfen mußten.

Eine halbe Stunde später tauchten zwei hochbeladene Kamele auf, das vordere geführt von einem barfüßigen jungen Mann in einem braunen Umhang aus ungegerbter Tierhaut und mit einem langen Speer. Er warf ihn in die Staubwolke, in die ihn der Wagen umhüllte, doch weil er Weideplätze suchte und nicht Beute, lachte er und machte aus dem Wort »Jambo« eine Melodie von Überraschung und Freundlichkeit, die lange zögerte, ehe sie dem Wind nachflog.

Als die Landschaft mit den dichten Büscheln aus verbranntem Gras zwischen grauen Steinen noch durstiger und vom Leben verlassener wurde als zuvor, zeichneten sich in der Ferne die abweisenden Boten ewiger Einsamkeit ab – Felskuppel und kahle Hügel, die aussahen, als würde sie weder Mensch noch Tier je betreten. Auch die riesigen schwarzen Vögel mit breiter Flügelspanne, die steil und stumm in die Höhe flogen, wirkten wie Verkünder des Todes, die Schmetterlinge auf den dürren Ästen sterbender Bäume jedoch wie die blauen Blüten der Hoffnung. Die Erde war ohne Farbe, abweisend in ihrer Härte und zu Gräben gerissen, und doch glänzte die Sonne wie eine Scheibe aus blendendem Silber zwischen den watteweichen, träge dahinziehenden Wolken an einem Himmel, der so blau war wie an keinem anderen Tag.

Wie ein Mantel aus Stahl drückte sich die Hitze auf den dampfenden Körper. Sie färbte die schwarze Haut grau und die weiße so flammend rot wie einen Buschbrand im Abendhimmel. Die flirrenden Strahlen von weißem Feuer machten aus den Worten Dampf, ehe sie die ausgedörrte Kehle verlassen konnten; sie verschmolzen die Lautlosigkeit mit einem Vergessen, das noch auf keiner Safari so gnädig und betäubend gewesen war.

Dieses Schweigen in der schattenlosen Schwüle wurde in der besten aller gestohlenen Stunden zur nicht mehr auflösbaren Verbundenheit zwischen zwei Männern, denen es genug war, nebeneinander zu sitzen, die Fratze der Zukunft wie einen lästigen Moskito zu erschlagen, Teppiche aus Träumen und den Illusionen vom ewigen Glück und immerwährender Zufriedenheit zu knüpfen und kein Ziel und keine Bedürfnisse mehr zu haben. Sie spürten beide, daß ein Zauber über sie gekommen war, sie wagten es jedoch nicht, ihn nach seiner Herkunft und Dauer zu befragen. Paul dachte an Tristan, doch er konnte sich, obwohl die passende Musik seine Ohren marterte, nicht mehr besinnen, ob der leben durfte oder sterben mußte.

Die Sonne verschmolz die silbernen Schweißperlen auf Gabriels Stirn zu breiten Bächen. Er schob sie dem Himmel entgegen und legte seine heiße Hand auf Pauls glühenden Arm. »Willst du in den Wald oder an den See?« fragte er.

»Warum treibst du meinen Kopf zur Arbeit? Siehst du nicht, daß er auf einer weiten Safari ist?«

»Ruf ihn zurück, Papa, damit dein Mund wenigstens ein Wort sagen kann.«
»Wir fahren erst in den Wald und dann an den See.«
»Du bist wieder sehr klug, Mzee. Du weißt, wo du hinwillst. Ich habe die falsche Straße genommen.«
»Keine Straße ist falsch, wenn man nicht ankommen will. Warum unsere?«
»Wir dürfen hier nicht mehr fahren.«
»Warum? Wer hat das verboten?«
»Das habe ich vergessen«, erwiderte Gabriel und kaute so lange an jeder Silbe, bis sie feucht genug war, um sie ohne Mühe herunterzuschlucken. Er schlug erst auf das Lenkrad, dann auf die Hupe und schüttelte den Kopf. »Und du«, beklagte er sich, »hast schon wieder vergessen, daß ein Mann nicht zwei Fragen auf einmal aus seinem Mund lassen darf.«
»Das darf er, mein Freund, wenn er auf keine seiner Fragen noch eine Antwort braucht.«
Der Wald tauchte auf wie eine Oase in der Wüste. Der erste der düsteren und doch so willkommenen Riesen stand an der Pforte zum letzten Paradies, das Mungu geschaffen hatte, heilte den Kopf von verwirrenden Phantasien, den Magen vom Hunger und die Lippen vom Durst. Kaum war Gabriel über einen fast wieder zugewachsenen Trampelpfad gefahren und hatte den Wagen in einer von umgestürzten Bäumen geschaffenen Lichtung abgestellt, stiegen sie aus. Die geblendeten Augen konnten wieder sehen, die verbrannte Haut wieder atmen. Die hölzerne Festung verschlang die Hitze noch schneller als eine Schlange ihr Opfer.
Die mächtigen Stämme der Baumgiganten mit schuppiger, abbröckelnder Rinde waren von zierlichen Gewächsen mit

winzigen weißen Blüten umschlungen, die sich bei ihren wehrlosen Wirten als bedürfnislose Mieter tarnten. In dem Wind, in der Sonnenglut und den Regenfluten hatten sich die Baumkronen zu einem üppigen schwarzen Dach vereint, dem ein Duft von Harz und Honig entströmte.
»Tembo für die Nase«, schnüffelte Gabriel. Er sog langsam die süße Luft ein und stieß sie, wie eine vom Abendwind aus dem Schlaf geholte Flötenakazie, pfeifend aus dem Körper. Ein Vogel, der sich nicht zeigte, gab ihm lange Antwort.
»Für den Kopf«, verbesserte Paul.
Er spürte, noch ehe die Bilder der Sehnsucht ihn in ihrer Deutlichkeit schmerzen konnten, den Geschmack von Tembo auf der Zunge. Ihm war es, als hätte er die freundlichen Männer von Naro Moru nie ohne Abschied verlassen müssen, und er machte sich bereit, sich wieder zu ihnen ans Feuer zu setzen. Der zahnlose Greis, mit dem Paul seinen Zigarettenstummel geteilt hatte und die Erfahrung vom Sterben der Lust, kicherte in sein Ohr, während die Flammen die Dunkelheit fraßen.
»Schläfst du schon wieder?« bohrte Gabriel.
»Nein, ich bin schon wieder auf Safari.«
»Soll ich das Wasser kochen gehen?«
»Ja«, staunte Paul, daß der eine wußte, wohin der andere reiste, »und vergiß nicht das Salz. Es tötet das Fieber.«
Von einem weißen Mond gebadete Sterne bildeten abermals die Ketten von goldenem Licht, und Paul hörte noch einmal Fetzen von Gelächter in einem Wind, der nie wieder so lau und geheimniserfüllt sein würde wie in der langen Nacht, als sie die Errettung von Gabriels Sohn vor dem Tod gefeiert hatten. Das Kind strampelte, griff krähend nach dem Knopf von Pauls durchnäßtem Hemd und öffnete den

Mund für das Wasser des Lebens. Der Kleine hatte noch keinen Namen, doch im ersten Licht des Tages würden die Männer ihn Sokrates nennen.

Die Bilder mit den fahlen Farben der Nacht wurden zu entfesselten Schatten, die die Augen nicht lange genug halten konnten, ehe sie sich in einem Kaleidoskop auflösten, das von Mungu mit Steinen aus Granit gefüllt worden war. Als auch die Stimmen starben, drängte es Paul so sehr nach Schlaf und Traum, daß er sich von dem Baumstamm heruntergleiten ließ, auf dem er neben Gabriel gesessen hatte. Er legte sich, wie von einer übergroßen Hand heruntergedrückt, die keinen Widerspruch duldete, auf die weiche, nach Moos duftende Erde, öffnete das Hemd, breitete die Arme aus und sah einen Zweig, von dem sich ein Blatt löste und langsam heruntersegelte. Eine große schwarze Spinne webte ein goldgelbes Netz.

Schon da wußte er nichts mehr von der Arglist der Illusionen und dem Aberwitz der Phantasie, die in einem afrikanischen Wald wie die Pflanzen wuchern, die das Licht nicht brauchen, um zu einem unentwirrbaren Gestrüpp zu werden, das keine Naturgewalt zerstören kann. Dem Geblendeten genügte es, mit einem einzigen Wimpernschlag die Augen vor allem zu verschließen, was je gewesen war, sich eins zu fühlen mit der Welt um ihn, ihren Geschöpfen, den Lauten und dem Duft, den er so noch nie wahrgenommen und von dem er nicht ahnte, was er den Gutgläubigen antat. Beseligt spürte Paul, wie Dunkelheit und Feuchtigkeit dem Körper die Hitze nahmen und dem Kopf die Trauer, dem Gewissen die Bürde des Zweifels und der Seele ihre Ruhelosigkeit. Endlich hieß sie ihn, die Menschen Afrikas, die er als Brüder liebte und die er in keiner Lebensphase

je seinem Herzen hatte entreißen können, nie mehr zu verlassen.
Es war Afrikas Erde, auf der Paul lag und sich geborgen fühlte, die ihm jeden Schmerz nahm, der je in ihm gewesen, und der er die endgültige Heilung von der Krankheit des Zweifels verdankte. Sie machte den pessimistischen Grübler und nachgiebigen Zauderer, der sich sein Leben lang die Beute hatte rauben lassen, zum Menschen der Tat. Wie in der langen Nacht in Gabriels Hütte wies ihm der Riese Antäus, der bei jeder Berührung des Bodens neue Kraft von seiner Mutter Gäa erhält und nur in der Luft bezwungen werden kann, Weg und Richtung.
Paul hielt die Erde in seinen Händen und erkannte, daß er am Ziel angekommen war. In dieser Stunde hörte er auf, die Jahre zu zählen, die hinter ihm lagen, und die zu fürchten, die kommen würden. In der Zeitrechnung ohne Zahl und Ziel, die soeben begonnen hatte, gab es weder Ehrgeiz noch Enttäuschungen, weder Lebenslügen noch Verwundungen, die nicht heilten, nicht das langsame Sterben durch Kälte und Gleichgültigkeit und nicht den Fluß, über den die Lebenden nur deshalb gerudert wurden, um zu sterben, weil ihre Vorstellungen, Bedürfnisse, Träume und Ideale das Mißtrauen der tüchtigen jungen Helden und der rücksichtslosen Sieger erregten. Es war ein altersloser, von Aphrodite gesegneter Jüngling, der dem schwarzem Loch der Angst entstieg, die geballte Faust zum Himmel streckte und beschloß, nicht mehr in das Land seiner Niederlagen zurückzukehren und in Afrika zu bleiben.
Als Paul sich lachen hörte, dirigierte er mit der Hand, die er zum Schwur erhoben, den Triumphmarsch der Trompeten. Sie ließen die Mauern seines Kerkers einstürzen, er war be-

reit zum Aufbruch und Neubeginn. Noch ehe Gabriels verwunderte Heiterkeit und der vertraute Spott seinen Ohren Bestätigung gaben, daß er nicht geträumt hatte, warf er sich den schnaubenden Pferden entgegen. Beherzt ergriff er die Zügel und galoppierte mutig in die Zukunft. Als er die Rösser entsattelte und in den Stall führte, den er auf die gleiche wundersame Weise wie Herakles ausgemistet hatte, war er der kluge Analytiker, der er in seinem alten Leben gewesen war, nun jedoch auch ein emotionsloser Kaufmann, der seine Lage, die Möglichkeiten und Vorteile genau einzuschätzen wußte.

Paul zog Bilanz und eröffnete ein neues Konto. Er war vermögend genug, um nach einer verantwortungsbewußten und großzügigen Abfindung für Cornelia und einem angemessenen Betrag für Jens ohne finanzielle Sorgen in Kenia leben zu können. Mit seinen Sprachkenntnissen und Fähigkeiten würde er, und schon die Vorstellung begeisterte ihn, bestimmt auch arbeiten dürfen – in der Verwaltung, in der Hotelbranche, bei der deutschen Botschaft, in der Touristik. Er sah sich bereits ein Reisebüro eröffnen. Gabriel, der nie mehr »Roger, Roger« zu flüstern brauchte, war sein Partner. Mit guten Kunden gingen sie gemeinsam auf Safari und fuhren in ihrer Freizeit nach Naro Moru.

Genau zum richtigen Zeitpunkt fiel Paul ein, als er sich wieder neben Gabriel auf den Baumstamm setzen wollte, daß Antäus den Boden nicht verlassen durfte. Er stand vorsichtig auf, achtete sorgsam auf seine Schritte, schützte sein Herz demütig vor der Euphorie der Dummen und den Verstand vor der Torheit und dem Trug der Vermessenen; obwohl er der Liebling der Götter war, verschenkte er im Rausch der Auserwählten nicht seinen Sieg.

»Heute abend, Gabriel, zerreißen wir mein Flugticket«, sagte er.
»Halt den Mund und beweg dich nicht.«
»Warum? Hast du nicht gehört, was ich eben gesagt habe? Es ist wichtig.«
»Später, Papa, später. Auf dem Baum hinter dem Busch mit den weißen Dornen sitzt ein Leopard. Er hat die Safari nur für dich gemacht. Er lebt nicht in diesem Wald.«
Der siegessatte Jäger mit dem graugelben Fell schlief mit herabbaumelnden Beinen und herunterhängendem Schwanz auf einem weit hervorstehenden Ast. Der einzige Sonnenstrahl, der sich Einlaß in den Wald erzwungen hatte, trieb die Rosetten der Flecken auf Kopf, Keule und Rumpf zur schwarzen Glut. In einer Gabelung von kräftigen Zweigen, zur Hälfte bedeckt von dichtem Laub, lag die Beute – ein junges Impala. Das Blut war eingetrocknet, die Gedärme herausgerissen, der verwesende Leib von lauten, schwarzen Fliegen mit grünschimmernden Flügeln bedeckt. Die Hinterbeine des Impalas fehlten, aber der Kopf war unversehrt. Die Augen waren so groß, sanft und schön wie im Leben.
Paul schauderte. Er hatte auf dem Gipfel seiner Seligkeit vergessen, daß sich Tod und Leben in Afrika näher waren als in der Welt, die er soeben aufgegeben hatte. Sein Instinkt hieß ihn, wie ein verängstigtes Kind aufzustehen und schreiend wegzulaufen, das Gesicht mit den Händen vor dem Blick des ewig Bösen zu schützen, nicht mehr zu atmen, nicht hinzuschauen und dem Bewußtsein die Begegnung zwischen Majestät und Schmerz zu entreißen. Es würgte dem Machtlosen in der Kehle, seine Knie schlugen gegeneinander, er fühlte den Schweiß auf der Stirn, doch er hielt

die Augen starr auf den Leoparden gerichtet. Paul brachte es nicht über sich, Gabriel zu kränken, ihm Freude und Stolz an einer Beute zu nehmen, nach der er auf jeder Safari Ausschau gehalten hatte, weil er glaubte, daß nur der Mungus Botschaft empfangen könnte, der Afrikas schönstes Tier gesehen hatte. Gabriel wußte trotzdem Bescheid.
»Soll der Leopard an seinem Hunger sterben, weil du die Impalas liebst, Mzee?«
»Jetzt redest du zuviel.«
»Und du zuwenig. Oder hast du deinen Leoparden schon gefragt, wie viele Dollar du mir geben sollst?«
»So viele, du listiger Hundesohn, daß du Sokrates auf die beste Schule in Kenia schicken kannst.«
»Hat mein Papa soviel Geld?«
»Ja, das hat er. Und er fährt nicht zurück nach Deutschland. Nie mehr.«
»Du darfst nicht lügen, wenn du einen Leoparden gesehen hast. Dann stirbst du.«
»Ich lüge nicht, Gabriel. Ich bleibe. Ich erzähle dir alles, wenn ich das tote Impala nicht mehr sehen muß. Wir fahren zum See, den du mir versprochen hast. An einem See hat alles angefangen.«
Gabriel schüttelte so leicht den Kopf, daß nur er den Wind spürte. Die Zeit war gekommen, seinem verrückt gewordenen, immer hungrigen, immer im falschen Moment furchtlosen Mzee zu erklären, weshalb es nicht gut war, in der Stunde der langen Schatten auf einer Straße zu fahren, die seit Jahren nicht mehr von friedlichen Menschen benutzt wurde und seit kurzem auf den Safaris offiziell verboten war. Dem schwarzen Sohn erging es jedoch nun am Nachmittag nicht anders als dem weißen Vater am Morgen.

Gabriel konnte den verzaubernden Strahlen in Pauls Augen nicht widerstehen. Sie machten die seinen blind und waren dabei, ihn noch weiter auf eine Safari zu treiben, von der er bereits eine zu große Wegstrecke zurückgelegt hatte. Das Fieber im Kopf eines jagenden Freundes stahl dem Gejagten den Willen und raubte ihm die Kraft zur Wehr, ehe sich seine Zunge mit Wissen bewaffnen konnte. Ein solches Fieber ließ einen Mann selbst dann seine Klugheit und seine Kinder vergessen, wenn er stark wie ein Löwe war, der noch keinen Kampf verloren hat und keine Nacht ohne Beute gewesen ist.
Gegen das entfesselte Feuer einer Begierde, die Menschen tags in die Wolken und nachts zu den Sternen trieb, konnten selbst die ältesten und weisesten Medizinmänner nicht mehr helfen. Auch die Pillen in den wunderbar sauberen Gläsern mit herrlichen Plastikdeckeln aus den modernsten Apotheken in Nairobi retteten die Geschlagenen nicht vor den Folgen eines plötzlichen Blitzes. Dieser Blitz spaltete Gabriels Schädel. Statt sich jedoch an den Kopf zu greifen, lachte er und zeigte dabei alle Zähne. Nur noch für die Dauer eines Atemzugs widersetzten sich Vorsicht, Erfahrung und Zweifel Gabriels Verlangen. Mit geschlossenen Augen stand er vor seinem Versucher. Dann bewegten sich die Füße, obwohl er ihnen noch nicht die Richtung befohlen hatte.
Gabriel ließ sie gewähren; er blieb erst stehen, als ihn nur noch drei Schritte von dem fiebernden Begleiter auf der von Mungu verzauberten Safari trennten. Zu heiß war die Freude, daß nun keiner von beiden die Fesseln würde zerschneiden müssen, die sie aneinanderketteten. Wie ein Vogel die Flügel, der im letzten Moment dem tödlichen

Sprung der Katze entkommt, breitete Gabriel seine Arme aus. Er flog auf Paul zu und drückte ihn an seine Brust. Ein jeder hörte den Herzschlag des anderen, doch sie fragten nicht, wie es sich im Überfluß ziemte, nach der Dauer von Gunst und Glück. Jubelnd schlug Gabriel auf das Steuer und ließ den Motor an.

»Heute fahren wir so lange, bis wir kein Benzin mehr haben«, rief Paul in die weißen Wolken hinein. Er staunte, wie weit seine Stimme zu reisen gelernt hatte, wie gewaltig das Gelächter nachhallte und wie leicht es einem Mann war, der endlich die Kraft dazu gefunden hat, kein einziges Mal zurückzuschauen, seine Vergangenheit Afrikas Unendlichkeit zu überantworten.

»Und wenn wir Hunger haben«, brüllte Gabriel zurück, »dann fangen wir ein Impala. Du wirst es für mich braten.«

»Das werde ich, mein Sohn. Ich bin ein starker Mann ohne Angst.«

»Wo hast du deine Angst verloren, mein trauriger Papa?«

»Mit meinem Flugticket.«

»Du hast nicht dein Flugticket verloren, das war Sirene«, berichtigte Gabriel.

»Woher weißt du?«

»Hast du vergessen, daß ich vor deiner Hütte wache, wenn du mit einer Frau schläfst?«

»Also gut. Ich hab noch ein Flugticket. Das bekommt Sirene.«

Sie fuhren, während der heiße Nachmittagswind die Haut peitschte und ihre Verbundenheit und ein Gefühl von Freiheit und Erwartung sie blind und taub, doch nie stumm machten, auf einer rot staubenden Straße mit tiefen Schlaglöchern. Jedes Rütteln im Magen verwandelte sich zu einer von den Träumen des Taus getränkten Verheißung. In einem Licht, das sich nach jeder Kurve in eine neue Pastellfarbe kleidete, lockte die violett spiegelnde Fläche eines Sees, von dem Paul nicht wußte, wie er hieß, und weshalb er an dessen Ufer sitzen wollte.

Er erzählte Gabriel von dem Reisebüro, das er in Nairobi eröffnen wollte und zweifelte bereits nicht mehr, daß er es bald tun würde. Gabriel war so stolz, daß sein Gesicht anschwoll und die Lippen dick wurden, als er hörte, was sein kluger Mzee mit ihm vorhatte. Er erbat sich eine weiße Uniform mit goldenen Knöpfen und eine Sonnenbrille mit blauen Gläsern. Paul versprach sie ihm und hielt ihm seinen ersten Lohn hin.

»Der Leopard«, sagte er und bemühte sich um die gleiche scherzende, etwas verlegene Stimme wie beim allerersten Mal, als Gabriels Augen Beute gemacht hatten, »sagte, ich soll dir das Geld geben.«

Gabriel sah nicht mehr, wie der Schein in der Sonne grün wurde, hörte das Papier nicht im Wind knistern. Mit dem Instinkt eines Tiers, das Hunger und Erschöpfung nicht mehr spürt, sobald es den Feind wittert, hetzte er fort von den Tagen der Goldknöpfe, Sonnenbrille und Hoffnung.

Zu angespannt war sein Blick auf den Schatten gerichtet, um Paul auch nur den Kopf zuzuwenden. Dieser Schatten war lange Zeit freundlich, hell und sehr fern gewesen. Er hatte sich nicht bewegt und war schließlich mit einem Gebüsch von gleicher Farbe zusammengewachsen. Nun holte sich der Schatten seine Farbe und Gestalt zurück. Er wurde erst schwarz, dann rot, wurde ein schwerer Wagen mit Reifen aus Feuer. Dann raste er auf zwei Menschen zu, die keine

Hilfe von Mungu erwarten durften, denn sie hatten sich zu stark und zu frei gewähnt.
Von der Zeit, die ihm zum Wenden blieb, brauchte Gabriel zu viele kostbare Sekunden, um Pauls ausgestreckte Hand herunterzuschlagen und seinen Kopf auf die Beine zu drücken, den Körper in die Tiefe zu schieben und in sein ahnungsloses Gelächter hineinzubrüllen. »Leg dich hin, Papa, leg dich hin«, schrie er, »kriech unter den Sitz. Sie sind da. Ich muß in den Wald.«
Mit Lippen, die kalt waren wie der Schnee auf dem Berg seiner Heimat, raste Gabriel den Weg zurück, auf dem er gekommen war; im Rückspiegel sah er den Wagen der gnadenlosen Jäger kleiner werden, spürte bereits die Erlösung und wie der Schweiß auf der Stirn zu trocknen begann. Er wurde leichtsinnig und nahm sich die Zeit, tief einzuatmen. Als aber das zweite Auto auftauchte und diesmal nicht hinter, sondern vor ihm, begriff Gabriel sofort, daß die Diebe der Zeit auch die des Lebens waren. Zwar versuchte er noch, von der Straße abzufahren, doch der Wagen geriet ins Schleudern, raste in ein Gebüsch und blieb stehen.
Erst in diesem Moment von Grauen und Panik, als die Männer mit Masken und Messern aus beiden Autos auf ihn zustürmten, sah Gabriel, daß Paul wieder aufrecht neben ihm saß. »Leg dich hin, Papa, du bist zu schwach«, flehte er, doch der Mzee war zu steif, zu langsam, zu dumm, zu alt.
Als Gabriel seinen Körper auf Paul warf, hörte er noch die Männer schreien. Er erhob seine Arme. Die Hitze des Bluts, das in der Dunkelheit des Todes beide tränkte, spürten sie nicht mehr.

16

Obwohl sein Kopf auf jede Bewegung mit einem Buschfeuer reagierte und der Körper anschließend zu einem blutroten See einschmolz, hielt sich Paul an seine Direktiven. Als Agent im geheimen Auftrag seiner Majestät Mungu durfte er auf keinen Fall die Augen schließen, ehe er als Zeuge aufgerufen wurde. Nie gelang es dem unerschrockenen Einzelkämpfer jedoch, lange genug wach zu bleiben, um in dem Raum ohne Farbe die Wände an sich heranzulocken. Dabei kam es gerade in einem Krieg, in dem sich die Feinde mit übel stinkenden Waffen aus Spraydosen versorgt hatten, die in der Entscheidungsschlacht die Nase der Tapferen und Aufrechten zerfressen würden, in erster Linie darauf an, schützende Wände als Verbündete zu gewinnen. Wann immer sich der schwarze Käfig in das Netz der weißen Spinne verwandelte, das ihm noch mehr Handlungsfreiheit nahm als der lichtlose Kerker, bemühte sich Paul, die Wände wenigstens ein einziges Mal zu berühren. Es ging ihm nicht allein darum, mit den Wänden auf gleicher Ebene zu verhandeln. Er brauchte dringend feste Mauern, um seine Bilder ordentlich einzurahmen. Diese Bilder wußten nichts von Pflicht und Verantwortung. Sie entschlüpften dem Gedächtnis wie Schlangen dem Zugriff bloßer Hände und konnten auf ihrer Flucht noch nicht einmal die Richtung halten.

Unentwegt kamen die Bilder von der Straße ab und rasten auf das tödliche Dornengestrüpp zu. Dort lösten sich die Konturen alles Beständigen auf und formierten sich zu giftigen lila Keulen mit Widerhaken. Immer wieder nahm der Bedrängte neuen Anlauf, um über den Horizont zu klettern, doch er spürte, daß jeder Versuch vergeblich sein würde, denn er hatte im Augenblick der Entscheidung den Gehorsam verweigert und es versäumt, seinen Kopf zu schützen. Nun war der Kopf geschrumpft und nicht mehr voll einsatzfähig. Seine Kapazität reichte nur noch, um Paul mit dem Ballast der Überheblichkeit und des Versagens zu konfrontieren. Noch konnte er die Schäden an Leib und Seele nicht umfassend einschätzen, um sie gemäß den vorgeschriebenen Richtlinien seiner Auftraggeber präzise aufzuführen. Er wußte nur, daß ein irreparabler Schaden an Autonomie und Mobilität entstanden war. Wann immer er seine Stirn anfassen oder sich die von dem stechenden Gestank gemarterte Nase zuhalten wollte, was ihm ohnehin nur ein einziges Mal und dann mit der einen Hand gelang, die die Diebe der Zeit nicht mit dem herabbaumelnden Schwanz eines schlafenden Leoparden an seinen lodernden Körper gefesselt hatten, stieß er gegen einen Berg. Der war so formlos und weich, daß er alle Bewegungen ad absurdum führte und jedes Wort verschlang, ehe der Mund auch nur die erste Silbe flüstern konnte.

Sobald sich Paul in diesen Hinterhalt von vernichtender Lautlosigkeit verirrte, orderte er Gabriel herbei. Obwohl er dabei seine Stimme so tief aus der in zwei ungleiche Teile gespaltenen Brust preßte, daß es ihr ein Leichtes hätte sein müssen, von dem rätselhaften Berg als furchterregendes und dominantes Echo abzuprallen, hörte er sich nie laut ru-

fen. Er empfand das als Verhöhnung eines Mannes, der jahrelang gelernt hatte, gerade in den juristisch nicht übersehbaren Situationen auf Brachialgewalt zugunsten geschmeidiger Rhetorik zu verzichten. Um so erstaunter war er, als er Gabriel dann doch sah – ausgerechnet in einem Moment, da er es aufgegeben hatte, nach ihm zu rufen. Paul freute sich um so mehr. Er fand es nur bedauerlich, daß sein zögerlicher Sohn kein einziges Wort sagte.
Es erschien Paul allerdings nicht mehr opportun, Gabriel anzusprechen. Der kam ihm auf geradezu absurde Weise verändert vor, war zu klein, zu schmächtig, zu ernst und hatte die falschen Zähne – nicht solche, die zuverlässig wie die Wolken über dem Mount Kenya aufleuchteten, wenn sie die Sonne zerbissen. Auch war Gabriel aus seiner schönen glatten Haut in eine geschlüpft, die nicht zu ihm paßte. Ein dicker weißer Stoff, der Paul ängstigte, umspannte Schultern, Bauch, Beine und Arme. Noch verstörender war Gabriels Gesicht; es war nicht mehr dunkel genug und hatte die Farbe von Milchkaffee. Nur die Haare, obgleich nicht mehr kurz und lockig, leuchteten noch im geliebten Schwarz, waren jedoch wie die von dem üblen Hund Singh von einer Ölschicht überzogen.
Das belastende Schweigen betrübte Paul, weil Gabriel eine Tasse in der Hand hielt. Zu einer Tasse gehörte, da ließ er sich auch nichts von den um ihn kreisenden Wänden vormachen, doch immer der schöne Satz, daß Papa Mzee sein Gesicht lieber in heißem Tee als in kaltem Wasser baden sollte. Obwohl der weißgestrichene Gabriel wahrhaftig Zeit genug gehabt hätte, sich auf den vertrauten Scherz zu besinnen, fiel er dem großen Schweiger nicht ein. Als Paul mißbilligend den Kopf schüttelte, weil es gegen die Spielre-

geln war, einen Scherz, der nur ihnen beiden gehörte, ohne einen versöhnlichen Klang des Abschieds zu begraben, rannte Gabriel schreiend auf einen See zu. Er verschwand in dem Augenblick im Gebüsch, da der gnadenlose Feind auf Paul zustürmte, auch er ein Krieger der weißen Legion.

»Versuchen Sie zu trinken, Sir«, sagte der große Weiße, »Sie brauchen nichts zu tun. Ich halte Ihnen die Tasse an die Lippen.«

Obgleich es Paul enorm erfreute und erleichterte, daß Gabriel rechtzeitig zurückgekommen war, um ihn zu retten, hielt er Abstand und erbat sich Bedenkzeit. Es erschien ihm kurios und doch auch charakteristisch für den flexiblen Humor seines aufgeweckten Begleiters, daß Gabriel mit ihm Englisch sprach und ihn auch, wie am ersten Tag der Safari, mit »Sir« anredete. Um ihm nicht die Freude an seinem Coup zu nehmen, versuchte Paul, seine aufeinander klebenden Lippen auseinanderzubekommen. Er war überrascht, daß ihm die Freundespflicht gelang. Nach einiger Zeit merkte er gar, daß das neue Spiel auch für ihn Vorteile hatte. Er spürte mit Behagen, daß seine geschwollene Zunge feucht und die gerissene Kehle von einem Fluß überflutet wurde, der zwar sehr bitter, aber wohltuend kühl war. Quälend war nur, daß unmittelbar darauf ein Husten einsetzte, der als bedrohlicher Felsen gegen die Rippen schlug und die Hitze mit einer Vehemenz in den Körper zurücktrieb, als wäre er nicht eben erst vom Höllenbrand erlöst worden.

»Es ist besser, wenn Sie nicht sprechen, Sir. Das ist noch zu anstrengend. Versuchen Sie wieder zu schlafen. Sie haben viel Zeit.«

Dieses Mal brauchte sich Paul keine Bedenkzeit zu erbitten und auch keinen neuen Beweisantrag zu stellen. Sein Urteil

war revisionssicher. Er erkannte endgültig, daß es nicht Gabriel war, der mit ihm sprach, sondern der Feind mit den unzulässigen Waffen. Die Stimme indes verunsicherte ihn. Sie war angenehm leise und doch deutlich genug, um den Ohren keine Last aufzubürden, für die sie nicht ausgerüstet waren. Wieder öffnete er den Mund und spürte abermals den feuerlöschenden Strom im Gaumen.
»Sie müssen keine Angst mehr haben, Sir«, versprach die besänftigende Stimme, »Sie sind nicht allein. Sie sind unter Freunden. Das müssen Sie mir glauben. Ich bin sofort bei Ihnen, wenn Sie mich brauchen. Es ist alles überstanden.«
Die Ärzte im Nairobi Hospital in der Ngong Road rechtfertigten trotz der entmutigenden Erfahrungen im Alltag einer Klinik, die die Krisen des Landes aufs genaueste widerspiegelte, immer wieder ihren guten Ruf als Idealisten. Sie versorgten entgegen gängigem Usus die Kranken ohne Unterschied von Hautfarbe und Stand, Stammeszugehörigkeit und finanziellem Status. An dem Patienten in Zimmer sechs nahmen die Mediziner jedoch persönlich und sehr intensiv Anteil und dies wahrhaftig nicht, weil sie sonst selten Touristen behandelten und dann fast immer wegen Malaria oder schwerer Durchfälle. Seit der Einlieferung des nackten, blutüberströmten Deutschen waren die Augen des ganzen Landes auf die Klinik gerichtet.
Pauls Schicksal bewegte nämlich die Menschen von Mombasa bis Kisumu. Die machten sich sonst keine Gedanken über den Wert von fremdem Leben; Brutalität war ihnen so selbstverständlich und schicksalsbedingt wie die hungernden Bettelkinder auf der Kenyatta Avenue in Nairobi und die Naturkatastrophen und tödlichen Seuchen an der Küste und im Hochland. Überfälle auf Touristen – zahlreiche in

Nairobi und immer mehr auf den Safaris – waren schon seit einiger Zeit die Norm. Nur waren sie bisher nicht in den Zeitungen erwähnt worden. Dafür sorgten die entsprechenden Weisungen des Ministers für Touristik, der um das Renommee des Landes und noch viel mehr um das eigene fürchtete. Pauls Fall war indes zur ausführlichen Veröffentlichung durch die Presse freigegeben worden. Die Geschichte erschien dem Minister eine für das Selbstbewußtsein Kenias geradezu maßgeschneiderte Tragödie, gab es doch nicht nur ein überlebendes Opfer, das bestes Zeugnis für die seiner Meinung nach optimal funktionierende Versorgung von Unfallgeschädigten ablegte, sondern einen toten Helden, und dieser Held war schwarz und zudem, Glücksfügung für die Regierenden, ein Kikuyu wie sie auch.

Alle Angestellten im Nairobi Hospital fühlten sich öffentlich geehrt, als ihre Klinik zum ersten Mal in den Zeitungen erwähnt und schon einen Tag später Pauls behandelnder Arzt, ein junger, sehr fähiger Mann aus Bombay, mit Bild vorgestellt wurde. Mehr noch als die unerwartete Aufmerksamkeit für das Hospital war es indes der atypische Verlauf des Falls, der Ärzte, Pfleger und Krankenschwestern anspornte, es nicht allein bei der Erfüllung ihrer beruflichen Pflichten zu belassen. Ein jeder, ob er an Mungu glaubte oder an die medizinische Wissenschaft, fühlte sich auf seine Art der höheren Macht verpflichtet, die sich im entscheidenden Moment ihres Patienten angenommen hatte. Dessen Zustand gab zwar zu größter Besorgnis Anlaß, doch er hatte nach den landesüblichen Kriterien enormes Glück gehabt. Die meisten Opfer von schweren Überfällen im Grenzgebiet wurden erst nach Monaten tot aufgefunden. Ereignete sich das Geschehen, wie in dem vorliegenden Fall, in der

Nähe vom Turkana-See, an dem man allzeit mit gnadenlosen Banditen, nicht jedoch mit Touristen zu rechnen hatte, bestand so gut wie keine Aussicht auf Rettung. So mochte keiner der Beteiligten zweifeln, daß Paul ein Wunder größten Ausmaßes widerfahren war.

Schon der Überfall war vom Piloten eines ungewöhnlich niedrig fliegenden Flugzeugs der »Flying Doctors« beobachtet worden. Die Crew hatte im unwegsamen Gelände eine äußerst schwierige Landung gewagt, Paul sofort versorgt und nach Nairobi geflogen. Daß er überhaupt lebte, wurde als das allergrößte Mirakel empfunden. Täglich wiederholten die Zeitungen in detaillierter Anschaulichkeit, wie der Davongekommene, an seinem Blut erstickend, bewußtlos, mit Brustverletzungen, gebrochenen Rippen und zweifach gebrochenem rechten Arm unter dem schützenden Körper seines Fahrers gelegen hatte. Dem hatten die mit Gewehren und Pistolen bewaffneten Verbrecher den Schädel eingeschlagen.

Gemutmaßt wurde, daß die Gangster – laut Presseberichten Infiltranten aus Äthiopien – durch das beherzte Eingreifen der »Flying Doctors« gestört worden und unter Zurücklassung eines Teils ihrer Beute geflohen waren. Sie hatten das Handschuhfach des Wagens, in dem ein teures japanisches Fernglas gelegen hatte, nicht geöffnet. Pauls Paß war gefunden, seine Identität festgestellt und die Deutsche Botschaft benachrichtigt worden. Gabriel war noch nicht einmal der Name geblieben. Die Journalisten feierten ihn, obwohl kaum einer ihrer Leser wußte, wovon die Rede war, als »unbekannten Soldaten«. »Safari Tours« ließ wissen, sie vermisse keinen ihrer Fahrer. Der Wagen wäre gewiß von einem Unbekannten gestohlen worden. So etwas käme leider oft vor.

Die Ärzte kamen nicht dazu, alle Artikel zu lesen. Sie sorgten sich sehr, daß ihr Patient immer noch in einem schweren Schockzustand war. Obwohl Paul zu reagieren schien, wenn er medizinisch versorgt wurde, und sich sein körperlicher Zustand stabilisiert hatte, war er auch am dritten Tag nicht ansprechbar genug für den seelischen Beistand, den der herzenswarme, unermüdliche Doktor Khan unerläßlich für die Genesung fand.

Der indische Arzt, der einzige in der Klinik mit Kenntnissen der Neurologie, hatte die Alleinverantwortung für Zimmer sechs übernommen und gönnte sich kaum noch Zeit zum Schlafen. Es quälte ihn sehr, daß er nicht herausbekam, ob sein Patient Englisch verstand, und er war geradezu verstört, als er die paar Worte, die Paul nachts murmelte, als Suaheli identifizierte. Fortan redete Doktor Khan, obgleich es ihm schwerfiel, weil er die Sprache weder seinen Erfahrungen noch seines Intellekts als würdig erachtete, sehr zur Erheiterung der einheimischen Pfleger häufig Suaheli mit dem Kranken. Auf den Verlauf des Geschehens zu einem Zeitpunkt, da er mit der Krise rechnete, war er nicht gefaßt.

»Ich dachte«, sagte Paul am fünften Tag nach seiner Einlieferung, »alle Inder können Englisch. Weshalb reden Sie Suaheli mit mir?«

Doktor Khan wollte sich auch Monate danach nicht festlegen, welche der ungewöhnlichen Reaktionen ihn am meisten verblüfft hatte – das fließende Englisch seines Patienten oder der Umstand, daß er aufrecht im Bett saß, die Augen klar, die Stimme fest, das Gesicht weit weniger geschwollen als zuvor, und daß er offenbar längst nicht so orientierungslos war, wie der erfahrene Arzt befürchtet hatte. Paul bat darum, sein Kissen aufzuschütteln.

»Ich freue mich so sehr, Sir«, stammelte Doktor Khan erregt, »daß es Ihnen wieder besser geht. Wir haben es uns alle so sehr gewünscht. Aber Sie dürfen sich nicht anstrengen und zuviel reden. Wir haben später noch genug Zeit.«

»Sie auch?«

»Ja. Ich habe alle Zeit der Welt für Sie, Sir.«

»Ich dachte, nur wir haben die Zeit gestohlen.«

»Wer«, fragte Doktor Khan vorsichtig und griff nach Pauls Handgelenk, um den Puls zu fühlen, »sind wir?«

»Gabriel und ich«, erklärte Paul, »wann kommt er endlich? Ich muß ihm sagen, daß ich meinen Kopf zu hoch gehalten habe.«

Von dem Tag an irrte sich Doktor Khan im wesentlichsten Punkt seiner Überlegungen. Die liefen alle darauf hinaus, er müßte seinem Patienten, sobald er zum Begreifen fähig war, alles von dem Überfall berichten. Pauls Gedächtnis funktionierte jedoch fast einwandfrei. Er konnte sich in den Stunden ohne Anfang und Ende, da er zu schlafen vorgab, an jedes Bild vom letzten Tage seines geborgten Lebens erinnern – bis auf eines. Er sah die Bäume im schwarzen Wald, den Leoparden auf dem Ast, die Augen des toten Impala, wußte noch von der Kraft der verzauberten Erde, hörte Gabriels Gelächter und lange danach das Quietschen der Reifen, als er den Wagen gewendet und »Leg dich hin, Papa, du bist zu schwach« geschrien hatte. Nur, daß Gabriel tot war und weshalb er nicht endlich kam, damit die Tage der weißen Ketten und drückenden Decken starben und sie beide auf Safari gehen und die Träume aus den Wolken holen konnten, begriff Paul nicht. Wurde er jedoch in den Augenblicken ohne die schützenden Blenden der Illusion doch sehend genug, um das Ziel seiner Safari zu erkennen, war er nicht mehr so töricht, auf die trügerischen Friedensangebote der Feinde einzugehen. Die rieten ihm, sich vom Mast der Erkenntnis binden zu lassen und den Sirenen zu folgen, aber er reagierte nicht, denn er hatte gelernt, in Todesnot den Kopf zu senken und sich auf den Boden zu legen.

Die zierlichen Blüten des hohen Jacarandabaums leuchteten in der lila Farbe der Hoffnung, sobald die Sonne sie berührte. Im ersten Tageswind wiegten sie sich im Takt mit den Flügelschlägen der blauen Glanzstare, die in der lauten Stadt nichts von dem großen Schweigen der Wälder und Berge im Hochland ahnten. Mittags, wenn die Luft dampfte und fieberte, verströmte der Baum den Duft des Vergessens.

Doktor Khan, dessen Augen aus dem gleichen dunklen Samt waren wie die tröstenden Nächte von Naro Moru und mit der Güte der Geduldigen getränkt, schob das Bett an das offene Fenster und legte sorgsam gefaltete Decken, die nach Kampfer rochen, unter das Kissen. Paul blickte in einen Garten mit einem Teppich aus grünem Rasenflor, auf den Kaskaden hellblauen Wassers rieselten und zwei schwarzweiße Kraniche mit gelber Krone unter einem fruchtschweren Feigenbaum balzten. Zwischen dem Blattwerk lagen hellgraue, schlafende Klippschliefer. Weißrosagestreifte Lilien mit Trompeten als Blüten hingen von einem fleischigen Stiel hinunter. Die Bienen waren groß wie Wespen. Paul atmete tief ein und wähnte sich zu Hause.

Doktor Khan aber sagte: »Sie bekommen heute Besuch. Seine Hoheit der deutsche Botschafter wird um vier Uhr hier sein.«

»Keine Minute früher und keine später?« fragte Paul. Er lächelte, als er sich noch vor dem letzten Wort an einen Fingernagel erinnerte, der Jagd auf einen Sekundenzeiger gemacht hatte.

»Die Deutschen sind immer pünktlich«, erzählte Doktor Khan. »Machen Sie sich keine Sorgen. Das sind sehr feine Menschen, auf die man sich verlassen kann. Ihnen wird es guttun, endlich mit einem Landesbruder zu reden. In einem fremden Land hilft keine Medizin so gut wie die Muttersprache. Das erleben wir immer wieder.«

Seine Hoheit war ein Angestellter der Botschaft und angenehm klein und überschaubar für einen Verirrten, dem im Bett die Perspektiven der höheren Warte abhanden gekommen waren. Er hieß Doktor Christian Lamm und hatte das zu seinem friedlichen Namen passende Gesicht – liebenswürdig und unaufdringlich. In der Regel war der junge Mann zuständig für verlorene Pässe und für aufgeregte Bundesbürger, denen man alles geraubt hatte außer den Glauben, daß Botschaften im Ausland ausschließlich für Touristen eingerichtet werden und daß die Angestellten in einem Zeitraum von höchstens zwei Stunden kostenlos Abhilfe für entwendete Pässe, gestohlene Habe und den Verlust des Urvertrauens zu schaffen haben.

Doktor Lamm war, weil dies zu seinen vielen beruflichen Pflichten gehörte, im Detail über das ungewöhnliche Drama am Turkana-See informiert und persönlich bewegt, weil seine Anteilnahme nun einem Mann galt, der so alt war wie sein Vater. An der Tür lächelte er scheu, überwand jedoch schon beim ersten bemüht energischen Schritt seine Verlegenheit und überreichte Paul ein kunstvolles Gesteck mit weißen Orchideen, an denen er verlangend schnüffelte, ehe er sie in fremde Obhut entließ. Auf dem Nachttisch arrangierte er sorgsam eine vier Tage alte Ausgabe der »Frankfurter Allgemeinen Zeitung« zwischen einem Glas Orangensaft mit einer ertrunkenen Fliege und einem Stapel kleiner weißer Tücher mit ausgefranstem Rand.

»Ich dachte, vielleicht kann Ihnen eine deutsche Zeitung ein wenig die Langeweile vertreiben«, sagte er.

»Weiß Gott nicht«, murmelte Paul, doch sein erschrockener Besucher, der schon dabei war, die Zeitung wieder in seine mokkafarbige Aktentasche zu verstauen, tat ihm sofort leid. Um ihn nicht zu brüskieren, fügte Paul erklärend hinzu: »Ich habe kein deutsches Wort mehr gesprochen, seitdem ich in Afrika bin. Mit Gabriel rede ich nur Suaheli.«

»War das Ihr Fahrer? Der arme Kerl. Das ganze Land spricht von ihm.«

Es waren die ersten vier Worte des Satzes, die Rhetorik der Frage, die keine Antwort erwartet, die Vergangenheitsform vor allem, so schonungslos und endgültig wie der Hieb einer scharf geschliffenen Axt, die Paul auf einen Schlag sehend machten. Obwohl er am Abgrund stand, versuchte er noch, klug zu sein und listig die Augen zu schließen, seine Ohren in die Taubheit zu treiben, die Seele zu retten und das Herz in die zerspringende Brust zurückzupressen. Es war zu spät. Jede einzelne Silbe hatte bereits seinen Schädel gespalten wie die Männer mit den Pistolen und Buschmessern den von Gabriel. In diesem Moment des Schauderns und Erkennens rief Paul nicht mehr nach Gabriel. Er wußte, er würde es nie mehr tun.

»Schrei nicht, Mzee«, hörte er den Sohn sagen, der mit ihm im Feuerwagen zur Sonne geflogen war, »es ist Mungus Sache, wenn unsere Kinder sterben.« Seine Lippen konnten den Spott nicht halten und seine Augen nicht die Liebe. Szene für Szene, umhüllt in den Duft von Honig und Harz und begleitet vom anschwellenden Echo der nie vergessenen Laute, zogen die Bilder des Lebens an Paul vorbei, doch der Tod, den er mit Gabriels Sohn im Arm auf die Safari in die Unendlichkeit geschickt hatte, kehrte als Sieger zurück. Still ließ sich der Besiegte von dem Rächer entwaffnen und übergab ihm die Zukunft, die er aus Afrikas Erde gegraben hatte. Er wehrte sich nicht, als er spürte, wie das Salz ihm die Augen versengte und danach die Tränen die Haut im erstarrten Gesicht. Nur einmal noch versuchte er Auflehnung und Ausbruch, versuchte, lahmend und verzweifelt, auf die Reise der Hoffenden zu gehen, Vernunft, Logik und Einsicht zu verscharren und seinen Traum vor den neidischen Dieben der Zeit zu retten, doch sein Verstand hatte die Mechanismen der Flucht verlernt.

»Ja«, sagte Paul, »Gabriel ist mein Fahrer.« Noch erschien es ihm Verrat an dem, den er liebte, die tödliche Vergangenheitsform zu gebrauchen.

»Er hat Ihnen das Leben gerettet«, sagte Doktor Lamm.

»Jetzt hat er mir das Leben genommen. Ich habe wieder einmal versäumt, rechtzeitig Kwaheri zu sagen.«

»Ich kann leider nicht gut Suaheli. Was heißt das?«

»Nichts, was sich erklären läßt. Erzählen Sie mir, was passiert ist, und wie ich hierher gekommen bin. Ich muß es wissen.«

Doktor Lamm holte aus seiner Tasche Zeitungen mit großen schwarzen Lettern, die sich blutrot färbten und denen Schlangenköpfe und Krokodilsrachen wuchsen, ehe Paul die Buchstaben zusammensetzen konnte. Als der verständnisvolle Todesbote merkte, daß die Zeitungen den Patienten aufregten, nahm er sie ihm aus der Hand und berichtete, so schonend, wie es ihm möglich war, von dem Überfall, der

Bravour der »Flying Doctors«, dem Flug nach Nairobi, und daß die Polizei ermittelte, bisher jedoch noch keine Spur von den Tätern gefunden hätte. Es war ein behutsamer Chronist, der da leise sprach und an den Leiden litt, die er bereitete. Ihm gelang es indes, die Bilanz der Brutalität durch die Hinweise auf Pauls unerwartete Rettung zu schönen und den ermordeten Fahrer nicht mehr als unbedingt nötig zu erwähnen. Doktor Lamm fühlte sich bestätigt in seiner Umsicht, weil der Kranke ihm so beherrscht erschien und einmal gar andeutete, er wäre leichtsinnig gewesen.

»Wir haben«, sagte er zufrieden, nun wieder nur befähigter Diplomat in amtlicher Mission, »die Adresse Ihres Sohnes in Frankfurt ausfindig gemacht und ihn sofort benachrichtigt. Ich hoffe, das wird Ihnen wenigstens eine Beruhigung sein.«

Es war die eigene Stimme, die »nein« mit der Kraft der erschlagenen Tage schrie. Es hatte sie nicht in der Kehle gehalten, und sie befreite die Gespenster aus dem schwarzen Loch, das Paul für immer zugeschüttet geglaubt hatte. Mit dem gesunden Arm, den er so hoch erhob, als würde er noch unter den Schirmakazien von Samburu stehen und Gabriel im ersten Licht des Tages willkommen heißen, holte er aus, um die Dämonen zu vernichten. Er traf ihre Fratzen und zerschmetterte ihr Skelett. Im Rausch des Siegs blendete ihn jedoch der Blitz. Der Donner machte ihn taub, die Erkenntnis stumm. Er erlebte noch, wie aus den wässerig grünen Augen von Doktor Lamm die tröstend dunklen des indischen Arztes wurden, doch er stürzte zu schnell und zu tief in den Krater, um die verheißungsvolle Verwandlung zu seinen Gunsten zu nutzen.

Doktor Khan saß an Pauls Bett, als er erwachte. Er hatte Haar, das schwarz in einem Schein von rotem Licht glänzte, schmale Hände und eine Haut, die nach Minze und frischem Holz duftete.

»Es ist meine Schuld«, sagte er, »daß Sie sich so aufgeregt haben. Ich hätte den Herrn nicht so lange bei Ihnen lassen dürfen. Es war noch zu früh.«

»Nein, es war zu spät«, widersprach Paul, »wäre er früher gekommen, hätte ich noch eine Wahl gehabt.«

Die schmale Sichel des Mondes hatte sich in der Farbe der Unschuld eingekleidet. Die Sterne webten goldene Girlanden um Wolken aus grauer Gaze und strahlten ihre Botschaft von Demut und Frieden aus. Schon wußte die Zunge nichts mehr von der Klugheit des Schweigens. Sie suchte, als hätte es die guten, lautlosen Tage nie gegeben, wieder den Trost der Narren, die an den Balsam des Wortes glauben.

So geschah es, daß Paul in seiner Not den jungen Doktor Khan, den er nicht kannte und dem er nur deshalb Seele und Gewissen anvertraute, weil ihn die Augen des indischen Arztes an jene erinnerten, die ihn hatten lachen, leben und vergessen lassen, zum Begleiter auf der Safari zurück zu den Anfängen erwählte. Nun, da er Mungus Paradies für immer verloren wußte, drängte es ihn wie einen Verdurstenden nach Wasser, noch einmal reden zu dürfen, ehe sich die Fesseln um seine Handgelenke schlossen und er im Büßergewand verstummte.

»Ich bin wieder ein Kind geworden«, gestand Paul, als die Kraft seiner Kehle versiegt war, »ich bereue nicht die Tat, nur die Entdeckung. Ich weiß nicht, was ich sagen soll, wenn ich meinem Sohn Antwort geben und meine Frau anschauen muß.«

»Denken Sie jetzt nicht an die Tage, die noch nicht gekommen sind.«
»Sie reden wie Gabriel.«
»Sie hätten mir nichts Schöneres sagen können«, erkannte der weise Beichtvater.
Er hielt die Nadel der Spritze gegen das Licht und setzte sie, sehr langsam, fast zärtlich, in das Fleisch des Sünders. Lächelnd versprach er ihm Schlaf und Vergessen. »Sie dürfen nur keine Angst haben«, beschwor er Paul, »einmal im Leben muß ein Mann tun, was er wirklich tun will. Sonst stirbt er lange vor seinem Tod. Bei uns sagt man: Frauen schweigen, Söhne verstehen.«
»Darauf kann man sich bei uns nicht verlassen«, erwiderte Paul. Erst, als er dem Schlaf sehr viel näher war als der Reue, wurde ihm bewußt, daß er nur mit dem Mund und nicht mit den Augen gelacht hatte – wie Gabriel, wenn er die Ironie brauchte, um der Angst die Zähne zu zeigen.
Von diesem Tag an hörte er auf, den reißenden Strom der Erinnerungen in die Zeit vor und nach der Begegnung mit Gabriel einzuteilen und sich gegen die Wucht der Bilder zu wehren. Im Rückblick genoß er die Farbfülle und den Duft der guten Tage, als wäre die Sonne über dem Turkana-See nie vom Himmel gestürzt. Der Schmerz verlor seinen Stachel. Paul lernte ihn aus der Sicht des Täters zu akzeptieren, der nichts anderes mehr zu tun braucht, als auf den Tag der Urteilsvollstreckung zu warten. Nur die Zukunft und die Menschen, an denen er gefehlt hatte, nahmen ihm den Frieden.
Paul dachte oft an Antje, an ihren nackten Körper unter dem Moskitonetz und an ihre feinen seidenen Haare im Nacken, doch er nannte sie nicht mehr Sirene, denn sein Körper ahn-

te nichts mehr von der Begierde, die einen Mann wissen läßt, daß er lebt. Er lächelte nicht, wenn Antje mit ihrer kindlichen Stimme ihrem Teddybären Zärtlichkeiten zuraunte, war jedoch besorgt, weil er sie ohne Abschied verlassen hatte. Sein Gewissen bedrängte ihn, die offen gebliebene Rechnung zu begleichen. In jeder der Nächte ohne Licht und Hoffnung nahm sich Paul vor, Doktor Lamm zu bitten, mit Antje Kontakt aufzunehmen und ihr das Geld für ein Flugticket zukommen zu lassen. Wenn Doktor Lamm ihn jedoch besuchte, was fast täglich geschah, konnte er sich nicht auf Antjes Nachnamen besinnen. Das Gespräch kam nie zustande.

Lähmend war die Trauer beim Gedanken an Wanjiru und ihr ungeborenes Kind. Nun, da Gabriel nicht mehr für die Seinen sorgen konnte, empfand es Paul als seine letzte Verpflichtung vor dem Tag der Abrechnung, Wanjiru und ihre Kinder vor der Not der Witwen Afrikas zu schützen. Stets versperrte ihm Cornelia jedoch den Weg. Sie rannte mit ausgestreckten Armen auf Paul zu, ehe er am Rande des Gemüsebeets Wanjiru den Wassereimer wegnehmen und ihr von dem Leoparden erzählen konnte, der ihn gebeten hatte, den Kindern die Dollarscheine zu übergeben, die die Mörder Gabriel entrissen hatten.

Paul nahm sich in seinen Gesprächen mit Cornelia viel Zeit, um ihr ausführlich zu erklären, weshalb er noch einmal nach Naro Moru reisen mußte. Sobald er aber Wanjirus Hand berührte, überreichte ihm seine Frau einen Strauß Wicken, obwohl er Wicken nicht mochte, und einen Sandkuchen, der so trocken war, daß er am Gaumen klebte. Bei ihren unangenehm häufigen Besuchen im Krankenhaus trug Cornelia stets das zu tief ausgeschnittene gelbe Kleid und die bil-

ligen Straßohrringe. Während er mit ihr stritt, konnte es Paul nicht fassen, daß ihn das Kleid immer noch ärgerte.
Der verständnisvolle Doktor Khan war zu sanft, zu unerfahren und immer zu höflich, um die Gespenster zu vertreiben, die das Zimmer sechs besetzten, sobald er die Tür hinter sich schloß. Er wechselte die Verbände, fühlte den Puls, versorgte die Wunden des Körpers, fragte nach den Schmerzen im Kopf und sagte trotzdem: »Sie machen wunderbare Fortschritte. Sie werden staunen, wie bald Sie reisen können.«
»Wohin?« fragte Paul.
Eine Woche nach seiner Einlieferung in die Klinik durfte er zum ersten Mal im Stuhl am Fenster sitzen. Es war die endgültige Rückkehr in die Welt der Farben und Düfte. So üppig waren die Büsche der Bougainvillea noch nirgends gewesen. Sie blühten rosa, weiß und gelb in einem Garten mit dickstämmigen Bäumen, zwitschernden Vögeln und Tieren, die die Nähe der Menschen suchten. Rote Kletterrosen wuchsen an weißen Mauern empor. Im Schatten eines verwitterten Schuppens mit einer weiß gestrichenen Bank davor steckten Marabus ihre Köpfe zusammen. Ein Papagei mit blauem und gelbem Gefieder krächzte vom Feigenbaum herunter. Große Glockenblumen läuteten kleines Glück. Überwältigt von der Pracht lieferte sich Paul der schwülen Mittagsluft aus, die den Kopf vor den bewaffneten Dämonen schützte, die ihm die Beute entreißen wollten. Seufzend ließ er es zu, daß der Traum vom Ende der Zeitrechnung ihn wie am ersten Tag seiner Safari betäubte. Noch war der Abschied nur Ahnung, das Wunder Afrika zum Greifen nahe.
Der Jacarandabaum streckte sich dem wolkenlosen Himmel entgegen. Zwei junge Klippschliefer sprangen in einen ro-

stigen Eimer, der randvoll mit stinkenden Kartoffelschalen gefüllt war, doch sie kletterten mit Mangokernen heraus, deren Saft orange leuchtete, als er auf ihr Fell tropfte. Blaue Glanzstare mit Flügeln, die Paul blendeten, badeten in einem kleinen weißen Brunnen. Ein Kind in der Farbe von Ebenholz schlug nach den Fliegen auf seinem blanken Schädel und lachte. Eine trächtige Katze streckte ihren prallen Leib in die Sonne. Die Bienen tranken aus gelben Rosen mit schweren Köpfen. In dem Moment, da ihr Duft zu Paul hinüberwehte, tauchte der junge schlanke Mann auf. Er trug einen grauen Anzug, ein hellblaues Hemd und eine zitronengelbe Krawatte mit Punkten. Noch erstaunlicher waren die helle Haut, das blonde Haar. Es war dieses Haar, das ihn an die eigene Jugend erinnerte, das Paul beunruhigte. Noch mehr die Art, in der der Mann sein Kinn vorstreckte und seine Beine hetzte, wie es die Menschen Afrikas nicht tun. Pauls Körper erstarrte, die Haut im Gesicht spannte, als wäre sie aus Leder; er spürte noch, daß er sich schützen mußte, doch wieder war er zu langsam, zu alt, ein törichter, ausgebrannter Mzee mit einem verglühenden Herzen, der den Augen nicht mehr ihre Richtung befehlen konnte. Sie konnten sich nicht von dem blonden Haar lösen. Der junge Mann lief nun immer rascher. Er sah sich kein einziges Mal um, roch nicht an den Rosen, verfolgte nicht den Steilflug einer Libelle und bemerkte nicht, daß das Kind laut lachte und ihm seine dünnen Arme und einen roten Ball, der keine Luft mehr hatte, entgegenstreckte und so vertrauensvoll »Jambo« rief, als würde da ein Mensch mit Augen, Nase und Ohren auf es zukommen. Die Kronenkraniche liefen erschrocken davon. Die Klippschliefer ließen die Mangokerne fallen und rannten ins Gebüsch.

Der Frevler, der Afrikas Schönheit nicht sah, nahm ein Stück Papier aus der Tasche und hielt es dicht vor sein Gesicht. Er schien nicht zu wissen, welchen der beiden Pfade er nehmen sollte. Das Papier raschelte im Wind. Das war der Moment, da Paul seinen Sohn erkannte. Entsetzt schloß er die Augen. Er wußte sich verloren, wenn er sie nur ein einziges Mal aufmachte, tat es aber doch, riß sie immer weiter auf, bis sie nichts mehr sahen als eine zitronengelbe Krawatte, die zu einem Banner der Vernichtung wurde.
»Das Ende einer Safari«, murmelte Paul.
Nie war ihm die Idee gekommen, er würde sich am Tag der Urteilsverkündung vor dem souveränen, nie verzeihenden Jens rechtfertigen müssen, und doch wußte der Angeklagte Bescheid. Nur die verlorenen Söhne hatten Anspruch auf mildernde Umstände, nicht die verlorenen Väter. Ein Vater, der niedergestreckt in einem Land aufgefunden wurde, in dem er gar nicht sein durfte, hatte sein Recht auf das gemästete Kalb verwirkt.
Trotzdem konnte Paul noch atmen, denken, sogar sich selbst verspotten. Ihm kam der Gedanke, daß der groteske Epilog sehr passend für die Tragödie eines Mannes war, der es zeit seines Lebens versäumt hatte, die richtigen Entscheidungen zu treffen. In einem Kaffeelöffel betrachtete er aufmerksam sein Gesicht; er sah, daß es ohne Angst war. Der verlorene Vater machte sich bereit, seinen Sohn zu empfangen. Nur daß er Mitleid mit Jens hatte und sich genau ausmalen konnte, wie unangenehm ihm seine Mission sein würde, verwunderte Paul. Sein Sohn stand nun unentschlossen an einer Hecke mit großen weißen Dornen. Er prüfte den Sitz seiner Hose, zog am Knoten der Krawatte, fächelte sich kurz mit dem zusammengefalteten Bogen Papier Kühlung zu,

ging auffallend langsam weiter und verschwand schließlich hinter einer Tür.
Bei dem Gedanken, daß sein tüchtiger Sohn sich bestimmt jede Einzelheit notiert hatte, die er im Augenblick der Konfrontation nicht vergessen wollte, lächelte Paul. Jens war immer ein Meister der Organisation gewesen. Kaum hatte er zählen und schreiben gelernt, numerierte er seine Teddybären und legte Listen in einem roten Taschenkalender an.
»Warum tust du das?« hatte Paul den Sechsjährigen gefragt. Er hörte, als sei es eben erst geschehen, die Mißmut in seiner Stimme.
»Ich mach immer ein Kreuz, wenn ich einen Teddy küsse. Jeder bekommt zehn Küsse am Tag. Ich hab sie doch alle so lieb.«
Daß er ausgerechnet zu einem Zeitpunkt an die Szene dachte, da ihn dieser praktische Sohn als den gewissenlosen Toren entlarven würde, der niemanden außer sich selbst liebte, erschien Paul so skurril, daß er laut lachte. Das Gelächter, so fremd und provozierend, schmerzte in den Ohren und den gebrochenen Rippen, doch es holte sich immer wieder neue Kraft.
»Gott sei Dank«, sagte Jens, »ich hatte Angst, du wärst gar nicht richtig bei Bewußtsein. Die ersten Berichte waren so niederschmetternd.«
Er stand mit der gleichen scheuen Verlegenheit, die Paul von sich kannte, an der Tür. Die Art, wie Jens seine Hände verkrampfte, um sie ruhig zu halten, und die roten Flecken in seinem Gesicht bewegten Paul. Das Einverständnis mit dem Sohn war schwach wie der Hauch des Winds vor Sonnenaufgang und doch stark genug, um zu wärmen.
»Wo kommst du her?«

»Ich bin der Mann, der aus der Kälte kommt.« Es war das Lächeln des Bittenden, so verwirrt und befangen, das Pauls Zunge befreite. »Hast du«, fragte er, »die weite Reise nur meinetwegen gemacht?«
»Nein, ich bin zufällig vorbeigekommen.«
»Warum hast du mir nie verraten, daß du Humor hast?«
»Du hast mich nicht danach gefragt«, erwiderte Jens.
Einen Schlag seines durstenden Herzens, der jedoch nicht länger währte als das Sterben aller Hoffnungen, wartete Paul auf das geliebte Wort »Mzee«. Er seufzte, als er begriff, wie lange er brauchen würde, bis nicht ein einzelner Satz, jede flüchtige Erinnerung ihm Fassung und Haltung raubten. Der Sohn aber sah die Tränen des Vaters. Er beugte sich zu ihm herab und umarmte ihn mit einer ungeschickten, kindlichen Bewegung.
Die zwei Männer, deren Wege sich zu früh getrennt hatten, tranken Tee und schauten dabei nur in ihre Tassen. Es war das Schweigen Afrikas, sanft und sättigend. Süß war der Duft der Orchideen im Zimmer, leicht der vom Jacarandabaum. Auf dem Fensterbrett saß ein Klippschliefer. Paul bat Jens, das Tier mit einem Stück Orange zu füttern. Der tat es mit der entzückten Freude eines Großstadtkindes, die Paul abermals bewegte. Ihm ging auf, daß er seit Jahren nicht mehr so lange mit seinem Sohn zusammen gewesen war. Die Stunden vergingen, und sie merkten es nicht. Am späten Nachmittag sprachen sie von gebrochenen Knochen und den Heilungsaussichten bei älteren Menschen.
»Woher weißt du denn so gut Bescheid?« fragte Paul.
»Ich bin doch früher viel Ski gefahren. Weißt du das nicht mehr? In Titisee.«
»Es geht nichts über das richtige Stichwort«, sagte Paul. Er

bewunderte Jens für die lässige Selbstverständlichkeit, mit der er zur Sache gekommen war. »Ich hab Cornelia weisgemacht, ich würde nach Titisee fahren.«
»Sie hat dir nie geglaubt.«
»Wirklich?«
»Die uralte kitschige Geschichte. Du hast die Rechnung vom Reisebüro in der Jacke gelassen, die sie zur Reinigung gebracht hat. Als Lügner taugst du nicht viel, Vater.«
»Sonst auch nicht, Jens, das kannst du mir glauben.«
Der Sohn zögerte lange, ehe er Antwort gab. »Du hast wenigstens Mut«, sagte er. »Ich beneide dich darum. Ich werde mein Lebtag nicht so eine Reise machen. Ich bin anders als du. Ich war immer ein mieser kleiner Spießer.«
»Da kann man sich täuschen«, erkannte Paul, »ich hielt mich auch lange für einen ordentlichen Menschen. Vielleicht können wir beide eines Tages meine Safari wiederholen. Wenn Cornelia mich läßt und falls sie mich zurücknimmt.«
»Sie wird.«
»Was? Mich zurücknehmen? Oder mich wieder ziehen lassen?«
»Beides, fürchte ich. Cornelia ist eine bemerkenswerte Frau. Sie liebt dich. Aber zunächst müssen wir dich nach Hause schaffen.«
»Du sprichst von den Tagen, die noch nicht gekommen sind.«
Obwohl Paul wußte, daß ein närrischer, langsamer Mzee nicht von der Zukunft reden durfte, lächelte er, denn er hatte mit Gabriels Stimme gesprochen. Solange er das konnte, würde ihn sein schwarzer Sohn auf jeder Safari des Lebens begleiten.

Über die Autorin

Lesen Sie weiter

ZUSATZMATERIAL

HEYNE

Frankfurter Allgemeine Zeitung
Donnerstag, 28. Dezember 2006, Nr. 301/ Seite 39

„Merk dir alles, das kann dir niemand wegnehmen“

Stefanie Zweig bleibt sich treu

Afrika und Frankfurt. Der Schwarze Kontinent war, die Mainmetropole ist Stefanie Zweigs Heimat. Und weil die Schriftstellerin nur über das schreiben kann, was sie genau kennt, hat sie über Afrika und über Frankfurt geschrieben. Über ihre Kindheit in Afrika ein Buch mit dem Titel „Nirgendwo in Afrika“, über Frankfurt zahllose Glossen in der „Abendpost-Nachtausgabe“. Zeitweise jeden Tag erschien in dieser Zeitung eine ihrer kleinen Betrachtungen, sechs Mal in der Woche ein Bild von Stefanie Zweig, darunter aufmunternde Gedanken, klug-amüsante Alltagsüberlegungen. Und wenn ihr nichts einfiel, schrieb sie über ihren Dackel. Das kam bei den Lesern besonders gut an, weshalb an Weihnachten immer ein paar Geschenke für das Tier eingingen.

„Nirgendwo in Afrika“ hat Stefanie Zweig angefangen, als es die „Abendpost-Nachtausgabe“ und damit auch die Feuilleton-Chefin Stefanie Zweig nicht mehr gab. Das Blatt wurde 1988 wegen chronisch roter Zahlen eingestellt. Zweig versuchte es noch zwei Jahre mit Mini-Glossen bei der „Bild“-Zeitung, dann verlegte sie, die als Journalistin nebenbei sieben Kinderbücher geschrieben hatte, sich ganz aufs Bücherschreiben. Bücher über das, was sie genau kennt: Afrika und Frankfurt.

„Nirgendwo in Afrika“, Stefanie Zweigs autobiographischer Roman über ihre Kindheit in Kenia, ihr erstes Buch für Erwachsene, ist mehr als ein Bestseller geworden. Sechs Millionen Auflage bisher, Übersetzungen in viele Dutzend Sprachen, eine Oskar-geehrte Verfilmung. Kurzum: ein modernes Märchen. Ein Bücherregal in Stefanie Zweigs Wohnung an der Rothschildallee ist vollgestopft mit Übersetzungen: „Nirgendwo in Afrika“ in Englisch, Tschechisch, Französisch, Koreanisch. Oder war das Japanisch? Die Autorin hat längst den Überblick verloren.

Warum das Publikum sich auf ihre afrikanischen Jugenderinnerungen regelrecht gestürzt hat, kann sie sich immer noch nicht so ganz erklären. Die Exotik, vermutet sie. Das fremde Afrika, weniger das Los einer in die Emigration getriebenen deutschjüdischen Familie, habe die Leser gefesselt. Die Jugend auf der Farm Ol' Joro Orok im Hochland von Kenia war auf jeden Fall der Stoff ihres Lebens, und als die gewesene Journalistin Stefanie Zweig ihn damals niederschrieb, zögerte sie die Vollendung des Werkes hinaus, weil sie sich vor der Enttäuschung fürchtete, möglicherweise keinen Verlag finden zu können. Tatsächlich hat der erste Verlag, dem sie das Manuskript schickte, zugegriffen.

Die Sorge „Werde ich gedruckt?" brauchte sie nicht mehr zu quälen. Langen-Müller, ihr Hausverlag, weiß, was er an seiner Bestsellerautorin hat, das Cover des neuen Buches „Nur die Liebe bleibt" hat die Werbeabteilung auf große Papiertaschen drucken lassen, auf der Buchmesse verstauten Hundertschaften ihre Prospekte darin. Natürlich hat Stefanie Zweig eine dieser Taschen als Erinnerung aufgehoben. Afrika – in einem halben Dutzend Bücher hat sie diesen fremden Kontinent zum Schauplatz der Handlung gemacht. Im neuen Roman, dessen neun Kapitel allesamt von Eisenbahnfahrten handeln, dampft die Lokomotive von Breslau nach Hamburg, von München nach Genua oder von Leobschütz, ihrem oberschlesischen Geburtsort, nach Breslau. Fahrten ins Ungewisse, Fahrten in den Abgrund der deutschen Geschichte. Der alte Greschek, der getreue Freund der Familie, will der in Breslau zurückgebliebenen Ina Perls und ihrer Tochter Käthe Lebensmittel bringen. Doch die beiden wohnen nicht mehr im alten Haus. Stefanie Zweigs Großmutter und ihre Tante waren damals schon deportiert, vielleicht sogar schon in Auschwitz umgebracht worden.

Aber Afrika steht doch im Zentrum des Buches: Die Reise geht von Mombasa nach Nairobi, von Nakuru nach Ol' Joro Orok, von Nairobi nach Gilgil. Daß Stefanie Zweig sich in diesem fesselnden Buch nicht gegenüber früheren Afrika-Büchern wiederholt, liegt daran, daß sie so viel erlebt hat. Und daß sie sich an so vieles erinnert. Damals, auf der Farm in Kenia, wo es gerade mal drei Bücher gab – „Tausend Worte Englisch", „Afrika – dunkel lockende Welt" von Tanja Blixon und ein Nesthäkchen-Buch –, mußte das Erzählen das Lesen ersetzen. Geprägt von den Erfahrungen der erzwungenen Auswanderung sagte sich das Mädchen Stefanie: „Merk dir alles, das kann dir niemand wegnehmen."

Später, auf der englischen Nakuru-Government-Internatsschule, las sie alle greifbaren Bücher. Fast alle von englischen Autoren. Und als sie 1947 nach Frankfurt kam, wo ihr Vater Richter wurde, kannte sie von den deutschen Klassikern eigentlich nur Goethe. Schiller und die anderen Großen lernte sie erst auf der Herderschule kennen. Dagegen kamen Krieg und Nazis, die das Leben ihrer Familie entscheidend bestimmt hatten, im Unterricht und auch in den Köpfen der Schulkameraden nicht vor. Obwohl die Stadt damals in weiten Teilen noch zerstört war, wie man in ihrem Frankfurt-Buch „Irgendwo in Deutschland" nachlesen kann.

Karl Marx ist nach dem Abitur Stefanie Zweigs großer Lehrer geworden. Nicht der Theoretiker des Kommunismus, sondern Karl Marx, der Chefredakteur der „Jüdischen Allgemeinen", wo die junge Frau aus Frankfurt volontiert hat. Warum sie Journalistin geworden ist? Weil ihr Vater, als sie mit dem Beruf der Kindergärtnerin liebäugelte, fragte: „Willst du mit Fünfzig noch Ringelreihen spielen?" Und weil sie einfach eine Frau des geschriebenen Wortes war. „Meine Schwester kann nichts anderes als Lesen und Schreiben", hat ihr Bruder einmal über sie gesagt. Nach sechs Jahren kam sie zurück aus Düsseldorf, weil ihre Mutter nach dem Tod des Vaters eine Stütze brauchte. Die Jahre bei der „Abendpost" in Offenbach, wo sie ihre journalistische Karriere fortsetzen konnte, nennt sie im nachhinein „meine glücklichsten Berufsjahre".

Möglich, daß ihre Berichte, ihre Theaterkritiken und ihre schönen Glossen notwendige Vorübungen waren für ihre zweite, ihre große Karriere als weltweit gelesene Autorin. Vielleicht hat Stefanie Zweig aber auch einfach zu lange nicht gemerkt, daß sie eine große Geschichte zu erzählen hatte. Schon als Frankfurter Journalistin hat sie sich immer mal wieder überlegt, ob sie nicht als Freie arbeiten und nebenher noch Bücher schreiben sollte. Den Sprung ins Ungewisse hat sie, deren Familie im Dritten Reich gezwungenermaßen ins Ungewisse Afrikas sprang, nicht gewagt. Wie hätte sie auch ahnen sollen, daß das Zeug zu einer Erfolgsschriftstellerin in ihr steckte.

HANS RIEBSAMEN

Nirgendwo in Afrika
978-3-453-81129-4

Irgendwo in
Deutschland
978-3-453-81130-0

Und das Glück
ist anderswo
978-3-453-81126-3

Doch die Träume
blieben in Afrika
978-3-453-81127-0

Leseprobe aus dem preisgekrönten Roman

»Nirgendwo in Afrika«

Kapitel 2

»Toto«, lachte Owuor, als er Regina aus dem Auto hob. Er warf sie ein kleines Stück dem Himmel entgegen, fing sie wieder auf und drückte sie an sich. Seine Arme waren weich und warm, die Zähne sehr weiß. Die großen Pupillen der runden Augen machten sein Gesicht hell, und er trug eine hohe, dunkelrote Kappe, die wie einer jener umgestülpten Eimer aussah, die Regina vor der großen Reise im Sandkasten zum Kuchenbacken genommen hatte. Von der Kappe schaukelte eine schwarze Bommel mit feinen Fransen; sehr kleine schwarze Locken krochen unter dem Rand hervor. Über seiner Hose trug Owuor ein langes weißes Hemd, genau wie die fröhlichen Engel in den Bilderbüchern für artige Kinder. Owuor hatte eine flache Nase, dicke Lippen und einen Kopf, der wie ein schwarzer Mond aussah. Sobald die Sonne die Schweißtropfen auf der Stirn glänzen ließ, verwandelten sie sich in bunte Perlen. Noch nie hatte Regina so winzige Perlen gesehen.

Der herrliche Duft, der Owuors Haut entströmte, roch wie Honig, verjagte Angst und ließ ein kleines Mädchen zu einem großen Menschen werden. Regina machte ihren Mund weit auf, um den Zauber besser schlucken zu können, der Müdigkeit und Schmerzen aus dem Körper trieb. Erst spürte sie, wie sie in Owuors Armen stark wurde, und dann merkte sie, daß ihre Zunge fliegen gelernt hatte.

»Toto«, wiederholte sie das schöne, fremde Wort.

Sanft stellte sie der Riese mit den mächtigen Händen und der glatten Haut auf die Erde. Er ließ ein Lachen aus der Kehle, das ihre Ohren kitzelte. Die hohen Bäume drehten sich, die Wolken fingen an zu tanzen, und schwarze Schatten jagten sich in der weißen Sonne.

»Toto«, lachte Owuor wieder. Seine Stimme war laut und

gut, ganz anders als die der weinenden und flüsternden Menschen in der großen grauen Stadt, von der Regina nachts träumte.

»Toto«, jubelte Regina zurück und wartete gespannt auf Owuors sprudelnde Fröhlichkeit.

Sie riß die Augen so weit auf, daß sie glitzernde Punkte sah, die im hellen Licht zu einem Ball aus Feuer wurden, ehe sie verschwanden. Papa hatte seine kleine weiße Hand auf Mamas Schulter gelegt. Das Wissen, wieder Papa und Mama zu haben, erinnerte Regina an Schokolade. Erschrocken schüttelte sie den Kopf und spürte sofort einen kalten Wind auf der Haut. Ob der schwarze Mann im Mond nie mehr lachen würde, wenn sie an Schokolade dachte? Die gab es nicht für arme Kinder, und Regina wußte, daß sie arm war, weil ihr Vater nicht mehr Rechtsanwalt sein durfte. Mama hatte ihr das auf dem Schiff erzählt und sie sehr gelobt, weil sie alles so gut verstanden und keine dummen Fragen gestellt hatte, doch nun, in der neuen Luft, die gleichzeitig heiß und feucht war, konnte sich Regina nicht mehr an das Ende der Geschichte erinnern.

Sie sah nur, daß die blauen und roten Blumen auf dem weißen Kleid ihrer Mutter wie Vögel umherflogen. Auch auf Papas Stirn leuchteten winzige Perlen, nicht so schön und bunt wie auf Owuors Gesicht, aber doch lustig genug, um zu lachen.

»Komm, Kind«, hörte Regina ihre Mutter sagen, »wir müssen sehen, daß du sofort aus der Sonne kommst«, und sie merkte, daß ihr Vater nach ihrer Hand griff, doch die Finger gehörten ihr nicht mehr. Sie klebten an Owuors Hemd fest.

Owuor klatschte in die Hände und gab ihr die Finger zurück.

Die großen schwarzen Vögel, die auf dem kleinen Baum vor dem Haus gehockt hatten, flogen kreischend zu den Wolken, und dann flogen Owuors nackte Füße über die rote Erde. Im Wind wurde das Engelshemd eine Kugel. Owuor weglaufen zu sehen, war schlimm.

Regina spürte den scharfen Schmerz in der Brust, der

immer vor einem großen Kummer kam, aber sie erinnerte sich rechtzeitig, daß ihre Mutter gesagt hatte, sie dürfe in ihrem neuen Leben nicht mehr weinen. So kniff sie die Augen zu, um die Tränen einzusperren. Als sie wieder sehen konnte, kam Owuor durch das hohe gelbe Gras. In seinen Armen lag ein kleines Reh.

»Das ist Suara. Suara ist ein Toto wie du«, sagte er, und obwohl Regina ihn nicht verstand, breitete sie die Arme aus. Owuor gab ihr das zitternde Tier. Es lag auf dem Rücken, hatte dünne Beine und so kleine Ohren wie die Puppe Anni, die nicht mit auf die Reise hatte kommen dürfen, weil kein Platz mehr in den Kisten gewesen war. Noch nie hatte Regina ein Tier angefaßt. Aber sie spürte keine Angst. Sie ließ ihr Haar über die Augen des kleinen Rehs fallen und berührte seinen Kopf mit ihren Lippen, als hätte sie schon lange danach verlangt, nicht mehr nach Hilfe zu rufen, sondern Schutz zu geben.

»Es hat Hunger«, flüsterte ihr Mund. »Ich auch.«

»Großer Gott, das hast du in deinem ganzen Leben nicht gesagt.«

»Mein Reh hat das gesagt. Ich nicht.«

»Du bringst es hier noch weit, scheue Prinzessin. Du redest jetzt schon wie ein Neger«, sagte Süßkind. Sein Lachen war anders als das von Owuor, aber auch gut für die Ohren.

Regina drückte das Reh an sich und hörte nichts mehr als die regelmäßigen Schläge, die aus seinem warmen Körper kamen. Sie machte ihre Augen zu. Ihr Vater nahm das schlafende Tier aus ihren Armen und gab es Owuor. Dann hob er Regina hoch, als sei sie ein kleines Kind, und trug sie ins Haus.

»Fein«, jubelte Regina, »wir haben Löcher im Dach. So etwas hab' ich noch nie gesehen.«

»Ich auch nicht, bis ich herkam. Warte nur ab, in unserem zweiten Leben ist alles anders.«

»Unser zweites Leben ist so schön.«

Das Reh hieß Suara, weil Owuor es am ersten Tag so genannt hatte. Suara lebte in einem großen Stall hinter dem kleinen Haus, leckte mit warmer Zunge Reginas Finger ab, trank Milch aus einer kleinen Blechschüssel und konnte schon nach einigen Tagen an zarten Maiskolben kauen. Jeden Morgen machte Regina die Stalltür auf. Dann sprang Suara durch das hohe Gras und rieb bei der Heimkehr den Kopf an Reginas braunen Hosen. Sie trug die Hosen seit dem Tag, an dem der große Zauber begonnen hatte. Wenn abends die Sonne vom Himmel fiel und die Farm in einen schwarzen Mantel hüllte, ließ sich Regina von ihrer Mutter die Geschichte von Brüderchen und Schwesterchen erzählen. Sie wußte, daß sich auch ihr Reh in einen Jungen verwandeln würde.

Als Suaras Beine länger waren als das Gras hinter den Bäumen mit den Dornen und Regina schon die Namen von so vielen Kühen kannte, daß sie ihrem Vater beim Melken sagen mußte, wie sie hießen, brachte Owuor den Hund mit weißem Fell und schwarzen Flecken. Seine Augen hatten die Farbe heller Sterne. Die Schnauze war lang und feucht. Regina schlang ihre Arme um den Hals, der so rund und warm war wie Owuors Arme. Mama rannte aus dem Haus und rief: »Du hast doch Angst vor Hunden.«

»Hier nicht.«

»Den nennen wir Rummler«, sagte Papa mit einer so tiefen Stimme, daß Regina sich verschluckte, als sie zurücklachte. »Rummler«, kicherte sie, »ist ein schönes Wort. Genau wie Suara.«

»Rummler ist aber Deutsch. Dir gefällt doch nur noch Suaheli.«

»Rummler gefällt mir auch.«

»Wie kommst du auf Rummler?« fragte Mama. »Das war doch der Kreisleiter in Leobschütz.«

»Ach, Jettel, wir brauchen unsere Spiele. Jetzt können wir den ganzen Tag Rummler, du Mistkerl, rufen und uns freuen, daß uns keiner verhaften kommt.«

Regina seufzte und streichelte den großen Kopf des Hundes, der mit seinen kurzen Ohren die Fliegen vertrieb. Sein Körper dampfte in der Hitze und roch nach Regen. Papa sagte zu oft Dinge, die sie nicht verstand, und wenn er lachte, kam nur ein kurzer heller Ton, der nicht wie Owuors Gelächter vom Berg zurückprallte. Sie flüsterte dem Hund die Geschichte vom verwandelten Reh zu, und er schaute in die Richtung von Suaras Stall und begriff sofort, wie sehr sich Regina einen Bruder wünschte.

Sie ließ sich vom Wind die Ohren streicheln und hörte, daß ihre Eltern immer wieder Rummlers Namen nannten, aber sie konnte sie nicht richtig verstehen, obwohl die Stimmen sehr deutlich waren. Jedes Wort war wie eine Seifenblase, die sofort platzte, wenn man nach ihr greifen wollte.

»Rummler, du Mistkerl«, sagte Regina schließlich, doch erst als die Gesichter ihrer Eltern so hell wurden wie Lampen mit einem frischen Docht, erkannte sie, daß die drei Worte ein Zauberspruch waren.

Regina liebte auch Aja, die kurz nach Rummler auf die Farm gekommen war. Sie stand eines Morgens vor dem Haus, als die letzte Röte vom Himmel verschwand und die schwarzen Geier auf den Dornakazien den Kopf unter den Flügeln hervorholten. Aja war das Wort für Kinderfrau und schon deshalb schöner als andere, weil es sich ebenso gut vorwärts wie rückwärts sprechen ließ. Aja war, genau wie Suara und Rummler, ein Geschenk von Owuor.

Alle reichen Familien auf den großen Farmen mit tiefen Brunnen auf den Rasenflächen vor den mächtigen Häusern aus weißem Stein hatten eine Aja. Ehe Owuor nach Rongai gekommen war, hatte er auf so einer Farm bei einem Bwana gearbeitet, der sich ein Auto und viele Pferde hielt und natürlich eine Aja für seine Kinder.

»Ein Haus ohne Aja ist nicht gut«, hatte er an dem Tag gesagt, als er die junge Frau von den Hütten am Ufer des Flusses anbrachte. Die neue Memsahib, der er beigebracht hatte, »asante sana« zu sagen, wenn sie danken wollte, hatte ihn mit ihren Augen gelobt.

Ajas Augen waren so sanft, kaffeebraun und groß wie die von Suara. Ihre Hände waren zierlich und an den Innenflächen weißer als Rummlers Fell. Sie bewegte sich so schnell wie junge Bäume im Wind und hatte eine hellere Haut als Owuor, obgleich beide zum Stamm der Jaluo gehörten. Wenn der Wind an dem gelben Umhang riß, der an einem dicken Knoten auf Ajas rechter Schulter lag, schaukelten die festen kleinen Brüste wie Kugeln an einem Strick. Aja wurde nie böse oder ungeduldig. Sie sprach wenig, aber die kurzen Laute, die sie aus ihrer Kehle ließ, klangen wie Lieder.

Lernte Regina von Owuor das Sprechen so gut und schnell, daß sie sehr bald von den Menschen besser verstanden wurde als ihre Eltern, so brachte Aja das Schweigen in ihr neues Leben. Jeden Tag nach dem Mittagessen saßen die zwei im runden Schattenfleck vom Dornenbaum, der zwischen dem Haus und dem Küchengebäude stand. Dort konnte die Nase besser als irgendwo sonst auf der Farm den Duft von warmer Milch und gebratenen Eiern jagen. Waren die Nase satt und die Kehle feucht, rieb Regina ihr Gesicht leicht am Stoff von Ajas Umhang. Dann hörte sie zwei Herzen klopfen, ehe sie einschlief. Sie wachte erst auf, wenn die Schatten lang wurden und Rummler ihr Gesicht leckte.

Es folgten die Stunden, in denen Aja aus langen Gräsern kleine Körbe flocht. Ihre Finger rissen kleine Tiere mit winzigen Flügeln aus dem Schlaf, und nur Regina wußte, daß es Luftpferde waren, die mit ihren Wünschen zum Himmel flogen. Aja machte beim Arbeiten kleine, schnalzende Laute mit der Zunge, aber sie bewegte dabei nie die Lippen.

Die Nacht hatte auch ihre immer wiederkehrenden Geräusche. Sobald es dunkel wurde, heulten die Hyänen, und von den Hütten drangen Gesangsfetzen herüber. Selbst im Bett fanden Reginas Ohren noch Nahrung. Weil die Wände im Haus so niedrig waren, daß sie nicht bis zum Dach reichten, hörte sie jedes Wort, das ihre Eltern im Schlafzimmer sprachen.

Auch wenn sie flüsterten, waren die Laute so deutlich wie die Stimmen vom Tage. In guten Nächten klangen sie schläfrig wie das Summen der Bienen und Rummlers Schnarchen, wenn er mit nur wenigen Bewegungen seiner Zunge den

Napf geleert hatte. Es gab aber sehr lange und böse Nächte mit Worten, die beim ersten Heulen der Hyänen aufeinander losgingen, Angst machten und erst im Schweigen erstickten, wenn die Sonne die Hähne weckte.

Nach den Nächten mit dem großen Lärm war Walter morgens früher in den Ställen als die Hirten, die die Kühe melkten, und Jettel stand mit roten Augen in der Küche und rührte ihren Zorn in den Milchtopf auf dem rauchenden Ofen. Nach den Qualen der Nacht fand keiner von beiden mehr den Weg zum anderen, ehe die kühle Abendluft von Rongai die Glut des Tages löschte und sich der verwirrten Köpfe erbarmte.

In solchen Momenten einer Versöhnung voller Scham und Verlegenheit blieb Walter und Jettel nur das seltsame Wunder, das die Farm an Regina hatte geschehen lassen. Dankbar teilten sie Staunen und Erleichterung. Das verschüchterte Kind, das zu Hause die Arme hinter dem Rücken verschränkt und den Kopf gesenkt hatte, wenn es von Fremden nur angelächelt wurde, hatte sich als Chamäleon entpuppt. Regina war am Gleichmaß der Tage von Rongai gesundet. Sie weinte selten und lachte, sobald Owuor in ihrer Nähe war. Dann hatte ihre Stimme keinen Hauch von Kindlichkeit und sie selbst eine Entschlossenheit, die Walter neidisch machte.

»Kinder finden sich schnell ab«, sagte Jettel an dem Tag, als Regina erzählte, sie habe Jaluo gelernt, um mit Owuor und Aja in ihrer Sprache reden zu können, »das hat schon meine Mutter gesagt.«

»Dann gibt's ja noch Hoffnung für dich.«

»Das finde ich nicht komisch.«

»Ich auch nicht.«

Walter bereute seinen kleinen Ausbruch sofort. Er vermisste sein früheres Talent zu harmlosen Scherzen. Seitdem seine Ironie bissig geworden war und Jettels Unzufriedenheit sie unberechenbar machte, hielten beider Nerven nicht mehr die kleinen Sticheleien aus, die ihnen in besseren Zeiten selbstverständlich gewesen waren.

Zu kurz hatten Walter und Jettel das Glück des Wiederfindens erleben dürfen, ehe die Niedergeschlagenheit zurückkehrte, die sie peinigte. Ohne daß sie es sich einzugestehen wagten, litten beide noch mehr an der erzwungenen Gemeinsamkeit, die die Einsamkeit auf der Farm ihnen abforderte, als an der Einsamkeit selbst.

Sie waren es nicht gewöhnt, sich vollkommen aufeinander einzustellen, und mußten doch jede Stunde des Tages ohne die Anregungen und Abwechslungen der Welt außerhalb ihrer Gemeinschaft miteinander verbringen. Der kleinstädtische Klatsch, den sie in den ersten Jahren ihrer Ehe belächelt und oft sogar als lästig empfunden hatten, erschien ihnen im Rückblick heiter und spannend. Es gab keine kurzen Trennungen mehr und so auch nicht die Wiedersehensfreude, die den Streitereien den Stachel genommen hatten und die ihnen in der Erinnerung wie harmlose Plänkeleien erschienen.

Walter und Jettel hatten sich seit dem Tag gestritten, an dem sie sich kennengelernt hatten. Sein aufbrausendes Temperament duldete keinen Widerspruch; sie hatte die Selbstsicherheit einer Frau, die ein auffallend schönes Kind gewesen und von ihrer früh verwitweten Mutter vergöttert worden war. In der langen Verlobungszeit hatten sie die Auseinandersetzungen über Banalitäten und ihrer beider Unfähigkeit zum Einlenken noch beschwert, ohne daß sie einen Ausweg gefunden hatten. Erst in der Ehe lernten sie das vertraute Wechselspiel zwischen kleinen Kämpfen und belebenden Versöhnungen als Teil ihrer Liebe zu akzeptieren.

Als Regina geboren wurde und sechs Monate später Hitler an die Macht kam, fanden Walter und Jettel mehr Halt aneinander als zuvor, ohne sich bewußt zu werden, daß sie bereits Außenseiter im vermeintlichen Paradies waren. Erst im monotonen Lebensrhythmus von Rongai erkannten sie, was tatsächlich geschehen war. Sie hatten fünf Jahre lang die Kraft ihrer Jugend für die Illusion eingesetzt, sich eine Heimat zu erhalten, die sie schon längst verstoßen hatte.

Nun wurden beide von der Kurzsichtigkeit und dem Wissen beschämt, daß sie nicht hatten sehen wollen, was viele bereits sahen.

Die Zeit hatte leichtes Spiel mit ihren Träumen gehabt. Im Westen Deutschlands wurden schon am 1. April 1933 mit dem Boykott der jüdischen Geschäfte die Weichen für die Zukunft ohne Hoffnung gestellt. Jüdische Richter wurden aus dem Amt, Professoren von den Universitäten gejagt, Anwälte und Ärzte verloren ihre Existenz, Kaufleute ihre Geschäfte und alle Juden die anfängliche Zuversicht, der Schrecken würde nur von kurzer Dauer sein. Die Juden in Oberschlesien blieben jedoch dank des Genfer Minderheitenschutzabkommens zunächst vor einem Schicksal verschont, das sie nicht fassen konnten.

Walter begriff nicht, daß er dem Schicksal der Verfemten nicht entkommen konnte, als er seine Praxis in Leobschütz aufzubauen begann und sogar Notar wurde. So waren in seinen Erinnerungen die Leobschützer – freilich mit einigen Ausnahmen, die er namentlich aufzählen konnte und es in Rongai auch immer wieder tat – freundliche und tolerante Menschen. Trotz der auch in Oberschlesien beginnenden Hetze gegen die Juden, hatten es sich einige, deren Anzahl in seinem Gedächtnis immer größer wurde, nicht nehmen lassen, zu einem jüdischen Anwalt zu gehen. Er hatte sich mit einem Stolz, der ihm im Rückblick ebenso unwürdig wie vermessen erschien, zu den Ausnahmen der vom Schicksal Verdammten gezählt.

Am Tag, als das Genfer Minderheitenschutzabkommen auslief, erhielt Walter seine Löschung als Anwalt. Das war seine erste persönliche Konfrontation mit dem Deutschland, das er nicht hatte wahrhaben wollen. Der Schlag war vernichtend. Daß sein Instinkt ebenso versagt hatte wie sein Verantwortungsbewußtsein für die Familie, empfand er als sein nie wieder gutzumachendes Versagen.

Jettel hatte mit ihrer Lust am Leben noch weniger Sinn für die Bedrohung gehabt. Ihr hatte es genügt, umschwärmter Mittelpunkt eines kleinen Kreises von Freunden und

Bekannten zu sein. Als Kind hatte sie, eher zufällig als beabsichtigt, nur jüdische Freundinnen gehabt, nach der Schule bei einem jüdischen Anwalt eine Lehre gemacht und durch Walters Studentenverbindung, den KC, wiederum nur mit Juden Kontakt gepflegt. Ihr machte es nichts aus, daß sie nach 1933 nur mit den Leobschützer Juden verkehren konnte. Die meisten waren im Alter ihrer Mutter und empfanden Jettels Jugend, ihren Charme und ihre Freundlichkeit als belebend. Zudem war Jettel schwanger und rührend in ihrer Kindlichkeit. Bald wurde sie von den Leobschützern ebenso verwöhnt wie von ihrer Mutter, und sie genoß, im Gegensatz zu ihren anfänglichen Befürchtungen, das kleinstädtische Leben. Und sobald sie sich langweilte, fuhr sie nach Breslau.

Sonntags ging es oft nach Tropau. Es war nur ein kurzer Spaziergang zur tschechischen Grenze. Dort gab es zum schmackhaften Schnitzel und der großen Tortenauswahl wenigstens für Jettel immer zusätzlich die Illusion, daß auch die Auswanderung, von der man schon deshalb gelegentlich sprechen mußte, weil so viele Bekannte es taten, nicht sehr viel anders sein würde als die heiteren Ausflüge in das gastliche Nachbarland.

Nie wäre Jettel auf die Idee gekommen, daß Bedürfnisse wie der tägliche Einkauf, Einladungen zu Freunden, die Reisen nach Breslau, Kinobesuche und ein teilnahmsvoller Hausarzt am Bett, sobald die Patientin nur erhöhte Temperatur hatte, nicht gestillt werden könnten. Erst der Umzug nach Breslau als Vorstufe zur Auswanderung, die verzweifelte Suche nach einem Land, das zur Aufnahme von Juden bereit war, die Trennung von Walter und schließlich die Angst, ihn nie mehr wiederzusehen und mit Regina allein in Deutschland zurückbleiben zu müssen, rüttelten Jettel wach. Sie begriff, was in den Jahren geschehen war, in denen sie eine Gegenwart genossen hatte, die schon lange keine Zukunft mehr versprach. Und so schämte sich auch Jettel, die sich für lebensklug gehalten und die geglaubt hatte, einen sicheren Instinkt für Menschen zu haben, im nachhinein ihrer Sorglosigkeit und Gutgläubigkeit.

In Rongai wucherten ihre Selbstvorwürfe und Unzufriedenheit wie das wilde Gras. In den drei Monaten, die sie auf der Farm war, hatte Jettel nichts anderes gesehen als Haus, Kuhstall und den Wald. Sie hatte einen ebenso großen Widerwillen gegen die Trockenheit, die bei ihrer Ankunft den Körper kraftlos und den Kopf willenlos gemacht hatte, wie gegen den bald darauf einsetzenden großen Regen. Er reduzierte das Leben auf den aussichtslosen Kampf gegen den Lehm und das fruchtlose Bemühen, das Holz für den Ofen in der Küche trocken zu bekommen.

Immer da war die Furcht vor Malaria und daß Regina todkrank werden könnte. Vor allem lebte Jettel in der ständigen Panik, Walter könnte seine Stellung verlieren und sie müßten alle drei von Rongai fort und hätten keine Unterkunft. Mit ihrem geschärften Sinn für die Realität erkannte Jettel, daß Mr. Morrison, der bei seinen Besuchen selbst zu Regina unfreundlich war, ihren Mann für die Geschehnisse auf der Farm verantwortlich machte.

Für den Mais war es erst zu trocken gewesen und dann zu naß. Vom Weizen war die Saat nicht aufgegangen. Die Hühner hatten eine Augenkrankheit; mindestens fünf Stück verendeten täglich. Die Kühe gaben nicht genug Milch. Die letzten vier neugeborenen Kälber waren keine zwei Wochen alt geworden. Der Brunnen, den Walter auf Mr. Morrisons Wunsch hatte bohren lassen, gab kein Wasser. Größer wurden nur die Löcher im Dach.

Der Tag, als das erste Buschfeuer nach dem großen Regen den Menengai zur roten Wand machte, war besonders heiß. Trotzdem stellte Owuor Stühle für Walter und Jettel vor das Haus. »Ein Feuer muß man ansehen, wenn es lange geschlafen hat«, sagte er.

»Warum bleibst du dann nicht hier?«

»Meine Beine müssen fort.«

Lesen Sie weiter:
»Nirgendwo in Afrika« von Stefanie Zweig